20-

El professor d'història

Joan F. Mira

El professor d'història

Proa

Primera edició: novembre del 2008
Segona edició: febrer del 2009

Drets exclusius d'aquesta edició:
Raval Edicions, SLU, Proa
Peu de la Creu, 4
08001 Barcelona
proa@grup62.com
www.proa.cat

ISBN: 978-84-8437-477-0
Dipòsit Legal: B-8.258-2009
Fotocomposició: Edilínia, SL
Impressió: Liberdúplex, SL

Und alle Näh und alle Ferne
Befriedigt nicht die tiefbewegte Brust.

I cap cosa, propera o llunyana,
pot satisfer l'agitació profunda del seu pit.

J. W. Goethe, *Faust*, «Pròleg al cel»

1

Quan ell baixà a l'estació Facultats, línia 3 del metro de València, de totes les portes del tren eixien també estudiants vestits amb anoracs de color malva o blau o roig, amb jerseis grossos, amb caçadores de colors fosforescents, peces de roba molt curtes sobre el cos de gran part de les xiques que les duien damunt de camisetes més curtes encara deixant a l'aire per davant mig pam de ventre i el melic amb una boleta o anelleta metàl·lica i per darrere la corba suau de l'anca i algunes entre la cintura del pantaló i la camiseta o el suèter una ratlleta negra o blanca o roja de la peça de roba més íntima, i la major part dels xics caminaven calçats amb sabatilles que a ell li semblaven massa grans i massa complicades, com si anaren no a seure en una aula o al bar o a la biblioteca sinó al gimnàs o a practicar algun esport que necessita aquest calcer tan excessiu, uns altres amb botes cordades d'aire clarament militar, per què han d'anar calçats així, d'una manera tan incongruent. Es va mirar les sabates negres i el pantaló gris, els faldons de la gavardina penjant fluixos, la cartera deforme de pell molt gastada i de color ja indefinible, el paraigua clàssic llarg i ben enrotllat, i ell també, si volguera, podria vestir-se amb bluejeans i caçadora groga, amb sabatilles de colors o amb botes, així el professor aniria vestit com els alumnes de la mateixa manera que quan ell estudiava els alumnes anaven amb jaqueta i corbata com els professors, podria portar una motxilla verda d'excursionista en comptes de cartera de pell, redreçar bé el cos i el cap en comptes d'anar una mica encorbat, i caminar amb pas elàstic rient i parlant i corrent com aquells estudiants, que avançaven per l'andana i pel túnel i escales amunt com si hagueren de fer tard a unes classes a les quals en realitat pocs pensaven entrar, qui sap si algun d'ells sí que entraria en la seua que començava a les deu, hi faltaven poc més de vint minuts. Si alguns dies, quan el temps era fred o plujós o d'alguna manera inclement, es decidia a agafar el metro en comptes de l'autobús, superant la miqueta d'angúnia infantil que sempre li feien els túnels i el viatge subterrani, era sobretot perquè aquella estació tenia l'eixida quasi davant de l'entrada mateixa de la facultat, i així quan pujà els últims graons, quan mirà els núvols dubtant si plouria, mirà a l'esquerra els arbres ara nus de l'avinguda, va caminar a penes uns pocs metres, i ja era davant de la porta que havia travessat centenars o milers de vegades des de feia tants anys, davant dels graons d'accés entre dos jardinets mínims amb gespa trista d'hivern i amb coníferes decoratives, dos racons entre el paviment de la vorera i el mur gris de l'edifici, tan petits que si un matí de sol s'hi asseien o es tombaven mitja dotzena d'estudiants ja no en cabia cap més damunt de l'herba. Aquell, però, era un matí rúfol i ennuvolat, l'aire era fred i humit i l'herba devia estar xopa d'aiguatge nocturn, i per això li va semblar una mica estrany veure una parella asseguda en la gespa, mig amagada per les branques grises d'una araucària petita, girà els ulls cap al jardinet mogut per l'estranyesa, aquells dos ja devien tindre tot el cul banyat, i llavors la parella amb pantalons texans, anoracs, i motxilleta mínima a l'esquena, no eren un xic i una xica, eren dos xiques que es besaven dolçament abraçades amb els ulls tancats, i ell va continuar mirant l'escena inesperada uns pocs segons però sense aturar-se, no va veure l'esglaó que faltava pujar, no alçà el peu, ensopegà i la punta del paraigua va xocar amb la pedra, i amb el colp i el sotrac va perdre l'equilibri i va fer encara dos o tres passos trontollant abans de caure llarg en terra i xocar amb el cap contra el vidre de la porta tancada.

Quan va obrir els ulls es va trobar estirat damunt d'un banc del vestíbul, com si s'haguera despertat vestit amb gavardina i tot gitat en un llit desconegut de fusta, i mirant cap amunt va veure el sostre altíssim i l'espai ample i obert del hall i tardà encara un instant a reprendre consciència del lloc sense saber encara què hi feia en aquell banc, com hi havia arribat o què havia passat, i llavors va sentir el dolor als genolls, a les mans i a un costat de la cara, el torbament, i una empleada de la consergeria li eixugava la sang de la cella amb aigua oxigenada i cotó en pèl. Després mogué una mica el cap i els ulls, i les dos xiques que havia vist besant-se li feien companyia agenollades una a cada banda del banc, li costà reconéixer-les, eren alumnes seues del curs anterior, i els va agrair amb un somriure apagat els somriures que elles li dedicaven tan prop de la seua cara endolorida. Va sentir veus suaus que li parlaven de molt a prop i alhora semblava que venien de molt lluny.

«Vinga, profe, que no ha passat res. Diga'ns alguna cosa, per favor.»

«Que li fa molt de mal?», va dir dolçament l'altra veu, i va sentir la carícia d'uns dits per la galta.

«No es moga, don Manuel, que ara li posaré una gasa i un esparadrap», digué la dona de la consergeria. «Però com ha pogut caure així?, cap a on mirava?»

«Ens mirava a nosaltres», digué una de les xiques, mirantlo als ulls a penes a un pam de distància dels seus, i fent un ample somriure de complicitat. «Eh que sí, professor?»

Sentia un dolor molt viu al genoll dret, un dolor encés de pell rascada al palmell de la mà esquerra i un rodament de cap potser perquè havia perdut uns minuts els sentits, potser perquè encara duraven els efectes del colp i de la commoció, i per una consciència creixent de perplexitat i també de vergonya: què contarien els estudiants que feien rogle drets al seu voltant i que amb tota certesa preguntaven què li havia passat, quina història escoltarien els companys que ho sabrien poc més tard, per les aules pel bar pels despatxos correria veloç la notícia sorprenent o increïble que el professor Manuel Salom havia caigut tan llarg com era per culpa d'una parella de xiques que es besaven al costat de la porta, que s'havia trencat una cella i hauria pogut obrir-se el cap contra els vidres, o quedar degollat en la trencadissa, imaginà, clavar-se al pit una punta tallant, i tot això, les ferides mortals, la seua sang brollant i escampant-se per terra, només per mirar un instant com un vell sàtir allà on no havia de mirar, una escena que devia ser ja tan comuna i tan insignificant, però ell no era cap sàtir ni cap voyeur fastigós, ell només havia girat uns pocs segons els ulls sense pensar, atret inconscientment per les dos xiques soles damunt de la gespa humida d'un matí fred de febrer, i havia caigut d'aquella manera grotesca, qui sap si l'accident era un senyal o un avís aquell primer dia de classe, però un avís o un senyal de què, i l'empleada després de posar-li un esparadrap a la cella li netejà les palmes de les mans enrogides i brutes de pols, la pell rascada i coent i algunes gotetes molt petites de sang, i a continuació li arromangà els pantalons fins més amunt dels genolls per netejar-li també allí les rascades vermelles, i ell es va sentir una mica indecent, exposat i ridícul. S'incorporà, com va poder, ajudat per les dos estudiants, els va dir gràcies i disculpeu i elles li van somriure encara i se n'anaren, es va palpar amb la punta dels dits l'esparadrap que cobria la cella ferida i es va passar un mocador pel front, no hi quedava cap taca ni cap rastre de sang. Recollí la cartera i el paraigua, ja no el mirava ningú, o encara no el miraven, s'alçà del banc, va donar també les gràcies a l'empleada de consergeria, travessà el hall i va pujar a poc a poc l'escala agafant-se a la barana i coixejant; després entrà al lavabo de professors, es va rentar la mà rascada i la cara, i es va dirigir cap a l'aula sense passar pel despatx.

Pujà els dos esglaons de la tarima sentint encara el dolor al genoll, va seure darrere de la taula, i no va voler mirar els alumnes ja asseguts ni els últims que anaven entrant, passaven ja deu minuts de l'hora, que curt pot ser un accident banal o un accident fatal, ni va voler pensar si n'eren molts o pocs en aquella primera classe del segon semestre, ni fer tal com solia la primera repassada crítica de les cares, els cabells i els vestits, ni tan sols els va fer el gest habitual de silenci indicant que començava la classe. Va sentir una punxada a l'ull esquerre i que potser la parpella començava a inflamar-se, va traure de la cartera alguns papers amb notes, uns retalls de diari abundantment subratllats, dos llibres seus que no pensava fer servir, almenys no aquell primer dia, era només un ritual, i escampant els retalls i les notes però sense mirar-los, amb els ulls mig tancats com qui es concentra interiorment quan parla, o alçant-los contemplant el buit com els alça un pianista, començà la lliçó del matí, la primera del semestre, el seu concert, pensà, més o menys la mateixa melodia que els últims anys, amb variacions puntuals i lleugeres, avui amb el ritme més lent: començà doncs, parlant com qui recita un llarg poema antic que no cal llegir perquè el sap de memòria, cada any deia el mateix però llavors va sentir que parlaria com si d'algun lloc li arribara una inspiració nova, o la capacitat d'afegir-hi nous versos i glosses.

«Començarem», va dir, «preguntant-nos si es pot entendre el món, és a dir si la història dels humans és un camí que ha nascut en algun lloc original i va a algun lloc futur, si és una espiral sense fi, una sèrie de cercles o rodes que giren i giren, o si no es pot interpretar ni entendre perquè és només un garbuix de ratlles com les que fan les criatures d'un any quan els dónes un llapis i un paper. Vostés si volen m'escolten i, si no, poden dormir o mirar el veí o la veïna, però almenys, per favor, no badallen. La primera idea d'aquest primer dia de classe, i potser l'única important, és que si alguna vegada, en algun temps passat, havia estat possible comprendre el món, cosa d'altra banda ben dubtosa, ara certament no ho és. Normalment, la gent de qualsevol país o tribu ha entés el món segons que li'l presentava la jerarquia del lloc: el cap de la banda, el rei, el bisbe o el bruixot, o simplement el capellà de la parròquia. El món, per a tota tribu i país, en tots els temps excepte el nostre, ha estat un lloc, una gent, una manera de viure i de creure, que eren com havien de ser i havien de ser sempre com eren. El món no progressava: el progrés, en tot cas, era la vida futura, si n'hi havia. Veure el món com, amb gran optimisme, l'hem volgut veure des de la il·lustració, és una novetat considerable: els il·lustrats, aquesta minoria que sobreviu encara amb penes i treballs, imaginem que aquest planeta nostre és una esfera harmònicament repartida entre pobles, cultures, llengües, religions, etcètera, de la mateixa qualitat i dignitat; i tant si creiem en el socialisme, això era abans, com si confiem en el capitalisme benèfic i distribuïdor, el veiem com si fóra un planeta poblat per una espècie intel·ligent i per tant amb voluntat de millorar: allò que se'n deia la fe en el progrés, o l'esperança en el progrés, i en la justícia, per altre nom caritat, que portaria el progrés. Som boníssima gent, els il·lustrats: racionals i evangèlics alhora, dedicats a la pràctica de les virtuts antigues, que ara es completen amb les virtuts noves de la ciència i de la tècnica, si és que això són virtuts. Però la major part del personal que ocupa aquesta esfera o planeta, la major part de la gent del carrer, els polítics, clerecies diverses, militars amb graduació, no es deixen il·lustrar, o els costa molt, i per tant veuen el món tal com l'han vist en tots els temps: dividit entre nosaltres i els altres, els amics i els enemics, i sempre entre guanyadors i perdedors, i si pot ser, que els guanyadors siguen els nostres. Observen vostés el futbol, nacional o internacional, observen l'economia, les eleccions o les olimpíades, els debats a les Nacions Unides, i altres camps de batalla incessant.» S'adonà que allò no era una classe, que no parlava per explicar res, per fer-se entendre i menys encara per introduir el temari de curs, que parlava meditant en veu alta o com si escriguera un article, però tant se valia, continuaria igualment. «Ja sé que vostés no observen res, segurament la major part m'escolten sense ganes o ja han desconnectat, però això ja no és el meu problema, ja ho ha deixat de ser. Continuem. Si hi afegim encara alguns components ideològics i estratègics, com els que han dominat la història que en diem contemporània, que és la que jo els hauria d'ensenyar, la percepció s'amplia i se simplifica, però en els mateixos termes, si fa no fa: el món estarà dividit en germanòfils i aliadòfils a primers del segle XX i durant la Gran Guerra; i després en feixistes i antifeixistes, prosoviètics i antisoviètics, l'est i l'oest, i algunes divisions més que es redueïen a les anteriors. Fora d'això, o dins d'això, en temps moderns com en temps antics, moltes de les grans alteracions del que en solem dir curs de la història havien sorgit d'esdeveniments imprevisibles, aquesta és la ironia. Com ara fa uns minuts, quan jo he caigut i m'he trencat la cella.»

Tornà el dolor agut, potser per haver-ne evocat amb paraules la causa, ara sentia la ferida cremant i el dolor escampantse roent per la templa esquerra, fins a la galta i a l'arrel dels cabells, fins a cobrir-li la visió formant un núvol o un tel lluminós, i en aquells segons d'atordiment, com si un projector s'encenguera darrere del seu cap enviant imatges cap al fons de l'aula, va reveure un instant, com en una pantalla que flotara suspesa entre el sostre i els caps dels presents, l'escena llunyana i fugaç d'aquell dia d'inici de curs a finals dels setanta, ja havien passat doncs prop de trenta anys, quan ací els estudiants pretenien disfrutar ells també de la festa que uns altres havien fet a París deu anys abans, la gran festa de maig del seixanta-vuit amb deu anys de retard ja que no l'havien pogut fer en temps de Franco, que per fi s'havia mort, i era també temps, recordà en aquells pocs segons de pausa, de joves vagament maoistes i de brigades roges, i les classes sovint es convertien en assemblees on sobrava el professor, o li perdonaven la vida i el deixaven parlar sense escoltar-lo, i la protagonista de l'escena o seqüència era una alumna amb falda llarga i ampla de flors estampades de hippy que seia a l'última fila i llavors abraçava el seu company de banc o pupitre, el besava feroçment i després es girava i alçava una cama i el muntava amb les cuixes obertes, i així van estar uns pocs minuts practicant o simulant un coit, ella es movia cavalcant el company i el xicot el mirava a ell, al professor d'història, amb ulls oberts perfectament inexpressius, uns ulls bovins, i ell tancà els seus per anul·lar la imatge intempestiva, tal com li semblà recordar que els havia tancat aquell dia remot quan es va quedar mut i amb el gest congelat i pareixia que el temps s'havia detingut, tot moviment aturat excepte el d'aquella estudiant que pujava i baixava, com quan el seu avi el pujava als genolls i imitava el moviment d'un cavall dient al pas al pas, al trot al trot, al galop al galop mentre anava accelerant el ritme que li sacsejava tot el cos infantil. Va sentir una nova punxada a la cella, i suposà que aquell retorn fugaç d'una escena insuportable dins l'aula devia ser només un efecte inesperat del colp al cap i de la commoció, però qui sap si en vindrien també d'altres, i es va trobar de sobte molt cansat, sense ganes de continuar la classe, si és que allò era una classe i no un discurs inoportú o un sermó inútil, però va fer un esforç, s'alçà de la cadira a poc a poc, baixà de l'estrada, es va quedar dret de cara als estudiants, amb les mans a les butxaques, i continuà:

«Igual com jo no imaginava ni temia el meu, diguem-ne, accident o incident d'aquest matí, ningú no esperava la revolució russa del 1917 molt poc abans de passar, ni el crac i crisi del 1929, ni l'ascens de Mussolini o de Hitler, ni la Segona

Guerra Mundial, ni la invenció i l'ús de la bomba atòmica. Ni que el 1945 l'imperi rus arribaria a Berlín, ni la veloç independència de les colònies, ni la reunificació alemanya ni el final de la Unió Soviètica, que havia de ser tan eterna com el Tercer Reich: l'any 1987, posem per cas, quan molts de vostés portaven encara bolquers i gatejaven, ningú imaginava quin tomb faria la història dos o tres anys més tard. I evidentment, tot i que no hi faltaven senyals, profecies i premonicions, ni els cervells més inflamats no pensaven que a les pantalles de televisió del món sencer, en cada casa, es podrien contemplar aquells avions a Nova York xocant contra les Torres Bessones. Algú de vostés hi havia pujat, abans de l'apocalipsi amb flamerades i amb núvols de fum i de pols? No?, doncs jo sí, eren uns edificis esplèndids, i la visió des de dalt més esplèndida encara, l'optimisme, el futur, la bellesa. Com ningú no esperava que un estudiant insensat, que al centre de Belgrad té un carrer, avinguda de Gavrilo Prinzip, assassinaria l'hereu de l'Imperi Austro-hongarés l'estiu del 1914 i encendria la guerra més extensa i estúpida que hi havia hagut mai: coses que no podia preveure ningú i tanmateix coses tan grosses que després, amb cada fet inesperat, la percepció del món va canviar en poques setmanes, i la interpretació en pocs mesos o pocs anys. Ara, en aquests inicis del segle XXI, quan han passat coses igualment imprevistes, i no sé si del tot imprevisibles, ens hem quedat perfectament perplexos, com en cada vegada anterior. Tan perplexos com vostés ara que em senten parlar, a alguns se'ls nota en la cara. Continuem una miqueta més, que ja s'acaba: la segona meitat del segle XX tenia un perill, l'holocaust nuclear, Die Bombe, Die Bombe, que em deien els obrers alemanys, la major part havien fet la guerra als fronts de Rússia, Die Russen, Die Russen, en una fàbrica on jo treballava l'estiu de l'any seixanta-un per aprendre la llengua, mentre a Berlín començaven a construir el mur, però en el fons tots estàvem segurs que aquella bomba era un perill controlat. La bomba feia por, tanta por que era impossible sentir-la de veres, però la resta funcionava feliçment : prosperàvem, a Europa confiàvem en la pau perpètua, en la seguretat social, en la cultura i en els avanços de la tecnologia. En la victòria final de l'antiga il·lustració. Ara, però, els que volem conservar una mica de fe en la raó mirem el món, i no el sabem entendre. Ens espanta pensar que les coses més greus poden encara arribar per camins estrictament casuals, irracionals, difícils de predir. Com abans amb el nas de Cleopatra o amb un mal casament d'algun rei: accidents que pensàvem superats per la racionalitat progressiva de la història. I doncs, no senyor: la història no és racional, i l'obtusitat d'un governant, el bigot antipàtic d'un altre, les simpaties i les antipaties, la fe literal en la Bíblia o en els versets de l'Alcorà, mouen la pau i la guerra, els països, i els exèrcits regulars o irregulars. I també ens fa molta por, als il·lustrats, constatar que es mantenen els esquemes arcaics: que la humanitat en massa continua pensant que el món som nosaltres i els altres, els amics i els enemics, i després decidint i actuant en conseqüència. Perquè si això és així encara, tal com ha estat sempre, qui són ara mateix els enemics, qui són els altres? Si les decisions greus que afecten el curs del planeta depenen encara d'incidents casuals o de temperaments poc racionals, si hem de tornar a pensar en termes de nosaltres i ells sense saber qui són ells, vol dir que els il·lustrats estem perduts: que no entenem el món i no ens queden recursos per entendre'l. Confie, això sí, que tot això em passe pel cap només com a efecte del petit accident que he patit fa uns minuts, com alguns de vostés segurament ja saben, perquè aquestes notícies corren com la pólvora encesa, tal com sol dir-se, i tal com vostés mateixos poden veure per aquesta ferida de la cella: he caigut per mirar on potser no devia, no per mirar endarrere com la dona de Lot, vostés saben qui era Lot que fugia del foc de Sodoma i Gomorra i es convertí en estàtua de sal? Ja veig que no ho saben. Bé doncs, he caigut per mirar de costat, per mirar dos senyoretes que es besaven tendrament, em queden ja pocs prejudicis morals però encara hi ha imatges que em sobten, deu ser que m'he fet vell, i en tot cas el colp m'ha deixat uns minuts inconscient però no crec que m'haja trastocat les idees. O potser sí.» S'adonà que havia dit moltes coses que no tenia intenció de dir, que havia començat amb una música clàssica i coneguda i havia acabat no sabia on ni com. Va fer una petita pausa, respirà fondo, alçà els muscles i acotà una mica el cap, sense traure les mans de les butxaques dels pantalons. «Saben vostés quants llibres he llegit en la meua vida?: potser prop de cinc mil, i una quantitat incalculable de papers i d'articles. Saben vostés de què m'ha aprofitat? De res, o de molt poc. I ací s'acaba la primera lliçó, els demane que em dispensen si ha sigut massa curta, no sé si serà també l'última. Per cert, vostés han sentit parlar del final de la història?: és una teoria que s'ha posat de moda, és una collonada, però m'hauria agradat poder-los-la explicar. Això serà un altre dia, si és que hi ha un altre dia.»

Li havia travessat el cervell com un llampec sense soroll travessa un núvol gris, el soroll se sentirà uns segons més tard i serà un retruny fosc, com un rampell de bogeria que és també una revelació, una visió: no faré cap més classe, mai més, fins ací hem arribat, punt i final, és inútil. Per primera vegada en molts anys, si abans havia passat no ho recordava, havia dit alguna cosa que deixava els estudiants muts i quiets, perfectament immòbils, en silenci perfecte, com si foren tots ells, ara sí, estàtues de sal. Tingué la certesa que aquell moment de gràcia havia de ser molt curt, el minut de silenci que hom observa en memòria d'un mort en una plaça o en un acte públic i després tothom torna als moviments habituals, als comentaris i als somriures, tingué aquesta certesa i aprofità l'instant i l'estupor per tornar a la taula, guardar els papers a la cartera, i eixir de l'aula a poc a poc, arrossegant una mica la cama adolorida. No havia fet una classe, pensà, havia fet un sermó, però un sermó com qui predica només per a si mateix, davant d'un públic que no entén l'idioma o en una església buida. Sense girar-se, saludà amb la mà esquerra alçada, agitant-la lleument amb el gest de comiat, i després, mentre eixia de l'aula, se la posà damunt de l'ull i el front com protegint l'apòsit de la cella ferida. Quan arribà al despatx s'adonà que s'havia deixat la gavardina a l'aula, però no tingué ganes ni força per anar-la a buscar, ja li la tornaria algú.

* * *

Pocs dies abans, un matí de diumenge de finals de gener, caminava amb un diari sota el braç sentint que era un d'aquells dies d'hivern de València d'aire fresc i diàfan de llum neta claríssima que pareix que penetra la roba i la pell dels vianants i endureix més la pedra o el ciment de les cases, que fixa i aplana els colors de les façanes i converteix els arbres en escultures de metall vegetal, caminava sense pressa pel jardinet entre el Museu de la Il·lustració i la biblioteca, quin nom ridícul i presumptuós Museu de la Il·lustració, ell no havia volgut mai visitar-lo ni comprovar la frívola buidor inevitable, en direcció al carrer del Torn de l'Hospital, el torn, pensà, com un torn de convent de clausura on cinquanta anys abans dipositaven encara de matinada o de negra nit infants no desitjats, nadons expòsits. Havia deixat la dona al llit, fatigada com ja feia mesos que n'estava cada volta més, havia baixat a fer-se un café amb llet i un croissant al bar del Trinquet de Pelayo, on se sentien els colps i els crits dels entrenaments matinals dels pilotaris, perquè ja feia mesos que a Irene li molestava l'olor del café escampant-se des de la cuina per la casa, li feien nosa tantes coses que mai abans no l'havien incomodada o que no havien tingut mai cap importància, pobra estimada malalta ara obligada a queixar-se o a demanar assistència, però encara que estiguera bona i forta aquell matí no el podria acompanyar, era una reunió només d'homes. Havia fullejat sense gens d'interés el diari passant pàgines sobre el taulell del bar mentre desdejunava, titulars amb les misèries quotidianes de polítics locals tan mediocres que porten a la cara la pròpia inanitat, pensà mirant fotos d'algun acte oficial, ni un bri d'intel·ligència als ulls ni en les paraules que els ixen per la boca, tan obtusos i espessos tan buits i al mateix temps tan plens de vanitat que quan parlen busquen només guanyar el favor d'un públic ja acostumat a la porqueria i amb el cap ple d'espantoses lectures, d'immundícies falsament històriques i de notícies horribles de morts i d'escàndols que esmussen cada dia i apaguen la poca sensibilitat que ens va quedant i de programes a la televisió que amb cabals públics o privats inexhauribles atordeixen els sentits i els esperits i el resultat és que allò que té encara una miqueta d'art o una mica de gràcia s'ho engoleix ara la violència d'aquest bàrbar instant, qui havia escrit això: «la violència d'aquest bàrbar instant»?, ho degué dir algun autor famós que ara mateix no recordava, Goethe potser, i si era així, si el seu instant o temps era violent i bàrbar, què hauríem de dir del nostre. A les costes remotes de Sumatra, informava el diari, el fang i la runa cobrien encara la destrucció i la mortaldat massiva d'aquell terratrèmol que envià contra la terra i la gent i les cases l'onada monstruosa i el terror, allò que havia estat present prop d'un mes cada dia en tots els noticiaris, tothom sap ara què significa tsunami, tothom ha vist de prop còmodament esgarrifat a casa l'horror dels ofegats llunyans, i l'espectacle és més atractiu i fascinant encara si les imatges elegides són de criatures d'ulls esbatanats innocents o de mares ploroses, ja que això augmenta el plaer de l'angoixa i de la compassió per les víctimes, pensà, igual com feien les filmacions i les fotos en blanc i negre dels cossos o esquelets dels morts d'Auschwitz o dels cadàvers vivents ambulants d'uniformes ratllats que també exhibien les televisions i en portava el diari que tenia davant, sota el pretext de commemorar els seixanta anys de l'alliberament del camp, l'aniversari era o havia estat un d'aquells dies, i llavors mentre caminava sota la llum claríssima va recordar com en un film antic i de colors cansats aquell matí de cel baix i gris que hi va arribar, no com a turista sinó com a pelegrí solitari, amb un autobús de línia regular des de Cracòvia on havia fet una conferència a la universitat, l'extermini industrial inhumà tan a prop d'aquella ciutat que va ser un dels cors de l'Europa acadèmica i culta renaixentista barroca il·lustrada romàntica, cafés vienesos, polques i valsos, si allò no ens va guardar dels monstres i del mal, què impedirà que tornen, recordà haver pensat; havia entrat doncs al lloc sagrat de l'horror assumint i acceptant humilment la insuficiència de tots els llibres i de tots els conceptes, deixant que arribara la commoció de l'esperit i de les entranyes; perquè el visitant que un matí fred i humit travessava la porta del camp d'Auschwitz, aquella on hi ha escrit cínicament Arbeit macht Frei, el treball fa lliures, ara frase banal, tan coneguda, aquells dies tothom la podia veure repetida a la premsa i a la televisió, tenia el cor oprimit i no sabia quines sensacions l'esperaven, els camins eren amples i drets, com avingudes perfectament traçades, els barracons conservats eren edificis sinistres de rajola ennegrida, i allò no era un museu, no era una ruïna, no era simplement un memorial sagrat o menys encara un monument històric, no era fàcil definir aquell lloc, santuari del mal; hi havia grups d'escolars encuriosits, hi havia gent gran que caminava i que mirava, potser ho comprenien tot potser no hi comprenien res, i uns eren alemanys silenciosos prudents, què devien pensar d'ells mateixos, i uns altres exhibien amb la cara ben alta els colors d'Israel, blanc i blau en mocadors al coll i en petites banderes, però ell no formava part de cap grup amb guia ni de cap pelegrinatge organitzat, no compartia el poble dels botxins ni el de les víctimes, ell era només una persona humana, i va entrar en aquells edificis de mort sentint una angoixa molt vaga, encara sense cap connexió amb els milers i milers que hi van viure tan fugaçment i tan horriblement, sense cap fil racional per entendre els funcionaris que en aquelles oficines i cambres tristíssimes asseguraven l'eficàcia implacable de l'empresa; hi havia sales d'exposició amb diagrames, amb documents, fotografies, llandes del gas assassí, els materials propis de la memòria i de la història, però eren sales fredes, i fins i tot els milers de retrats dels deportats amb el crani afaitat i el vestit de ratlles, les grans fotografies amb escenes de gent espantada baixant dels vagons o de munts de cadàvers, eren imatges conegudes i antigues per a qui havia vist tants llibres i tants documentals, i ell, per tant, no connectava encara amb la inhumanitat congelada del lloc, amb l'abisme on no tenen valor les paraules; fins que arribà a una sala una mica més gran, sense res més que una vitrina que l'ocupava tota d'extrem a extrem, i a dins de la vitrina només hi havia cabells humans, un munt que hauria pogut ser de palla seca o d'herba humida però que estava fet de milers de cabelleres femenines, que degueren ser rosses, negres, brunes, i eren ara uniformement grises o de cap color, del color blanquinós de la pols, cabells de morts que foren primera matèria humana, que les SS venien a pes com a fibres per a alguna indústria tèxtil aberrant, i mirant els cabells va sentir un inici de mareig o de nàusea i hagué de recolzar-se un instant contra el vidre, sense deixar de mirar; després, en una altra sala, una vitrina semblant estava plena de raspalls de tota mena i grandària, raspalls de dents o de roba o de cuina, només raspalls, i una altra plena de maletes, només maletes, moltes amb adhesius esvaïts de ciutats o d'hotels, una altra plena de sabates d'home i de dona, una muntanya informe de sabates, i una altra més petita plena de sabatetes infantils, sabates de nenes i nens de tres anys, de cinc anys, milers de sabatetes, cada parell de sabatetes un infant mort, i la seua resistència de visitant s'esfondrà i es desféu, no trobava cap paraula adequada, i això ell no ho havia explicat mai a classe com només pot explicar-ho qui ho ha contemplat en persona, no ho havia escrit mai en cap dels seus llibres i articles, això era el fons del fons de la història d'Europa, s'havia quedat sol en la sala i va plorar, ell que tan difícilment plorava; i no trobà tampoc paraules noves caminant d'Auschwitz a Birkenau, sota un plugim intermitent, ni quan pujant un pont va veure al seu davant l'escampada infinita del gran camp d'extermini, l'edifici d'entrada amb aquell arc d'accés, també de rajola roja, per on passaven els trens directament fins a quasi a tocar de les cambres de gas, on demanà a un vigilant que li fera una foto, ell de perfil amb les vies al fons, la seua cara i les ruïnes de l'infern; quan contemplava l'espai desolat i les vies tancà els ulls un instant i hauria volgut sentir els passos atordits de les víctimes, no els lladrucs d'aquells gossos ni els crits brutals dels guàrdies, només els peus lents de les víctimes damunt de la grava, de la neu o del fang, i després passà encara unes hores caminant entre fileres de barracons de fusta, alguns esfondrats i mig cremats, uns altres conservats tal com van ser quan s'omplien i es buidaven constantment, i dins de les barraques feia una estranya pudor de fusta humida i vella i no sabia si d'algun desinfectant, a les parets quedaven mig esborrades frases en alemany prohibint beure aigua, prohibint fer soroll, demanant calma i silenci, com si foren les normes d'alguna aula escolar, hi havia els rengles d'aquells jaços o lliteres de fusta en tres pisos, que ell no era capaç d'imaginar atapeïts de cossos esquelètics. Perquè en la història humana, va pensar, caminant amb el diari sota el braç, mai no hi ha hagut res com això, res com aquella immensa fàbrica de mort, res com aquesta indústria d'extermini; hi ha hagut el monstruós Gulag soviètic de dimensions igualment inconcebibles, hi ha hagut les matances massives de Lenin i de Mao Zedong, de Cambodja, de Rwanda, dels croats medievals, dels mongols i dels tàrtars, dels azteques de Mèxic, de guerres infinites o de tantes dictadures criminals, però no eren indústries creades només a fi de produir massivament cadàvers; hi ha hagut brutalitats, abusos, crims, i n'hi ha encara, a l'Àfrica més que en cap lloc, al Congo i al Sudan, i a Palestina, a l'Iraq, a Colòmbia, però comparar brutalitats, crims o excessos del present amb allò que representa Auschwitz-Birkenau, tal com llegia de tant en tant als diaris en boca d'algun intel·lectual dit d'esquerres i molt antiimperialista o antiisraelià o antiamericà, li provocava una repugnància profunda: vitrines plenes de cabells de dona o de sabates de nen, cambres de gas on morien alhora centenars de persones, el fum dels crematoris, els barracons, els milions d'innocents: la tècnica de l'extermini, la indústria de la mort, i ara, passats tan pocs anys, la insensatesa de l'oblit, de la ignorància, o qui sap si és del mateix odi que renaix, dissimuladament, la bèstia immunda antiga, em repugna, em repugna, pensà, i em produeix una tristesa infinita. Entrant cap al carrer del Torn de l'Hospital, llançà el diari dins d'un contenidor de fem. Si no havia explicat mai això en les seues classes, era com si no haguera explicat res, però com ho hauria pogut fer sentir i entendre a uns estudiants per als quals aquells fets eren ja tan antics i tan grisos, tan distants i esvaïts, com les guerres de Cèsar o de Napoleó. Si aquell era el cim més alt, o l'abisme més fondo, de la història contemporània d'Europa, i si ell no ho podia explicar perquè era inexplicable, tant se valia que no explicara res. Contra els assalts poderosos i cecs de la natura, contra els volcans, terratrèmols, tsunamis, rius desfermats, només podem fugir, si hi som a temps: contra l'horror provocat pels humans, ningú sap què es pot fer.

La reunió començava a les onze però ell havia eixit de casa més d'una hora abans perquè volia tindre temps de visitar la biblioteca de l'Escola Pia i també de refer sense pressa aquell camí pel centre de l'antic barri dels velluters que durant els seus anys de batxillerat havia fet quatre vegades cada dia, potser com una visita massa temps ajornada a la pròpia adolescència, tan remota que s'aturà un instant a la porta del que queda del vell hospital medieval destruït, allà on hi havia el torn dels expòsits, i va sentir un calfred i un petit pànic de pell de gallina recordant que des d'aquell temps havia passat ja mig segle, era segur que no reconeixeria gairebé cap dels companys de curs, ell mai no havia assistit a les reunions anuals d'antics alumnes, i ara tampoc reconeixia aquest carrer, tan prop de casa seua, per on no havia caminat en tants anys que ara li costava recompondre'l contemplant la ruïna escampada a banda i banda, els solars bruts, els edificis grisos esfondrats o amb portes i finestres tapiades enlletgint les façanes d'antics casals que als segles XVIII i XIX van ser obradors de la seda. Hi havia algunes construccions noves del tot incongruents, anguloses i cúbiques, aïllades, i oberts només dos o tres dels bars de putes que ell havia conegut en un temps d'abundància i d'esplendor per dins amb llum blava o vermella o violeta i plens de dones i de clients que vessaven i omplien també les voreres i tot el carrer, ara, però, a la porta dels escassos bars pobres residus apagats en la misèria esperaven només una o dos prostitutes molt joves, eslaves amb minifalda mostrant les cuixes blanques o africanes amb pantalons elàstics ajustats, no s'hi veia gairebé cap client, i no era només per ser diumenge de matí, va suposar contemplant la desolació, probablement a les nits hi hauria més gent i més soroll però no allò que ell havia conegut cinquanta anys abans tornant cada vesprada del col·legi, no aquella abundància tèrbola de vida, només un rastre o residu de la sordidesa, perquè allí la ciutat es desfeia, s'esfondrava, es buidava i s'anihilava com si s'haguera bombardejat ella mateixa no des del cel sinó des de dins, i així aquells carrers que van ser rics i actius, de telers o de bars, i així mitja València intramurs, i ell recordà quan passava pel carrer gran del barri de les putes de matí amb llum vibrant i amb els ulls plens de son per davant de les cases tancades, de vesprada amb els ulls ben alerta mirant els bars i els portals oberts, llums de colors i el tràfec incessant d'homes i dones. El seu col·legi, però, s'havia salvat del bombardeig, tot i que en poc temps quedaria, potser, com una illa enmig de la devastació, el pati estava intacte amb el claustre robust d'arcs de pilars quadrats, i assegut en un banc a la porta de la biblioteca l'esperava, tal com havien acordat per telèfon, el pare Francesc Casterà, que havia estat professor seu d'història de la literatura i també de llatí, i que molts anys més tard, ja jubilat de la docència, havia volgut escriure, dirigida pel seu antic alumne, una tesi sobre els inicis de l'ensenyament modern a la València del segle XVIII: en alguna activitat profitosa, havia dit, he d'ocupar el temps que em queda mentre espere que em criden d'allà dalt. Ara devia tindre ja més de vuitanta anys, i no duia sotana com quan era professor seu els anys cinquanta, sinó un jersei gruixut gris clar amb cremallera oberta i camisa blanca i corbata blau fosc, ni portava tonsura sempre ben afaitada com un forat enmig dels cabells negres curts d'home jove sinó cabells llargs ondulats blanquíssims d'ancià encara elegant i saludable, amb la sotana també anava elegant i estirat, recordà. Es van abraçar lleument, tocant-se a penes, quasi una abraçada litúrgica, en altre temps li hauria besat la mà.

«Tenia ganes d'ensenyar-te com ha quedat la biblioteca, després de la reforma», digué el pare Francesc. «Hauries d'haver vingut ja fa temps, val la pena. No hi ha en tot València un espai com aquest.»

Va mormolar una excusa quasi inintel·ligible, alguna cosa com «té raó té raó però ja sap...» avergonyint-se'n al mateix temps que ho deia, i la biblioteca era realment un espai extraordinari, o almenys extraordinari a València on certament no hi havia, dedicada només als llibres de fa un segle i dos segles i tres, cap altra sala com aquella tan gran tan perfecta, era un espai sever presidit per una columna central baixa i robusta des de la qual naixien i es formaven voltes amples, una arquitectura d'època neoclàssica que tanmateix pareixia una obra del primer renaixement, o la sala d'armes d'un castell francés.

No era la Biblioteca Bodleiana, ni la del Palazzo Farnese de Roma amb aquelles sales de sostre altíssim amb balconades de fusta i escales, ni la de Princeton catedral dels llibres amb soterranis de corredors infinits, ni la del col·legi d'Eton que són salons com de palau d'un noble erudit i bibliòfil, amb l'exemplar de la Bíblia de Gutenberg que ell havia venerat devotament una vesprada plujosa en un estat pròxim a l'èxtasi contemplant aquells fulls amb columnes de tipografia gòtica perfecta, les caplletres encara dibuixades a mà, i pensant que d'allò, recordà, d'aquell invent, d'aquell primer llibre imprés el 1456 el mateix any que el nostre papa Calixt III Borja valencià aturava els turcs a les portes de Belgrad, ha eixit tota la civilització que en diem moderna: sense un primer llibre imprés, no hi hauria més llibres impresos, i llavors, què seríem nosaltres?; aquesta del seu col·legi no era cap biblioteca històrica o famosa, però era un espai d'aire sòlid, clàssic i seriós, hi havien instal·lat tot al voltant armaris nous de bona fusta fosca amb els milers de llibres relligats antics que ell havia conegut tants anys en prestatgeries mig corcades que ocupaven una galeria circular elevada a l'església redona on cada dia assistien a missa distrets i ensonyats sota la cúpula més gran de València i ell molt sovint alçava el cap i mirava els llibres a distància amb més interés que l'altar, els llibres tota la seua vida, des de l'adolescència remota en un col·legi neoclàssic, des de sempre.

«És curiós», digué el pare Francesc, «aquell arquebisbe del segle XVIII que va ajudar a fundar el nostre col·legi, i que ens llegà una biblioteca impagable, era un reaccionari rigorós però estrany: protegia l'erudició per contrarestar la il·lustració, fomentava l'educació per oposar-se al racionalisme, no sé si recordes els capítols que li vaig dedicar en la meua tesi...»

«Sí», va dir ell, «pareix contradictori, però ara no estic segur si hi vam trobar alguna explicació.»

«L'explicació és que contradiccions com aquesta no són

cap novetat, són molt antigues. Per què els monjos medievals copiaven amb tanta devoció els autors pagans?»

«Si no em falla la memòria, aquell bon home pretenia que els fills dels teixidors del barri també estudiaren llatí...»

«Però només els fills dels mestres, o siga els fills dels amos. Estàvem rodejats de telers de seda, no sé si deu mil telers o deu mil teixidors. I tu també vas estudiar llatí, Manuel, molt de llatí, set anys sencers.»

«Bé, jo sóc fill i nét de mestres sabaters... i no sé quant de llatí hauria estudiat a finals del segle XVIII. Segurament no tant com el que vosté em va ensenyar.»

«En tot cas, pocs canvis hi havia hagut en dos segles, i fa cinquanta anys ací ensenyàvem, vull dir a tot Europa ensenyàvem, el mateix que en fa dos-cents cinquanta. L'últim curs jo us feia redactar discursets a l'estil de Ciceró. M'he jubilat a temps: ara no passen del rosa rosae.»

«Ara, si dius només Quousque tandem abutere Catilina patientia nostra», va dir ell, «fins i tot entre els meus col·legues més joves de la universitat, es pensen que eres un especialista en filologia clàssica, o un erudit excepcional...»

No tingué ganes d'allargar la conversa ni el tema, tan repetit i tan trist, però d'allí venia ell, i d'aquella València, de Ciceró i del pare Francesc, d'un col·legi del segle XVIII en un barri d'obradors de la seda que eren alhora casals nobles de pedra, del llatí i del carrer de les putes, en realitat ben poc sovint li abellia parlar llargament amb ningú si no era amb Irene, i amb ella començava a ser difícil. Van seure uns minuts en un banc de pedra del claustre esperant l'arribada dels altres convocats a la festa, quants en devien ser encara els supervivents?, quantes cares seria capaç de recordar?, i en aquell pati amb un claustre rectangular de pilars sòlids i arcs de mig punt formaven en files a l'eixida de missa i rectificaven les línies posant el braç dret sobre el muscle del company de davant i les bates de col·legial de ratlles blaves, que anomenaven encara bavers, s'alçaven ridículament fins que ells abaixaven els braços i es quedaven tots ferms mentre hissaven les banderes als tres pals que hi havia sota el gran rellotge de busques de fletxa que tocava els quarts, les mitges hores i les hores implacable i solemne, la punta aguda de la fletxa amb forma de cor definia la mesura del temps escolar massa lent massa llarg, mirà el rellotge, el mateix rellotge amb la mateixa esfera antiga, al mateix lloc, i durant uns minuts també molt llargs escoltaven immòbils els tres himnes que devien eixir d'una gramola amagada, imaginava ell, de vegades saltava l'agulla del disc tan gastat, se sentien grinyols estridents i calia tornar a començar, els tres himnes patriòtics matinals eren l'himne carlista Por Dios, por la Patria y el Rey/ lucharon nuestros padres mentre pujava la bandera blanca amb la creu roja aspada, Por Dios por la Patria y el Rey/ lucharemos nosotros también, mai ningú no els va dir per quin rei havien lluitat els seus pares i haurien de lluitar ells també, després venia el Cara al Sol con la camisa nueva/ que tú bordaste en rojo ayer mentre hissaven la bandera de Falange Española roja i negra, Me hallará la muerte si me llega/ y no te vuelvo a ver, tampoc no era clar a qui era que no veuria més si es moria ni què volia dir brodar en roig una camisa, i finalment l'Himno Nacional Viva España/ alzad los brazos hijos del pueblo español/ que vuelve a resurgir/ Gloria a la patria que supo seguir sobre el azul del mar el caminar del sol, de quina manera la pàtria seguia l'itinerari del sol era un altre misteri, però ja feia tants anys que no cantava ningú aquella lletra d'un poeta mediocre franquista, bavós i monàrquic, pensà, l'himne d'Espanya deu ser l'únic que sona oficialment sense versos ni veu, qui sap per què deu ser; i tres dies a la setmana passaven una hora formats al mateix pati però vestits de blanc amb pantaló curt i camiseta i practicaven la taula de gimnàstica sueca alçant i abaixant els braços i fent flexions de cames al ritme d'una altra cançó que havien de cantar sincopada i marcant els accents Con el ál-ma en pié/

por tí Es-pañá y por Diós,/ pretendé-mos sér/ valór, fuer-zá y canción, pobres animetes nostres, va pensar imaginant-se en aquell pati, vestidetes de blanc i practicant exercicis infantilment virils; i allà mateix, al costat de l'escala, hi havia el local obligatori del Frente de Juventudes i ell entre els onze i els tretze anys hi acudia també de tant en tant, mig per curiositat mig perquè així millorava la nota de l'assignatura que en deien Política o Formación del Espíritu Nacional, també hi anava, a pesar dels recels del seu avi, perquè hi havia ben poques altres distraccions a l'abast i cap altra possibilitat de passar un parell de setmanes d'estiu a la muntanya si no era en un campament de Falange, i recordà amb una sensació una mica tèrbola la calidesa masculina i aspra de la companyonia adolescent, dels uniformes i les formacions i les marxes cantant Montañas nevadas/ banderas al viento, de l'olor de suor jove, de cinturons de cuiro i de botes llustrades amb greix de cavall, una cosa confusa i profunda que explica potser, va pensar, l'atracció que durant tants anys han irradiat els feixismes juvenils sobre milions d'adolescents fascinats per aquells himnes, pels uniformes, les corretges militars i virils, les desfilades cantant cançons vibrants, aquell feixisme també oferia una estètica intensa i emocions elementals compartides que ara ningú no sabria on trobar, ignorar-ho és estúpid, i això també és història contemporània d'Europa. Ací els bons pares de l'Escola Pia no els incitaven especialment a formar part activa d'aquelles Falanges Juveniles de Franco però la poca incitació obligada ja era molta; l'única incitació permanent, recordà, era la pràctica quotidiana i constant d'una religiositat devocional de misses i rosaris, avemaries, sabatines i Salve Regina, les devocions d'una societat on sense dubtes ni qüestions se suposava que la religió forma part de la vida civil i política, de la vida familiar, de tots els camps i racons de la vida social, però això, ben mirat, també eren quinze segles de la història d'Europa, fins que a França inventaren el culte de la deessa

Raó, ara també, pel que sembla, destronada i sense cap litúrgia pública.

«Pare Francesc», va dir, «no sé si vosté hi estarà d'acord, però tinc la impressió que ací ens van educar com si el franquisme haguera de durar eternament, en un país eternament catòlic. I ens prepararen molt bé, perfectament, per a viure en una societat que no tardaria molts anys a deixar d'existir. Ens educaren per a un futur que ja era mort.»

«Tens raó», digué el capellà, que fumava tranquil una pipa aromàtica. «Però vam fer el que vam poder, o no podíem fer una altra cosa.»

«No era un retret, no els ho estic reprotxant.»

«Ja ho sé, Manuel, ja sé que no.»

Ell va callar un moment, sentia l'elegància serena d'aquell home, l'elegància profunda de qui accepta tota la història que ha viscut, i després aspirà el perfum penetrant del tabac, ell no fumava, però trobava agradable l'aroma dolça i exòtica, i va afegir:

«Ara mateix, vosté és capaç d'entendre cap a on va el nostre món, pare Francesc?» Era una pregunta d'adolescent ingenu, com si haguera reculat cinquanta anys, se'n penedí, però ja estava feta.

«Jo sí, perquè tinc confiança. Vull dir: jo crec en Déu.»

«Té molta sort. Jo, per poder-hi creure, faria un pacte amb el diable.»

«És una bona idea», va dir el capellà, es llevà de la boca la pipa i va somriure: «Segur que eixiries guanyant.»

Havia d'esperar els companys per celebrar els cinquanta anys del seu darrer curs del batxillerat amb una emotiva trobada fraternal, les bodes d'or, això deia el text de la convocatòria, hi hauria una missa en memòria dels condeixebles difunts i un dinar de germanor, i quan es van sentir veus a la porta i el pare Francesc Casterà el va deixar per anar a rebre els primers que arribaven, ell veié veloçment la cerimònia a l'església, algun jubilat de cara arrugada i cap calb com ell mateix llegint al peu de l'altar la llista ja llarga dels desapareguts, la comunió en què ell no participaria, els congregats que es mirarien de reüll asseguts als bancs de l'església, els reconeixements reals o fingits abans i després de la missa, i tot el grup buscant pels corredors del primer pis l'orla emmarcada on figuren les seues pròpies cares de setze anys, o de quinze, com ell, que era el més jove del curs, i llavors tots cridant i rient infantilment i fent escarafalls comentant les imatges remotes tan fresques tan perdudes: us acosteu de nou, vagues figures que allà pels dies de la meua joventut us vau mostrar als meus ulls ja torbats, intentaré aquesta volta retenir-vos?, s'inclina encara el meu cor a aquelles il·lusions?, el meu pit hauria de sentir-se com en els anys juvenils estremit pels efluvis màgics que us envolten en la vostra desfilada?, vagament, vagament, no deia això l'inici del Faust que el pare Francesc els explicava en la història de la literatura?, i Goethe què era, il·lustrat o romàntic? Va imaginar el dinar dels jubilats fingidament o realment feliços aquell dia del gran jubileu parlant a crits de taula a taula en un restaurant sorollós recordant professors i malifetes algú evocant de sobte un company mort i provocant un silenci circumspecte i breu, rient bromes pesades antigues o contant la primera visita als setze anys a una puta del barri, enyorant la dolçor del temps passat i lamentant-se amb agror del temps present, obrint les carteres i mostrant fotos dels néts, va veure tot això, va sentir veus estridents rogalloses que ja s'acostaven, i se'n va anar sense dir res ni saludar ningú escapant-se per la porta de l'església, fugint espaordit. Si hi havia hagut mai una generació perduda, va pensar, era amb tota certesa la seua, la que va créixer sense conéixer res més que la misèria material i moral eixida de la guerra civil, la que arribà a l'edat adulta com si a Alemanya el règim nazi haguera durat quaranta anys, com si Hitler s'haguera mort al llit el 1975, el mateix any que Franco. Però també es va perdre l'anterior, que va conéixer o va fer la guerra, i també la següent i la següent, la del seu fill perdut: de quina generació, en aquest país, se'n pot dir que és una generació salvada?

Tornà a passar pel carrer destruït de les putes dubtant si la fugida havia estat coherent o un torbament sense motiu, una feblesa. Si ell s'hagués fet capellà com el pare Francesc, alguna vegada, entre el final de la infància i l'inici de l'adolescència, ho va arribar a pensar fugaçment com tants dels seus companys en aquells anys escolars i piadosos, si s'hagués fet capellà hauria estat un capellà erudit, savi i seré, i aquella biblioteca divuitesca neoclàssica hauria estat la seua biblioteca personal.

2

Baixaven molt a poc a poc, ell i la dona, els tres pisos de l'escala del carrer de Pelayo, sempre amb il·luminació insuficient de fanalets de llum groga, si tinguera ascensor no pensaria a mudar-se de casa, però calia pensar-hi ara que a Irene se li feia tan pesat cada moviment, ara que per a baixar al carrer ell havia d'acompanyar-la i agafar-la del braç per si perdia l'equilibri, i per a pujar l'havia de sostenir per la cintura i a cada esglaó de pedra grisa artificial gairebé alçar-la a pes amb un braç estrenyent-la contra el seu cos i ella amb l'altre agafant-se a la barana de ferro. Havien passat pocs dies des de la seua classe de salutació i comiat, bon dia i adéu, i la caiguda i el colp li servien provisionalment d'excusa per no acudir a la facultat, però allò no podia durar molt més temps, havia fet mutis quan encara no tocava, havia tallat la representació, havia abandonat l'escenari amb l'obra a penes començada, i algú l'hauria de substituir en el paper perquè el teatre no es podia quedar buit, la funció hauria de continuar amb un altre actor, però això ja tindria prou temps per a pensar-ho i en tot cas algun substitut seu, actor novell, ocuparia el seu lloc, tant se valia, el profit per al públic seria el mateix, és a dir ben poc. Ell en aquell moment havia d'atendre només a baixar cada esglaó amb molt de compte i a mirar de no caure, pensar en Irene que havia volgut que acudiren tots dos a un altre teatre, a una representació més solemne, potser també la darrera, o almenys la darrera d'aquell gènere, si hi anaven no era perquè ell tingués ganes d'assistir a la cerimònia, ni a aquella ni a cap altra, sinó perquè ella havia insistit que volia escoltar la lliçó magistral d'aquell físic suec que seria investit doctor honoris causa, «L'escuma quàntica i els fonaments del univers», això deia la tarja d'invitació que havia rebut el mateix dia de la caiguda, ella li havia dit que volia saber si aquell home explicava el misteri antic dels grecs, si més de vint-i-cinc segles després algú havia trobat per fi la resposta a la pregunta absoluta dels primers físics o filòsofs d'occident, la més profunda i radical de la història, i si finalment tenia raó Heràclit o Parmènides, si l'ésser és u i etern o si tot és com un riu que flueix o una escuma, ell li havia dit: val la pena l'esforç i el cansament per escoltar només una lliçó de física?, ella li havia dit que sí, que valia la pena, i ara baixant amb molt de compte l'escala tancava els ulls i contreia la cara amb l'intent de controlar les cames i agafar-se ben fort amb la mà tremolant a la barana, i després per entrar en un taxi perquè caminar pocs centenars de metres era ja simplement impossible. Quan li digueren que anaven a la Universitat vella, al carrer de la Nau, el taxista va dir malhumorat que era un recorregut massa curt, que això estava molt a prop.

«Ja sé que és molt a prop, però estem molt cansats», respongué el professor. «Vosté porte'ns, i apague la ràdio, si no li fa res, que en cinc minuts em foradarà el cap, mire quina ferida tinc ja damunt de la cella...»

«És molt graciós, vosté», digué el taxista.

«No és gràcia, és mala llet», li va dir ell.

Aquests eren els noms que van llegir als medallons d'aire renaixentista que ocupen els murs del vell claustre acadèmic de columnes perfectes i fines amb delicats capitells dòrics, els van llegir caminant lentament i aturant-se cada quatre o cinc passos, perquè també era bo que ella moguera una mica les cames, aquests eren els noms escrits amb lletres daurades al voltant dels perfils no fets de pedra com hauria de ser sinó de guix pintat que la imitava, i que ell va anar transcrivint en la llibreta petita de tapes d'hule negre i fulls de quadrets ja plena de notes que escrivia sovint i que gairebé mai consultava, una mania metòdica, quasi professional, quasi sense sentit ni utilitat, els noms eren Vicent Ferrer 1410, Gaspar Amat 1499, Bartomeu Figuerola 1502, Bernat Vidal 1499, Jaume Vallés 1499, Joan de Vilarrasa 1499, Simó Sanxis 1502, Lluís Almerich 1499, Damià Bonet 1499, Joan Albert 1502, Pere Belluga 1499, i fent un salt inexplicable de tres segles el nom d'Antoni Josep Cavanilles 1804, de la gran majoria dels quals no sabia absolutament res ni n'havia sentit a parlar, excepte del sant medieval Vicent Ferrer, que anunciava la fi imminent del món predicant per les places d'Europa davant de multituds innombrables, i del naturalista i botànic Cavanilles, savi il·lustrat i gran caminador, l'imaginà amb levita negra, capa i tricorni, a llom de mula amb les alforges plenes de papers, quaderns, dibuixos que anava fent a cada etapa, deu ser l'únic home, pensà, que ha dedicat anys de la vida a recórrer aquest regne o país dels valencians fins a l'últim racó, roca i barranc per explicar-ne almenys la geografia, les pedres i les plantes i els conreus, ja que la història sencera no l'ha poguda entendre mai ningú; i a ell també li hauria agradat poder viure molts anys a París com Cavanilles i conéixer els naturalistes del Jardin des Plantes, mirar amb respecte però no amb simpatia els autors dels articles de l'Enciclopèdia, i no era segur si hauria hagut de fugir també quan arribà el desordre de la revolució tal com hagué de fugir Cavanilles ja que llavors un capellà estranger, per molt amant de la ciència que fóra, no devia sentir del tot segur el cap damunt dels muscles, li hauria agradat perquè en realitat era allí on començava, amb els naturalistes i els enciclopedistes, amb la primera màquina de vapor, i no tant amb la revolució i el terror, la història contemporània que ell havia explicat tants anys a classe. Els medallons de perfil invariable de cònsol romà i amb noms que ell no identificava podien correspondre a professors dels anys fundacionals, per alguna raó portaven gairebé tots la data 1499 o 1502, un any abans o dos anys després que el papa Alexandre VI Borja elevara l'estudi general de València a la categoria d'universitat pel mateix temps que Copèrnic exposava a Roma per primera vegada els principis del sistema solar, quatre o cinc anys abans que el seu primer professor de medicina, Lluís Alcanyís, fóra cremat per judaïtzant, i si és cert que cinc segles, va pensar, ja donen categoria d'universitat antiga la realitat és que ni els segles ni l'antiguitat no ens han servit de gran cosa, almenys a efectes de la celebritat acadèmica de què uns altres gaudeixen i menys encara a efectes de promoure i difondre els progressos del pensament racional, del tot invisibles sovint en aquesta ciutat, quin mal senyal i mal començament si ja des del principi ni la ciutat ni la universitat van ser capaces de donar aixopluc ni a un metge insigne ni a aquell pobre humanista Lluís Vives que ara presideix en estàtua aquest pati quadrat, tan dignament dret sobre el seu pedestal, amb gorra o boina i samarra d'hivern semblants o idèntiques a les que sol portar en els retrats el seu amic Erasme. Però a Rotterdam no perseguien els jueus i menys encara els fills cristians de jueus conversos, mentre que a València fins els ossos dels pares jueus de Vives van ser desenterrats i reduïts a pols i a cendra quan ningú sospitava que segles més tard el seu fill, mort en l'exili humit i ennuvolat de Bruges, ocuparia el centre d'aquest claustre gairebé sempre eixut i ple de llum que ara mateix, quan han passat cinc-cents anys i vivim temps de triomf públicament estimulat de la ignorància i de descrèdit institucional del pensament, temps de persecucions renovades contra nous judaïtzants i nous heterodoxos, és com una illa petita enmig de la indecència greixosa i obtusa dels nous rics enjoiats que ens governen i que busquen només la manera d'atordir els homes ja que satisfer-los és massa difícil, que pretenen convertir la ciutat en un gran escenari, espectacle, plató televisiu, i aquest quadrangle amb columnes i estàtua és un jardí tancat enmig d'un desert estèril una estepa inculta coberta de deixalles i de plàstics bruts, aquest claustre pot ser l'últim espai de serenitat, l'últim oasi, però només n'hi ha un i és molt petit, pensà. Va seure amb Irene en un dels bancs de pedra, una mica torbat, una mica abatut, mentre a la porta del paranimf començaven a congregar-se els assistents a la cerimònia, què respondria si algú li preguntava Com estàs, ja sé que has tingut un accident, supose que no deu ser res, sempre pregunten, sempre pareixen interessats, però confiava no trobar cap col·lega d'història o de lletres en aquell acte dedicat a la física pura, a ells què els importa aquesta ciència, què els importen els fonaments de l'univers; arribaven ja professors coberts amb les togues ridícules negres totes iguals excepte pel color de l'esclavina que són l'uniforme invariable acadèmic d'Espanya, aquelles bates negres que pareixen d'advocat modest o de canonge pobre sempre massa curtes sempre amb l'esclavina clerical, mai amb la varietat de plecs i de colors i de mànigues amples de les togues de tantes universitats d'Europa o de l'Amèrica del Nord, mai amb la varietat de birrets boines i gorres, sempre amb l'únic bonet capellanesc; potser per això feia tants anys que ell no se'ls posava, la toga i el birret doctorals, i a Princeton, a Heidelberg o a Cambridge mai no haurien investit un doctor amb una toga com aquelles, que no sembla un vestit acadèmic sinó un vestit clerical, tal com correspon a la història espanyola com a mínim des del rei Felip II, o potser des de la fugida de Lluís Vives: aquelles togues d'uniforme invariable, pensà, eren la prova que ací no va arribar mai la llibertat generosa de colors i d'idees del món modern, la bigarrada llibertat crescuda tumultuosament a Europa, o que l'havien assassinada quan a penes començava a expressar-se, i a finals del XVIII, quan els capellans del seu col·legi ensenyaven llatí als fills dels velluters, encara a tot el regne d'Espanya actuava el tribunal de la Inquisició, i ara l'estàtua al centre del claustre era una estàtua trista.

«De Europae statu et tumultibus», li va dir llavors a Irene, molt baixet, assenyalant l'estàtua. «No sé per què, de totes les obres de Vives és l'única que ara em ve al pensament, encara que no tinc ni idea de quin estat o de quins tumults tractava. No en recorde cap més: deu ser que també estic perdent memòria per als títols...»

«I del seu col·lega Erasme en recordes alguna, historiador dimitit?»

«Elogi de la follia, evidentment.»

«Moriae encomium», va retraduir ella. «I jo sí que l'he llegida, però tu no.»

«Amb el títol en tinc prou, de moment.»

«No m'estranya», va dir ella, es va posar un dit al costat d'una cella, i el va girar tal com es fa per indicar que algú s'ha tornat boig. «Encara no m'has dit com va ser que vas caure.»

Un teatre, pensà quan ja seien al vell paranimf, tan poc solemne, un teatret acadèmic amb escenari, orquestra i cor, i ell, que sempre havia estat partidari convençut del valor dels rituals solemnes i elaborats, de les entrades de la reina d'Anglaterra al parlament amb capa llarga de ròssec i ceptre i corona que haurien de ser la substància de qualsevol monarquia perquè si perd la funció cerimonial només li queda el xafardeig i la premsa del cor i llavors tant se val tindre un rei com no tindre'l, de les misses papals a Sant Pere de Roma que elles soles justifiquen l'existència d'aquella arquitectura descomunal i perfecta i de l'església catòlica mateixa, de l'etiqueta continguda i profunda i de gestos lentíssims de la cort imperial japonesa, a penes van ocupar els seients ja va tindre la sensació d'assistir a una litúrgia buida i sense fe, que començar l'acte cantant Veni Creator Spiritus, mentes tuorum visita, ja no volia dir res si les ments dels assistents no esperaven la visita de cap Esperit perquè no eren ja mentes tuorum, aquests ja no eren seus, ja no li pertanyien, feia massa temps que no creien en un esperit creador i menys encara paràclit conseller o consolador, Qui diceris Paraclitus, i per tant ja ningú no esperava que aquell esperit de la terra i del cel el pogués visitar, llavors seria millor que no ho cantaren més ja que del cel no havien de baixar llengües de foc ni l'alé sant de la saviesa divina; i en acabant els mateixos estudiants cantors acomiadarien l'espectacle celebrant l'alegria de ser joves encara, Juvenes dum sumus, contents, per tant, de gaudir, Gaudeamus igitur, de la jocunda joventut entre tants professors d'edat madura, calbs com ell o amb els cabells grisos o blancs, cantant marcant el ritme festiu amb vigorosos moviments de cap, perquè després vindrà la molesta senectud i tornarem a la pols i a la terra, Nos habebit humus, però en un acte com aquest qui pensava o qui havia pensat mai seriosament el sentit de les paraules que canta?, si l'autoritat acadèmica ho pensara no s'alçaria la primera al final del ritual per a escoltar tots drets i en silenci aquells versos llatins tavernaris insultants desafiants, nosaltres som joves i alegres, vosaltres sou vells i cansats, i fins i tot per a cantar-los ells mateixos també, molts d'ells ja membres de la senectud molesta, com si formaren encara part il·lusòria dels joves cantors, com si aquells versos no foren una ofensa sinó un himne solemne. L'última vegada que havia entrat en aquell paranimf, dos anys abans, se sentia només, flotant sobre el silenci, una música a penes audible de suites per a violoncel sol de Bach, com si vinguera d'un altre món, del més enllà, del món dels esperits purs del cel, a fi d'acompanyar en el repòs final el cos del seu amic present dins d'una caixa al centre de la sala, el seu amic de les entranyes i de l'ànima, també professor d'història, però que no arribà com ell a poder dir adéu per voluntat pròpia, Good bye a tot això, «Mi paz os dejo/ mi paz os doy:/ tomar pol culo/ que yo me voy» era l'escrit bàrbar i definitiu que l'amic li digué que havia llegit pintat al mur d'una catedral gòtica i des d'aquell moment va ser també el seu lema vital i el seu projecte, que no va tindre temps de realitzar després d'haver estat veí seu de despatx a la facultat durant més de trenta anys, i d'haver estat durant tot aquell temps, gairebé tota una vida adulta, l'únic col·lega o company de professió amb qui valia la pena parlar, discutir, discrepar, coincidir, comentar les troballes als arxius o als llibres que llegien, debatre idees i projectes de recerca i compartir l'amor a la raó, sentir junts en converses llarguíssimes la passió pel pensament racional que fa que la història contemporània siga en el fons del fons continuació de la que en solem dir moderna, la convicció que som fills de Copèrnic, de Galileu, de Descartes, de Newton, abans de ser germans petits dels il·lustrats i de les Llums, quina paraula tan bella, les Llums, les Lumières, la Il·lustració, Enlightment, Aufklärung, el mirava cadàver dins del taüt, aquells ulls enfonsats sota les parpelles tancades de mort ja no el mirarien mai més per a enviar-li missatges des del fons del cervell o de l'ànima, escoltava la música suau, i les llàgrimes li omplien els ulls i li impedien, pensà que per fortuna, reconéixer les cares de tota aquella gent que acudia a inclinar el cap amb compunció ritual davant del difunt eminent, sabent bé que ningú no resava un parenostre, i que ningú no havia d'encomanar als àngels el seu esperit per tal que el conduïren al paradís, l'amic no hauria volgut cap ritu religiós, recordà, i va pensar que ell al seu funeral sí que en voldria, si podia ser amb orgue i amb cant gregorià, no A lume spento amb ciris apagats com aquell rei rèprobe de Dante sinó amb ciris encesos: si les esglésies no han de servir per a això, més val que les tanquen totes, i si els assistents, poc o molt afectats, han d'escoltar alguna música, que escolten un Ofici de Difunts, un Dies irae un Miserere mei; i també amb el company germà bessó difunt catedràtic d'història moderna havien maleït fins a l'últim moment aquesta estupidesa banal infinita que en diuen pensament postmodern, s'havien confessat l'un a l'altre racionals i moderns fins a l'últim alé, romànticament il·lustrats, si és que això era possible, o si seria més oportú definir-se com a il·lustradament romàntics, somreien i es miraven i parlaven, fins que l'amic malalt i fatigat ja parlava ben poc quan ell el visitava, seia en una butaca profunda i encara maleïa tristament, com si fóra un fracàs personal, l'èxit d'aquella frívola cosa o escola que proclamava una indecent postmodernitat perquè no saben quin nom posar-li a un present que seria una història ja diferent de la nostra; almenys la ciència, la ciència química i mèdica barrejada amb pietat, havia servit per a mitigar-li el dolor de les setmanes finals i en aquell paranimf les suites de Bach voleiaven com ales suaus d'àngels benignes i consoladors, i ell després hagué de posar-se la toga per tal d'acompanyar el cos mort de l'amic en els tres tombs al claustre del ritual fúnebre acadèmic, tan eixut, tan modest i tan trist, i es jurà que mai més se la tornaria a posar. I aquell acte, pensà, aquella cerimònia de doctorat d'honor en aquell paranimf pobre amb seients entapissats de vellut roig gastat descolorit, amb la galeria de retrats pobres mal pintats de rectors antics lúgubres d'universitat pobra de país tants segles pobre, aquella representació en un teatret modestíssim seria també el lloc del seu darrer acte acadèmic, la darrera funció, el seu epíleg al teatre vell, el seu pròleg al teatre nou inexistent abans de començar una obra nova però sense cap text escrit i sense espectadors. I quan pronunciaven l'elogi del nou doctor d'honor, l'astrofísic suec, Irene li va dir a l'orella, en sentir el nom de la universitat d'Uppsala:

«Te'n recordes, del teatre anatòmic?»

Se'n recordava, sí, se'n recordava vivament, d'aquell matí de tardor ja hivernal quan els visitants solitaris, ella i ell, després d'haver recorregut les sales d'història de la ciència i d'història de la universitat, allí Celsius inventà el seu termòmetre de cent graus, allí Carl von Linné organitzà el regne vegetal, i una reina de Suècia del segle XIX feia expedicions arqueològiques a Egipte, pujaren per una escala amb la indicació Anatomiska Teatern, i arribaren al lloc, i hi van entrar per dalt, a l'altura del cinqué pis o graderia de l'estructura octogonal concèntrica, era un petit amfiteatre alt i estret com un pou: des de l'altura, la taula de sòlida fusta, d'extrems ovalats, no tenia cap aspecte sinistre, ni científic, podia ser una taula per a àpats públics i cerimonials; els visitants imaginaren l'olor, potser d'alcohol i de vinagre, i imaginaren el professor d'anatomia descobrint el cadàver, el cos d'un home tan blanc com els llençós que deurien cobrir la taula, i l'anatomista de negre amb coll ample barroc de randa blanca com els burgesos dels quadros de Rembrandt tallant pell i carn i explicant en llatí, o potser més endavant en suec, els paquets fibrosos de la musculatura d'una cuixa, deixant a la vista els nervis d'un braç o mostrant l'estructura compacta d'un cor, si els detalls de l'escena corresponien als dibuixos que en la saleta d'ingrés il·lustraven la història de les lliçons passades, on els estudiants, vestits també barrocament de fosc, amb gorgera emmidonada i amb calçó curt bombat, alguns amb la mà al pom de l'espasa, seguien atents, drets darrere de les baranes circulars que feien també de pupitre, el desvelament de les entranyes humanes sota la llum blanca zenital, una llum d'hivern inacabable, de la cúpula de vidre que cobreix l'amfiteatre; en tot Europa ell només coneixia un teatre semblant, a la universitat de Bolonya, però no tan perfecte, no tan ben calculat per a observar amb fredor sistemàtica i nòrdica cada racó i cada porció d'un cos; i en tot cas la fredor boreal i científica no impedia que les columnetes que decoraven el front de les baranes altes seguiren escrupolosament els ordres clàssics lluminosos de Grècia, dòric, jònic i corinti, tal com li va fer observar Irene; a la sala contigua, al costat de vitrines amb motles de vísceres pintats de colors ja apagats i amb gravats minuciosos d'anatomia barroca, hi havia una inscripció amb lletres daurades que deia, en llatí: «De totes les coses secretes, res no és tan admirable com la natura humana, res tan difícil de conéixer», ell ho havia apuntat en la seua llibreta i Irene després ho havia transcrit en un àlbum de fotos, potser per això ho recordava; a fora feia un fred que tallava les pedres, la llum era grisa i humida, i davant del gran edifici neoclàssic de la biblioteca hi havia centenars de bicicletes pulcrament aparcades, sota grans arbres de branques nues d'hivern.

Des del seu lloc a l'última fila, al costat de la porta per si ella es trobava incòmoda o cansada i havien d'alçar-se i eixir, escoltava amb dificultat la lliçó magistral del nou doctor honoris causa que ja havia rebut el birret clerical, els guants blancs de la puresa i l'anell de la lleialtat, l'abraçada fraternal del rector, però allí dins l'acústica era confusa, la megafonia feia grinyols i xiulits, i més hauria valgut que parlaren sense micròfons ni altaveus tal com s'havia fet sempre abans que inventaren aquests aparells que transformen les veus humanes en ressons estridents i en volums excessius, potser llavors l'esperit sagrat, l'alé de Déu, arribaria sense tants entrebancs als caps i als cors dels seus, baixaria com les llengües de foc dels apòstols que eren el do de les llengües del món i no caldria aquell anglés internacional en què parlava el doctor suec des de la trona, si vinguera l'esperit creador per a explicar en què va consistir la creació, quina és la veritat oculta d'aquell secret, el secret primordial, més admirable encara que la naturalesa humana i més difícil de conéixer, possiblement, pensà, explicaria coses molt semblants a aquelles que exposava reposadament el professor d'Uppsala en la seua lliçó magistral, l'alé de Déu il·luminaria els misteris de la física i de la cosmologia, mostraria fins i tot el camí de la introbable teoria unificada de totes les forces, el sant grial que tots els savis del seu gremi busquen, tal com ell havia buscat inútilment una teoria que abraçara dins d'un sol marc tota la història intractable i dispersa que en diem contemporània, la història que tants anys havia estudiat sense trobar-hi ni un sol modest fil conductor que almenys permeta entreveure l'eixida del laberint on a cada revolt espera el monstre mig home i mig bèstia, qui podria construir o trobar cap teoria per aplicar-la a un segle en el qual la pintura més cèlebre del pintor més famós expressa en blanc i negre el terror d'un bombardeig. Però si l'Esperit Sant no venia a aquest paranimf a pesar d'aquell himne que al principi l'havia invocat, si no baixava a il·luminar les ments dels congregats, no era per falta de fe d'aquell apòstol de la ciència, ni per falta de voluntat d'aquell oient que, tal com anava seguint el curs de la lliçó, o tal com a ell li semblava que el seguia, comprovava que, segons ell mateix havia sospitat molt de temps, bona part de la física teòrica, i quasi tota l'astrofísica, la cosmologia i altres ciències dels límits de la realitat, pareix que estan compostes a parts iguals de metafísica i de poesia; i ell imaginava que això no era cap retret, ni desconfiança en la seriositat profunda dels postulats que defensen, ni suspicàcia davant de la complexitat impenetrable de les fórmules fetes de gargots misteriosos i signes esotèrics, o perplexitat davant de les catedrals subterrànies cavernes enormes i túnels circulars gegantins on acceleren gairebé a l'infinit partícules ínfimes esperant que hi trobaran el secret últim, o davant de les fotografies fascinants i bellíssimes que el telescopi Hubble ens envia i d'altres imatges o idees o aparells que esmenta el doctor suec, ni el més gran poeta no hauria sigut mai capaç d'imaginar ni de dir amb paraules un món que comença amb l'explosió enlluernadora del no res, i que està fet de gasos inflamats, de núvols immensos de posta gloriosa de sol, d'antimatèria i de grumolls de pols d'estrelles. Continuava escoltant, mirava de reüll el perfil d'Irene atenta immòbil, i es convencia més i més que acostar qualsevol branca del coneixement humà a la poesia i a la metafísica significa un dels més grans elogis que ell en podria fer, un elogi que no pot aplicar per desgràcia a la història però a la física sí; el més gran elogi de tots seria afirmar que són mística pura, pensà, i al pas que van li fan l'efecte que no tardaran a meréixer-lo, perquè quan acabe aquest discurs ell es quedarà com el negre del sermó, con los pies fríos y la cabeza caliente, oient ignorant resignat davant d'aquesta novíssima variant de l'antiga ontologia, davant d'aquesta pantalla de fons de l'única possible teologia. Va descobrir que l'electró, o potser l'spin dels electrons, qualsevol cosa que això siga o signifique, no té prou realitat òntica que puga garantir-nos per endavant les mesures exactes que el cor demana i la raó exigiria, i el professor d'Uppsala va confessar després que els quarks, partícules elementals, tampoc no en tenen, sí que tenen, però, noms deliciosos up i down, i strange i charm, bottom i top; mala cosa, en tot cas, aquest dèficit de realitat, mala cosa, segons que va entendre, si volem superar els límits dels sistemes caòtics: si els poguérem superar, és a penes una hipòtesi màgica, coneixeríem potser el futur de la història, i llavors també la llibertat humana, això seria una altra hipòtesi, quedaria considerablement tocada en la seua arrel mateixa, suposant que tot allò que pensem, sentim i decidim siga reductible a la bioquímica i aquesta en últim extrem a la mecànica quàntica, però ens queda el consol de saber que al tràfec entre les neurones pareix que li passa una mica com al dels electrons, que no podem conéixer per endavant on ens porta, i açò deixa potser una escletxa per on respira encara la llibertat de l'esperit, que tampoc no se sap mai cap on ha de bufar. I en qualsevol cas tot això, tal com afirmava el conferenciant, no era del tot clar si amb ironia o amb modèstia, era bàsicament una intuïció, una sospita: una sospita estètica, necessària, poètica, tal com la insuficient realitat òntica dels components més elementals de la matèria era una sospita metafísica. La resta, afegia, vostés ja la deuen conéixer: reculem cap a l'instant fundacional de l'univers, i els entesos calculen les dimensions de l'esclafit inicial. Molt bé: l'univers començà, fa quinze mil milions d'anys, amb l'esclafit o esclat d'un punt que era quasi no res però era tot. D'allà, o d'allò, venim vostés i jo, el cel i les estrelles i l'amor que les mou. Mentrestant la Natura girant indiferent, com afirmen els versos de Goethe, enrotlla en el fus la longitud eterna del fil, sense fer cas de la inharmònica multitud que vibra amb sons desagradables, etcètera. Però, reconeixia el científic, la pregunta final és: i abans, què? Hi havia alguna cosa, o no hi havia rigorosament res?, hi havia uns altres universos prèviament esclatats, dilatats i després concentrats en un punt?, hi havia temps i espai?, o no té ni tan sols sentit parlar d'«abans» ja que el temps va ser creat en el mateix instant? La idea o la lògica, si ell ho havia entés bé, era que, com que no ho podem saber, no en podem ni tan sols parlar, com que la resposta és impossible, la pregunta també, o siga, que és un misteri, és inefable, no hi ha paraula ni concepte ni signe que l'expresse, i també els místics més místics afirmen que Déu és exactament no res, és el buit sense temps, però qui sap si no deu ser ell mateix l'univers, infinitament gran, fet de partícules infinitament petites, les quals segons la mecànica quàntica poden estar alhora ací i allà, talment com Déu té l'atribut d'estar en tots els llocs, la ubiqüitat, coses del tot inexplicables fins i tot aquest any que se celebra el primer segle de la fórmula d'Einstein i per tant de la teoria de la relativitat, no recordava si la general o l'especial, una relativitat paradoxalment absoluta, mentre esperem com qui espera una nova revelació que arribe finalment la teoria unificada, la paraula de Déu definitiva, l'últim logos, l'evangeli final escrit amb fórmules que només entendran els iniciats, un grapat d'elegits, els moderns alquimistes capaços d'interpretar els signes esotèrics i els mots màgics, i com que el comú dels mortals mai no els podrem interpretar ni comprendre quedarem condemnats eternament a la ignorància, els filòsofs inclosos, tan doctament ignorants, tan ignorants doctes, com Plató i com Nicolau de Cusa, com Baruch Spinoza, com Hegel, i com al centre del segle XX Sartre sentint nàusea literària entre l'Être i le Néant als carrers de París o Heidegger passejant per les muntanyes de Baviera amb calçó curt de cuiro i preguntant-se per què l'ésser i no el no res, això mateix, per què. Era ben clar que no tan sols la història sinó la ciència i la filosofia, en tots els temps i ara mateix, no havien pogut resoldre els enigmes eterns, però en tot cas aquell home, des de la trona del vell paranimf, els exposava amb un llenguatge nou. De moment, afirmava l'astrofísic, sembla que, abans o sempre o com en puguem dir amb paraules humanes, hi havia una escuma quàntica, bellíssima metàfora, que en prosa allunyada del vers matemàtic podria ser definida com una realitat física sense espai ni temps.

«Davant d'això», li va dir ell a Irene quan eixien, «l'eternitat de Déu és pura transparència.»

«I el misteri de la Santa Trinitat», va dir ella, «és un enigma per a infants. Però si no entenem el que aquest home ens explica, no sé de què ens serveix tota la resta. A mi, almenys, em queden els meus grecs, a tu no sé què et queda.»

«No em queda res. A partir d'ara, no sé si dedicar-me a la física o a la teologia.»

«Per als grecs, en el principi era el caos: l'ordre era cosa dels déus.»

«I en algun lloc he llegit que queda per descobrir una partícula, el bosó de Higgs, i en diuen la partícula de Déu...»

* * *

El sol de la vesprada de Pasqua, alt encara en el cel blau aquell últim diumenge de març, era un sol de llum clara, de llum tèbia, i ell es llevà la jaqueta, es va estirar damunt de l'herba verda i es posà el mocador blanc obert sobre la cara. Tancà els ulls i buscà la mà d'Irene, al seu costat, descansarien junts, com tants dies a casa. Al seu voltant, les músiques de ràdio i les cançons, els crits d'infants jugant i les veus dels adults, omplien l'aire del parc de ciment blanc i de gespa nova allà on fins molt pocs anys abans hi havia hagut un riu obrint-se pas enmig d'una selva de canyes, però no havien vingut a buscar el silenci, havien vingut buscant el sol i a fer un frugal berenar de Pasqua, ja s'havien trencat al front els dos ous durs simulant un assalt infantil per sorpresa, se'ls havien menjat a mossets acompanyats de fulles de lletuga i amb un pessic de sal, havien begut només uns glopets d'aigua mineral d'una botella, i del termos s'havien servit un gotet de café, després ella s'havia estirat, de cara al sol i amb els braços oberts, ell amb la cara coberta es va quedar mig endormiscat, i més de cinquanta anys abans, cinquanta-cinc si ell aleshores en tenia deu, tal dia com aquell de matí quan es va despertar trobà unes espardenyes noves als peus del llit, unes espardenyes blanques, no unes sabates de la sabateria del pare, perquè aquell any, com alguns altres anys de la seua infantesa, passava els dies de Pasqua amb els avis materns que vivien molt prop d'aquell parc quan no era parc urbà i ningú no imaginava que ho seria, molt prop del riu quan encara era riu, en un carrer de cases mig rurals, un carrer com de poble als afores de València, ara tot ja esborrat absorbit i cobert per l'expansió inextingible de l'asfalt i dels blocs de pisos, ara se'n diu potser Avinguda de la Plata, de quina plata deu ser o per què, va pensar, i al convent o col·legi de Montolivet, on ara hi ha un museu grotesc de ninots de cartó, ninots de falla indultats del foc, més repulsiu i trist que un museu de figures de cera, hi havia encara la presó de la guerra i dels primers temps del franquisme que ell mirava de reüll com un edifici sinistre quan de menut passaven per davant i podia veure els presos mirant-lo a ell des de les finestres aferrats als barrons de les reixes, no recordava quan havien buidat la presó però sí que recorda que l'àvia li deia que la Mare de Déu de Montolivet havia vingut ella sola des de Jerusalem, des de l'hort evangèlic de les oliveres, almenys aquell nom, no el de l'avinguda de la Plata, sí que tenia sentit, un nom bellíssim per a un santuari, un nom horrible per a una presó. El dia abans l'avi li construïa una milotxa amb canyetes molt fines, paper de seda enganxat amb pasteta d'aigua i farina, i fil d'empalomar, i li ensenyava a volar-la en algun sequer d'arròs, els sequers eren grans rectangles de ciment, com dos o tres pistes de tennis, on al principi de la tardor escampaven l'arròs de la marjal acabat de collir i de batre i l'eixugaven al sol pentinant-lo amb rastells grans de fusta i formant com un camp o un estany de color daurat fosc fent dibuixos regulars solcs i ones com de jardí japonés, i a l'estiu aprofitaven d'era per a instal·lar-hi una trilladora grossa roja de fusta i de ferro marca Ajuria-Vitoria i batre el blat dels anys d'escassedat i de pa negre de racionament a la vora mateixa dels primers blocs de pisos amb ascensor que es construïen a Montolivet, la remor rítmica de la maquinària estrident la pols i l'olor seca i dolça de la palla. Però de tot això qui se'n recorda, pensà, qui dels qui havien vingut a aquell parc a menjar-se la mona o el berenar se'n recorda de res, i ell ja no li havia construït la milotxa al seu fill, i tampoc no tindria cap nét que el dia de Pasqua poguera estrenar les espardenyes blanques, i si en tinguera on trobaria espardenyes com aquelles tancades que es lligaven amb veta als turmells, les espardenyes i alguna peça primaveral de roba estrenada igualment en honor a la resurrecció del Senyor, perquè en aquest país dels valencians sempre han honorat més la vida que la mort, més l'alegria que el dolor, i més la resurrecció que la passió de Crist, i si en alguns barris urbans o en alguns pobles feien processons de Setmana Santa, si alguna gent es disfressava de soldats romans o de penitents amb caputxa punxeguda, si treien al carrer marededéus doloroses amb punyals clavats al pit i cristos amb nafres morades i tocaven tambors en desfilades lúgubres, tot això era molt poc comparat amb la gran festa i exhibició de la mort que fan en altres terres més al sud o a ponent, molt poc, però aquesta celebració dels assots, la tortura i el cadàver nafrat també s'encomana i s'escampa, i el folclore cruel i barroc no recula, progressa; Dijous Sant i Divendres Sant, això sí, tota la ciutat havia d'aturar-se oficialment, eren temps de l'església de Franco, però el dol públic ritual era molt més antic, no circulaven cotxes per València si no era per necessitat estricta, només els metges, deia sa mare, només els metges i la policia, i les senyores capaces de posar-se una pinta espanyola alta quadrada amb mantellina negra de blonda visitaven esglésies acompanyades pels senyors marits, amb un llibre de missa i un rosari entre les mans enguantades, però el seu avi sabater afirmava que això era sobretot cosa de gent molt de dreta, de burgesia franquista i coent, afirmava, i de mals imitadors de la religiositat trista i castissa castellanoandalusa, mentre que el veïnat popular s'ho mirava a distància i les mares preparaven mones de Pasqua per a tota la casa i per als fills un berenar de llonganissa seca, lletuga tendra i llomello fregit amb faves tendres; ell no recordava que a casa seua al carrer de Pelayo, i tampoc a la casa dels avis, hi hagués cap presència del color morat, de mantellines negres o de cap forma de penitència exhibida o privada, no recordà què hi feien els dies centrals silenciosos de la Setmana Santa, allò que recordava vivament, estirat al sol de finals de març, sentint la llum viva i càlida a través del mocador i de les parpelles tancades, era la festa de Pasqua, no la passió ni la pena, i la festa començava el dissabte quan corrien per Montolivet amb matraques i amb carraques i llandes i trossos de fusta movent soroll per advertir als fidels cristians Ratetes, ratetes, eixiu del forat,/ que el Nostre Senyor ha ressuscitat, i a mitjanit acudia amb la mare i els avis a la missa de glòria amb aquella cerimònia tan bella del foc nou i del ciri pasqual, tocaven les campanes voltejant llargament per cantar l'alegria, i aquell era tot el contacte i obligació que tenien o complien amb l'església per la part de la mare, per la banda del pare i de l'avi no res, mai no entraven a un temple. I llavors aquells dies de Pasqua, va recordar amb els ulls tancats però plens de llum blanca, quan a penes tenia deu anys va conèixer per primera vegada el sentit possible de la paraula llibertat, o almenys ara ho pensava amb aquesta expressió tan gastada, mai no havia d'haver-ho oblidat, havia d'haver-ho recordat més sovint, sentir-se lliure, doncs, era agafar la coixinera de ratlles amb el berenar i el sopar, jugar amb les xiquetes a tots els jocs al sequer o era gran i a les vores dels camps, separar-se del grup i formar parelletes sense vigilància, amagar-se i poder-se tocar, mirar cuixetes infantils femenines i fer broma sobre el color de les braguetes, coses així que ell en realitat veia fer més que no practicava, i després de la vesprada sencera de saltar i ballar i tocar-se, juntar-se a sopar entrepans a casa d'algú de la colla pasqüera, junts xiquets i xiquetes una vegada l'any tres vesprades seguides i part de les nits, els únics tres dies de l'any que els deixaven tornar tan tard a casa, i podien fins i tot beure vi amb sifó o amb gasosa, trencar per sorpresa l'ou dur de color blau o groc en el front de l'elegida, jugar a la gallina cega o a penyores, tocar carn encara en algun racó dissimulat i potser tornar-se a perdre en el camí de tornada. Segurament, pensà, ell ho recordava més bonic i més lliure de com era, com una aventura permesa als xiquets només fins als onze o dotze anys i després ja molts anys prohibida, possiblement era només el gust de la primavera, tal com degué ser tastat renovat des de molts segles abans, des dels grecs amb Persèfone tornant cada any a la llum des de l'ombra de l'Hades i fent brotar les fulles i les flors, des de sempre, potser només va ser un poc de verd novell, de sang ni tan sols adolescent encara, un poc de vida somoguda que ara el tornava a commoure ajagut en aquella herbeta tendra de gespa fresca impròpia d'aquest país eixut, a la vora d'un estany d'artifici allà dins d'aquell riu que ara ja no era un riu. Es llevà el mocador de la cara, s'incorporà, i assegut es va quedar mirant cap a llevant l'espai que va ser riu, allà mateix on el riu sí que era un riu aquell any, ell en devia tindre dotze, aquell últim diumenge de Pasqua a la casa dels avis, quan després d'estrenar espardenyes vingueren uns xiquets del veïnat a buscar-lo per a dir-li que tenien un secret i si els volia acompanyar li'l mostrarien, i els va seguir pel camí de les moreres i després van entrar pels canyars verds espessos obrint-se pas com en un laberint o una jungla d'herbes altes i joncs fins al centre on corria la poca aigua del riu en primavera, i allà van trobar l'home mort bocaterrosa amb la cara encastada en les herbes i pedres del fons del corrent, era potser un borratxo que hi va caure de nit, un rodamón com n'hi havia tants per l'horta, qui sap si un lladre que fugia en la fosca, un home dels maquis que havia baixat de la muntanya, un contrabandista escapat del port tan pròxim, un misteri, no ho van saber mai, corria mig pam d'aigua clara que arribava a les orelles del mort i li inflava les butxaques de la jaqueta esquinçada i oberta, l'home tenia un peu descalç mostrant un taló blanc com un ou pel forat del calcetí, i a l'altra banda de l'aigua dos guàrdies civils vigilaven el mort asseguts en silenci amb l'arma entre les cames i fumaven cigarrets bonyeguts renegrits; no va passar res, van mirar aquell cos dins de l'aigua uns minuts i se n'anaren pensant qui devia ser i de quina manera i per què havia mort, pensant-ho sense angoixa, recordà, i sense fer-se els uns als altres les preguntes, perquè un cadàver misteriós era només un mort, i aquell era el dia de Pasqua i cap mort els havia de privar de la festa i la mona, del berenar, l'ou dur i l'alegria, i molts anys després ell li contà aquella escena a un escriptor conegut i l'escriptor en va fer un relat que tancava un volum, Els cucs de seda, perquè aquells dies era també quan naixien els cucs, l'àvia en criava per gust de regalar després cistellets de capolls escaldats blancs i grocs tan suaus, potser també els cucs de l'àvia eren un residu del temps ja perdut valencià de la seda, com els casals del barri de Velluters on la teixien, però l'àvia es va morir l'any següent i ell no tornà ja per Pasqua a la casa de Montolivet i va perdre l'únic dèbil contacte amb les séquies i els camps: i amb les eres, el riu, els canyars, amb aquella petita experiència d'aventura que els xiquets en un pis de ciutat no coneixen, aquell aire de llibertat que ells no respiren. Irene, al seu costat, rebia el sol ajaguda en la gespa amb el cos relaxat, les parpelles tancades i un somriure de llavis immòbils, amb el front serè i llis gairebé sense arrugues.

Ell la va contemplar amb tendresa, i als seixanta anys passats era encara una dona molt bella, el nas recte i la boca petita de bellesa d'estàtua antiga, tenia els pits durs ben marcats sota la brusa fina amb tres botons descordats i el coll obert fins al sostenidor blanc, s'havia arromangat una mica la falda, un pam per damunt del genoll, i tenia les cames tan boniques i tan elegants com quaranta anys abans, cames llargues perfectes rebien la caloreta del sol, no cames deformes d'una dona ja gran, però les cames d'Irene tan belles eren cada vegada més dèbils i més insegures, els costava sostindre el seu cos tanmateix poc pesant, i no haurien pogut transportar-la ni servir-li de res si ell l'haguera volgut despertar del son dolç sota el sol i acudir agafats de la mà a unir-se als rogles d'adults i xiquets de famílies i colles d'amics que ballaven la tarara de Pasqua cantant en aquell parc de ciment i de gespa moderníssim netíssim acabat d'estrenar, el devien raspallar i agranar cada dia, una obra d'enginyers arquitectes que podrien haver-la construïda igualment dins o fora de qualsevol gran ciutat, en aquell parc ni suburbà ni urbà on hi hagué el riu de la seua infantesa, allí mateix on hi hagué herbam salvatge, moreres i canyars, ballaven en rogle i cantaven residus de tonades rurals: qui sap si aquests xiquets de parc de ciutat nova també somreien dissimuladament, pensà, i es pegaven colpets còmplices de colze d'amagat dels adults tal com havia fet ell quan ballava com ells i quan cantaven cançonetes amb versos incitants, segurament aquelles criatures sabien més versos i més cançons amb sexe cru, segurament havien vist ja moltes més coses de les que ell era capaç d'imaginar quan tenia els mateixos anys, han vist ja molta televisió, però en tot cas fa temps que les cançons tradicionals s'aprenen només a l'escola i no era probable que aquelles al·lusions a un erotisme secret d'infants i adolescents foren ben vistes per la pedagogia oficial, ni tan sols per la més liberal i moderna, hi ha coses que mai no s'han ensenyat ni aprés a escola, però ara aquelles coses on les aprenien els nens? I ell tampoc no podia imaginar cap forma d'erotisme infantil i festiu als blocs de pisos on habitaven aquelles criatures criades davant d'una pantalla de televisió, sense canyars ni pallers ni corrals, ni podia encaixar les cançons de gust rural en aquell parc dins d'allò que va ser llit de riu, ple de grups familiars que havien vingut a passar-hi la vesprada de Pasqua exactament com qui organitza un picnic de diumenge, no amb coixineres de ratlles blanques i blaves sinó amb neveres portàtils i termos, no amb entrepans de llomello i tomata fregida sinó amb sandvitxs quadrats de pa incert industrial en paper d'alumini, i amb pots de coca-cola i ràdios i reproductors de discos compactes que evidentment no emetien cançonetes pasquals o pasqüeres sinó sons estridents ritmes maquinals o melodies meloses que es barrejaven per l'aire entre els rogles instal·lats asseguts sobre mantes de quadros i repartint-se bossetes de plàstic amb el berenar com si en aquell moment mateix Jesucrist acabara de fer el miracle de la multiplicació dels pans i dels peixos a la vora del llac, però de pa de fàbrica i de peix de piscifactoria, i els apòstols hagueren distribuït ja el menjar prodigiós a la massa afamada, repartida en grupets damunt l'herba com manava el Senyor; però ací el llac de Genesaret era només un estany de ciment, una bassa d'a penes un pam de fondària d'aigua a penes blavosa que pareixia blanca cobrint el ciment blanc, amb l'estàtua de ferro d'un gegant caminant a la vora, potser evocant sant Cristòfol quan travessava el riu, o potser Joan el Baptista irritat amb bastó a la riba del Jordà, convertiu-vos, que ja s'acosta el dia del judici, convertiu-vos i jo us batejaré en baptisteri de ciment gris i amb aigua de piscina clorada, perquè aquesta aigua estancada podria ser també el record del corrent que sempre havia passat per ací acabant ja el seu camí cap al poblet o barri que té el nom aparentment bíblic de Natzaret i cap a la mar immediata però que mai més no hi tornarà a passar, ja que la resta del que va ser un ample llit de riu obert al mar és ara un jardí fred i fals de camins i replaces, de pins prims jovenets, d'eucaliptus sense ombra, de rosers amb etiquetes grogues i sense roses, d'alumini i d'acer, d'altres arbres exòtics que ell no coneix, de més ciment encara, d'oliveres molt velles trasplantades de tronc gris secular retorçut arrugat mostrant branques patètiques brutalment tallades i brots forçats com si foren bonsais gegantins, monstruosos, i tanta gent que berena feliç, Crist ha ressuscitat però és segur que ací ningú no ho pensa, va pensar ell, tants xiquets que mai no estrenaran ja espardenyes blanques; i mentrestant al seu costat Irene va obrir els ulls i li va dedicar un somriure amorós, es refregà suaument les parpelles irritades pel sol, es va cordar un botó de la brusa, li digué «Pots ajudar-me?», i ell es posà davant d'ella, s'agenollà, i s'inclinà per agafar-li les mans i estirar fins que ja es va quedar asseguda i després la va haver de tornar a sostindre per sota les aixelles i així s'alçaren tots dos abraçats. També abraçats, o més ben dit enllaçats rodejant-se amb els braços la cintura, van caminar amb passos lents i curts entre l'estany i l'esplanada on corrien bicicletes fent esses, xiquets jugant a pilota i homes joves vestits amb xandall amb gambades atlètiques i la cara seriosa de qui està fent una cosa important, i Irene es va aturar un moment per mirar l'edifici encara no del tot acabat del Palau de les Arts i digué:

«Pareix el cos d'un dinosaure inflat.»

«O un crustaci molt gran primitiu, una bèstia d'aquelles que tenen l'esquelet extern», va dir ell.

«O un fòssil d'un monstre de temps geològics futurs.»

«Del futur, o d'un altre planeta.»

«D'un altre planeta no podria ser, perquè no tenen vida.»

«I això tampoc no en té. Hi ha qui diu que pareix un casc grec, però jo no ho veig clar.»

«Els grecs eren molt més elegants», va dir ella.

Havien baixat del taxi a l'entrada del pont dit de l'Àngel Custodi, l'àngel que se suposa que ens acompanya en els mals passos i en els camins dificultosos de la vida, l'àngel amic personal que no veiem però que sempre és amb nosaltres, Àngel de la guarda, dolça companyia,/ no ens desempares ni de nit ni de dia, que li recitava cada nit sa mare mentre el senyava al front i als llavis, ja dins del llit, però llavors per què l'entrada d'aquell pont ample modern estava presidida per dos dimonis o monstres de bronze negre damunt d'alts pedestals de pedra blanca, dos dimonis alats a cada extrem amb cossos com de persona bestial i caps com de pantera feroç amb les boques obertes i enormes ullals, no hi havia quatre àngels custodiant aquell pont sinó quatre animals infernals, no quatre esperits protectors sinó quatre amenaces de monstres, però aquesta ciutat que no ha observat mai cap coherència entre els noms dels carrers o les places i els noms dels monuments que eventualment els ocupen, per què hauria d'observar-la en els ponts?, i d'altra banda per què els mots i les coses, o els noms i els llocs, han de ser tan coherents com ell voldria?, ja hauria d'estar avorrit i cansat després de tants anys de fer-se preguntes que sap que no tenen resposta, pensà. Abans de baixar la rampa que porta al parc del llit del riu, van passar uns minuts recolzats a la barana mirant com les criatures, aquell dia de Pasqua, suposà, molt més abundants que cap dia, s'enfilaven per les cames i els braços del Gulliver gegant que jau al fons esventrat enmig d'un recinte tancat per a infants, Gulliver de ciment pintat amb la casaca oberta al país de Lil·liput, però amb el pit, els braços i les cames fets amb relleu invertit de manera que formaven concavitats com si foren peces d'un tobogan per on podien llançar-se els petits lil·liputencs, però si almenys els pares i les mares hagueren llegit com cal els llibres de Jonathan Swift sabrien que aquells viatges no eren narracions innocents per a entretindre els infants, eren espills perversos per a mostrar com és d'estranya i absurda la nostra pròpia civilització quan es mira des d'un punt de vista alterat i grotesc, com havia pogut l'heroi viatger acabar convertit en ninot per als jocs infantils? Com ell mateix, va pensar quan baixaven, que també se sentia viatger estranyat per aquell parc nou i aquelles construccions de ciment de capritx industrial sense història arribades d'un espai exterior que ocupaven espais que ell havia conegut com a canyars extensos i herbassars silvestres, quan era encara una selva salvatge suburbana aspra i forta que s'obria des d'aquell mateix punt on s'acabaven els antics murs de pedra del riu que protegien la ciutat feia segles, i llavors ací el riu ja sense murs es tornava a escampar entre ruïnes de fàbriques perdudes a l'esquerra i el Camí de les Moreres a la dreta, però de les moreres potser no en quedava ja cap que per Pasqua donara la fulla tendra que alimenta els cucs, i d'una de les fàbriques, molt prop del pont, només n'havien deixat dos fumerals altíssims de rajola, incongruents i sols, xemeneies perfectes però sense sentit, com un record o emblema de la història propera i tanmateix una història arrasada, una història contemporània però ja tan remota com si fóra medieval o romana, com en un quadre de Giorgio di Chirico, pensà, on el present és ja impecable ruïna futura, i mirant cap a l'altre costat hi havia la cúpula blava de l'església de Montolivet i havia recordat les campanes alegres i la missa nocturna de glòria, però d'aquells xiquets que abans havien vist al tobogan del cos de Gulliver i que ara veien jugant i corrent sota la vigilància dels pares, cap de tots amb certesa no havia estrenat espardenyes, i poquíssims, amb la mateixa certesa, devien saber què era una missa de glòria, què era la festa de Pasqua, com fan els cucs els capolls de seda, i què volia dir Montolivet.

Irene es cansava molt prompte, i van seure en un banc al costat de dos homes, tots dos d'edat ja madura, tots dos vestits amb xandall blau i blanc juvenil, per quin motiu, pensà, aquesta indumentària de gimnàs o de repòs d'atletes en competició s'ha convertit en uniforme obligat de parcs i de caps de setmana, per què fins i tot al seu barri mateix, al carrer de Pelayo, els diumenges hi ha homes que ixen de casa amb xandall només a comprar el diari o a traure el gosset a fer caca, dones amb xandall als balcons amb bigudins al cap fumant un cigarret indolentment, el xandall com un signe exhibit d'una falsa llibertat informal, l'aparença barata d'una imatge mal imitada de vida de films nord-americans de residència suburbana de casa amb parcel·la de gespa i jardí i dinars de barbacoa, o com si aquella indumentària esportiva fóra ella mateixa emblema i garantia d'una perpètua joventut des de l'adolescència a la vellesa, eternament àgils i atlètics, eternament farcits de pensaments tan estúpids i vacus com els d'aquells companys de banc que posaven a prova la seua capacitat de resistència, i la d'Irene que el mirava de tant en tant amb ulls irònics o resignats suportant la conversa dels dos homes que era només un devessall de llocs comuns banals, els llocs més banals i comuns d'una mena de gent que fa tants anys que domina i governa en aquesta ciutat que ja pareix que el seu cervell col·lectiu i greixós siga tan indestructible com el cos gras i tou de l'abella reina que un exèrcit d'abelles laborioses obtuses alimenta i preserva, i la seua excrescència era aquella conversa amb xandall en un parc de ciment admirant-se de tindre a València fent obres famoses els millors arquitectes del món, un d'ells paisà nostre i celebritat universal, que ens estan construint una ciutat tota nova, una cosa mai no vista, una nova meravella del món i l'enveja de tot el planeta, un imant per a milions de visitants, i pareix que allà a baix, darrere d'aquells envelats de ciment i d'aquella construcció que és tota una esfera de vidre, hi ha el projecte d'edificar tres torres de cent pisos o més, trescents metres d'altura, que han de pujar cap al cel enroscades, l'home que ho explicava elevava la mà amb els dits cap avall fent en l'aire un dibuix d'espiral, i diu el diari que almenys una d'elles ha de ser la més alta d'Espanya però ell creu que d'Europa sencera.

«I vosté què en pensa?», li va preguntar l'home amicalment, segur de la resposta: «No creu que és un projecte fantàstic?»

«Ah, sí, sí», va respondre, «és fantàstic: quan tinguem eixes torres que diu, València ja podrà comparar-se amb Taipei i amb Kuala Lumpur.»

«Amb qui diu que ens podrem comparar?» L'home, sorprés, va passar en un instant del somriure feliç al gest hostil. «Me pareix que vosté vol burlar-se...»

«No, senyor, són ciutats molt famoses. Taipei i Kuala Lumpur tenen torres molt altes.»

«Vosté s'està burlant...»

«En absolut. Anem, Irene, que a aquests senyors potser els incomoda la nostra companyia.»

I tanmateix, va pensar quan tornaven lentament cap al pont, i sabia que Irene ho pensava també en aquell moment, en un lloc com aquest és on podrien mudar-se a viure, no en una d'aquelles tres torres de Shanghai o Hong Kong, que encara no hi havien posat ni els fonaments, sinó potser en un dels blocs nous ja acabats a l'esquerra del riu i del parc, en un pis acarat a llevant i a migjorn i prou alt per a rebre la llum del sol del matí a la vesprada, prou alt per a contemplar un horitzó extens de mar i de camps treballats i de pobles de l'horta, perquè si ella ja no podia viure molt més temps en un pis sense ascensor, que aviat seria tant com viure tancada en una presó ja que haver de baixar i pujar les escales s'haurà convertit en un mur insalvable, una empresa impossible, si la mudança s'havia de fer per força, aquell podria ser un lloc perfecte; ella li havia dit «Vull viure al sol el temps que em queda, vull viure dins de la llum, mirant la mar des de l'altura», i això era irrebatible. I en aquell punt va ser quan s'adonà del gos, un gos pelut de potes curtes, de morro llarg i d'orelles caigudes, que caminava al seu costat, alçava el cap, movia la cua, i els mirava amb ulls dolços, sense recel, com si ells foren els seus amos.

«Mira quin gos», li va dir a Irene.

«Ja l'havia vist», va dir ella, «fa estona que pareix que ens vol seguir.» S'aturaren, i el gos també s'aturà davant d'ells, i va alçar una pota com demanant una salutació amistosa. Ell s'ajupí, li agafà la poteta i després li passà suaument una mà per darrere del cap i pel llom.

«Té una mirada molt intel·ligent, com si ens volguera dir alguna cosa.»

«Potser ha perdut l'amo, o busca una nova família», digué Irene.

«Té uns ulls inquietants. Com si estiguera fent esforços per parlar, per avisar d'algun perill.»

«Els gossos no parlen si no és en els dibuixos animats i en les faules antigues.»

«Podria ser un gos màgic», va dir ell.

«Sempre has tingut molta fantasia.»

3

Després de café jo parlar, li digué el senyor Li des de la porta del Basar Pekín, tocant el seu portal, quan ell eixia de casa per creuar el carrer cap al bar del Trinquet, potser volia discutir el lloguer al·legant que el negoci era fluix, potser demanar-li permís per a fer alguna reforma en la tenda si li anava bé el negoci, ell no sabia si amb un basar com aquell es guanyaven pocs o molts diners, no en tenia ni idea, en tot cas era segur que el senyor Li l'esperaria, dret i amb els braços creuats, somrient impassible amb la mateixa cara i els mateixos ullets intel·ligents que tenia Deng Xiaoping: ell l'imaginava alternativament amb una d'aquelles jaquetes grises o blaves que en deien jaquetes de Mao botonada fins al coll o amb un vestit de xinés clàssic com una sotana verda o violeta de seda amb les mànigues amples on amagava les mans de mandarí d'ungles corbades llarguíssimes i amb un bonet redó al cap d'on eixia per darrere la trena prima llarga fins a la cintura, un xinés d'uniforme del formiguer comunista o un xinés misteriós de la Xina imperial, però el senyor Li portava sempre camisa blanca i corbata, a l'hivern amb jaqueta, a l'estiu sense, i els cabells negres curts i erectes de raspall. I Deng era com el senyor Li, un home baixet, gairebé sense coll, d'ulls petits mig tancats però vius i brillants, de llavis prims sempre amb un gest enigmàtic o irònic, mai ningú va saber què pensava, només era segur que entenia la història xinesa i també quin era el seu lloc en aquella història molt més llarga i antiga que la nostra; dels llibres que havia llegit sobre la Xina, sense entendre'ls del tot, pensà recolzat a la barra del bar, li havien quedat algunes idees elementals, unes imatges: que la Xina, per als seus governants, és el món, potser reflex del cel, que el poder ha de ser perfecte, que l'exterior és també l'inferior, i que tot això està permanentment amenaçat de destrucció, des de fora pels bàrbars, des de dins per la seua mateixa immensitat, perquè la Xina de totes les dinasties de la història, la dels palaus imperials, la de la meticulosa estructura burocràtica, la dels guerrers innombrables enterrats en efígie d'argila amb el gran emperador, dels mandarins que no es tallen les ungles llarguíssimes, de la cultura subtil protegida per una muralla infinita, era el contrari exactament d'aquella Xina de Pearl S. Buck, dels missioners americans, de les concessions als poders occidentals, dels senyors de la guerra, de les guerres de l'opi, de la descomposició, i el pànic de la Xina, fins a l'horrible invasió japonesa, era la seua pròpia desintegració, ja que quan un país o imperi, quan una cosa tan singular com l'Imperi del Cel, ha desenvolupat la doctrina de la pròpia eternitat, la desintegració és del tot inimaginable, aquell no era l'imperi romà, ni el bizantí ni el turc ni el tàrtar, ni cap dels imperis moderns, era una obra compacta, definitiva i divina, que és allò que volgué restaurar Mao Zedong, a la seua manera i amb un doble objectiu: un d'origen modern i europeu, el poder de les masses, la revolució, i un d'origen antic, la unitat i la grandesa de la Xina, però revolució i grandesa eren difícils de combinar durant molt de temps, el Gran Salt Endavant va ser la ruïna, la Revolució Cultural el desastre perfecte, i mentrestant a Europa milers i milers d'innocents, inclosos molts estudiants seus dels anys setanta, llegien el Llibre Roig sense saber què llegien, els anomenats proxinesos seguien la versió més al·lucinada de l'ideal comunista, i el filòsof Jean-

Paul Sartre, l'ésser i el no-res i la nàusea, venia exemplars de La Cause du Peuple als carrers de París sense saber què venia, potser Sartre i Mao tenien només una cosa en comú, va pensar, la gran estrella del pensament d'occident era un depredador metòdic d'estudiants jovenetes, el gran sol lluminós de l'orient, llavors ja vell i repel·lent com un gripau, tenia un harem permanentment renovat de xiquetes, preadolescents o a penes púbers, dos herois de la causa del poble, una història exemplar del nostre temps; llavors qui ho va entendre tot va ser el gran Deng Xiaoping, del quals els xinesos van celebrar l'any passat, recordà, el centenari del naixement, Deng amb aquella careta innocent que fa també el senyor Li va comprendre que l'ordre, i no la revolució permanent, era la condició del retorn de la Xina a la grandesa passada, que la grandesa present no era una qüestió de doctrina, sinó d'indústries i d'empreses, que fer-se ric és bo, i que la multiplicació dels rics és l'única manera que els pobres deixen de ser pobres, amb gran escàndol dels maoistes europeus, i finalment i sobretot, va entendre que tot això només podia funcionar si la unitat de l'imperi era preservada per una nova forma de mandarinat: el Partit Comunista, per tant, no tindria ja com a missió arribar a la societat definida pel seu nom, sinó únicament conservar la unitat del poder, que és tant com dir evitar el perill permanent de descomposició. Els resultats estan ben a la vista, va concloure amb el primer glop de cafè amb llet, l'homenet que continuà vestit amb jaqueta botonada fins al coll deixà pas als empresaris amb corbata, a les minifaldes, a la Coca Cola i als especuladors immobiliaris, i la Xina, de nou, ha fet que el món sencer la mire amb la boca oberta de respecte, d'admiració o de por, com la mirava Marco Polo o els jesuïtes del segle XVII: a poc a poc, el món són ells, una altra vegada. Però, a banda d'aquesta idea elemental, ell no l'havia entesa mai, la història de la Xina, va pensar, i no per falta d'haver-ho intentat, fins i tot per interés professional, n'havia llegit dos o tres manuals i alguns altres llibres, i després de cada lectura tots els noms, totes les èpoques i les dinasties, els segles i els emperadors, se li feien un garbuix indestriable, devia ser que els europeus només sabem interpretar la història suposadament nostra, que segons com es mire comença amb el paradís terrenal de la Bíblia, amb Egipte i Assíria, o amb la guerra de Troia i els grecs i els romans, tot plegat una cosa ben complicada i estranya, que imaginem que comprenem perquè és o ens sembla pròxima, però la Xina no l'entenem de cap manera, no sabem si és una civilització continental, un sol país extremament gran, un imperi, una unitat indestructible i eterna o un simple espai geogràfic, o què, ni sabem què representen per a ells els segles, si és que compten la història per segles, què són allà les èpoques o les dinasties, no recordem qui va primer, si els Sui els Tang o els Song, i quina és la diferència, o potser que per a nosaltres tot Àsia és la matèria fosca de la història, com aquesta que diuen que forma el gruix de la matèria total de l'univers però no la veiem i no sabem què és, Àsia sencera amb l'Índia, la Xina i Mongòlia i Sibèria i Japó, l'Imperi del Cel i l'Imperi del Sol, com pot entrar tot això en cap visió conjunta o imatge o teoria de la història universal, ni tan sols de la curta història que en diem contemporània?, i què devia pensar d'això que en diem Occident aquell home que l'esperava a la porta del basar, què és Europa per a ell, què som nosaltres per al senyor Li i per als milions de senyors Li que ara mateix s'escampen pel planeta, des del cor de Manhattan fins a les costes d'Àfrica fins a la planta baixa de la casa on jo visc a València, pensà, què som per a ells a més de ser clients de restaurants xinesos i compradors de mercaderia barata importada?

Com cada matí quan no anava a la universitat a passar unes hores llegint al despatx, va fullejar el diari dret a la barra del bar mentre es menjava el croissant a trossets i bevia glopets de café amb llet, allí el croissant era molt bo, bona pasta fullada enrotllada bona mantega, tot fet a mà al forn del costat de casa, el dels nostres forners de tota la vida, quant tardaran els xinesos a ocupar també els forns?, i el periòdic del dia 1 d'abril explicava que al papa Joan Pau II li quedaven pocs dies o potser poques hores de vida, s'ofegava a pesar de la traqueotomia i d'haver-li posat una vàlvula al coll, pobre papa de Roma, que sol deu estar en la seua habitació al Vaticà, després de tant viatjar pel món i de tants banys de masses, ara immòbil al llit potser vestit només amb una d'aquelles camises indignes obertes per darrere que els posen als malalts d'hospital com si foren ninos grans o mig bojos, mai no tornarà a eixir a la finestra del palau apostòlic a parlar als fidels i curiosos congregats a la plaça teatre més exacta del món amb aquella veu feble ja fa temps incapaç de transmetre altra cosa que el seu patiment que ell mateix considera un martiri final acceptat i exemplar, després d'anys d'arrossegar-se pels avions i els altars i les sales d'audiències exhibint el dolor i l'angoixa mig tort i encorbat i enfarfegant-se patèticament fins i tot amb les paraules llatines més simples de Benedicat vobis omnipotens Deus Pater et Filius et Spiritus Sanctus, i llavors va pensar en Irene, perquè el papa de Roma també va començar com ja ha començat ella, amb senyals que semblaven poc més que molèsties, només amb la tremolor d'una mà i amb una lleugera dificultat per a parlar clar i per a caminar sense ajuda, i va sentir una vaga contracció de l'estómac, un instant de mareig sense llum, ella encara era al llit esperant que ell tornara del bar, s'alçava molt tard, es cansava molt prompte, no podia pelar-se ella sola una poma.

Des de la porta del bar, abans de tornar a creuar el carrer, va veure el senyor Li que l'esperava, en efecte, dret a l'entrada del Basar Pekín amb els braços creuats i agafant amb dos dits, l'índex i el polze, un cigarret a l'altura de la boca, exactament tal com solia fumar son pare quan eixia a descansar uns minuts i a mirar passar la gent, també amb camisa blanca i corbata però damunt de la camisa impecable son pare portava un davantal de cuiro, exactament en aquell mateix punt a la porta de la sabateria que durant prop d'un segle va ocupar el local que ara ocupava el comerç de quincalla i mercaderia barata importada del senyor Li xinés, i allà on ara hi havia un aparador estret i llarg de vidre ple d'articles de regal de poc valor, de braçalets i collars, de sabatilles, de ventalls, paraigües, flors i plantes de plàstic, figuretes pintades, rellotges, i de roba femenina variada, braguetes i sostenidors, dos maniquins masculins mal vestits, hi havia hagut l'aparador elegant i petit de la sabateria amb el rètol discret que anunciava calcer fet a mida, especial i d'encàrrec, i només tres parells de sabates de mostra en la vitrina, unes d'home amb cordons i de punta esmolada, unes de dona amb taló moderat i de punta redona, i un tercer parell amb una sabata de sola normal i una altra amb sola de tres dits de gruix, sabates de coix, de qui té una cama més curta que l'altra, els tres parells negres dignament exhibits sobre una tela ondulada i plegada de vellut vermell fosc.

«Parlar de negocis», digué el senyor Li, i va llançar la punta del cigarret a terra i l'esclafà amb el peu, així les llançava també Deng Xiaoping i després escopia per terra? Va fer un gest de deferència amb el braç: «Entrem a despatx?»

El pare i l'avi també havien tingut un despatx molt estret al fons de la botiga, en aquell mateix lloc, però no en deien despatx, en deien oficina, i era només una taula petita de fusta polida, uns prestatges amb mostres de pells i una gran caixa forta pintada de negre on guardaven papers i factures i carpetes amb dibuixos i mides dels peus dels clients, com les d'aquella senyora elegant, recordà, però de peus inflats i una mica deformes que ell va sorprendre una vesprada quan tornava d'escola i entrà a demanar-li tres pessetes a l'avi Ramon per a comprar-se un tebeo i uns sobres de cromos, la dona estava dreta amb el cul recolzat en la taula, portava una jaqueta curta amb coll de pells i un collar llarg de perles i el seu avi agenollat li agafava suaument un peu descalç, el posava sobre un full de paper blanc que hi havia al seient de la cadira, i en dibuixava la forma amb un llapis resseguint-la des del taló al dit gros, li va semblar que la dona tenia la falda una miqueta massa arromangada, fins més amunt del genoll, i que el seu avi, però d'això no estava tan segur, amb la mà esquerra li acariciava la cuixa per baix del genoll nu mentre amb la dreta li dibuixava el peu atentament, i la dona elegant panteixava una mica i somreia mirant les mans del sabater, cap dels dos s'adonà de la seua presència i ell tornà a eixir del despatx en silenci, l'avi li havia contat que quan ell era jove, pocs anys abans de la Gran Guerra, els amics li tenien enveja perquè era l'únic que, gràcies al seu ofici, els podia veure el turmell a les dones, i un tros més que el turmell, però pocs anys més tard totes les xiques ballaven xarleston amb falda curta i a la platja ensenyaven les cuixes, aquella sí que havia sigut una revolució, afirmava, més gran que la de Rússia, després d'allò ja podia passar qualsevol cosa. L'avi Ramon era alt i prim, de cabells grisos sempre forts i abundants, i amb un gran mostatxo del qual estava especialment pagat, Mira xiquet, Ein Kuss ohne Schnurrbart ist wie eine Suppe ohne Salz, deia de tant en tant acariciant-se amb la mà els pèls blancs hirsuts, un bes sense bigot és com una sopa sense sal, era l'única frase que sabia en alemany, pronunciada a la seua manera, li l'havia ensenyada un client prop de mig segle abans, un comerciant d'Hamburg instal·lat a València, i ell la primera vegada li preguntà què volia dir això del bigot i la sal en la sopa: Mira xiquet, la picor, el gustet, ja ho entendràs més avant, però ell no havia preguntat mai a cap dona si la dita alemanya era certa, i de tota manera tampoc no havia portat mai bigot sol sense barba completa, tenia els cabells molt fins, com sa mare, i havia començat a perdre'ls a penes passats els trenta anys. L'avi es definia com a mestre sabater, havia estat anarquista pacífic abans de la guerra civil, naturista i nudista, i conservava una fe inalterable en la comunicació amb els esperits, una confiança tan profunda i tan fresca que ell no va tindre ni por ni aprensió aquell diumenge que es van quedar sols a casa i l'avi li digué: Mira xiquet, anem a fer tu jo una sessió, els dos a soles, i tancà les finestres de la saleta d'estar, el va fer seure a la taula redona amb faldons, ell en deia tendur, va fer que es tocaren les mans amb les puntes dels dits, les mans seques de vell i les seues manetes d'infant, i passats els anys ell no recordava amb certesa si va notar els colpets de la taula contestant les preguntes o amb qui va dir l'avi que comunicaven, no amb l'Esperit del Món ni amb l'Esperit de la Terra, potser amb el d'Allan Kardec, fundador de l'espiritisme, potser amb el del doctor Zamenhoff, que té encara a València, xiquet, el carrer que li vam dedicar anys abans de la guerra, ara segur que no li'n dedicarien cap, perquè l'avi també era una mica esperantista, pobre senyor Ramon, va pensar, que tants anys ocupà aquell despatx i que el primer dia d'abril del trenta-nou, tal dia com aquell, Dia de la Victoria, havia cremat un a un al foguer de carbó de la cuina la major part dels escassos llibres que tenia, inclòs el diccionari d'esperanto, però mai no va perdre el bon humor i l'alegria, ni tan sols quan el pare poc abans de tancar la botiga el va portar a una residència de vells: Tu estudia, xiquet, estudia, que arribaràs molt lluny, li va dir la darrera vegada que el va veure viu, quan ja era només una cara de pell sense carn, només un gran bigot que li cobria quasi tota la boca.

«Jo compra local», li digué el senyor Li quan van seure al despatx. El senyor Li el mirava i somreia amb els ulletts de Deng Xiaoping, va encendre un altre cigarret agafant-lo també amb l'índex i el polze. «Si vosté ven local jo compra local: interessa?», i ell abans de meditar cap resposta, de preguntar quants diners oferia o de respondre que havia de consultar-ho, sense temps de pensar que aquella planta baixa i el pis del mateix edifici eren tota l'herència del pare, tot el seu patrimoni, va dir:

«Si vosté compra jo venc: sí que interessa», i el senyor Li va somriure no solament amb els ulls sinó amb els llavis i amb tota la cara, va allargar-li la mà i van encaixar: no portava les ungles llarguíssimes, eren ungles tallades normals, i la pell de la mà era seca i molt freda. Estava fet, i estava fet sense haver-ho pensat, vendria el local, vendria també el pis si el senyor Li el comprava, i es mudarien de casa, a viure en un pis nou lluminós, un pis d'un edifici nou en un carrer ample i nou, a viure en una casa nova i sense història, va veure la casa amb parets de colors clars, amb finestrals amplíssims oberts a un cel molt blau, i en la visió les parets no estaven cobertes de prestatges atapeïts de llibres fins al sostre, estaven nues, només amb algun quadre alegre, i sobretot sobretot l'edifici, que era molt alt, de molts pisos, tenia ascensors d'acer lluent on Irene podria pujar i baixar sense haver de patir per les escales com ací, amb tota certesa en poc de temps ja no podria ni tan sols eixir de casa si no es mudaven a un pis amb ascensor.

«Interessa, interessa», va repetir, un any abans potser no hauria acceptat l'oferta, un any després potser hauria arribat massa tard. «I interessa també vendre pis, així vosté podrà viure dalt mateix del basar, com mon pare damunt de la sabateria.» El senyor Li va tornar a somriure, va dir «A mi interessa també», i va tornar a donar-li la mà per damunt de la taula. Estava fet, com si el doble de Deng Xiaoping haguera estat un enviat del cel, just en aquell moment, un esperit encarnat arribat de la Xina per encendre aquell llum que ara l'il·luminava, l'hereu de Mao transmigrat que el llançava al gran salt endavant, adéu a aquell carrer i a aquella casa on havia nascut i viscut, o era potser l'esperit reencarnat del seu avi amb un gran bigot blanc que havia sigut la sal de qui sap quantes sopes, l'esperit de son pare que tancà la botiga quan pensà que ja havia guanyat prou diners com a artista del calcer, especialista estilista de la sabata amb la clientela més selecta de València, afirmava, i podia haver ampliat el negoci, haver-lo convertit en una empresa de moda, però ell no era un empresari, afirmava també, era un creador, i un bon dia digué que havia perdut la inspiració, que a més a més sense tecnologia moderna ja no podia competir i amb aquella tecnologia ell no sabia ni volia treballar, els seus clients podien comprar sabates de marca italiana o anar-se'n a Londres a fer-se-les a mida, que ell tancava la botiga i se n'anava a fer vida feliç de jubilat voluntari en un apartament a la platja; però allò que no haurien pogut imaginar l'avi ni el pare era que un comerciant xinés llogaria i després compraria aquell lloc amb història, que un bricabrac de quincalla i de mercaderia insignificant i banal ompliria l'espai que havia estat ple d'olors nobles de cuiros i pells, de greix de cavall i de cera, de cremes i coles i tints i vernissos, i ell va sentir com tornaven aquelles olors, com l'aire del basar es saturava d'aquell perfum de treball lent, de les veus baixes de l'oficial cosidor i del pare observant formes de fusta i patrons de cartó, el ding ding de la campaneta de la porta cada volta que entrava un client o eixia el xiquet dels encàrrecs; i quan els seus col·legues del futur, futurs historiadors del nostre temps present, intentaran entendre aquests canvis i transmutacions, tal com ell havia intentat comprendre canvis i fets d'un segle o dos segles abans, quan d'ací a un segle o dos vulguen saber què ens ha passat i amb quins pensaments i emocions hem viscut allò que ens passa, com ho podran saber?, i què hi podran entendre si han d'acudir només a les hemeroteques i als papers dels arxius: si algú com ell no ho escriu i ho explica, com podrien arribar a copsar què volia dir que la història contemporània nostra s'havia acabat finalment, la història del segle XIX i del XX a la qual ell ha dedicat tota la vida, el dia que un basar de productes a preu rebentat importats de la Xina, el Basar Pekín al carrer de Pelayo de València, havia esdevingut l'usurpador, l'ocupant o simplement l'hereu i successor de la sabateria del seu avi espiritista, de son pare l'artista estilista, o si no era l'hereu sí que era el comprador de l'hereu professor que havia hagut de fugir d'aquella casa i abandonar aquell carrer que, d'altra banda, sense que n'hagen enderrocat cap edifici, per gran miracle en aquesta ciutat, va pensar, on la demolició i la ruïna són tan extenses i tan habituals, sense deixar de ser un carrer de cases iguals de quatre o cinc pisos amb balcons de ferro i amb persianes grises o verdes als balcons, s'ha transformat també en un gran basar que potser representa la nova economia popular d'aquests anys, no solament Basar Pekín sinó Basar de la Terra, Basar Global o Basar del Planeta, de la mateixa manera que al llarg de tot l'espai d'un segle aquest carrer i el carrer transversal i el paral·lel, del Matemàtic Marzal i del Convent de Jerusalem, havien sigut uns carrers mercat, no només amb mercat matinal amb parades de roba i de queviures, parades de gitanos i de carnissers, d'hortalisses i fruita i verdura, que a primera hora de la vesprada ja havien desaparegut i el carrer es quedava ben net i arruixat, no solament aquells carrers eren això, que en una petita part residual encara ho eren, sinó que sobretot, i especialment el carrer de Pelayo, eren carrers d'accés al centre de la ciutat, nascuts quan va desaparéixer la muralla, carrers on arribaven cada matí els ordinaris dels pobles de la Ribera i de l'Horta, primer amb tartana o galera després amb camionets tancats plens de paqueteria que descarregaven als petits magatzems de repartiment, i arribaven també molt de matí furgons i camionetes amb gàbies de gallines que després carregaven en motocarros petardejants o lligades al sostre de cotxes quadrats per portar-les a les carnisseries encara cloquejant traient els caps i els colls entre els barrons de fusta i soltant plomes que voleiaven i es quedaven a terra barrejades amb brins de palla bruta i amb papers rebregats de diari, i el seu era també un carrer amb tallers mecànics sempre oberts amb el paviment negre d'oli i de greix i amb cotxes esventrats sobre els quals s'inclinaven els homes amb granota blava tota bruta ennegrida o treballaven gitats en terra amb el cos amagat sota el vehicle i mostraven només part de les cames i les botes greixoses, i llavors ell amb algun company d'escola s'aturava a la porta un instant per mirar les dones amb banyador dels calendaris amb les mans a la cintura o amb els braços alçats i les mans enllaçades darrere del cap, encara no hi havia dones nues de Penthouse o Playboy, però els tallers mecànics havien desaparegut, com també els ordinaris i les agències de transport, com els camions amb caixes de gallines, els motocarros i el seu petardeig, i també havien desaparegut feia temps les plomes i la palla, la pols dels dies de vent, l'olor de fusta tallada passant per davant de l'ebenista, l'olor d'oli fregit i de corfes de gamba i de clòtxina barrejades amb serradura humida al peu de la barra de les cerveseries, l'olor de llet fresca de la lleteria, ara el carrer no feia olor de res, ara era tot com el basar Pekín. L'únic guany amb tants canvis, l'únic progrés que agraïa, era que en un d'aquells locals d'arribada d'ordinaris i de distribució de mercaderies, un magatzem molt gran just al costat del seu portal, a l'altra banda de la sabateria transformada en basar, havien instal·lat feia més de vint anys, potser trenta, la Gran Llibreria París-Londres-València, llibreria o gran dipòsit de llibres, i l'encarregat li buscava, de tant en tant, curiositats i rareses impreses per a ell i edicions d'autors clàssics per a Irene, però podia una llibreria, on ell d'altra banda passava algunes vesprades una estona molt plàcida, contrastar o combatre la transmutació del carrer? Des del despatx del senyor Li, ara sí que seria del tot del senyor Li, ja no llogat sinó comprat, ja no propietat del senyor Salom fill i nét de Salom, li va dir per telèfon a Irene, que encara era al llit i com cada matí llegia versos grecs recolzada en dos coixins, era la primera cosa que feia, abans d'alçar-se, i només havia d'inclinar-se una mica i estirar el braç per despenjar el telèfon del dormitori, damunt de la tauleta de nit, li va dir:

«Irene, ho hem venut tot.»

«Que hem venut què?»

«Bé, no venut encara, aparaulat, al senyor Li: el pis i la planta baixa.»

«Així de sobte, sense pensar-ho?»

«Sense pensar-ho», va dir. Si ho haguera pensat, ho hauria fet igualment? «Ho venem tot i et portaré a un pis nou, no era això el que volies?»

«Ningú, Cirne, és causant de la seua des...gràcia o de la seua fortuna, són els déus els qui donen totes dues coses, i cap home, quan s'afanya en una em..mpresa, coneix en el seu cor si al final serà útil o perjudicial, ja que sovint, pensant que en traurà un perjudici, en trau un profit; a cap home se li arriba a acom...mplir tot allò que desitja, els límits de l'impossible el detenen; i tanm...mateix els homes, com a ignorants que som, tenim esperances boges, mentre que els déus ho con...clouen tot segons el seu desig.» Parlava a poc a poc, de tant en tant arrossegava una síl·laba.

«De qui és això?»

«De Teognis: què et sembla?»

«Casualitat.» No era una bona resposta. I l'oferiment del senyor Li, era també casualitat?

«No hi ha gent que obre la Bíblia a l'atzar, per ins...spirar-se i saber què ha de fer?»

Ja feia mesos que ella solia quedar-se gitada llegint fins a mig matí, i ell després de fer-se el café amb llet al bar li preparava el desdejuni, fruita, un iogurt i llet amb cereals, i li'l portava al llit, li feia companyia mentre ella menjava; menjava molt a poc a poc, sovint li tremolava la cullera.

«Tens ganes ja de desdejunar?», li va dir encara.

«Ja saps que de matí no tinc mai gana...»

«Vaig a fer una passejadeta de mitja hora, i després pujaré a fer-te el desdejuni, has de menjar...» Avui no aniria a llegir llibres seus al seu despatx de la universitat, avui era un dia especial.

«La cosa més jus...ta és també la més bella», digué Irene al telèfon, «la salut la més preuada, i la més agradable acon...seguir allò que hom desitja...»

«És com si estigueres llegint-me les respostes d'un oracle.»

«No dius que és casualitat?»

«Potser. Torna-m'ho a llegir.»

* * *

Com degueren pujar fins ací aquesta campana que pesa vuit tones i la boca fa dos metres i mig de diàmetre?, vuit mil quilos són el pes de vuit metres cúbics d'aigua, són vuit cotxes mitjans com aquells que circulen per la Plaça de la Reina o fan cua a l'entrada del pàrquing subterrani, vistos des de l'altura del campanar de la Seu pareixen molt petits, com cotxets de joguina, però premsats en un bloc de ferralla serien un cub d'una tona, vuit blocs vuit mil quilos el pes de la campana que van fondre ja fa prop de cinc segles, l'any 1536 segons deia per darrere el tiquet de l'entrada: no entenia de quina manera la pogueren pujar fins allí, més de cinquanta metres sense comptar l'espadanya o remat de la torre on penja sola i plena de majestat, va imaginar bastides de fusta, politges i escales per la part exterior del campanar, va imaginar una mena de grua de bigues instal·lada allí dalt i corrioles i cordes i allà a baix una multitud d'homes estirant i cridant i potser els canonges de la catedral, l'arquebisbe, el virrei i cavallers i dames contemplant l'espectacle, i darrere apinyada una multitud de gent del poble. Imaginava l'operació però no li semblava possible, llavors no tenien aquelles grues metàl·liques gràcils que guaitant recolzat a la barana de pedra veia escampades per tota la ciutat i que un home sol manipula i governa pitjant un botó, tan altes que creixen per damunt dels terrats i teulades dels carrers antics, per damunt d'edificis moderns, i fins i tot superen els blocs de torres de pisos més alts, alguns encara en construcció, que a ponent i a llevant tanquen la vista com una muralla exterior i remota o més aviat pareixen fites provisionals d'un perímetre urbà sense límits, allà on mirava hi havia grues en forma de lletra L majúscula invertida, sembla un prodigi que s'aguanten dretes, i en alguns llocs n'hi havia tantes que formaven un bosc. Havia pujat sense molta fatiga els dos-cents esglaons triangulars i concèntrics de l'escala de pedra gastada, girant sempre a l'esquerra seguint l'espiral i aturant-se arrambat a la dreta contra el mur circular de pou estret profund quan baixaven en grups de tres en tres o de quatre en quatre adolescents d'alguna expedició cultural escolar, elles fent crits aguts i escarafalls de mareig fals o de pànic fingit i ensenyant el melic mentre els culets i els ventres i els pitets passaven a mig pam dels seus ulls o gairebé fregaven el seu nas i el perfum de femella agitada joveneta suada l'assaltava tot ell i cobria l'olor d'humitat que exhalava la pedra, ells llançant esgarips amb veus de quinze anys esquerdades i amb ulls insolents mirant l'home que els devia semblar un vellet panteixant que a penes podia pujar, amb la cara suada i la jaqueta al braç, l'escala que ells baixaven alegres entre xiscles salvatges i empentes a les companyes per a fer-les cridar i respondre amb insults i abraçar-se a l'eix de pedra freda de l'espiral, havia pujat doncs suportant el descens interminable de grapats d'escolars com bestioles indòcils, i ara al terrat, resseguint la barana i després aturant-se i seient al banc de pedra, es torcava la suor de la cara i contemplava, alternativament, la campana descomunal i la ciutat. Mirà el rellotge i faltaven a penes quatre o cinc minuts per a les set, per la banda de mar s'esfumaven en la llum grisa escassa els perfils de pont mòbil amb braços de les grues enormes del port i els volums, incomprensibles mirats des d'allí dalt i des de tanta distància, de la ciutat novíssima dita de les Arts i les Ciències, esferes, semiesferes, angles estranys, fileres d'arcbotants, aquella closca monstruosa o casc, i al costat blocs altíssims de pisos, per allà doncs seria on Irene i ell podrien buscar un lloc per viure, una llotja per mirar l'espectacle d'aquell extrem absurd i exòtic de la seua ciutat, i alhora una finestra per contemplar de prop la mar i el camp, ara que per primera vegada en la vida hauria de triar carrer i casa i ara que, per una circumstància trista i feliç alhora, ben prompte disposaria també de diners suficients per poder elegir amb llibertat un lloc per viure, amb llibertat compartida amb Irene.

El sol declinant, per la part de muntanya, damunt de més torres de pisos i més blocs de muralla remota, perdia força al baixar ocultant-se i mostrant-se entre núvols dispersos, i aleshores va entrar al terrat una parella jove, es van quedar agafats de la mà un moment breu al costat de la porta, amb aspecte de ser novençans en viatge de noces, mirant a dreta i a esquerra amb la cara vermella i queixant-se en alemany de la fatiga; no sóc o no estic tan vell, va pensar, si aquests dos que tenen menys de la meitat d'anys que jo arriben més cansats i suats de com he arribat jo; la dona, rossa, amb un vestit lleuger de flors, primaveral, va seure als graons de pedra del centre del terrat, al peu de l'espadanya i just davall de la boca de la campana gran, i ell va tornar a mirar al rellotge i va saber què passaria en un instant: en un instant la campana petita tocà els quarts, la dona panteixava i somreia mirant el marit i es ventava la cara i el coll amb un plànol mig desplegat, Valencia Stadtplan tingué temps de llegir, i llavors el martell de la campana grossa, un martell exterior amb mecanisme elèctric, no el batall interior que està quiet i lligat, s'alçà lentament i va caure amb un colp que va fer ressonar vuit mil quilos de bronze, vuit tones de bronze vibrant llargament amb un so poderós de barítton, un retruny repetit set vegades, i la jove alemanya va saltar espantada, amb un bot de terror com si s'haguera obert el cel i hagueren esclatat sobre el seu cap el llamp i el tro, va córrer a abraçar-se al marit, i el marit la va rebre amb una gran rialla, divertit de l'ensurt de l'esposa. Ell, però, no trobà divertida l'escena, a ell el pànic dels altres no li feia mai gràcia, molt menys en aquell lloc, i es va girar d'esquena a la parella, a mirar des de dalt les teulades i els terrats de les cases, les cúpules blaves de teules brillants, i tota l'extensió intramurs i extramurs de la ciutat, la mar ja grisa i el sol ponent, perquè a això havia vingut, a contemplar, a això havia pujat aquella vesprada d'abril al campanar de la Seu després de tants anys de la primera i única vegada, amb Irene, quan ells també feia poc temps que eren casats i encara no els havia nascut el fill: a contemplar València des d'allí dalt sobre el melic mateix de la ciutat havia pujat, i a contemplar l'horitzó i la llum del capvespre des de l'altura. I aquest seria el seu pròleg al cel o prop del cel, el pròleg de no sabia quina obra, de quina història amb final imprevisible, quin drama a penes començat o quina forma de tragèdia en aquella hora ja tardana de la vida i del dia en què el sol ponent vibrava roig i gros tal com ha fet d'ençà que l'univers va formar les estrelles i els planetes, i mentrestant, fins i tot en aquells minuts immòbils, girava incomprensiblement veloç l'esplendor de la terra, i així els milers dels dies de la vida entre el crepuscle i l'alba i l'alba i el crepuscle alternant la claredat i la tenebra; però llavors semblava que el gir s'havia aturat, que s'havia detingut també el temps en un instant prolongat de bellesa, que el foc vermell que s'apagava lentament s'estigués del tot quiet a l'horitzó, i els raigs que arribaven a les teules blaves de les cúpules les feien lluir amb reflexos immòbils de coure rogencs o daurats: si sabera fer versos compondria, escrivint en el seu quadernet sobre l'ampit del campanar, una elegia a les cúpules blaves de la seua ciutat, a les teulades grises vistes des de l'altura, als jardinets il·lusoris fets amb testos de plantes humils als terrats, i també als esvorancs de ruïna enmig dels quals s'eleven grues altes i primes com lliris grocs o blaus de ferro, com cigonyes cadàvers metàl·lics immòbils sobre una sola pota, i també una elegia per totes aquelles esglésies al voltant de la Seu que imaginà quasi sempre tancades i buides, per les dotze parròquies de dins la muralla abans parròquies de molts milers d'ànimes ara parròquies d'un grapat de fantasmes. Des de dalt de la cúpula de Sant Pere de Roma es veu Roma sencera estirada a una banda i a l'altra del Tíber, recordà una cançó popular del temps de la seua primera visita, un dels seus anys d'estudiant, quan encara sabíem paraules de tonades italianes de moda, o franceses, quan encara no havia quedat tota llengua arrasada per un anglés inarticulat i bàrbar, d'aquest fons remot de cançons de Jacques Brel a Modugno devien sorgir sense dubte aquells versos Quanto sei bella Roma,/ quanto sei bella Roma a prima sera,/ er Tevere ti serve,/ er Tevere ti serve da cintura,/ San Pietro e er Campidojo da lettiera,/ Quanto sei bella Roma/ a prima sera!, no deia il Campidoglio sinó er Campidojo en la parla romanesca, recordà, i ací a aquest campanar de la Seu li diem el Micalet, pel nom Miquel de la campana grossa, i València, com Roma, era bella també a prima sera, quan s'acaba la tarda i encara no arriba la nit, bella passejant pels carrers i les places quan comencen a encendre's els llums, era la seua ciutat estimada amb un amor perpetu i dolorós, però no era tan bella des d'aquella altura perquè des d'aquella altura es veia informe i trista, trista apagant-se i grisa, i des d'allí dalt, des d'aquell punt mateix del perímetre octogonal de la torre, s'havia llançat el seu fill quinze anys abans en aquell mateix dia nou d'abril i en aquella hora mateixa de sol ponent vermell i de núvols de violeta pàl·lid i de sang, la seua última mirada degué volar sobre les mateixes cúpules, campanars i teulades, i després va pujar a l'ampit, hi va seure amb les cames enfora, s'inclinà endavant, i el seu cos tan jove, era el dia que feia els divuit anys, ara en tindria trenta-tres, l'edat de Jesucrist, va pensar tristament, caigué com un ocell ferit de mort pel tret que li ha tallat en sec el vol i es precipita no amb un vol elegant sinó com un cos desconjuntat o com un sac, així degué caure el seu fill, i ell havia fet alguns passos lents seguint l'ampit, s'havia aturat en el punt des d'on degué saltar, i va pujar al banc de pedra i va mirar des de l'altura el lloc exacte de la plaça on quedà el cos rebentat, a la vora mateixa de la porta barroca de la Seu, exactament entre la base de la pedra i el petit recinte que forma la reixa de ferro davant de la porta barroca, també per això havia pujat al campanar, també per això i no només per contemplar el sol ponent i les teulades, però va fer un esforç per no pensar-ho, per no reviure l'instant en què agafats de la mà i agenollats al peu mateix de la torre Irene i ell van fer que sí amb el cap quan els van demanar si volien que alçaren ja l'aspre llençol de plàstic negre que cobria el cadàver, si estaven ja preparats per a reconéixer la cara del fill mort, per què un jutge cruel va ordenar que esperaren l'arribada dels pares abans d'endur-se el cos a algun lloc on pogueren almenys netejar-li la sang de la cara.

Va alçar la vista, doncs, i va intentar cobrir aquella imatge amb el record d'altres ciutats que havia vist també des de l'altura, París que va ser la segona capital del món que pensem nostre, Roma en va ser la primera, des del pinacle de la torre Eiffel i des del terrat de l'Arche de la Défense, però en un lloc i en l'altre hi havia teles metàl·liques fortes per impedir que cap adolescent pertorbat o cap amant desesperat o vell cansat de viure es llançara a volar i a estavellar-se entre els turistes curiosos, des dels dos punts la ciutat mostra oberta la glòria i la pompa de les grans avingudes, dels parcs, dels Camps Elisis, com si tota estiguera pensada per a atraure la mirada a l'Arc de Triomf, a València no hi ha camps elisis ni pompa ni glòria ni triomfs, si no és que ara en busquen allà a fora amb aquelles esferes i closques i caixes no a la vora d'un riu Sena amb aigua sinó dins d'un Sena sec, d'un riu Túria sense aigua; i Nova York que és ara la tercera capital, no sabem per quant de temps abans de cedir el relleu a Pekín o Beijing que serà amb tota certesa la quarta, quantes voltes l'havia contemplada des del mirador de l'Empire State Building, però allà hi ha, igualment, reixes que fan impossible el salt i el vol, per què al nostre campanar de la Seu no n'hi ha hagut mai?, les avingudes i carrers paral·lels on circulen innombrables vehicles incessants, limusines, furgons, taxis grocs, l'escaquer d'edificis altíssims que no és com a València una perifèria dispersa afegida sinó el centre on batega el cor d'acer i sang de la ciutat, i el Hudson River i l'East River obrint-se als dos costats de l'illa de Manhattan, els ponts i el port i els vaixells navegant, un paisatge grandiós democràtic urbà on no haurien tingut res a fer els petits megalòmans francesos, ni Lluís XIV ni Napoleó ni François Mitterrand. I va pensar que des d'aquell campanar sense església, campanar amb pinacle però sense campana, de l'Empire State s'hauria pogut entendre tota la història del segle xx nostre del principi al final si no fóra per l'epíleg incomprensible i atroç que eliminà uns altres edificis de la vista, que anihilà el Centre Comercial del Món les dos torres bessones tan altes i orgulloses i elegants que ell també havia visitat més d'una vegada i que van cremar com falles tràgiques on el cartó era acer i ciment: el dia potser ja proper quan suïcides amb bombes ataquen Sant Pere de Roma i rebenten la cúpula que alçà Michelangelo ja s'haurà acabat tot per sempre ja haurem tornat definitivament a la barbàrie primordial i a la destral de pedra; qui sap si algun dia futur, escalant l'esquelet ennegrit d'aquell Edifici de l'Estat-Imperi, es podrà contemplar un panorama de ruïna i de vegetació com el que es veu des del cim dels temples maies de Guatemala, palaus i temples coberts d'arrels, ruïnes i arbres i res més, insectes rates i rèptils, algun dia la nostra serà també una civilització perduda i a les nostres ciutats els arqueòlegs excavaran restes mortes i mudes que no sabran interpretar, si és que llavors encara hi ha arqueòlegs, si encara hi ha professors d'història, si no ha arribat l'últim diluvi i l'últim foc i aleshores hi haurà un cel nou i una terra nova i el primer cel i la primera terra hauran desaparegut i només quedarà la ciutat santa Jerusalem, va tindre la sensació que desvariejava una miqueta, que enllaçava imatges i pensaments sense coherència, la ciutat santa de l'Apocalipsi Jerusalem celestial té una muralla alta i grossa i dotze portes i sobre les portes dotze àngels i uns noms escrits que són els de les dotze tribus d'Israel, i si recorda bé el text sagrat la ciutat és quadrada i exacta, tota d'or pur i de pedres precioses, i pel seu centre passa el riu de la vida: aquest seria, doncs, el lloc etern dels justos, el paradís final, no el paradís original, no un parc o jardí natural sinó una ciutat construïda per Déu arquitecte, l'artifici darrer i perfecte, el paradís urbà. L'altra forma o imatge del cel eren aquells núvols de glòria barroca que s'havien format a ponent i que feien de coixí i d'escenari a la majestat del sol que s'hi amagava i que desapareixia creant colors i llums de blaus i rosa i violeta, daurats, taronja i blanc, colors de núvols pintats cotonosos entre els quals volen àngels amb túniques blanques rossos alats adolescents de divuit anys tocant músiques, mai més ben dit, celestials, així l'eternitat, la realitat final de l'univers, podria ser un concert inefable infinit entre els núvols, tal com ensenya la història de l'art, no la de la ciència, i a dalt de tot el Déu altíssim i el seu Fill i el colom blanc Esperit Sant i la Verge Maria i tots els sants i santes, màrtirs, verges i confessors, i més estols d'angeli musicanti volant, tal com canten i volen en espirals de núvols rosa i blau als frescos del pintor Palomino que ocupen tota la cúpula de la basílica de la Mare de Déu que es veia tan prop des d'allí dalt del campanar, per fora teula blava i per dins tota un remolí de núvols una espiral de glòria de colors com les fotografies de galàxies bellíssimes que ens envia el telescopi Hubble, va pensar. Si el cosmos està fet d'espirals de colors infinites, aquesta podria també ser la forma del cel, i el cel barroc seria el cel astronòmic mateix, però llavors on són les ànimes dels morts entre milers de milions d'espirals quasi infinitament grans?: si el cel és tan gran, com podria ell trobar l'ànimeta estimada d'un jove suïcida?, i què faran, al final de tots els temps, els esperits dels benaventurats?, giraran eternament volant en cercles tal com fan a les cúpules i voltes barroques o seuran en l'amfiteatre de la rosa mística com seuen al cim més alt del paradís de Dante?; i quan l'univers torne a contraure's fins al punt primordial impensablement petit, o quan s'estenga i s'escampe fins a l'infinit impensable, quan les estrelles s'apaguen i tot siga només una pols morta i sense llum, un camp etern i trist de cendra còsmica, aleshores on serà el paradís, i on viuran els àngels i els cossos gloriosos dels ressuscitats?, on serà Déu mateix si a l'espai no hi ha forma ni lloc, si no hi ha espai? Talla ja aquest bla bla sense substància, imbècil, es va dir, sense adonar-se que no ho deia amb la veu interior sinó amb veu alta, tan alta i tan indignada que els joves alemanys novençans que en aquell moment eren al seu costat observant el moviment de la plaça se'l van quedar mirant com qui s'adona de sobte que està al costat d'un boig, i la dona va dir en veu baixa una frase de la qual ell a penes va entendre la paraula verrückt, i es va girar i els va dir en anglés:

«Jo no sóc cap verrückt, dear friends, no tingueu por, encara no estic boig: només parlava amb mi mateix.»

No van respondre, no va saber ni tan sols si l'havien entés, perquè el tornaren a mirar alarmats, es giraren d'esquena i es van dirigir veloçment a la porta de l'escala. Ja no quedava ningú més al terrat de la torre, la llum del sol ponent ja es moria del tot entre els núvols de colors apagats, i la campana petita de l'espadanya, damunt de la campana gran, va fer el toc d'un quart: encara no era l'hora de baixar, tenia temps encara per a tornar a contemplar les teulades ja més negres que grises, els campanars esvelts, les cúpules blaves ja sense reflexos, els carrers i les places on ja s'encenien els llums, no era també per això que havia pujat els dos-cents esglaons per segona i probablement última vegada?, per tindre una darrera visió de comiat i també, justament aquell dia d'abril, en memòria d'un jove, el seu fill, que quinze anys abans s'acomiadà tan brutalment de tot i va caure a plom com un àngel vençut, li havia deixat una carta en un sobre tancat adreçat «A mon pare» i ell no havia tingut el coratge d'obrir-lo, havia tornat al cementeri l'endemà de l'enterrament i havia cremat els fulls sense llegir-los al peu del nínxol amb el nom del seu fill Jesús Salom escrit a mà en el guix encara humit amb un punxó que li deixà un enterramorts, i les cendres van caure entre les flors de les corones ja músties i molles, mai no n'havia parlat ni tan sols amb Irene, mai no havien volgut saber per què, i si hagueren volgut, va pensar, no haurien pogut, allò que havien creat entre tots dos ja no existia, i sobre el buit caminaven ells dos sols. Però no solament contemplava la ciutat i la terra des de dalt, sinó que alçava els ulls des de l'altura a les altures, al cel des d'aquell campanar gratacels modestíssim ara ja superat per tantes altres torres, i si allí dalt es podia gratar el cel, també podria fer-hi un forat rascant i mirar si hi ha algú, hauria de ser més fàcil parlar amb Déu des del terrat d'un campanar, més prop de l'Altíssim, que no dins d'una església i agenollat en terra. Una bona ocasió per a fer-li unes quantes preguntes, però hauria d'afanyar-se si volia mantindre una conversa, encara que fóra un col·loqui en una sola direcció, perquè segurament no tardaria molt a pujar algun empleat de la Seu o del gremi de campaners per comprovar que al terrat no quedava ningú i poder tancar la porta, i la primera qüestió, mentre allà a baix, a la plaça de la Reina, grups compactes de jubilats i sobretot de jubilades eixien de visitar la catedral i rebien explicacions dels guies sobre el campanar gòtic i la porta barroca amb la reixa de ferro, mirant cap amunt i amb els peus trepitjant el mateix paviment on al llarg de cinc segles tantes voltes ha calgut esborrar el senyal de la sang dels suïcides, les taques renovades de la mort, mentre els turistes i els veïns de la ciutat prenien orxata o xocolate amb bunyols a les terrasses dels establiments d'hostaleria, mentre a les parades d'autobús hi havia gent que esperava per tornar a casa després de la faena del dia, mentre el dia d'abril s'acabava i els cotxes eixien del pàrquing, la primera qüestió era si Déu coneixia i sabria explicar la manera de lligar amb un fil conductor els pensaments trossejats i dispersos que salten i ballen dins del cervell d'un professor d'història, les idees de tants llibres que ha llegit, les imatges de tantes batalles i guerres, i de fams, mortaldats i misèria, i de camps de concentració, revolucions, museus d'art contemporani, les agonies del cristianisme i la nova expansió de l'islam, la teoria de la relativitat descoberta o creada feia cent anys exactament, la història de l'univers tota sencera en el cap d'un professor paralític en cadira de rodes, com li diuen?, Stephen Hawking, recordà el nom tan cèlebre, que només pot moure un dit però en té prou amb el dit per a expressar el poder de la ment creadora, com Déu mateix que amb un dit va separar la llum de la tenebra i les aigües del cel de les aigües de la terra i amb un dit va crear el primer home, falta saber només quan crearà l'últim. Si Déu haguera escrit un diari des de l'inici del temps, perquè el temps sí que tingué principi, i en el principi va existir la paraula, la primera anotació del primer dia hauria hagut de ser «Avui he creat l'espai i el temps, és a dir he creat l'univers...», però després d'això no està gens clar què hauria pogut escriure mentre el punt infinitament dens que havia format i havia fet esclatar dient només «Fiat lux» s'expandia vertiginosament i anava produint núvols de partícules pols de matèria que esdevindrien estrelles i planetes, una estrella seria aquell sol de ponent que ja no es veia, que ell mateix no era res sòlid ni palpable sinó una esfera immensa de gas incandescent, què escrivia, què observava o preveia quan de les sobres de matèria del sol s'havia format un planeta sobre el qual sorgiria misteriosament la vida i la complexitat inabastable dels cervells, alguns dels quals després de milions d'anys serien capaços d'elaborar paraules amb les quals preguntar-se què vol dir tot això. En tot cas, la primera qüestió a què Déu no respondria seria, doncs, si la història recent dels humans té algun sentit comprensible i sobretot si va a algun lloc que no siga el no-res i l'abisme; la segona, que hauria de ser la primera, com és que hem arribat a poder fer-nos una pregunta com aquella, com és possible que un grapat tan petit de pols d'estrelles humit i mal pastat com ell mateix, Manuel Salom, puga ser-ne conscient i interrogar el creador sobre el sentit de la seua creació: perquè vosté senyor creador, murmurà, devia tindre un projecte ja des del primer instant o des d'abans, si és que hi havia un abans, i se suposa que en aquest projecte ja hi devia entrar jo, carn batejada, i els milers de milions d'organismes pensants que hem rodat i rodem per la terra, però Einstein va dir que imaginar que Déu tenia algun projecte és simplement ridícul, i si ell ho va dir és que ho devia saber, també afirmà que Déu no juga als daus, però semblava, segons deia aquell físic d'Uppsala, que en això almenys sí que es va equivocar. Mirà el rellotge i eren ja tres quarts de vuit, la campana petita va fer els tres tocs, disposava només de pocs minuts per concloure aquell col·loqui mut, i tenia la certesa que tot eren preguntes gastades pròpies d'un adolescent presumptuós, frases imaginàries impròpies d'un adult entrant ja en la vellesa, però també els filòsofs se les feien, les mateixes preguntes, des del temps de Parmènides fins als temps tan recents d'aquell Heidegger que poques setmanes abans havia evocat, recordà, caminant amb calçó curt de cuiro i cavil·lant per què l'ésser i no el no-res, per exemple, que és la qüestió més radical i més vana, i els científics, i ara ja també tanta gent que els llegeix i els escolta, es pregunten per què la vida i finalment per què la humanitat, i per què aquestes lleis cosmològiques i no unes altres lleis que farien impossibles aquestes mateixes qüestions.

Potser si s'amagava dins de la campana grossa, abraçat al batall mut i lligat, arraulit i penjat com un mico, l'empleat que vinguera a comprovar si quedaven visitants no el veuria, i ell podria quedar-se allà dalt tota la nit, passar la nit sencera al campanar de la Seu, al Micalet, i contemplar hores i hores les llums de la ciutat que ara ja brillaven grogues o blanques en la primera grisor, les més properes definint els carrers i les places, les més distants perdent-se sense delimitar l'horitzó; i més tard podria tombar-se en terra i observar llargament les estrelles si l'aire, tal com semblava, es mantenia tan clar, meditar al capdamunt d'aquella la torre medieval tal com feien dalt dels seus ziggurats els primers astrònoms de Mesopotàmia, acostar-se als misteris eterns com Simeó l'estilita damunt de la seua columna, tan lluny de la terra massa il·luminada i de la gent, tan prop del cel i de la tenebra infinita, tot esperant que al final de la nit un nou dia nasquera rosat amb el sol que ja hauria tornat com el déu dels egipcis de recórrer el regne dels morts. I podria volar, per què no?, amb les plomes suaus silencioses de l'òliba de la saviesa immortal d'Atenea, amb les ales de l'arcàngel Gabriel que baixava a portar a la terra una estranya notícia increïble, volar còmodament assegut en una catifa oriental de les mil nits i una, i observar a través de teulades de vidre la modesta vida quotidiana dels humans dins de casa sopant rentant plats fent l'amor o dormint, o volar amb les ales de vampir o de rata penada de Llucifer, portador de la llum, però fins ara només la que emana del sofre infernal, ja que per rebre'n l'altra llum, la que il·lumina la ment, caldria fer-hi aquell tracte que en l'obra negra, en la màgia o en la literatura sempre ha donat mal resultat; volar doncs amb grans membranes negres fastigoses al tacte però tan àgils que permeten sortejar tots els esculls de la història i caçar al vol insectes i ànimes perdudes en la nit pel desig prohibit de voler saber massa, aquest va ser també el pecat d'Èdip, no el que pensava Freud, i va ser castigat amb la ceguesa. Si estiguera segur que Déu podia escoltar-lo, si fóra ell mateix, no Llucifer en nom seu, qui conversara amablement amb l'Amo, li diria: Senyor, ja sé que només sóc un pobre home al capdamunt d'un campanar, ja sé que et faria riure si no hagueres perdut el costum de riure, o no l'has tingut des de l'inici dels temps, per què no rius mai en tots els textos sagrats antics o nous?; però mira que sóc també el petit déu del món que amb ganes o sense vas fer, i que continuem igual, el món i jo, sense saber què ens passa però volent saber, no ens ha servit de lliçó el fracàs del primer home, probablement la poma era només una trampa; o Llucifer mateix seria qui li diria a Déu: Senyor, aquell homenet còmic que va caure i es trencà una cella i que ara fantasieja dalt d'un campanar viuria millor si no li hagueres concedit el reflex de la llum celestial que ell anomena raó, i que només li serveix per a comportar-se més animalment que qualsevol altre animal, tu i jo sabem què vol dir però ell no ho sap, perquè només a mitges és conscient de la seua insensatesa. Aquell campanar, en tot cas, va pensar, seria un lloc perfecte per a resoldre el problema, com el degué resoldre un jove, el seu fill únic, quan tenia només divuit anys, aquell era un lloc clàssic a València, no se'n pot demanar cap de millor, no per volar en horitzontal amb la capa negra i roja de seda de Satanàs vestit de ball de gala i descobrir a través de teulades de vidre secrets domèstics i petits, sinó volar en vertical a penes pocs segons, quants segons deu costar recórrer cinquanta metres accelerant atret per la gravitació universal?, i descobrir així immediatament el gran secret amb aquella revelació fulgurant que il·lumina l'entrada en l'altre món de l'ànima ja pura energia sense pes ni cos, un instant un esclat brevíssim abans de ser llançada a la vall de les flames per pecat de suïcidi, i més encara un suïcidi en lloc sagrat i quan encara no s'ha extingit del tot la llum del sàbat. Li agradaria, això sí, demanar un permís especial per poder assistir, en esperit, a la seua pròpia autòpsia, convidat únic al teatre anatòmic, ell mateix protagonista i espectador de l'epíleg de l'obra, i observar com els metges severs luterans vestits de vellut negre amb grans colls blancs emmidonats furgaven buscant qui sap què pel seu cos, buscant la causa concreta d'una defunció tan absoluta com totes les altres, de què s'ha mort un mort amb les entranyes rebentades a la porta barroca d'una catedral medieval, però quina importància té la causa si l'efecte és igual per a tots i irreversible. I llavors la campana petita tocà els quarts, ding...ding...ding...ding, i la grossa esperà dos segons abans de fer el primer doonng dels vuit. No era campana d'alegria de Pasqua, eren lentes solemnes campanades de comiat o de dol.

4

Per què tenia tantes vegades aquella sensació desagradable i tèrbola de ser quasi invisible, imperceptible, una sensació humiliant de transparència, de no existir davant i enmig dels altres amb un cos sòlid i compacte sinó amb el cos dels morts, fets de fum o vapor, que circulen per l'Hades, tal com li passava en aquell moment baixant les escales del Metro?, i també molt sovint quan entrava en un bar, s'acostava a la barra i esperava que un cambrer li demanara què desitja el senyor, què li pose, però transcorrien minuts i era com si els cambrers no el veieren quan passaven per davant d'ell cap a la caixa o la cafetera o per a servir un altre client i llavors ell alçava sense convicció la mà però sabia que el cambrer no veuria tampoc la mà alçada o que si la veia seria com si no l'hagués vista, o als restaurants quan atenien i servien primer els clients que hi havien entrat més tard que ell i ell s'hi havia de resignar o irritar-se en silenci per la pròpia condició d'invisible, per què la seua existència o figura material no s'imposava als presents ni tan sols quan ell mateix presidia la sessió d'un congrés o una reunió de col·legues, talment com si el seu cos fóra de núvol, translúcid, o simplement sense substància palpable. Il cavaliere inesistente de la novel·la d'Italo Calvino imposava la seua presència amb veu potent dins de l'armadura buida, però ell no portava armadura i no alçava mai la veu, sovint era, doncs, com si fóra inexistent de debò, tal com en aquell punt se sentia baixant les escales del Metro, un cos més que insignificant imperceptible, gràcies que eren escales ben amples i podia arrambar-se a la dreta, i encara així la gent que baixava més de pressa que ell l'empentava o li fregava el braç esquerre com si no l'hagués vist, ningú li deia ni tan sols perdone, i ara que ja arribava a l'entrada de l'andana els passatgers que acabaven de baixar d'un tren l'envestirien sense veure'l si no s'arrimava encara més a la paret. Ell, tanmateix, no era ni tan baixet ni tan poqueta cosa ni tan insignificant, pensava sovint quan sentia, com llavors esperant el tren, que semblava invisible, ell era un home normal d'estatura mitjana per la seua edat i generació, els joves ara són quasi un pam més alts, els estudiants per exemple, pensà: ell feia prop d'un metre setanta d'alçada i a penes els arribava a l'orella o al nas, i amb tota certesa en molts segles, o potser mai en tota la història dels humans, no s'havia produït un canvi físic tan ràpid com aquell increment d'estatura, quin salt o misteri biològic explicava que en una sola generació aquells xicots hagueren crescut quatre dits per damunt dels seus pares, quan ell era estudiant mirava els seus professors al mateix nivell d'ulls, ara els alumnes el miraven a ell des de dalt, i quin esforç hauria de fer per entendre'ls si per mirar-los ha d'alçar el cap, que els entenguen els professors més joves, que són més ignorants però més alts. No li agradava gens viatjar amb metro, baixar un pis o dos pisos d'escales cap a les profunditats de la terra, travessar passadissos i túnels, a pesar que aquell metro de València era nou i modern i els vestíbuls de les estacions, les escales, els espais subterranis, les andanes, eren lluminosos i amples, de sostres tan alts que no provocaven l'ofec de les fondàries estretes com als metros antics de París o de Londres o de Nova York, on les parets són brutes, l'aire és gris i els sostres renegrits, ací l'aire era més net i més nou, els passadissos eren curts i espaiosos, i la publicitat era llampant i optimista com en un aeroport, i ell es mirà la gavardina descordada, vella i una mica arrugada, amb els extrems del cinturó dins de les butxaques, feia tants anys que la tenia que ni se'n recordava quants, mirà la seua cartera perpètua de pell molla i rebregada, el paraigua que portava perquè el dia de maig era molt fosc i podia ploure, no un paraigua petit i plegable sinó llarg i enrotllat i britànic, el mateix amb què tres mesos abans havia entropessat i caigut en un dia funest o feliç, agafat amb la mateixa mà que sostenia l'ansa de la cartera, horitzontal, de tant en tant molestant algú i topant amb la punta d'acer, i tingué la sensació que a l'andana esperant l'arribada del tren la seua presència era un buit entre els viatgers, sense armadura d'acer i sense veu quina existència hauria tingut el cavaller inexistent?, i que era així més o menys com havia passat tota la vida, arrimat a una paret dins d'un túnel i contemplant com arribaven els trens, com s'obrien les portes i n'eixia la gent a grapats i corrien animals ansiosos o espantats quan els obren la porta del corral i es llancen a beure aigua o a les menjadores, aquests que ara corren i salten també deuen saber molt bé cap on van en la vida i què busquen; imaginà que si en tot cas algú el mirava fugaçment i realment el veia allà plantat devia pensar qui és aquest home amb gavardina vella, on deu anar, què deu fer, potser és un professor de no res, passat de moda, i va sentir que voldria poder cridar senyores i senyors, abans de pujar al vagó miren aquesta cartera, dins hi ha alguns papers i dos llibres que he escrit jo mateix, si volen els puc mostrar els títols i el meu nom, són dos llibres d'història, i n'he escrit més, que vostés no han llegit ni llegiran: el mirarien com es mira un boig, però almenys el mirarien.

Un home amb vestit fosc i amb corbata blava, amb la jaqueta creuada i botonada, amb les puntes d'un mocador blanc eixint pulcrament de la butxaqueta del pit, amb ulleres de sol, molt estirat, ben pentinat amb clenxa i fixador com solia pentinar-se son pare, pujà per la mateixa porta que ell, tenia un aire potser de ballador de tango potser de fals senyor antic, potser respectable potser també inquietant. El tren anava ple i ell s'agafà amb la mà esquerra a una barra vertical, quasi tocant la mà grassa petita d'una dona baixeta i redona, sense dubte una dona del país, rossa tenyida de parpelles inflades i verdes i de galtes lluents maquillades, ell moltes vegades, quan viatjava amb autobús o amb metro voldria tindre el do d'endevinar qui són els seus companys de viatge, què són o d'on són i què fan en la vida, on van ara mateix o d'on vénen, sovint era capaç d'imaginar una petita història però sempre dubtant si seria real, fins on devia arribar quan eren sols la intimitat de la parella de joves que es parlava amb ulls brillants, era o no un militar retirat i franquista aquell home de bigotet blanquíssim retallat que llegia un diari extremament de dreta, no és fàcil saber qui tenim al costat, amb qui compartim cada dia els carrers i el transport, i aquella dona de mans aspres i d'ulls sense expressió qui sap si venia de netejar una oficina des de les sis a les nou del matí, tan plena de fatiga, aquesta de la mà grassoneta que tocava la seua qui sap si anava a comprar, si tornava a casa després de passar la nit a l'hospital acompanyant un familiar malalt, quina llengua parlava pel telèfon mòbil aquell jove d'ulls blaus i de cap afaitat, i l'home del vestit fosc que s'havia quedat davant d'ell, cara a cara, qui sap per què no s'havia llevat les ulleres de sol, què mirava a través dels vidres foscs, o per què tenia aquell posat de fotografia de fa cinquanta anys, en blanc i negre. Fa cinquanta anys, va pensar, o quaranta o trenta, als autobusos i als tramvies de València hi havia homes com aquell que tenia de cara i tan prop, i dones com aquella que el tocava, però molt rarament hi havia, com ara n'hi ha en el mateix vagó de metro, passatgers africans, que per no dir-ne negres ara en diem subsaharians, ni passatgers que per no dir-ne moros en diem magribins, ni passatgers que per no dir-ne altra cosa en diríem potser precolombins, a París sí que n'hi havia de tota raça i color, quan per a ell París encara un imant poderós i cosmopolita i València un racó aïllat i pobre del món, i a ell les primeres vegades que hi va anar li semblaven una presència exòtica i estranya, una presència per a ell inesperada que allà potser era ja habitual però que ací no havia arribat encara, érem un cul endarrerit d'Europa, érem encara un país d'emigrants, i aleshores va veure un homenet amb grans mostatxos que pocs metres més enllà, al mateix vagó, es posava a tocar amb un violí música de gitanos balcànics, o això li semblà que devia ser, això o alguna tonada agitada de czarda o potser de dansa zíngara o eslava, i al mateix temps una xiqueta amb falda llarga de flors començà a demanar als viatgers monedes per favor per caritat amb una cantarella oscil·lant, vacil·lant, talment com a Roma una dotzena d'anys abans, quan hi anà per aquell congrés de no recordava exactament quin tema, alguna cosa sobre els límits d'Europa, que les tres o quatre vegades que agafà el metro per anar a un palau de congressos de l'EUR amb aquelles arquitectures clàssiques mussolinianes futuristes, una ciutat nova autèntica no com aquesta que inventen a València, a l'estació del Colosseo hi pujaven una nena i un nen agafats de la mà com germanets orfes pobres de conte cruel d'Andersen o de Grimm, i declamaven amb una petita melodia plorosa Signore e signori, siamo rifugiati della Bosnia-Hercegovina..., i ell va tornar a dubtar on són les fronteres d'Europa o almenys entre Europa oriental i occidental i aquestes coses que havia meditat i dubtat tota la vida, ho dubtà encara més aquells mesos de guerres que amb tan poc encert en van dir balcàniques, quina Europa devia ser Bòsnia-Hercegovina d'on venien aquelles criatures, quina s'estén i s'albira a un costat i a l'altre del castell de Belgrad, des d'on es veu la confluència del Sava amb el Danubi, i als peus del qual el 1456 acampaven els turcs de Mehmet II tres anys després d'entrar a Constantinoble que és quan deien els manuals que començava la història moderna, i un pobre papa malalt i molt vell, Calixt III Borja valencià, intentava desesperadament aturar-los des del seu pobre llit al palau Vaticà pobre i tristíssim amb una pobra croada sense prínceps germànics i sense diners, i de quin costat de la ratlla d'Europa eren els serbis que fa tan pocs anys disparaven metòdicament sobre els carrers de Sarajevo per matar els bosnians musulmans d'un en un, qui sap si hi va morir algun parent d'aquells nens captaires del metro de Roma. Passà la xiqueta de la falda de flors, ell donà una moneda, es quedà quiet escoltant la música del violí amb els ulls tancats, i llavors va sentir un frec suau damunt del pit, un tacte incert entre la camisa i la jaqueta, i va obrir els ulls i va veure la mà prima i blanquíssima de l'home de fosc amb dits llargs delicats que buscaven la seua butxaca interior: d'això se'n deia abans un carterista, un carterista fi, va pensar mentre amb les puntes dels dits, suaument, apartava la mà intrusa del seu pit i l'home sense moure's del lloc es deixava fer amb la cara impassible, com si no haguera intentat res, mantenint una perfecta dignitat, i llavors el tren arribava a l'estació següent i l'home li va dir bon dia, el saludà inclinant el cap, sense somriure, i va baixar, i van eixir també del vagó el violinista de jupetí brodat i la xiqueta de la falda de flors.

En qualsevol cas, va pensar quan ja seia al seu despatx, més valia ser una mica invisible aquells matins que passava a la universitat, més valia que els estudiants i els col·legues veieren passar un fantasma pels corredors, o més ben dit que no el veieren com una presència real, ja que era una ombra sense cos. Podia ser una ombra o fantasma però que estava fora de la llei, ho sabia, una ombra incomplint el contracte perpetu de drets i deures entre el funcionari públic i l'estat, jo sóc l'Estat i et pague un sou segur, tu ets el Professor i has de fer classe, per tant si la seua presència era potser imperceptible la seua absència de les aules era flagrant i el convertia en rebel obstinat i passiu, passivament rebel per inacció, i només de pensar-ho hi trobava un plaer nou i subtil, un pessigolleig interior deliciós que mai abans no havia sentit i que s'afegia també al gust de respondre amb un somriure plàcid als companys quan en trobava algun anant cap al despatx i no sabien com mirarlo ni què dir-li, perquè no s'era vist mai, suposava que devien pensar, era una cosa insòlita, que un professor es negara simplement a fer classe sense al·legar cap motiu ni explicació, ni tan sols malaltia fictícia, depressió, qualsevol causa acceptable, algun pretext que es poguera firmar en un paper. D'ençà d'aquell dia de la primera, brevíssima i última lliçó del semestre, d'aquell matí de la visió fugaç i de la caiguda a la porta de la facultat i del tall a la cella, no havia tornat a posar els peus en una aula. Havia acudit regularment al seu despatx tres o quatre matins per setmana, per inèrcia, per hàbit, perquè veiera tothom que no patia cap impediment físic ni psíquic, i havia rebut les visites del cap de departament i del degà que l'avisaven del risc que corria, cordialment i amb un punt de respecte, això sí, el professor Salom era ja gairebé venerable, però recordant-li que les normes són les normes, en quin conflicte ens has ficat, Manuel, i que una situació com aquella si es prolongava seria insostenible, ja ho sé, ja ho sé, els deia ell, no cregueu que no ho sé, i què pensava fer?, ell no pensava res, gràcies per la visita. I finalment, després de les explicacions prolixes del cap del Servei de Recursos Humans, abans en deien de Personal, ara les persones eren només recursos, i ell com a recurs ja no comptava, seria només un recurs material i molest, un recurs exhaurit, un cos inert que destorba, una ombra que incomoda, després d'escoltar per telèfon la lectura d'articles legals i de normes d'algun reglament, havia consentit a firmar un paper on, atés que el mateix 2005 feia els seixanta-cinc anys d'edat, i que d'anys de serveis com a funcionari en tenia tants com la llei exigeix, sol·licitava la jubilació voluntària a partir del darrer dia del curs acadèmic, el 30 de setembre següent, quatre o cinc mesos més de vida oficialment activa. Però ell ja es considerava del tot jubilat de les classes, això era tan irreversible com el pas del temps, avui ja no pot ser ahir, el pas era irrevocable, no entraria mai més en una aula a pesar de l'advertiment que mentrestant, quin final lamentable d'una llarga carrera acadèmica, s'exposava a un expedient per causa greu, ja que com és ben natural en el cas d'un funcionari docent no hi ha infracció més seriosa que negar-se a complir l'obligació elemental de posar-se davant dels alumnes i parlar i ensenyar, deixar la trona buida i els estudiants abandonats, i a més això suposa forçar els companys a suplir-lo de qualsevol manera: i tot açò sense donar cap raó ni explicació, el professor Manuel Salom de sobte incomprensible i obstinat, ell que havia estat sempre tan correcte, es negava a al·legar cap motiu, simplement perquè no, responia, ell no faria cap més classe, s'havia acabat tot d'una l'oli de la llàntia, i no tenia res que explicar, res que ensenyar, no era la depressió tan habitual entre els membres del gremi, i si de cas, tal com pensava el funcionari dels recursos humans, això seu era una forma profunda de stress, segur que no figurava als manuals, als manuals de psiquiatria clínica no és probable que tinguen en compte l'existència d'un stress d'idees o d'un stress moral, i no era tampoc l'antiga fatiga nerviosa, era una forma pròpia seua de cansament crepuscular, i això no ho pot certificar cap metge, en tot cas ell no demanaria a cap metge cap certificat, li digué al cap dels recursos. Feia més de dos mesos per tant, des que a primers de març tornà al despatx recuperat del tot de l'efecte immediat de la caiguda, només amb un senyal o petita cicatriu a la cella, que el professor Manuel Salom estava, com qui diu, ostensiblement fora de la llei, o almenys fora de tota norma i de tot reglament, i ara que eren ja en la segona quinzena de maig constatava que aquells mesos, des del comiat impensat, us salude, bon dia i adéu, havien sigut el període més feliç de tota la seua llarguíssima vida acadèmica, la qual definitivament consistiria en quaranta anys o cursos complets d'impecable rigor professional i un quadrimestre de rebel·lia pacífica i passiva, no una rebel·lió activa per tal de reclamar cap dret o cap reforma, no un gest cridaner de protesta contra res ni ningú, només un silenci final, gratuït, pur plaer de dir prou, ja s'ha acabat la cera que cremava, s'han acabat les classes que cal impartir i els articles que cal redactar, i de passada s'hauran acabat igualment els congressos, simposis, ponències, conferències i viatges, els arxius i les hemeroteques, tot això s'ha acabat, adéu siau, me'n vaig.

Els matins que passava al despatx, les poques hores que deixava Irene sola, els dedicava sobretot a llegir, però llegia només els seus llibres i articles, repassava els seus propis escrits, allò que al curriculum vitae, ruta o camí de la vida, apareix sota el títol d'Obres o Publicacions, i els revisava meticulosament com qui fa un inventari final abans de tancar el negoci, el seu negoci Magatzems Salom, productes d'Història Contemporània, especialitat en idees socials i polítiques del segle XIX, però atés que la clientela ho demanava, i per tal de seguir i servir els interessos canviants del públic i les modes del dia, la casa també havia inclòs, amb el temps, una mostra limitada però suficient d'alguns dels disbarats i insensateses que tant d'èxit han tingut al segle XX, perquè ell, va pensar alçant els ulls del llibre i contemplant el cel per la finestra, ja es veia el cel blau entre els núvols, finalment no plouria i ell seria com tantes vegades l'únic vianant o viatger que portava paraigua, un paraigua molt llarg i enrotllat molt fi que podria servir-li com un bastó de cec, ell doncs durant tot el temps que havia tingut oberta la botiga acadèmica havia conservat inalterable la convicció que al llarg dels temps coneguts de la història, inclosa sobretot la dels últims dos segles i gairebé mig, inclosa per tant la que considerem contemporània i suposem explicable amb sòlides teories, des de la Il·lustració i les revolucions nord-americana i francesa, la causa de les guerres pitjors, de les més grans destruccions i desastres que s'han infligit els humans, eren les idees funestes que es formen i es deformen al cap, les idees més que cap altra cosa, la Paraula que sempre precedeix l'Acció, els moviments de l'esperit més que els efectes de la matèria, i això ell ho havia defensat sense èxit apreciable en articles, en llibres i en congressos, mentre la major part dels seus col·legues, sobretot els més pròxims, els espanyols sempre amb una generació o dos de retard, continuaven aferrats a la fe en la matèria absoluta, preferiblement dialèctica, si és que algú havia entés mai què vol dir, aferrats a la doctrina ortodoxa l'article primer de la qual era que l'economia sagrada és la mare de tots els parts socials i el motor de tots els moviments, In Principio erat Productio, i sí, d'acord, pensava ell, la producció ha estat sempre essencial, fonament i substància, això ell no ho havia negat mai, i per tant el preu dels cereals, l'oscil·lació dels mercats, la proporció de plata en la moneda encunyada, l'extracció de carbó, el comerç marítim i l'acumulació de capital, els camins de ferro, els telers mecànics i l'explotació del proletariat i tants elements més de l'estructura o de la infraestructura, que per cert són conceptes, recordà, que fa dos-cents anys encara no existien, ni els conceptes ni els mots que els expressen, o almenys no s'aplicaven a les persones o a les societats, potser s'aplicaven a la construcció d'esglésies o de fortificacions, mentre que al llarg del darrer segle tothom ha parlat incessantment d'estructura, social acadèmica mental econòmica de la llengua de la personalitat: ja no hi ha res sense estructura, i quina devia ser la seua, o potser ell se n'havia alliberat i no en tenia. I si ell no havia compartit mai la fe en el materialisme històric, ni quan era una fe quasi ecumènica, una doctrina d'església, era perquè sabia que a l'hora de les grans commocions, o simplement dels moviments profunds, a l'hora de les grans decisions, han comptat sempre més les creences que els diners, més la ideologia que la tresoreria, quan ho digué en un congrés a París els assistents es quedaren perplexos, com si als fidels en missa els haguera parlat un heretge, i si volem expressar-ho amb termes clàssics, compta més l'esperit que la matèria: la matèria ha posat sempre, per desgràcia, l'economia i les armes en mans de l'esperit, que està inflat i farcit d'emocions perilloses i de paraules més perilloses encara, com ara honor, llibertat, monarquia, fe, democràcia, república, socialisme, pàtria, independència, enemics, i altres per un estil, moguts per les quals es commouen i actuen els poders de la terra, val a dir els qui ocupen el poder dels estats o aspiren a ocupar-lo: i aquests, sense ser-ne conscients o sense voler-ho admetre, han estat sempre seguidors fidels de la primera línia del text sagrat que comença En el principi hi havia la paraula, In principio erat Verbum, o En tê arkhê ên ho lógos, que era una de les poques frases gregues que recordava del batxillerat al col·legi, pensà. La Paraula amb majúscula és l'origen de tot i la mare, les Grans Paraules que ho posen tot en moviment, Déu, Honor, Poble, Rei o Revolució, tant se val; però això no havia gosat mai publicar-ho en cap article acadèmic, en cap llibre o revista, ni exposar-ho sense empatx en cap congrés o simposi, havia estat covard o pusil·lànime; i hauria d'haver-ho escrit negre sobre blanc, hauria d'haver proclamat en veu alta que les paraules canvien amb els llocs i els temps, però no el seu efecte destructiu quan es combinen en forma de doctrines o d'ideologies, totes les quals són invariablement variants de la ceguesa racional dels humans, del son i el somni de la raó que, com en els dibuixos de Goya, engendra inevitablement monstres, la frase és ja un lloc comú però no actuen en conseqüència ni els que la repeteixen i se n'omplen la boca, i si era cert que els grecs van saber passar del mythos al lógos no era menys cert que després no hem deixat mai de fer el pas contrari, quin cansament tan llarg aquesta història, i quin cansament haver hagut de fer figura d'historiador antic i idealista en temps de materialisme metòdic: els principis d'aquesta doctrina, no de manera tan contundent, ell els havia predicat sense ressò i sense profit, cada any amb més fatiga, i ara que ell abandonava l'escena, quan el cansament era ja definitu, quan finalment una caiguda, un colp i una il·luminació l'havien portat a tancar la botiga tal com son pare en sentir-se ja fora del seu temps havia tancat la sabateria, ara que ell liquidava sense lucre el negoci, els protagonistes serien historiadors més joves que començaven a recórrer còmodament els camins que a ell li havia costat tant d'esforç mantindre oberts, com ara el seu propi deixeble i col·lega Pere Ferrer, ja professor titular i probable successor seu en la càtedra, de qui se sentia més germà gran que pare, i en qualsevol cas amic sense reserves a pesar de tot, a pesar que de tant en tant semblava que el professor vell ja li feia nosa al jove, i doncs ara el professor vell se'n va, ja no serà cap destorb.

Una hora abans Pere Ferrer havia vingut a veure'l al despatx, just el temps d'explicar-li, entre dos classes, un projecte d'article sobre els ideals pacifistes de la Societat de Nacions els anys 1930 i la política exterior de la Segona República Espanyola, si és que en tingué, de política exterior, va pensar ell però no li ho digué, si és que l'esquerra o la dreta, aleshores, van tindre alguna idea que no fóra imposar-se o sobreviure, i de passada havia dedicat uns minuts a lamentar-se dels problemes del seu estat de divorciat recent, dels fills adolescents que el miraven amb disgust, sense dubte influïts pel rancor de la mare, i que els caps de setmana ni tan sols tenien ganes de veure'l ni que els portara al cinema o a sopar a un McDonald's; ell al seu fill, pensà, tampoc l'havia portat mai a sopar i molt poques vegades al cinema, i si ho haguera fet, si hagueren menjat junts hamburgueses, si hagueren begut junts coca-cola amb palleta, si hagueren entrat junts a veure aquests films atroços i violents que apareixen cada dia als anuncis dels diaris, qui sap si el fill ara seria un marit jove feliç i amb dos nens petits que l'avi al seu torn aviat portaria a menjar hamburgueses i a veure pel·lícules infantils menjant rosetes de pop corn. Però en compensació, havia afegit Pere Ferrer, la vida amb nova companya era una pura felicitat, hi havia trobat la sintonia perfecta, No sé si em pots comprendre, Manuel, és com tornar a nàixer ja prop dels cinquanta anys, és una cosa, és una energia, és com..., no sé si ho pots entendre. No va respondre res, però ho podia entendre, ho podia imaginar, ho havia vist ja més vegades en col·legues, amics o coneguts, es veia cada dia als diaris en ministres, banquers o escriptors d'èxit, devia ser doncs cosa d'aquests temps d'abundància, que inclouen també una nova abundància de vides, viure'n més d'una, la fantasia de canviar de pell, com una nova fe que s'escampava però en la qual ell no podia creure, i per això havia estat a punt de dir-li S'acabarà: i quan s'acabe, què?, però no havia dit res. Perquè ell també hauria pogut caure en el parany, quinze o vint anys abans, amb una becària seua de doctorat, no era una alumna poc més que adolescent, això mai, tornà a pensar justificant-se una vegada més retrospectivament després de tant de temps, amb una alumna no, això ell no hauria estat mai capaç de fer-ho, ella era ja una aprenent de col·lega, i va ser una història fugaç, la temptació més antiga de l'home madur, allò que ha de passar almenys una vegada i que després queda com un petit racó amagat amable i agredolç en la memòria, sabia que ella havia patit una miqueta, però la pena li degué durar poc, sabia que s'havia casat, tenia fills, devia ser feliç, vivia en una altra ciutat, i tot plegat no havia sigut res, unes setmanes de carícies arriscades tancant abans amb clau la porta del despatx, dos nits compartint llit d'hotel a Lisboa en un congrés i després ja no en va tindre més ganes, simplement s'acabà, s'apagà, en l'avió de tornada a penes van parlar, era morena, Mònica, d'ulls verds, i era ella qui havia buscat i aconseguit seduir-lo a ell, o almenys així preferia recordar-ho, el cas tan comú i conegut de la jove fugaçment fascinada o atreta per l'home ja gran i amb prestigi, d'això els novel·listes en fan escenes vibrants o patètiques, però un professor d'història no n'ha de fer res, d'escenes com aquestes, ni tan sols en el cas que el protagonista feliç o infeliç siga el mateix president dels Estats Units d'Amèrica i l'aventura amb la becària un espectacle mundial. I a pesar que en aquesta matèria privada no ho semblava, el seu deixeble i col·lega era un home intel·ligent i metòdic, i era també un professional rigorós i capaç, potser massa ambiciós tanmateix, va pensar, massa amant dels petits jocs de poder miserable que es juguen dins el clos asfixiant de la universitat, siga entre biòlegs moleculars, entre arqueòlegs, filòlegs, matemàtics o físics, tal com ell havia pogut contemplar amb disgust tan sovint, i tal com suposava que passa igualment als hospitals o als bancs, a les empreses o als partits polítics i als departaments de l'administració pública, la diferència era que en aquell corralet acadèmic ridícul, cau de sectes hostils i no seu de la saviesa, barreja d'abelles, moscardes i vespes, l'únic objecte del joc és satisfer la vanitat, i en aquest país d'universitats sense aurèola de prestigi, ni antic ni modern, ací on no hi ha cap Cambridge ni Sorbona ni Princeton, la vanitat és més gran com més ineptes i insignificants són els seus portadors, funcionaris inflats de publicacions sense un gram de substància, productors de papers inservibles, d'aportacions al no res universal, a la no ciència vàcua pagada amb els diners del contribuent. Para el carro, es digué en aquell punt, para el carro, Manuel, i no vages tan lluny: per què tanta indignació o còlera pòstuma si ell també havia estat part d'aquella guerra, i si no li agradava la pols, tal com sol dir-se, per què havia passat tants anys batent a l'era i aventant paperassa supèrflua, tan poc de gra entre tanta palla, per què no s'havia fet enginyer o advocat o poeta, i sobretot per què no es va dedicar a fer sabates a mida, a calçar peus deformes d'homes i dones que li haurien agraït de tot cor que els estalviara la tortura: quin benefici havia tret la humanitat del munt sencer dels seus papers?, en què havia alleujat ell el dolor del món?, a qui li havia fet més lleugera o agradable la vida?: l'avi i el pare van fer molt més que ell, i el forner del cantó, i el cambrer del Trinquet, i potser fins i tot el senyor Li, va pensar, i ara havia de torna a frenar, que per aquest camí el carro també anava al barranc.

Ja feia estona que havia deixat de llegir, tenia els ulls tancats, els colzes damunt de la taula i el pes del cap entre les mans, i llavors va obrir els ulls, se'ls refregà amb els dos punys, i va tancar el llibre, L'Estat Insaciable: Els camins del totalitarisme en la primera meitat del segle xx, l'última obra que havia publicat, Edicions de la Universitat, València any 2001, vingué el 2001 sense cap odissea a l'espai, sense cap ordinador monstruós i gegant que condemnara a mort els navegants humans, ell mateix esperit moribund i mecànic, veu d'ultratomba en la pel·lícula cèlebre, també sense el retorn a l'estat de pitecàntrops peluts que es barallen amb ossos caiguts de l'espai exterior, però sobretot va arribar sense cap teoria ni visió nova del món, cap il·lusió davant d'un nou mil·lenni: només, com a gran novetat dels nous temps moderníssims, el retorn d'una fe medieval en els versets alcorànics, com si la cristiandat haguera tornat a la fe de l'any mil, una fe tan total i voraç que els seus guerrers piadosos i suïcides per tal d'assegurar-se un lloc ben alt al paradís, per rebre el premi de les setanta verges, estavellen avions contra les altes torres del comerç del món i així confirmen que el poder de l'esperit pot destruir el de la matèria, qui sap si el nou califat restaurat havia de ser la forma nova de l'Estat total, també la més antiga. I per cert, per cert i de passada, sabia que vagava sense rumb, com sovint li passava els últims mesos, i somreia per dins, li agradava seguir fils perduts, per cert, quan José Antonio Primo de Rivera establia com a punt cardinal de la fe de Falange Española que Nuestro Estado es un Estado totalitario al servicio de la integridad patria, tal com ell aprengué al batxillerat en l'assignatura obligada que es deia Formación del Espíritu Nacional, de quina estructura productiva sorgia aquell dogma inicial del fundador?, quina infraestructura era la base d'aquell projecte de superestructura?, quins fonaments econòmics hi havien trobat els historiadors de la matèria marxista dialèctica? I si l'Estat no fóra una Idea Absoluta i la Pàtria un Valor Suprem, sempre amb majúscula, com en alemany, si per exemple aquell jove, també repentinat amb brillantina i amb aire de tanguista com l'home que li havia volgut furtar la cartera, si aquell fill del dictador militar Primo de Rivera i que va morir afusellat sense saber que seria l'ideòleg putatiu del franquisme, no haguera llegit els pamflets de Benito Mussolini, si Mussolini no haguera llegit el filòsof Giovanni Gentile segons el qual l'encarnació de l'autoconsciència de l'Esperit era l'Estat, i si Gentile no haguera llegit els patracols lúgubres de Hegel, sense tanta literatura dolenta amb tan poca substància, no hauria sigut ni imaginable ni possible un bunyol dogmàtic fúnebre com el del jove feixista espanyol, una idea tan profundament estúpida, una doctrina tan inflada i tan buida, i almenys ací ens hauríem estalviat els seus efectes devastadors al llarg de prop de quaranta anys de dictadura més dictadura encara i més militar que la del seu propi pare, i de passada també, allà on diu al servei de la integritat pàtria podria dir al servei de la revolució proletària, al servei de la construcció del socialisme, al servei del poble, de la raça, de la paraula de Déu, o alguna altra varietat equivalent de les moltes manifestacions de la barbàrie doctrinal i metòdica, dels sistemes racionalment perversos, orgànicament criminals de Lenin a Stalin a Hitler a Mao i a tots els seus petits seguidors i deixebles d'Europa, Àfrica, Àsia i Amèrica, inclosos Pinochet i Pol-Pot i el sergent antropòfag Idi Amin d'Uganda: el seu llibre, va recordar, arribava fins a la mort de Stalin el 1953, però aquell any no s'acabaven ni l'horror ni l'estupidesa, i sobre això, sobre l'altra meitat del segle xx, hauria hagut d'escriure un altre llibre, i no l'ha escrit, o això haurà de formar part del llibre que encara ha d'escriure, el seu llibre final, el seu llibre de l'apocalipsi, de la revelació, si l'escriurà se salvarà i si no, no, però ja n'hi ha prou, per avui, de pensar en desordre, pensà, prou de discurs sense mètode, vejam si ell mateix acabarà també sent postracionalista i postmodern, i això no, per favor.

* * *

Els dies que anava al despatx a llegir els seus propis escrits com a part del llarg comiat, a mitjan matí, a les onze, treia un termos petit de la cartera i se servia un cafè en el potet que fa de tapadora, així no havia de baixar al bar sempre ple i sorollós, fer cua a la caixa, buscar una taula lliure en un racó, i mentrestant saber que els estudiants que el coneixien el miraven i comentaven en veu baixa el seu cas, el profe que va caure de morros i ja no vol fer classe, està una mica tocat del perol, i si es trobava algun company a penes responia amb mig somriure i mitja inclinació de cap quan li deien bon dia; però ell no s'havia convertit en una persona malcarada i esquerpa, pensà, ell era encara tal com havia estat sempre, ben sociable, pacífic, amable, company cordial encara que poc parlador: què li passava al professor Salom?, no li passava res, passava únicament que aquell món havia deixat ja d'interessar-li, gairebé havia deixat de posseir una existència corporal, i els estudiants, els professors coneguts només de vista, les secretàries, els companys de departament, i també els despatxos, escales, corredors, aules, biblioteca, i la porta mateixa d'entrada on havia caigut, tot era com un decorat que s'esvaïa, cartó pintat descolorit desintegrant-se, eren actors, figurants, cor i orquestra d'una òpera que havia vist i escoltat des de dins milers de dies en milers de funcions en les quals, a manera de text que es recita, havia explicat centenars de vegades els principis i etapes de la revolució francesa, i després Napoleó emperador liberal primer gran homicida de masses modern, gràcies al qual i al seu Esperit Absolut hegelià i casernari a França fins els nostres dies els membres de l'Académie i els alumnes de l'École Polytechnique Supérieure porten bicorni, uniforme i espasa i no pensen com és de ridícul, i havia explicat igualment les revoltes urbanes del 1848, el naixement dels sindicats a Europa, Abraham Lincoln, Bismarck i la Kulturkampf, i fins i tot la doctrina i conceptes del Syllabus del papa Pius IX que en 1864, amargat per la pèrdua dels estats pontificis, publicà aquell document solemne que condemna el panteisme i el naturalisme, el racionalisme i el nacionalisme, l'indiferentisme, el socialisme, el comunisme, el liberalisme, les societats secretes, les societats bíbliques, l'autonomia de la societat civil, la democràcia, l'ètica natural, el matrimoni no canònic, l'oposició a la sobirania temporal del pontífex romà, és a dir gairebé tot allò que per a bé i per a mal constitueix el fonament del món contemporani, almenys del nostre, i centenars de vegades havia explicat el Manifest Comunista, un fantasma recorre Europa, i Das Kapital i tota la resta, i també la primera part del segle xx tan monstruosament sanguinària i tan plena d'anuncis de paradís en la terra passant prèviament per l'infern, i tot açò i allò, les mateixes lliçons que havia hagut de repetir centenars de setmanes davant de la somnolència habitual dels estudiants, que en general d'estudiants tenien a penes poc més que el nom i la condició administrativa; i qui sap si era també per açò, va pensar, no únicament pel colp i la revelació, que havia decidit aquell dia, tres mesos abans, no tornar a posarse davant d'un centenar o mig de cervellets inerts, no parlar més de cara a aquells cossos passius, la revolució francesa ja els l'explicarà un altre, un substitut més jove i certament més ignorant, o que la busquen a internet, començant per la paraula Guillotina. I en pocs mesos o en poques setmanes tampoc no veuria més aquest despatx on es pot dir que havia viscut tant com a casa, la taula amb papers i carpetes, els prestatges amb llibres que cobrien dos panys de paret, el mapa polític del món tal com era l'any 1910, un gran mapa mural escolar, una relíquia trobada en una llibreria de vell, amb tot Àfrica i la meitat d'Àsia repartides entre el color rosa britànic i el color verd francés, Europa amb les fronteres dels imperis centrals i orientals, Reich Alemany, Àustria-Hongria, Rússia dels tsars, les restes balcàniques de l'Imperi Turc, i sense la dotzena i mitja de països que ara tenen Estat i fronteres i que pareix que hagen existit des de sempre però llavors no existien, i la meitat o més, com ara Bielorússia, Eslovènia, Moldàvia, Macedònia i alguns altres, en el temps d'aquell mapa no eren imaginables ni tan sols per als seus habitants, quanta sang, quants rius de sang, milers de metres cúbics de sang viva humana, de sang d'homes i dones, de vells i de criatures, ha hagut de ser vessada horriblement per culpa d'aquest mapa ara ja incomprensible, intolerable i vell, pensà, però que fa cent anys semblava etern, semblava l'ordre natural del planeta, a pesar que el planeta no ha tingut mai cap ordre, i si algun dia en té no serà natural.

S'acabà el potet de café, va beure dos glops d'aigua d'una botelleta de plàstic, i guardà en la cartera el retrat emmarcat que tenia damunt de la taula, una cara somrient en blanc i negre, Irene jove a París amb una brusa clara de flors i els cabells llisos i foscos escampats sobre els muscles, si aquest despatx ja estava a punt de deixar de ser un dels espais de la seua vida, si molt prompte l'havia de buidar, aquell retrat a la vora del Sena i amb Nôtre-Dame al fons era la primera cosa que hi havia perdut el seu lloc. El va tornar a traure, se'l va quedar mirant, i era ja estiu, finals de juny del 1968, quan van fer el viatge de noces, perquè s'havien casat després de tres anys de nuviatge, només s'acabà el primer curs que ell i ella tenien un contracte segur, ella en un institut i ell a la universitat, i passats més de trenta-cinc anys no recordava si els fets del mes anterior a París, el fets ja per sempre famosos de maig, els provocaven més inquietud que curiositat, si eren o no un atractiu suplementari del viatge, i no recordava tampoc amb certesa si s'alarmaren o no, potser sí, quan van saber que l'hotel econòmic que havien reservat, amb vistes a l'illa del Sena, es trobava al cantó d'aquell Boulevard Saint-Michel, prop de la Sorbona, que apareixia als diaris i als noticiaris de la televisió ple de fum i de flames i de formacions de policies en ordre de combat amb casc negre i abric llarg com si eixiren de les trinxeres de la Gran Guerra, però l'hotel també era prop de la llibreria de les Presses Universitaires de France, que era el lloc que més assíduament visitava, més que els museus i més que els monuments, eren uns anys que ell estudiava molt, llegia molt, ja volia, tal com ara continua volent però llavors d'una manera més modesta, trobar l'entrellat de la història del món, i per a això, aquells anys, comprar llibres francesos era un requisit imprescindible, aleshores quan a França i per tant a mig Europa tot es deia nouvelle o nouveau, va pensar, nouvelle histoire, nouvelle vague, nouveau roman, abans que arribara la nouvelle cuisine i molt abans d'aquesta insipidesa recent dels nouveaux philosophes, sempre torna de nou la querella dels antics i els moderns que és també tan antiga, i en aquesta querella ell és antic. Llavors, aquells quinze dies, a més de fullejar molts llibres nous o llibres vells als bouquinistes de les baranes del Sena, passejaven per les voreres del boulevard, miraven pel balcó, i contemplaven aquell paisatge urbà tan brut i lleig com són tots els paisatges després de totes les batalles: els combats grossos s'havien acabat, només quedava alguna escaramussa innocent, inofensiva, però la visió del carrer camp de batalla era desoladora, hi havia arbres per terra, cotxes cremats, el paviment alçat, restes de barricades, materials de la procedència més diversa amuntegats i socarrats, trossos de diari, cendra mullada i pols, vidres trencats: contaven que hi havia hagut una revolució. I si era així ell havia fet tard, pensava aquell matí a finals de maig, contemplant el retrat d'Irene prop de quaranta anys després, hi havia fet tard com a espectador, perquè com a participant no hi hauria arribat mai a temps, sempre s'hauria quedat a la vora, de manera que no hauria tingut ni allà ni ací ni enlloc cap experiència de revolucions reals o imaginàries, ni de prop ni de lluny ni passiva ni activa, i a pesar d'haver-ne estudiat unes quantes als llibres no sabia la cosa més important, l'olor que feien, les emocions, el poder d'unes poques paraules, ell no en sabia res a pesar que pareix que aleshores tothom ho sabia, i ara qualsevol petit professor o escriptor o polític d'esquerra europeu de més de cinquanta anys sembla que té dret a reclamar velles primaveres heroiques, pensà, o que pot recordar una fal·laç presència aquells mesos de maig o de juny a París, potser perquè tots van cantar, a una distància prudent, himnes nostàlgics com aquell deliciós Bella ciao i bestieses com Ay, Che, camino, patria o muerte es mi destino, sempre la paraula absoluta, la Pàtria, la Mort, el Destí, de tota manera molts d'aquells protagonistes ficticis ja ocupen el poder que somniaven i ara tenen faringitis permanent i no canten cap himne. Però ell, que pel que fa a les cançons sí que recordava Bella ciao amb nostàlgia tant com recordava amb fàstic Patria o muerte, no havia tingut mai ni tan sols la dèria de desitjar o esperar una revolució, possiblement, entre altres raons, perquè el seu primer i llarg contacte amb la paraula va ser a través de la frase obligada Por Dios, España, y su Revolución Nacional-Sindicalista amb què acabaven invariablement els discursos i els papers oficials del franquisme, i això va ser com l'oli de fetge de bacallà, que repugna però cura l'anèmia, i en qualsevol cas, si alguna idea se'n podia traure de tot plegat i de la comparació metòdica, era que les revolucions solen ser espectacles on els actors creuen que ho entenen tot i els espectadors no hi entenen res, i després, passats molts anys i molts llibres, les interpretacions són tan variades com el gust i la fantasia de qui les elabora, va pensar, començant pels seus col·legues acadèmics. Dos mesos després d'aquell viatge, ell repartia els dies d'agost a València entre l'hemeroteca i l'arxiu, instal·lat en el segle XIX i sense atendre gaire a les notícies diàries del XX, i una vesprada Irene li va dir que els tancs soviètics havien entrat a Praga: això sí que ho entenia tothom, fins i tot els sectaris més miserables i bàrbars, fins i tot els que no saben ni entenen que Praga, en la història europea d'aquest segle XX, era més important que París. I ell també havia anat a Praga amb Irene, a finals d'un estiu, pocs anys després d'aquell seixanta-vuit, potser el setanta-quatre o el setanta-cinc, quan la ciutat conservava encara intacta la tristesa i als cantons i a les places hi havia altaveus d'on eixien músiques que devien ser revolucionàries, cors militars, i propaganda que òbviament no entenien però que endevinaven tan monòtona i grisa com la del règim franquista, i ells passejaven pels carrers de la Staré Mesto i de la Nové Mesto, ciutat vella i ciutat nova, amb tot el gòtic i tot el barroc que el cos i l'ànima poden desitjar, aquell barroc blanc i groc delicat, verd pàl·lid i rosa del cor austríac i bohemi d'Europa, i pels ponts gloriosos del riu Vltava, a les vores del qual lànguides senyoretes amb els cabells en cua de cavall llegien llibres de versos assegudes sobre l'herba tendra; però a les nits, era el mes d'agost, no era fàcil trobar un restaurant on sopar amb alguna dignitat, fora d'una certa Casa de Rússia, del menú de la qual només van poder interpretar un steak tartare, que resultà molt més tàrtar que steak, pura carn crua difícilment comestible, les espècies o salses n'amagaven a penes el gust massa dubtós, almenys dubtós per a qui venia, com ells, de terres d'occident sense cap tradició de cavalleria nòmada; el turisme era escàs, al bar del seu hotel, cada matí, acudien a la barra homes d'aire abatut, silenciosos, que desdejunaven cervesa i aiguardent, glop de cervesa glop de schnapps, i en una parada de tramvia van trobar un xicot cubà, que treballava o estudiava a Txecoslovàquia, i que considerava que allò era la porta del cel, el paradís promés per Karl Marx als mortals, un tast de la glòria futura: no el van voler desenganyar, no valia la pena, ara deu tindre algun càrrec important a l'Havana, qui sap, pensà, si ha tornat més a Praga; i un diumenge a migdia, prop del castell de Hradcany, es va fer l'hora de dinar i no hi havia a la vista cap local amb aspecte de poder-los oferir restauració, van caminar prop d'una hora per avingudes, carrers esplèndids i jardins, van visitar el Nen Jesús, amb la bola del món en la mà, el Nen Jesús de Praga del qual sa mare tenia a casa una imatge petita i venerada, el mateix infant ros i de galtes nacrades grassonet somrient amb corona reial i amb un mantell o caftà daurat i brodat fins als peus, i finalment van entrar en un hotel que tenia també restaurant; van seure a taula no lluny de la porta i als pocs minuts van sentir de sobte una curiosa olor, una aroma de iogurt passat de data, una flaire penetrant de llet agra, i tot d'una l'entrada de l'hotel es va omplir de mongols: mongols de la Mongòlia Exterior, arribats en autobús d'Ulan Bator, vestits amb robes de genets de l'estepa, amb cares redones torrades de sol, cridant i rient: havien arribat a l'extrem d'occident, més a l'oest hi havia la frontera de fil de ferro amb punxes, els guàrdies amb metralleta, els gossos, el pas prohibit, i Praga, per a ells, devia ser París; potser duien reserves de llet d'egua fermentada, o portaven l'olor tan enganxada a la roba i al cos que s'escampava pel hall de l'hotel i entrava al restaurant, i semblaven extremament feliços. No sé si ells, va pensar, a hores d'ara deuen enyorar Praga com jo, o de quina manera l'enyoren, però supose que ara els mongols de Mongòlia Exterior ja viatgen a París amb avió, ja beuen coca-cola, ja mengen hamburgueses als McDonald's, porten blue-jeans, i es dutxen i es canvien de roba abans d'eixir d'Ulan Bator.

No de Mongòlia, no de tan lluny però de lluny, d'Albània, de Kosovo, de Bòsnia o d'algun altre racó dels Balcans, devia haver eixit la mare jove, gitaneta d'ulls clars i de cabells aspres i grocs com els fregalls d'espart, despentinats i bruts, al costat de la qual va fer el viatge cap a casa amb autobús, tots dos drets en la plataforma central, ella en l'angle que forma la barana i ell agafat a la barra vertical. Portava una falda ampla i llarga fins als peus, de franel·la gastada estampada de ratlles i flors, i pel volum feia l'efecte que a sota hi devia portar dos o tres faldes més; duia una brusa o camisa de mànigues amples, i sobre els muscles i el pit un xal gran sota el qual treia el cap una criatura, un bebé amb els ullets tancats i la careta plena de baves i mocs. Quan passaven el pont dit del Real, la mare, no podia tindre més de setze o dèsset anys, es va traure indolentment una mamella gloriosa, posà la cara de l'infant contra el mugró, i el nadó només va tindre ganes de fer unes poques xuplades, devia estar satisfet o adormit, apartà el cap, i un raig de llet es va escampar per la careta bruta, pel pit inflat i per la brusa blanca ja tacada, d'on eixia també una olor espessa de iogurt. Pel carrer de la Pau, bellíssim com el més delicat carrer de Praga, la mare amagà la mamella turgent i mullada, tapà el cap del xiquet, i amb l'altra punta del xal es va mocar amb sorolls contundents. Després mirà el moc abundant, i es refregà en la falda el xal mocat. Neta, rentada, polida, ben vestida, hauria estat una jove molt bella.

5

Continuant el llarg comiat de si mateix, cinc setmanes més tard també rellegia una obra seua al despatx, 1815: El Congrés de Viena i la reinvenció d'Europa, havia passat més de tres mesos, doncs, dedicat a llegir els seus propis escrits com a única i última ocupació professional, un llarg adéu a la seua pròpia història d'historiador, i aquell probablement era l'últim matí de lectura, tenia un volum obert sobre la taula però a les prestatgeries no quedava cap més llibre, eren buides del tot, els llibres eren tots dins de caixes apilades per terra com en un lloc on esperen que arribe el camió de les mudances, i el 1815 Napoleó navegava per l'Atlàntic cap a l'illa de Santa Helena amb una idea d'Europa perduda, Goya dibuixava tauromàquies negres exiliat del seu país també perdut, i pocs anys més tard les testes coronades que s'havien reunit a Viena enviaven a Espanya els Cent Mil Fills de Sant Lluís a fi de reinstal·lar Ferran VII en el poder absolut, Vivan las cadenas, cridava el bon poble a Madrid, i això pareix que era també Europa: prop de dos segles més tard no sabem què pot ser, va pensar, ara els cent mil fills sense pare els enviem als Balcans a impedir que els antics súbdits de l'Imperi d'Àustria i de l'Imperi Turc tornen a matar-se entre ells, la passió que no cessa, la més antiga, i a València el 1822, poc abans que arribaren els cent mil fills d'Europa, van ajusticiar amb garrot vil el general absolutista Elío, als peus de la muntanyeta formada per les ruïnes del palau reial, per damunt d'on hi hagué el cadafal o patíbul passava ell sempre que tornava a casa seua amb autobús, també ací érem i som europeus. Omplir aquells dos munts de caixes de cartó li havia costat tres matins de calor i suor, eren ja al ple de l'estiu, en la darrera setmana de juny, i havia hagut de separar els llibres que tenia barrejats als prestatges, poc més d'un miler en total sumant els que eren propietat seua i els que tenia en préstec de la universitat, i el resultat d'aquells dies, de destriar volums i d'omplir-se les mans de picors i de pols, eren més de vint caixes ara ja ben tancades amb cinta adhesiva i amuntegades en una pila contra la paret, al lloc on segurament haurien de quedar-se una mica més de temps fins que ell decidira què en feia, i un altre munt de caixes esperant que aquell matí mateix vinguera un empleat amb un carro per endur-se-les a la biblioteca de la facultat, i a més de les caixes de llibres havia hagut d'omplir set o vuit caixes més de papers diversos, de manuscrits i carpetes, de separates d'articles de col·legues i de grapats d'articles seus, i seria un final exultant de carrera acadèmica, un fi de festa esplèndid amb serpentina i confetis com en una revetla de nit de cap d'any quan s'acaba un temps vell i celebrem que comença un temps jove, si ara mateix agafara les caixes, almenys les dels llibres i papers que són seus i ningú no li podria retraure que en disposara al seu gust, i anara obrint-les una a una i abocant-les al carrer per la finestra o llançant a grapats els volums i els fullets, fotocòpies antigues i fitxes, papers i papers: feia una miqueta de vent i el vol de tota aquella producció acadèmica, de l'erudició impresa, el vol de tanta història escrita llançada des d'un cinqué pis seria un espectacle admirable, una petita visió fascinant, s'aturarien a la vorera els vianants sota la pluja sobtada de paper imprés, frenarien els cotxes sorpresos per l'impacte dels llibres contra el sostre metàl·lic o als vidres o farien esses abruptes intentant evitar-los com si foren ocells grossos que volen en picat cap a terra o que cauen del cel ferits de mort batent les ales inútilment fins a precipitar-se contra el paviment i estavellar-se tot provocant el desordre i el pànic que provoquen els fenòmens insòlits, els que no s'han vist mai ni s'expliquen, no seria una pluja de sofre i de foc com en una erupció violenta o com en la destrucció de Sodoma i Gomorra, només una pluja de ciència supèrflua, aquesta seria la gran novetat, plouen llibres sobrers, plouen ponències inútils, cauen del cel bibliografies senceres, rebenten contra l'asfalt monografies i actes de congressos i més d'un vianant rebria el colp d'un llom de llibre gros al cap i es quedaria mig estabornit, uns altres mirarien amunt i veurien la pluja de quaderns i papers i volums prims o grossos abocats o llançats a mans plenes, no un vol de coloms quan es llancen a buscar el menjar a les places, no una pluja de flames, una pluja de llibres i articles que tindrien així un final més gloriós que la foscor eterna d'un prestatge oblidat, aquesta hauria de ser la seua festa privada de comiat, el seu petit judici final personal, la seua versió del final de la història, i seria una primera i darrera exhibició de poder destructor, ell que tota la vida havia edificat amuntegat construït, ara podria ser un instant deixeble de qui enderroca i dispersa o col·laborador de l'obra impia de Satanàs, i aleshores va obrir una caixa i en va traure, en efecte, un article d'algú, d'algun col·lega o company d'algun congrés, sobre algun tema que no va voler mirar, ni el títol ni el nom de l'autor, el va estripar pel mig, el va fer a trossets pàgina per pàgina, va llançar els paperets voladors per la finestra, més obra impia no era capaç de fer, i contemplà com se'ls enduia el vent i els escampava, somrient, resignat, sabent que la paraula escrita també vola, s'extingeix i s'apaga.

I tanmateix, l'únic i moderat orgull seu, l'única vanitat, era l'obra que havia produït amb els anys, l'inventari complet de la seua bibliografia acadèmica que també s'esvairia en l'oblit, i al seu despatx havia fet instal·lar un armari especial, tot de vidre, a fi d'exhibir-hi el seu petit tresor de llibres i d'articles, conferències impreses, ponències en congressos, tot ben visible en lleixes inclinades com en la vitrina d'una joieria o d'una sala de museu arqueològic, sovint pensava que tot plegat era una mica infantil i ridícul, els volums i papers col·locats i exposats de tal manera que atreien inevitablement els ulls dels col·legues o dels estudiants a penes obrien la porta i entraven, i alguns d'ells de vegades s'aturaven un instant a observar les cobertes i els títols, igual com els vianants curiosos o els possibles clients contemplaven l'aparador petit però sumptuós de la sabateria, qui sap si d'allí li havia vingut la idea, els seus llibres com les sabates, també obra de les seues mans, i llavors imaginava quina impressió en devien rebre els qui entraven per primera vegada al seu despatx, quin respecte inspiraven els seus papers publicats en diversos idiomes, i sobretot quin efecte els havia de fer el conjunt exhibit, o quina crítica per l'exhibició mateixa o quina enveja, o comprovava en els ulls i en el gest dels estudiants un punt d'admiració sovint ingènua i expressiva com la de qui allarga el llavi inferior damunt del superior i fa moviments d'afirmació apreciativa amb el cap davant d'una gran obra en un museu o de la narració d'un succés sorprenent i admirable: molt bé, va pensar, si és així ja he tingut la meua recompensa, i ara què. Les de la vitrina eren les últimes lleixes que havia buidat, i el contingut del moble transparent, els nou volums entre grossos i prims i les més de cinquanta separates de ponències i d'articles, cabia tot en una sola caixa de cartó de poc més de dos pams de llargària i un pam i mig d'alçada, i no arribava ni tan sols a omplir-la: ací jau tota la glòria del meu món, es digué contemplant la caixa encara oberta, no sé si també es pot dir que Sic transit però em sembla ben morta, sepultada en un taüt tan petit, i també podria fer-la volar a grapats des de la finestra, però seria com aventar les meues pròpies cendres, o llançar jo mateix al carrer els meus ossos ja secs, seria una forma pòstuma i ajornada de suïcidi. Van trucar a la porta amb dos colpets discrets, digué «Endavant», i era l'empleat que venia amb el carro, un carretó petit que era una plataforma amb mànec llarg articulat, per a endur-se les caixes de llibres a la biblioteca, digué que hauria de fer més d'un viatge, i quan l'home amb bata blava se'n va anar amb la primera càrrega ell va sentir tot d'una la buidor del despatx, la desolació dels armaris buits i oberts, dels prestatges sense llibres i la vitrina sense res, les parets nues sense el gran mapa del món i sense els gravats emmarcats d'escenes de la Comuna de París que havia comprat a un bouquinista del Sena, quants van ser els milers de morts de la Comuna i per a què van servir, aquella sí que havia sigut una revolució i no la de cent anys més tard. Damunt de la taula quedava només el telèfon i el llibre que estava llegint, i ara sí que pareix que s'acaba, pensà, ara sí que m'ho crec que me'n vaig, ara que s'emporten les caixes, com qui acompanya un amic mort al vetlatori, el cos rígid vestit i les mans i la cara de cera visibles encara dins del taüt obert, i aleshores arriben els empleats de les pompes fúnebres i tanquen la caixa i s'enduen el mort, ara ja mort del tot, ja no l'amic sinó únicament un cadàver, ja absent per sempre més, simple matèria freda sense la calidesa de l'ànima: però per què se li havia acudit aquella associació lúgubre i trista si en realitat hauria d'estar content?, per què aquella sensació de cansament quan hauria de sentir-se alleujat com qui es lleva per fi un gran pes de damunt?, potser perquè tancava la mitja vida passada en aquell despatx i veure'l buit i desolat era com veure's també buit per dins ell mateix? Continuà llegint, per no pensar-hi més, però tampoc trobava cap gust en les pàgines que havia escrit i publicat molts anys abans sobre l'obtusa estupidesa ideològica del Congrés de Viena, no havia entés ni llavors ni mai com era possible que després de la il·lustració, després del triomf aparentment esclatant del pensament racional, després de l'enciclopèdia, de la revolució i de la proclamació dels drets de l'Homme et du Citoyen, amb els joves a punt per a l'efervescència romàntica, després del llarg terratrèmol napoleònic, després de guardar als armaris les casaques de seda, quan Goethe escrivia la segona part del Faust i Beethoven els quartets sublims de corda, com era possible que els caps pensants més poderosos d'Europa s'hagueren tornat a posar casaca i perruca per restaurar al voltant d'una gran taula el principi de l'autoritat absoluta dels monarques, per confirmar el dret diví dels sobirans i altres principis i acords per un estil que encara haurien de presidir la vida política de tot el segle XIX i prolongar-se en el XX sota la forma d'adoració submisa al poder perfecte de l'Estat i d'aquell que l'encarne de manera igualment absoluta en nom del Volk, del poble, de la pàtria o del proletariat. Perquè aquest segle XX tan científic i tècnic racional industrial, va pensar, ha estat més que cap altre segle el temps de glòria i triomf dels dictadors de qualsevol ideologia i pelatge, de la Xina a l'Argentina, i en un moment o un altre a gairebé tot Europa, la del sud, la del centre i la de l'est, exceptuada, i era ben fascinant constatar-ho, l'Europa atlàntica i nòrdica, on cap sotrac no ha enderrocat la monarquia familiar i antiga i que tampoc no ha conegut cap dictadura, qui sap per què, però dins de tanta desgràcia ridícula i tràgica el títol més lúgubre i ridícul de tots els dictadors havia sigut el del nostre, Francisco Franco Caudillo de España por la Gracia de Dios, això deien les monedes de curs legal, i quan ell els ho recordava als estudiants dels darrers vint anys ja no n'havien sentit parlar mai, de Franco sí però no del Caudillo de España por la Gracia de Dios, i era talment com si els parlara d'una inscripció de monedes medievals, la gràcia de Déu, que ni els teòlegs saben en què consisteix, invocada com a base i origen del poder d'un dictador militar amb bigotet i panxeta, ni el Führer ni el Duce havien gosat apel·lar a fonaments tan alts, també era cert que ells no entraven a les catedrals sota un pal·li portat pels canonges, també era igualment cert que en cap altre país els canonges i els bisbes no alçaven el braç amb la salutació feixista vestits amb casulla i amb capa pluvial, quin ridícul grotesc, quina història contemporània d'Espanya, quin fracàs radical de la raó, quina impressió faria ell mateix a qualsevol que entrara al seu despatx i el trobara meditant tristament amb un sol llibre obert, un únic llibre que a més és obra seua, darrere d'una taula despullada i entre prestatges buits, parets nues i munts de caixes per terra.

Tornaren a trucar suaument a la porta, tornà l'empleat de la bata blava i s'endugué la segona càrrega de caixes, i quan va eixir amb el carro, abans de tancar la porta, una estudiant demanà si podia entrar. Portava uns pantalons blancs d'estiu ajustats, una camisola curta negra amb tirants prims i el meliquet a l'aire, era pèl-roja, amb els cabells arrissats, el nas petit i les galtes pigades, i ell va pensar que la coneixia, segurament una alumna del curs anterior, però no en tenia cap record especial, ni sabia el seu nom, i quan ella li'l va dir ell va respondre falsament «Ah, sí, sí», com si la reconeguera, «Sí sí, ja sé», però en els ulls decebuts de la jove va veure que no l'havia enganyada, que ella sentia que per a ell no era ningú amb nom i cara propis, només una presència sense història, i ell com sempre que li passava això es va trobar insegur, indefens, però no hi podia fer res, perquè molt rarament recordava el nom i la cara de cap estudiant, més rarament associava les cares i els noms, no havia estat mai un professor simpàtic, segurament els alumnes també l'oblidaven a ell a penes acabat cada curs, i el buit que ara deixava no seria cap buit, no enyorarien el professor Manuel Salom, la seua memòria no seria memòria.

«Senyoreta», li va dir ell, incòmode, «si ve per algun assumpte acadèmic, em pense que arriba tard. Mire tot això: me'n vaig, demà potser ja no m'hauria trobat ací.»

«Molt bé, però he vingut avui, i encara el trobe», va dir

ella, somrient, obrint els braços com davant d'una evidència agradable.

«Si és per qüestió de notes o d'exàmens, jo no...»

«Jo vaig aprovar amb vosté el curs passat. Em va posar excel·lent, ja veig que no se'n recorda...» El somriure havia estat efímer.

«Ah sí, sí, té raó...»

«No dissimule, que no val la pena. I tots eixos llibres en caixes, on se'ls emporten?»

«Uns a la biblioteca, els altres són meus.»

«I se'ls ha d'endur a casa?» Mirava el munt de caixes amb els ulls molt oberts.

«Encara no ho sé: no sé si vull tindre més llibres...»

«No me'n podria regalar dos o tres?»

«I una caixa sencera: trie vosté mateixa, del munt de la dreta, els que li facen més gràcia, o a l'atzar.»

«Després. Ara vull demanar-li consell.»

«Consell a mi? Sobre què?»

«Sobre la guerra i la pau.»

Feia setmanes que no entrava ningú a visitar-lo, i una jove atractiva, exalumna recent, venia a veure'l a finals de juny, el trobava buidant el despatx com qui buida una casa on ja no ha de viure més, i volia demanar-li consell, no sabia consell per a què, sobre el tema més profund i seriós de la història, per què els homes decideixen matar-se metòdicament, per què quan no ho fan acumulen les armes per a fer-ho, sobre el misteri més gran i més antic i més universal, l'instint més diabòlic, l'enigma dels únics animals coneguts que es dediquen regularment a l'extermini organitzat dels seus companys d'espècie, i aquesta xica pretén que jo li done un consell.

«Molt bé, la guerra i la pau: vosté ja ha llegit Tolstoi?»

«Ja veig que s'ha quedat descol·locat», va dir ella, i va seure davant de la taula, es va inclinar endavant, el mirà als ulls, i sota la camisola lleugera mostrà quasi sencers els pits petits sense sostenidors: «Bé, quan dic guerra i pau no vull dir la novel·la, ni la història de les guerres: en realitat vull dir la pau, la història de les paus. O més exactament la idea de pau en la història contemporània, no sé si m'explique. Sobre els orígens dels moviments pacifistes. Aquest estiu he de fer un treball sobre el tema...»

«Em pareix molt bé, i a més està de moda. Però jo ja no puc dirigir cap treball.»

«Si no vol, no, però sí que podrà donar-me alguna idea.»

«Tampoc. Per donar-li alguna idea, senyoreta, primer n'hauria de tindre jo, i no en tinc cap.» Quina manera de parlar, quina frase, ell mai no havia parlat així amb cap estudiant.

«El curs passat, a classe, sí que en tenia moltes...»

«El curs passat em pensava que sí, però ja no me'n queden, s'han exhaurit. Liquidació total, he tancat la botiga.»

«Vol dir que no farà més classes?»

«Ja li ho he dit: liquidació total.»

«No deu ser per aquell bac que va caure...»

«O sí. Com l'apòstol sant Pau, quan caigué del cavall.»

«De quin cavall?»

«D'un cavall quan anava de viatge, no té cap importància. En tot cas ell, després de la caiguda és quan va creure que ho entenia tot, i es posà a escriure epístoles...»

«Però vosté també ha escrit molt, no, profe?»

«És com si no haguera escrit res...» No saben qui era l'apòstol Pau, ni què és una epístola, ni què vol dir caure en el camí de Damasc, no sé què saben, pensà. «I per favor, no em diga profe, senyoreta.»

Ella va obrir molt els ulls, va somriure intrigada, s'inclinà encara més, i quan mostrava els pits sencers mig daurats i mig blancs i els mugronets foscos i erectes no era gens clar si ho feia amb innocència o amb malícia: l'última alumna que entrava al seu despatx, l'última que se li acostava, li deixaria en tot cas aquella imatge tan fresca i tan rara, aquella visió que no recordava que cap estudiant li haguera ofert mai, tan tendra i tan pròxima, i va estar segur que era desimboltura innocent, no era res més, no havia de ser res més, era només una darrera escena breu abans d'abaixar per a sempre el teló, potser un petit final feliç inesperat.

«Vinga, profe», va dir ella, insistent, «no es burle de mi, per favor. I no deixe que me'n vaja amb les mans buides... Conte'm alguna cosa, va. I no em diga senyoreta, que queda molt antic.»

«No li servirà de res, senyoreta. Ja li he dit que no tinc cap idea, o cap idea que li puga ser útil.»

«Vinga, no siga antipàtic.» Ara tornava a somriure.

«Això ja no té remei, i a més, ja veu que me'n vaig. Però d'acord, ja que no puc donar-li cap consell li contaré una història.» Ella no canvià de postura, asseguda, inclinada endavant, amb els colzes damunt dels genolls, i el va escoltar mirant-lo atenta com una criatura quan li conten un conte que no ha escoltat mai. «Això va ser que una vesprada de maig, no fa molts anys, la comtessa Krystyna Maria Wilczek, davant d'una tassa de xocolate, em va explicar el seu projecte per eliminar totes les guerres del món. Comence a perdre la memòria dels noms, però d'aquell me'n recorde. Se'ns va acostar en un carrer del centre de Varsòvia, mentre la meua acompanyant i jo, vull dir la meua dona, contemplàvem l'estàtua de Nicolau Copèrnic.»

«Copèrnic?»

«El del sistema solar: era polonés.»

«Ah, sí, no ho sabia: continue.» I ella continuà mirant-lo intensament.

«Parlava un anglés perfectament britànic i un francés impecable com d'internat suís, digué que tenia la solució per arribar a la pau mundial definitiva, això mateix que vosté diu que busca, el tema que a vosté li interessa, i ens va portar a contar-nos-ho a una xocolateria elegant, molt prop d'allí, enfront d'una església on conserven el cor de Chopin.»

«El cor del músic?»

«Evidentment, qui si no? I mire, ara que ho pense, és ben curiós: el cor de l'artista més romàntic i més sentimental, conservat en un reliquiari de vidre, tan prop d'un científic tan racional i tan dur, no em faça molt de cas, són coses meues. Era una comtessa autèntica, en un país on els nobles han estat tan abundants i tan ben relacionats amb tota l'aristocràcia europea: potser per demostrar que era qui deia ser, va traure de la bossa uns petits àlbums de fotos, on figurava ella mateixa ballant amb l'ambaixador de França en una festa al Palazzo Farnese de Roma, ella amb Joan Pau II i amb les mongetes poloneses del papa, i fotos del rei Joan Carles i de la reina Sofia en alguna visita oficial o recepció. La comtessa ens donà un document on explicava que, després de llargs estudis, havia conclòs que la pau ha de ser resultat d'una Organització Internacional de Líders Militars, que ella mateixa promovia i proposava, això vosté no hauria pensat mai, senyoreta.»

«No em diga ja més senyoreta, per favor, profe.»

«Ni jo tampoc ho hauria pensat, però en certa manera no és cap bogeria; i també duia una carta d'aire quasi-oficial refrendada per un coronel de l'exèrcit britànic que pareix que feia de secretari general del projecte, supose que devia ser un coronel retirat, amb molts anys de servei en colònies, d'aquells alts i estirats i amb mostatxo. L'organització de la comtessa havia de quedar constituïda de manera formal en un congrés de generals i almiralls d'uniforme, si era possible caps d'estat major, al qual serien convidats amablement monarques, presidents i primers ministres, això deia el paper, i que es tancaria, com ha de ser, amb un gran Ball de la Pau. Una cosa com el Congrés de Viena...»

«Això sí que ho recorde: ens ho va explicar el curs passat.»

«També pensava convidar-hi els alts càrrecs de la NATO, i bona cosa de prínceps, ambaixadors i polítics, no precisà si al ball o només al congrés pacifista. Ja veu, senyoreta, pareix que, finalment, sí que hem trobat alguna idea: si vol, li escriuré a la comtessa i li demanaré que la conviden a vosté al ball de la pau, en algun lloc dec tindre el paper amb l'adreça de Londres. I quan ja estava tot explicat, digué que s'havia oblidat el moneder i em demanà polidament si podia pagar jo els xocolates. I que si em podia "furtar" cinquanta euros: "Est-ce que je peux vous voler cinquante euros?", pronunciat amb un somriure elegant, o almenys trenta euros, o vint. Jo li vaig dir una mentida poc piadosa, li vaig contestar que no en portava cap bitllet, només una mica de moneda local, zlotys o com es diguen, i llavors ella s'alçà de la cadira, sense dir res, i se'n va anar molt seriosa i molt digna amb la bossa, les fotos, i el projecte per la pau universal, portava un barret impossible de llana, com una boina dels anys quaranta. Vaig pensar, i pense encara, que no era en realitat molt més boja que els militars i els polítics que pensava convocar. A vosté què li pareix, senyoreta?»

«De psiquiatre.»

«Qui, la comtessa o jo?»

«Els dos. I no em torne a dir senyoreta.»

«Com vol que li diga?»

«Vicky.»

«Vicky de Victòria?»

«Vicky de Vicky. Vol que baixem al bar i ens fem un café o una cervesa?»

«No, que sempre està massa ple i em molesta el soroll...»

«Ara som a finals de juny, i està mig buit.»

«Potser sí, però estic esperant que acaben d'emportar-se els llibres.»

«Ja veig que li faig por...»

«Una miqueta, sí.»

«Més que la comtessa de Varsòvia?»

«Aquella era una pobra innocent.»

«I jo també. Adéu, bon dia, ha estat una conversa molt interessant.»

«Ah, sí que li donaré un consell: si vol fer alguna cosa de profit en la vida, no es dedique a la història si no és com a distracció. I sobretot, no intente entendre res, senyoreta: és perdre el temps.»

«Ho tindré en compte, senyor, moltes gràcies», va dir la jove de cara pigada, i es va aixecar, voltà la taula, es posà al seu costat, li va agafar les galtes amb les mans, i es va inclinar i el besà en el cap calb. I se'n va anar sense endur-se cap llibre. Ell va pensar que havia estat la seua última lliçó, particular, improvisada i poc seriosa, però potser no tan inútil com les altres.

Dubtà entre agafar l'autobús o el metro i es va decidir per l'autobús, no tenia cap pressa, i al metro, a l'estiu, posaven tan fort l'aire condicionat que ell tenia calfreds i esternudava i després, en eixir al carrer, l'impacte de la calor humida el feia suar immediatament, l'autobús també anava refrigerat però no tant, no obligava a patir la inclemència del confort imposat. Va seure a l'ombra a esperar, al banc cobert de la parada, a poca distància de la porta de la facultat i del jardinet de la seua desgràcia o fortuna, i al seu costat una senyora portava lligat amb corretja un gos negre pelut de potes curtes, de morro llarg i d'orelles caigudes, exactament com l'animal que els havia seguit la vesprada de Pasqua al parc del riu, si no era el mateix era de la mateixa raça, podia ser una varietat de terrier, encara que ell de gossos entenia ben poc. L'animal seia a terra al costat dels seus peus i el mirava amb una intensitat particular, com si el coneguera, com si volguera mostrar-li afecte, imaginà, diuen que els gossos tenen molta memòria, però aquell el mirava com es mira un amic o un amor retrobat, llàstima que no puguen parlar, llàstima que els músculs de la cara no els permeten somriure, ja ho deia Aristòtil que l'home és l'únic animal que riu, va recordar, l'home i la hiena, qui sap per què deu ser, també diu que tots els animals poden moure les orelles i l'home és l'únic que no pot, l'home per tant és un animal que riu i no mou les orelles, no era una mala definició, o almenys era tan bona com qualsevol altra, i pensant això va fer el millor somriure que sabia, tot mirant el gosset i inclinant-se una mica, un somriure com el que es fa a un infant. Llavors el gos saltà damunt del banc, i del banc als genolls de la senyora, i allí estirà una pota com volent saludar-lo: ell agafà suaument la mà de l'animal, la sacsejà en senyal d'amistat i es presentà «Hola gosset, sóc Manuel Salom, em sembla que ja ens coneixem, i si no és així ens presentem ara: com estàs?» El gos no retirà la pota, va fer dos lladrucs llargs i aguts que no eren ben bé lladrucs sinó udols modulats, quasi una veu humana, quasi un plany d'impotència, un lament per no poder expressar-se millor, i va traure la llengua rosada i li va llepar els dits. La senyora girà el cap alarmada, mirà amb disgust el seu company de banc i va separar l'animal com qui aparta un infant del perill, el separa d'un desconegut sospitós que li parla, i amb el moviment dels genolls de la dona el cap del gos va quedar sota l'angle de la llum ja quasi zenital, el sol de les hores de migdia d'estiu caigué un instant sobre la cara de pèl lluent i els seus ulls van passar del color d'avellana brillant al roig intens de les brases enceses. Llavors va arribar l'autobús, ell hi pujà però la dona i el gos no, i també aquell animal, tant si era el mateix que els havia seguit el dia de Pasqua com si no, l'hauria pogut recollir si l'haguera trobat sense amo, el gos ens ha fet companyia als humans almenys des del neolític si no des d'abans i tot, l'únic company perpetu, va pensar, l'únic company universal, al desert o a la jungla, al gel de l'Àrtic, a les tombes egípcies o seguint els cavalls dels mongols, l'única criatura que ha acceptat viure amb nosaltres, l'única en què podem confiar, perquè l'home mateix és un llop per a l'home mentre que el gos és un gos, canis fidelis, amb un gos com aquest sí que podria parlar, serien amics, no serien un amo i un esclau amb quatre potes i sense ànima, serien companys i ell li explicaria com és de difícil saber el sentit d'aquesta història que homes i cans han fet junts al llarg de tants mil·lenaris, i el gos l'escoltaria amb paciència i l'entendria, i si no li podia respondre amb paraules li respondria amb els ulls i amb la cua, o és el dimoni o és l'àngel de la guarda.

* * *

Abans de pujar a casa va entrar a la Gran Llibreria París-Londres-València, pocs metres més enllà del seu portal, era l'única llibreria que ell visitava de manera més o menys regular i sense cap dubte la més ben assortida de tota la ciutat, la que tenia l'oferta més abundant i alhora més massivament caòtica, no era un establiment convencional pulcrament ordenat com una bona biblioteca, no una gran llibreria moderna llampant i alegre com uns grans magatzems, tampoc una llibreria de vell com les que ell coneixia, de València, de París o de Londres, sinó una barreja gloriosa de llibres nous i de llibres usats, una acumulació prolixa i extensa de saldos d'editorials, de biblioteques privades comprades en bloc, d'edicions pròpies de llibres curiosos antics en facsímil, era un desori compacte inacabable de munts de llibres per terra, sales grans o petites d'un laberint de prestatgeries vessant plenes a rebentar formant corredors i racons, taules amb piles de llibres gairebé regalats, un desordre infinit i perfecte on s'acumulava tot allò que s'ha escrit sobre totes les coses, viatges, cuina, poesia, història general i local, grans volums d'art, filosofia, facsímils grocs, literatura universal, arquitectura, carpetes de gravats, tebeos, matemàtiques, química, novel·letes gastades que han conegut moltes mans, medicina, best sellers de l'any anterior i també, si escodrinyava i regirava amb atenció, un bon assortiment de bibliografia canina, allà sense dubte podria saber de quina raça de gos era aquell, quin era el seu caràcter i temperament, a diferència de les races humanes, que quan ell feia l'escola primària eren quatre, blanca negra groga i olivàcia, les races canines són gairebé innombrables. Trobà el Larousse del Gos en una secció sota el rètol Veterinària-Animals de Companyia, i fullejà el volum ben il·lustrat, amb capítols sobre el gos en la història, els orígens del gos, el gos i els seus oficis, els gossos treballadors socials, i també el gos i l'home, el gos confident o company, pàgina setanta-vuit per exemple on l'enciclopèdia explicava que les coses resulten més complexes si es tracta d'un gos mascle i una ama adolescent, ja que l'animal percep clarament l'emissió de les feromones sexuals que acompanyen el desenvolupament de la jove i modifica en conseqüència el seu comportament, la jove pel seu costat tendeix a buscar més sovint la companyia del gos, ¿quins pares no han tingut ocasió d'observar els afalacs interminables i els llargs discursos amb veu esmorteïda que fa la filla al gos de la família?, l'animal romandrà al dormitori de l'ama joveneta i en ocasions pot amenaçar qui vulga entrar-hi, inclosos els pares, assegurava el text; pareix, per tant, que la humanitat paral·lela dels gossos és més profunda del que ell mateix hauria pensat, i més endavant hi havia el capítol que buscava, dedicat als terriers, i aquell gos retrobat i ja una mica adoptat mentalment com a seu podria ser, en efecte, un terrier escocés, un terrier alemany o fins i tot un terrier negre rus, que segons diu el llibre ofereix companyia fidel i segura, el seu fill també hauria volgut tindre un gos, una companyia, però no li'l van comprar mai. Al seu voltant el coneixement universal s'escampava i fluïa entre les mans de clients habituals o de visitants curiosos que obrien llibres, fullejaven, llegien l'índex o fragments d'una pàgina, tornaven a tancar el volum, n'obrien un altre, regiraven les taules i els prestatges, i si als cervells en devia arribar ben poca cosa de l'arruixada de lletra impresa, almenys els dits s'omplien de la pols grisa i subtil de la cultura, tal com els seus aquell matí mateix, pensà, s'havien omplit de pols d'història. Ell no feia adquisicions regulars en aquell gran basar o magatzem general, però sí que el visitava de tant en tant buscant alguna monografia interessant, tafanejant a la secció de llibres rars o curiosos, i allí, pensà, tan prop de la sabateria del pare ara basar Pekín del senyor Li, gairebé a sota mateix del pis on havia nascut i viscut, podria acabar també la seua biblioteca, seria un lloc ben adequat per als llibres que tenia guardats en caixes al seu despatx ja sense llibres, i també per als molts més que cobrien les parets de la sala de casa, les parets dels corredors, del rebedor, i fins i tot dels dormitoris, que acabaren allí formant part d'una massa infinita, d'un caos, i això sí que seria una liquidació d'existències, un saldo final per fallida i una venda a l'engròs a preu fet o a pes, a quant pagarien el quilo d'història?, i en tot cas quan buidaren la casa guardarien només una mica de literatura, els grecs d'Irene i molt poca cosa més, quins llibres s'enduria vosté a una illa deserta?

«Don Manuel», va sentir que li deien, «no sabia que també li interessen els gossos.» Era l'encarregat de la llibreria, l'empleat més antic de la casa, amb qui ja des que van obrir l'establiment, vint o trenta anys abans, mantenia sovint llargues converses, comentaven des d'un racó en veu baixa les actituds i els gustos dels clients, i el comprador-venedor li havia preguntat més d'una vegada: Don Manuel, vosté pot explicar-me d'on vénen tants llibres i com és possible que al món n'hi haja tants? Eren tots dos de la mateixa edat i altura però l'encarregat era gras i tranquil, parlador i a la seua manera erudit, i duia sempre d'hivern i d'estiu una bata grisa oberta d'on ressortia el volum prominent de la panxa, sempre la mateixa bata, del color de la pols; sense la bata, va pensar ell, podria ser un professor d'art o d'història, o un arxiver erudit, allò que en anglés en diuen un scholar, i ell mateix amb la bata i sense barba podria haver-se dedicat a vendre llibres, potser no era tan gran la diferència. L'home observava, observava sempre, els llibres i els clients, i assegurava que només veure entrar un visitant, per l'aspecte, per la cara que feia i per la forma de mirar, ja sabia quina mena de llibres buscava. De tant en tant li mostrava una troballa que pensava que li podia interessar, rarament s'equivocava. «L'he vist on s'aturava, i m'ha estranyat. No deu ser que ara vol tindre un gos, ara que es canvia de casa...»

«Qui li ha dit que jo...?»

«El senyor Li, qui havia de ser?»

«També és client de la llibreria?»

«No exactament, ha vingut un parell de vegades a proposar-me de muntar a mitges una secció en xinés. Diu: jo importa material de la Xina, vendre barat, clientela segura, no competència. En això té raó.»

Al principi seria un racó exòtic, i després aniria estenent-se i ocupant més espai, va imaginar mitja llibreria plena de llibres amb títols escrits amb ideogrames que ací no hem sabut mai llegir, algun dia potser els haurem d'aprendre, i multitud de clients xinesos, homes i dones, joves i vells, cambrers de restaurants, dependents de basars, treballadors de tallers clandestins, fullejant i llegint entre lleixes i taules, i també el nom de l'establiment canviat Llibreria Beijing-Londres-València, o qui sap quin nom nou.

«Mire, li he guardat un regalet per a Irene, i també tinc una curiositat per a vosté, ja feia temps que no el veia per ací.»

«Estic liquidant el negoci. No solament buide la casa, sinó el despatx de la universitat.»

«Si no li caben els llibres a la casa nova, ja sap que em té a la seua disposició. De moment, però, tindran un llibre més: una edició bilingüe dels Treballs i els Dies d'Hesíode, de la col·lecció de Belles Lettres de París. Ens entra molt poca literatura clàssica últimament, deu ser que a les cases ja no en queda, o en queda molt poca: cada any que passa, quan buidem pisos, trobem més morralla barata. Per a vosté, com que he vist que mirava una enciclopèdia de gossos, li he dut un retall de premsa que, per pura casualitat, vaig guardar fa pocs dies: és una entrevista a Claudio Magris, al final parla de llibres i gossos, a mi em va fer gràcia, segur que a vosté li'n farà més encara. Bé, no el moleste més, si vol alguna cosa em trobarà allà al fons, a la part de medicina i salut, he de revisar una compra que hem fet als hereus d'un metge, crec que hi ha coses interessants...»

Se'n va anar entre parets de llibres, munts de llibres sota una llum incerta de tubs vells de neó, passadissos estrets fets de llibres, arrossegant una miqueta els peus, calçat amb sabatilles de pelfa a pesar de ser ja estiu, i ell va tancar el Larousse del Gos que encara tenia obert entre les mans sense adonar-se'n, i va llegir els dos fulls arrancats d'un setmanari francés. I en efecte, al final de l'entrevista, no deia si en un café o a la universitat, el periodista del Nouvel Observateur preguntava a Claudio Magris si voldria ensenyar-li la seua biblioteca. I amb l'ull enfebrat, escrivia l'entrevistador, Magris es posa a caminar com una bala, à toute allure, pels carrers i les places de Trieste. Finalment, després d'alguns dubtes, es decideix a portar-lo al pis de la seua infantesa: els llibres de Magris, com en un conte hipotètic de Borges, es troben disseminats, segons la matèria, als quatre cantons de la ciutat. A casa seua guarda els volums en alemany, la literatura francesa es troba en un estudi que li serveix de despatx, i a casa dels pares s'acumulen els llibres de la cultura danubiana, els que van servir per a la redacció de la gran obra famosa. Allà, en aquella casa i entre aquells volums, resideix un amic universitari que es diu, maliciosament, guardià del Museu Magris. Al saló, els prestatges cedeixen sota els llibres en una aparent confusió: Ordre i desordre, diu l'autor de Microcosmi, que es prea de saber de memòria l'emplaçament de cada volum, exactament, va pensar ell, com l'encarregat d'aquesta París-Londres-València, qui sap si aquella biblioteca era una mena de Praga-Viena-Trieste. En una prestatgeria hi ha algunes enciclopèdies sobre gossos:

«Mon pare», explica Magris, «els tenia gran afició i n'era especialista. Quan tenia tretze anys, jo mateix vaig escriure una enciclopèdia de 333 pàgines sobre aquests animals. Hi descrivia cada raça, i necessitava fotos: per tant, vaig retallar els llibres de mon pare, que va acceptar, veient el meu apassionament per aquell treball, que jo destruïra metòdicament la seua biblioteca.» Claudio Magris, afirmava el periodista, agafà un volum i fullejà a l'atzar aquelles pàgines que la seua maneta d'infant va retallar temps arrere, i on les fotos que falten deixen el full com una randa de paper. Després, d'un colp, tornà a tancar el llibre. Abans, quan l'entrevistador li preguntava si els seus llibres no tracten, en el fons, de la mort de la gran cultura europea, si no el desanimava el triomf d'una certa subcultura mundial, mediocre, uniformitzada, Magris havia contestat: «En la major part de les societats occidentals, el que hi ha és un excés d'estupidesa gratuïta.» D'estupidesa, de bêtise. I un dèficit de pares amb enciclopèdies que els fills puguen destruir per a fer ells mateixos una altra enciclopèdia. Un dèficit de pisos burgesos amb salons plens de llibres. Ell, va pensar, no li havia donat mai al seu fill una enciclopèdia per a destruir-la, retallar-ne les pàgines, i fer-se'n una altra al seu gust, sobre gossos, o plantes, o qualsevol matèria. I si el seu fill fóra viu, potser li deixaria com a herència o regal un pis no molt burgés però ben ple de llibres. Prop de la porta d'eixida, no la mateixa per on havia entrat, trobà una taula gran amb volums nous llampants, i a terra i al costat piles de més volums amb títols estridents, fins ací ha arribat doncs aquesta plaga o pesta, va pensar, fins a París-Londres-València, aquest horror de novel·les falsament històriques, del secret de les piràmides el temple de Salomó monestirs medievals i sinistres l'última cena de Crist el templers els croats els passadissos del Vaticà corredors subterranis del temps conspiracions seculars variants del protocol dels savis de Sió, indignitats, això sí que és el final d'una cultura, el triomf de la bêtise el final de la poca raó que li queda a la història, el retorn comercial dels bruixots. La visió conspirativa de la història no és, certament, cap novetat, pensà, els enigmes tenebrosos sempre han tingut partidaris, hi hagué els Set Savis de Sió que dirigien el món en benefici del poder jueu, hi hagué els maçons secrets i poderosos, hi ha el pervers Banc Mundial, hi ha qui creu que l'atac a les Torres Bessones l'organitzà la CIA combinada amb els serveis secrets israelians, hi ha qui creu que ens governa un concili amagat d'extraterrestres incògnits, i tot això deu anar molt bé per tal d'assegurar la innocència dels lectors d'aquests volums abominables que així assumeixen el bell paper de víctima, mai no hem estat responsables de res si ens fan creure que algú, secretament, és el culpable dels mals del món: el Vaticà, els comunistes, els jueus, els capitalistes, o els hereus dels cavallers del Temple, tant se val; però aquesta desgràcia, la pesta, no l'escampen uns pocs poderosos, ni un comité secret d'autors i d'editors: és l'ampla, llarga, antiga, extensa, conspiració general dels imbècils. Si no és així, va concloure, tampoc no es pot entendre per què es fabrica tan mala literatura, i per què aquests munts de porqueria tenen milions de lectors.

Va eixir de la llibreria i es va quedar mirant el seu carrer, primer cap al cantó del carrer de Xàtiva, més pròxim, després cap al cantó del carrer del Matemàtic Marzal, més val un bon matemàtic, pensà, que tots els mals poetes i els pintors menys que mediocres que tenen tants carrers dedicats, quins noms deuen tindre els carrers innombrables de Pekín, potser que allà, com a les grans ciutats de Nord-amèrica, no tenen prou pintors i poetes i els posen xifres en compte de noms. Abans d'entrar al portal de casa seua es recolzà un moment en la paret, va obrir Els Treballs i els Dies per la primera pàgina i va llegir, en francés perquè havia oblidat feia temps el poc grec que havia aprés d'estudiant: «No diguem que només hi ha una forma de Lluita en la terra: n'hi ha dos. L'una serà lloada per qui la comprendrà, l'altra ha de ser condemnada: els seus dos cors són ben distants. Una fa créixer la guerra i les discòrdies funestes, perversa: entre els mortals no l'estima ningú, però per força, i pel voler dels déus, els homes reten culte a aquesta Lluita cruel. L'altra va nàixer, abans, de la Nit tenebrosa, i el Cronida, assegut allà dalt al seu palau eteri, l'ha posada a les arrels del món i l'ha feta ben útil per als homes: ella incita al treball l'home més indolent, que s'anima a la faena quan veu que un altre, el ric, s'afanya a llaurar i a plantar i fa que prospere la hisenda: tot veí enveja el veí que s'afanya a fer fortuna. I aquesta Lluita, per als mortals és bona.» Què en pensarà Irene quan ho llegirà, ella que no ha tingut enveja de ningú, i què en pensarien els seus companys d'universitat que viuen mirant de reüll qualsevol èxit mínim d'un col·lega, com els polítics, com els escriptors, com els botiguers del carrer de Pelayo i com tothom, l'enveja que mou el planeta, que mou la guerra i la discòrdia funesta, Eris en deien els grecs i era també una divinitat, no l'altra lluita o estímul que Hesíode diu que per als mortals és bona, tot és molt antic, molt antic. Havia d'haver-li explicat a l'estudiant Vicky o Victòria que la ciència de la pau es diu irenologia, que pau en grec es diu eirene, Irene, però encara se n'hauria anat més decebuda.

Es quedà, doncs, mirant el seu carrer, que ben prompte deixaria de ser seu, i amb Els Treballs i els Dies en la mà mirant a dreta i a esquerra contemplava els rètols i els establiments que l'omplien, després pensà que abans de pujar a casa i portar-li el llibre a Irene faria una passejada curta i lenta voltant l'illa de cases, uns pocs minuts només, potser per última vegada, maquinant una petita revenja o purificació. Amb una brotxa grossa lligada a la punta d'una canya, amb un poal de calç d'emblanquinar o de pintura blanca, no amb un esprai com els que gasten els qui empastifen parets amb graffiti monstruosos, quin nom, graffiti, escandalosament distant del seu origen, però deu ser la llibertat contemporània de l'art: ja que els museus i els banquers i els ministres del ram paguen fortunes per obres que són una estafa infinita, per què joves urbans no han d'anar empastifant parets alienes, com una venjança pública o satisfacció personal de qui no cobra per l'obra que pinta, i ell també tenia dret a la seua petita satisfacció i revenja, no per enveja o discòrdia sinó per un acte final de comiat amb justícia, una petita restitució, un petit acte de guerra. No amb un esprai, doncs, com els artistes de parets, sinó amb un mètode més vell i artesanal, amb un poal i una brotxa, aniria pintant i cobrint la major part dels rètols i els vidres dels aparadors, en primer lloc aquell que tenia gairebé enfront de casa, Professional Staff Treball Temporal, la insensatesa ha arribat a tal punt, va pensar, la insensatesa barrejada amb l'estultícia i l'engany, la perversió dels mots, que al lloguer de mà d'obra explotada i efímera li diuen professional staff en anglés, endavant amb la brotxa; no pintaria el rètol del Bar del Trinquet, això mai, això no, era un supervivent, ni el de la Gran Llibreria d'on acabava d'eixir i que ocupa quatre aparadors extensos, ni tampoc el de la Tenda de Cine Rosebud, d'altra banda tancada ja fa temps, la perdonaria especialment pel nom, Rosebud Rosebud, pel ciutadà Kane i el trineu i la rosa, tots hem tingut una rosa en la neu de la infància, tots ens morirem recordant-la, però deu ser que aquests records o imatges no porten clients, ni el capoll de la rosa ni Orson Welles, perquè la tenda havia fracassat; ni tampoc cobriria de blanc el nom de la botiga Tot en Moble d'Ocasió, també tancada qui sap si esperant un xinés que la llogue o la compre a fi de posar-hi un basar Gran Muralla o Xanghai, mentre que Acetat Discos Compra Venda era oberta i amb gent regirant i buscant per les taules, potser per vici de col·leccionista potser per amor a la música, però de quina música, segur que no hi buscaven Monteverdi ni Bach, en tot cas n'hi hauria prou de marcar-la amb un interrogant gros de brotxa a la porta de vidre, sobretot per aquest nom Acetat, algun material químic que deu vindre del llatí acetum, vinagre, quina relació té el vinagre amb la música?

potser d'això en fan els discos, que quan ell era menut en deien plaques; i després aniria marcant o cobrint, amb passades cansades sucant al poal de la calç, el rètol de la Perruqueria Xinesa Xiang Qian Fa Wu, o això pareixia que deia, què devia significar aquell nom i en què devia ser diferent una perruqueria xinesa d'una perruqueria europea?, i el de Felisana Alimentació de la Xina, feliços i sans felisans si mengeu nius d'ocell i carn de serp, s'extingiran els taurons dels oceans exterminats per menjar-ne feliçment les aletes, i un altre rètol de Restaurant Xinés sense nom propi, o almenys sense nom propi traduït o transcrit, perquè els ideogrames bé devien representar algun nom, si la canya era llarga també el podria cobrir de blanc, a pesar que les menges que hi servien devien ser felisanes, saníssimes. Després, continuant la curta passejada, dubtà amb quin signe marcaria La Bodega de Mamy: Productos Latinos, ja que l'únic producte llatí que reconeixia era la llengua de Roma i ell es rebel·lava encara contra la usurpació intolerable, mai podria acceptar que llatí significara sud-americà ni que fóra possible, sense escàndol i horror, parlar de latin music i de ritmo latino, imaginà un instant romans amb toga o amb casc i cuirassa tocant les maraques i romanes matrones o verges amb peplum ballant la samba o la salsa, una salsa de què, ni podia acceptar-ho ni seria capaç mai d'entrar en la segona Perruqueria Xinesa Home i Dona, o si hi entrava demanaria que li enganxaren al poc cabell que li quedava una treneta o cua occipital com la que devia portar d'amagat el senyor Li, i posats a transformar-se i a canviar no solament de casa i de carrer sinó de cara, que li afaitaren la barba i li posaren una perruca de cabells naturals d'aquells que es tallen per ofrena o per poques monedes les dones d'algunes parts de l'Índia, amb l'economia global de matèries primeres es cobriria el seu cap despoblat, i en tot cas amb certesa absoluta empastifaria completament de blanc la vitrina estrident d'Imatges Manga només per a ocultar aquells horribles dibuixos japonesos inhumans i maldestres d'adolescents de moviments mecànics i ulls excessius impersonals i plans, i també per a amagar a la vista un cartell que deia amb mala lletra gòtica Concurs de Gothic Lolitas, que l'esperit de Vladímir Nabòkov fulmine aquesta gentussa ignorant i perversa, i a continuació en la mateixa vorera hi havia un altre aparador on deia Comics: Usagi Yojimbo, que ell emblanquinaria tot de dalt a baix sense saber ni preguntar què significa, i de passada amagaria als ulls dels vianants innocents el cartell que anunciava un gran llibre il·lustrat amb el títol El Prostíbul del Terror, i els dibuixos brutals corresponents. I a l'altre costat del carrer només marcaria amb un simple interrogant amb la brotxa el rètol de Romaliment, ja que allí no hi venien aliments de Roma sinó Produse de Import din România, però al poal llavors no quedaria ja calç, o en quedaria molt poca, i va sentir que s'anava quedant sense ganes de continuar marcant o emblanquinant el Multimedia Karachi, el restaurant Fu Man, la botigueta Tattoo amb fotografies d'esquenes i muscles de pells il·lustrades amb roses petites, capollets, rosebuds, o amb dibuixos barrocs i feroços de dracs i de serps i de calaveres, ja s'hauria quedat sense pintura per a cobrir el Locutori: Bolívia Cuba Xile Pakistan Rússia Marroc, però aquest en tot cas no el cobriria ni li posaria cap signe interrogant, ací les mares poden parlar amb els fills que han hagut de deixar en països remots, ací els fills poden parlar amb les mares. Ja havia girat el cantó del carrer del matemàtic, sense calç per a emblanquinar el rètol del Basar Yong Feng, ni per a marcar el magatzem Mercaorient, i es va aturar indecís davant dels ideogrames afegits al nom original del Bar Don Pepe, si era Don Pepe en xinés o si era algun altre nom paral·lel. Al seu petit quadern de tapes negres, aturant-se davant de cada rètol o de cada aparador, havia anat apuntant tots els noms, inclosa una transcripció elemental de la cal·ligrafia xinesa, i com tantes altres notes segurament no li servirien de res.

6

«Si m'haguera d'endur un sol llibre a una illa deserta», digué Irene, «ja saps que l'elegit seria l'Odissea, no sé per què m'ho preguntes.»

«Per si de cas: és una pregunta clàssica. I si en foren dos?»

«Si en foren dos, el segon seria un volum de tragèdies d'Eurípides. I el tercer, també per si de cas, seria La Divina Comèdia. Quan em portes a l'illa deserta, recorda't de posar-los ben embolicats a la motxilla...»

«Serà un bagul o dos maletes, no una motxilla: el viatge serà llarg...»

«Si és una illa tropical, no caldrà molta roba.»

«Però jo no en tindria prou, amb tres llibres...» Als hotels d'Anglaterra i dels Estats Units damunt de la tauleta de nit, o al calaix, recordà, sol haver-hi una Bíblia, amb això se suposa que un viatger solitari en té prou, si és un sol llibre que siga el que ha escrit Déu, però Déu no ha escrit res, i els homes massa.

«Ni amb tres mil», va dir ella.

«Per això no me n'enduré cap.»

«Quan hi arribem, em busques una coveta agradable, prop de la platja, i allà llegiré i contemplaré la mar.»

«Per què Eurípides?», va preguntar ell.

«Per les protagonistes boges, per la passió i l'excés, Fedra,

Medea: deu ser per compensar que jo he estat sempre una dona tranquil·la, massa tranquil·la i tot. Ah, i que siga una cova ventilada, que no hi faça calor a l'estiu.»

«Per l'estiu, et faré una cabana de fulles. Seré un Robinson Crusoe, però amb dona.»

«I jo una Robinsona que no pot caminar...»

Al seu pis del carrer de Pelayo no patien calor a l'estiu si no era, com aquella vesprada de finals de juliol, un dia de gran ponentada. Obrien les finestres de la galeria que donava a l'extens pati interior de l'illa de cases, obrien els balcons de la part de davant, i corria un airet agradable, no un aire fred industrial produït per cap màquina sinó una brisa de mar o de terra travessant les persianes antigues de llistons verds de fusta, però aquella vesprada la brisa no era fresca, no era brisa, era aire sec de ponent. Amb el balcó obert de bat a bat, la persiana abaixada els protegia de l'excés de llum i la mica de vent que deixava passar agitava suaument les cortines lleugeres; des del carrer de Xàtiva arribava el soroll del trànsit continu de totes les hores del dia però era com si aquell diumenge del ple de l'estiu la ciutat estiguera gairebé abandonada i a mitja tarda la circulació era escassa i calmosa, una remor de mar, podien parlar sense la molèstia incessant de les hores de trànsit intens, asseguts l'un de cara a l'altre en butaquetes baixes, no vestits amb pijama ni amb roba fresqueta d'estiu, sinó completament nus, deixant que els lliscara per damunt de la pell, en la mitja penombra, el corrent d'aire d'un ventilador silenciós.

«I mentre jo vaig a caçar o a pescar», va dir ell somrient, «tu m'esperaràs llegint un dels tres llibres.»

«I després què faràs?», va dir ella. «Temps lliure?»

«Després, ja no sabré què fer. Com ara.»

En una illa deserta tropical viurien nus, pensà, no com els bons salvatges no com pobladors primitius sinó en l'estat original d'innocència, ja hauria passat el temps de l'ull de Déu i de la temptació, allà no hi hauria cap serp ni cap arbre amb la poma funesta, i ell no faria com Robinson Crusoe que va voler reconstruir tot sol una cultura europea només amb les deixalles d'un naufragi, una mica de fusta i de ferro, un ganivet i una arma de foc, i que en totes les il·lustracions apareix amb fusell i completament vestit a la manera d'un explorador de l'oest, vestit amb pells d'animals que ell mateix ha caçat i n'ha adobat el cuiro abans de tallar-lo a mida, tal com l'avi i el pare el tallaven per a fer-ne sabates, quina calor devia passar per no acceptar la nuesa, més calor que els missioners amb sotana blanca a l'Àfrica més que els militars colonials amb calçó curt i salacot, però en tot cas no constava que en el naufragi s'haguera salvat cap llibre, Robinson doncs no llegia i no podia reconstruir-ne cap, quin llibre hauria refet o reescrit si haguera pogut, quina cultura sense paper ni tinta?, i ell tampoc no tindria cap llibre en aquella illa deserta on viuria el seu destí i temps final amb Irene, i ja no hauria d'escriure'n cap, tampoc no hauria de refer la cultura d'Europa, només fugir del seu propi naufragi. A les illes desertes no hi ha biblioteques, però als deserts sense illes sí que se'n poden trobar, pensà sentint sobre la pell l'aire sec i calent que arribava aquell dia del nord d'Àfrica, un aire amb un color groguenc lleuger de pols fina d'arena, degué ser per això que recordà els cinc mil volums trobats en un oasi del desert, en una illa de llibres enmig d'un oceà blanc i daurat, i imaginà que conservar tots els seus llibres, conservar-los cobrint les parets del pis nou que ja havien visitat en la falsa ciutat nova d'artifici, seria això mateix, l'equivalent de mantindre una biblioteca com aquella enmig d'un entorn tan hostil com el que envoltava el poblet de Tamgrut, que era al sud de Zagora, que volia dir centenars de quilòmetres més avall de Marràqueix, l'última gran ciutat clàssica viatjant cap al sud, una gran biblioteca en el punt on la vall del riu Draa es tanca i deixa una porta estreta, la porta del gran desert, per on arribaven els tuaregs i les caravanes de Tombuctú, A Tombuctú 52 dies, deia el senyal de trànsit, de trànsit de camell a manera de broma o de burla, on es feien la foto els molt escassos turistes d'hivern, ell sabia que a Tombuctú sí que hi ha biblioteques antigues al costat de mesquites de fang sec o en cases mig enrunades d'erudits eixuts amb turbants grossos com llençols enrotllats, cambres sense emblanquinar on els volums manuscrits s'amunteguen per terra i lentament es desintegren i les fulles acaben voleiant pels carrers consumides pel sol i pel temps, però Tombuctú, a l'altre extrem de camins sense fi, era només un miratge remot i impalpable, perquè fora del centre de la vall del Draa, on passava el riu i creixien clapes de verdor i palmeres, era ja tot una extensió infinita de terra dura i hostil, de pedra, arena i roca: el desert començava en baixar les muntanyes de l'Atlas, que era aquell gegant que sostenia el món sobre els muscles, amb qui va lluitar Hèrcules, en el viatge a les terres de ponent, per a furtar-li les pomes d'or divines, el mateix gegant còsmic, li havia recordat aleshores Irene, que va donar nom als llibres de mapes i a la mar Atlàntica: aquell, per tant, era un dels llocs on s'acabava al món, a l'entrada de la infinita mar d'arena, entre l'oceà i les muntanyes nevades, i allí justament era on el senyor Ben Nassir, o Bennasser, va reunir una biblioteca increïble.

«Te'n recordes, d'aquella biblioteca en el desert?»

Ella, amb els ulls tancats, va assentir amb el cap però no va respondre. Havien llogat un cotxe amb conductor, i calia deixar el vehicle a la vora de la carretera, pujar per un carreró entre murs baixos de tovons de fang amb palla cremats pel sol, tapial ressec que es desfeia només de tocar-lo, i arribar a una porta una mica més gran que les portes dels corrals i de les cases; allà esperaven un parell de xicots, estudiants de teologia islàmica, o de lleis alcoràniques o cosa semblant, que explicaven amablement als visitants el lloc i la biblioteca, hi havia un pati amb un hortet més que jardí, amb plantes de cotó, alguna palmera, i bancalets d'hortalisses molt pobres acabats de regar; i al fons, en una sala gran i bastant trista, hi havia els prestatges amb els milers de llibres, li van dir que en quedaven uns cinc mil, però afirmaven que abans n'hi havia hagut més, que se n'havien endut molts a Marràqueix i a Fes, i en unes vitrines exposaven els exemplars més il·lustres, oberts, per apreciar-ne la bellesa i la cal·ligrafia: hi havia còpies de l'Alcorà, va explicar l'estudiant, algunes molt antigues, dels segles que a Europa en diem XII o XIII, escrites sobre pell de gasela fina com el paper, hi havia llibres de poemes, i tractats de les matèries més diverses, astronomia, medicina, dret, matemàtiques, història, totes les ciències d'un món antic que allà havien trobat un dels racons de repòs més extrems i tardans; als prestatges, els milers de volums tenien un llom uniforme de pell blanca, i entre tots contenien una part considerable del coneixement humà que es podia reunir fa dos segles i mig o tres segles entre el desert de vora l'Atlàntic i les ciutats de Pèrsia i de l'Àsia central, Llibreria Taixkent-Bagdad-Marràqueix, si en el seu temps haguera estat una llibreria.

«Te'n recordes dels llibres...?»

«Eren blancs...»

El senyor Ben Nassir, segons que li explicaren, devia ser un home de recursos, no era clar si comerciant o propietari rural, que en el pelegrinatge piadós a la Meca es va dedicar a comprar llibres al Caire i a Damasc, li entrà la febra bibliòfila, i va anar repetint viatges, carregant camells amb paquets de llibres, i encomanant més compres cada any a mercaders i pelegrins, fins que va reunir la més gran biblioteca privada de què es té notícia en aquestes parts del món i de la història, i això era a primers del segle XVIII de la nostra era, devia ser el XII o l'XI de la seua, els llibres eren tots manuscrits, i no era probable que a l'Europa d'aquells anys, amb tots els avantatges de la impremta, algú haguera arribat a reunir una biblioteca equivalent a aquella de Tamgrut a les portes del desert. No sé, va pensar, quants volums va poder adquirir l'erudit més il·lustre del nostre país don Gregori Maians al seu poble d'Oliva uns anys més tard, en aquell mateix segle, ni quants en van arribar a comprar Diderot, d'Alembert o qualsevol dels enciclopedistes amb perruca i casaca de seda, que d'altra banda tenien accés a un comerç editorial ben abundant, quant a Voltaire, els cinc mil que posseïa se'ls endugué a Sant Petersburg, fugint de França, devien omplir un carro gran d'equipatge, en fardells de tela o en caixes de fusta, i així van travessar mig Europa, cinc mil era també el nombre dels seus llibres, va pensar, i en podien haver sigut molts milers més, però ell no era bibliòfil ni acumulador de paper, mai no en comprava cap que no haguera de llegir o consultar, cinc mil per tant els seus, cinc mil els de Voltaire, i en tot cas el senyor Ben Nassir ho tenia molt més difícil que ells: feia adquirir manuscrits en ciutats remotíssimes, arribaven després de mesos de viatge, i formava una biblioteca irrepetible en un poblet de cases de fang sec, entre els hortets de l'oasi, les palmeres, i un gran obrador de terrissa que hi havia al costat mateix i que encara funcionava, amb forns de llenya i amb el torn que girava amb el peu, exactament igual que tres segles abans; el senyor Ben Nassir, entre el desert de pedra i les primeres dunes d'arena, devia ser un dels exemples extrems que ha donat la passió humana per la paraula escrita, anotava comentaris, amb una lletra menuda i elegant, al marge de molts dels llibres que comprava, n'encomanava més i més als mercaders i hom pot imaginar amb quina ànsia els esperava; els guardava en armaris, els fullejava, els llegia a la fresca de l'hort, i no es podia saber quin sentit li devia trobar a aquella obra pacient en un lloc tan remot, o per què ho feia, però la passió pels llibres ha estat sempre un misteri inescrutable, una passió fosca, va pensar, com era la de l'escriptor Joan Fuster, un Voltaire valencià del nostre temps alt i prim amb bigot amb ulleres grosses erudit il·lustrat o enciclopedista però no viatger de cort en cort ni pelegrí a la Meca sinó quiet solitari acumulant en la seua petita ciutat de Sueca desenes de milers de volums al llarg de tota la segona meitat del segle xx, en va omplir tota la casa fins al sostre, en prestatges i en piles per terra a les habitacions fins a cobrir-ne el llit dels pares morts, això li mostrà amb gran orgull, recordà, una de les moltes vegades que ell el va visitar, i a l'altra banda del gran llit cobert de llibres hi havia una pila de caixes de cartó però no caixes plenes de llibres sinó de botelles de conyac i de whisky, després seien al costat d'una tauleta camilla i d'una llar sense foc i parlaven d'història; la diferència seria, pensà, que el senyor Ben Nassir és ara com un sant popular en aquella part del seu país, hi ha una confraria religiosa amb el seu nom, i al nostre erudit o Voltaire nacional el van cremar en efígie a València i li posaven bombes nocturnes a la finestra de casa per mirar si podien cremar-lo de viu en viu, ell i els seus llibres, perquè ací l'odi espés i llardós d'una gent oliosa i grossera, gent privada perpètuament de llums, cervells amb greix i amb caspa, gent d'ulls tèrbols de gos perillosament estúpid, ha tingut sempre el mateix objectiu, rebentar i cremar allò que no comprén, i açò és també un racó civilitzat d'aquesta Europa on hi ha hagut tantes Kristallnächte, nits de vidres trencats, tantes pires de llibres en flames. Que tinguen paciència, però, pensà també, perquè aquesta abundància monstruosa de llibres que ens inunda i ofega serà pols i cendra algun dia, vindrà una nova barbàrie de tàrtars autòctons mongols domèstics cremant biblioteques i en tot cas després de noves babels i noves babilònies ha de vindre un judici final de la impremta i pocs títols seran jutjats dignes de meréixer vida eterna, molts menys que els d'aquella biblioteca perduda en el desert, molts menys dels que tenia el seu amic escriptor erudit Joan Fuster, moltíssims menys que els d'aquesta llibreria veïna París-Londres-València on també els seus acabaran ben aviat fent més altes les piles per terra i més gran el desordre i el caos, però en tot cas valia més això que acabar espoliats com els que va robar a València el rei Felip V de Borbó i amb els quals va fundar molt generosament a principis del segle xviii una Biblioteca Reial, la mateixa que més endavant seria Nacional, Nacional d'Espanya, perquè els primers milers de volums d'aquella biblioteca a Madrid no venien de l'amor del rei pels llibres, venien de la biblioteca d'Antoni de Cardona-Borja, arquebisbe de València i protector d'artistes i de literats, recordà que n'havien parlat amb el pare Francesc Casterà quan preparava la tesi; en qualsevol cas, va pensar, a València, a finals del segle XVII i primers del XVIII, l'amor als llibres degué ser notable, si és cert que algunes biblioteques d'eclesiàstics, d'erudits i de nobles reunien milers d'exemplars, no era encara un desert ni una illa, però la més important, la que havia reunit l'arquebisbe Cardona, va omplir caixes o sacs o paquets damunt de carros o a llom de mules i va ser transportada a Madrid com un botí especial de guerra, més val, doncs, que els seus llibres acaben com a mercaderia barata que no com a botí d'un rei odiat, ja que no els llançarà pel balcó o per la finestra ni vol endur-se'ls al pis nou o a cap illa deserta.

«Me'n recorde», va dir ella llavors, «que aquella nit, a l'hotel, entre... les dunes, vam fer l'amor, amb els... balcons oberts, a la llum de la lluna.»

La malaltia fatal de la dona avançava invisible, insidiosa, amb una progressió lenta implacable que tanmateix encara no li impedia parlar amb normalitat però feia que de tant en tant les paraules li eixiren de la boca amb un esforç creixent, que les frases s'arrossegaren amb una espessor que les tornava més compactes, com si cada paraula pronunciada amb aquella lentitud tinguera un sentit nou i més dens, o això pensava ell sovint, perquè ella no hi feia mai cap al·lusió directa, com a màxim un gest displicent, un rictus d'altivesa frustrada, amb la ira sorda de qui conserva una lucidesa perfecta i potser més aguda que mai però sent que ja perd la lleugeresa que voldria tenir per a poder-la expressar. Irene va obrir un paquet de Marlboro que hi havia damunt de la tauleta baixa, al costat del cendrer, d'un vas estret i llarg de vidre llis amb una rosa groga, i del volum prim dels Treballs i els Dies que el veí llibreter li havia regalat, un volum aspre i groguenc, i quan es va posar el cigarret entre els llavis i el va voler encendre, no encertava amb el polze a fer saltar l'espurna i la flama de l'encenedor, el dit no era capaç de moure la rodeta de ferro, no tenia prou força o prou control; amb el gest d'ira li tremolà el llavi inferior i quan després de molts intents per fi va sorgir la flama el cigarret s'agitava i ballava i ella volia encendre'l però no podia. «Per favor», li va dir derrotada, i ell li'l va agafar suaument de la boca, se'l va posar entre els seus llavis, l'encengué i el tornà entre els llavis d'ella, i ella s'incorporà una miqueta, aspirà fum, redreçà el coll i el pit, i amb el cigarret entre els dits d'una mà va posar les dos mans sobre les cuixes. Tenia ulls d'egípcia asseguda irritada en la penombra d'un temple, va pensar ell, asseguda en angle recte perfecte, amb pits petits encara miraculosament alts i durs, tenia ulls enigmàtics de kouré arcaica de terracuita, tenia ulls vibrants d'Àrtemis alerta caçadora, i també podia tindre quan volia ulls d'Afrodita, mentre que ell no sabia de què tenia ulls, potser de Sòcrates tal com el mostra el cap de marbre que suposem el seu retrat, cara de filòsof amb barba i quasi calb, Sòcrates resignat a l'estultícia dels seus conciutadans o esperant que tornara de Delos la nau sagrada amb la vela negra i així arribar ell també al seu propi final de la història, jutjat i condemnat per agitar l'estany de les idees; en tot cas si ell era com el filòsof d'Atenes, també amb una barba abundant, també calb, volia dir que tenia igualment la mateixa figura i aspecte que els faunes i els sàtirs dels dibuixos dels vasos i de les estatuetes de bronze o de fang, però aquells devien tindre no uns ulls una mica apagats com els seus sinó uns ulls brillants de qui viu cada instant el desig tal com ve, ell no tenia la panxa impúdica dels sàtirs sinó únicament alguns quilos de greix sobrer acumulats al voltant de la cintura, no tants per a impedir-li la vista del seu propi entrecuix, ella tampoc no tenia el ventre pla i sense plecs però no per això era menys desitjable. Tan desitjable, va revisar imatges veloçment com en una projecció accelerada o quan es fan passar sota el dit gros les fulles d'una història coneguda o d'un àlbum de fotos, tan desitjable en aquell moment per a ell com ho devia ser vint o vint-i-cinc anys abans per als amants passatgers que va tindre, o més que amants d'amor companys de llit ocasionals i també de conversa, va recordar mirant-la com fumava amb els ulls tancats, mirant el seu perfil en la penombra, la cara, el coll, el pits, portava els cabells grisejants tallats molt curts, el coll al descobert, homes que degueren omplir, almenys fugaçment, imaginà, els buits que ell deixava en el seu cos i en la seua vida, aquells anys que ell passava moltíssim més temps fora de casa que a casa, tancat sempre al despatx entre papers i llibres, en aquell despatx ara per fi abandonat ja per sempre, al despatx o viatjant de conferència en conferència i de congrés en congrés amb l'estúpida dèria del turisme acadèmic estèril, el professor Salom mai no descansava, escrivia incessantment, publicava, era convidat arreu de l'ample món, i a casa seua el fill adolescent passava sol molt sovint les vesprades senceres i la dona en passava més d'una entre els braços d'algun company de faena, algun professor d'institut potser de literatura potser una mica poeta i amb tota certesa molt atent i romàntic i que sabia dir probablement les paraules que el marit no sabia, a algun déu benèvol devia, pensà, el miracle de no haver-la perduda del tot. Però vint anys després tot això no tenia ja cap importància, i si ell ara ho podia recordar mentre Irene fumava en silenci, si ho va arribar a saber aleshores, era només perquè li ho va contar ella una nit amb paraules serenes i ulls tranquils, no com aquell que confessa un pecat i demana perdó, no com qui justifica un delicte molt de temps amagat i potser ja prescrit, sinó reivindicant la justícia que una dona ferida i ofesa s'aplica ella mateixa, No era una traïció, li havia dit ella, era una forma de salvació: també ho vaig fer per tu, i ell d'una manera confusa i profunda ho va entendre; i ara darrere del cap d'Irene, en la lleixa d'un moble fosc, entre volums d'autors grecs, mirava el retrat del fill perdut i el retrat del casament, tots dos en marcs petits iguals de plata: aquell matí de primavera, a la capella contigua al claustre clàssic de la Universitat, una capella petita i modesta davant de l'altar dedicat a la Mare de Déu de la Sapiència, ell portava pantalons i jaqueta de lli cru i una camisa blanca de seda de coll molt ample, obert, i anar al casament sense corbata era senyal moderat d'un temps de rebel·lia, que els temps estaven canviant tal com deia la cançó de Bob Dylan que corria pel món, ara no sap si han canviat massa o si no han canviat prou, ella duia un vestit ample i fi estampat de flors i fulles, lligat amb una cinta sota els pits i amb plecs flotants fins als peus, no roba de flors de hippies aleshores de moda sinó vestit de tall grec o d'escena d'una pintura de Botticelli, Venus vestida, jove toscana de coll prim estirat i cabells recollits lligats amb un cordonet blanc més amunt del clatell, però també Botticelli cremà els seus quadres pagans de nimfes i deesses i al final de la vida pintava únicament marededéus tristes i sants compungits, també a Florència les dones van haver de cobrir-se els escots i els cabells per culpa de Savonarola d'ulls enfonsats i llavis d'inquisidor fanàtic, també allí va semblar un moment que la història feliç s'havia acabat, que venia el judici de Déu anunciat per les prèdiques bàrbares de frares hirsuts enemics dels plaers de la vida civil, però per sort va tornar l'alegria, i aquella història era ja el primer temps de la nostra, Lorenzo de' Medici era ja el nostre contemporani, i és possible que ho fóra també el papa Alexandre VI Borja, que era amic seu, no de Savonarola, cap dels dos, ni el senyor de Florència ni el papa, no podia suportar la tristesa. Irene nua apagà el cigarret al cendrer i digué:

«Per favor, acompanya'm, vull anar al lavabo, estic cansada.»

La va esperar a la porta del bany, al costat d'una finestra

oberta de la galeria; el corrent d'aire ja no era tan calent i tan sec sobre la pell nua de l'esquena, s'acostava el capvespre i la brisa de mar arribava per fi als carrers de la ciutat i vencia l'ardor del ponent, sentia, com sempre, la remor quasi constant dels trens de l'estació del Nord, aquella remor de fons de tota la seua vida, i del gran pati obert interior pujaven sorolls de picola i frases curtes en xinés de les obres que el senyor Li feia al Basar Pekín, els xinesos treballen igual amb la calor que amb el fred, i diumenges com qualsevol altre dia, pensà, per això es multipliquen i creixen les chinatowns del món, per això el senyor Li podia comprar locals i pisos, com aquest pis seu que ben aviat buidaria. Imaginava el cos d'Irene asseguda a la tassa del vàter, recolzada amb una mà en la vora de la banyera per a mantindre un equilibri incert que sovint ja perdia, agafant-se a la barra de la tovallola per poder aixecar-se, i ell hauria d'entrar i ajudar-la, ajupir-se, abraçar-la i alçar-se els dos junts: els gestos i els actes d'auxili amorós necessari que haurà de fer en poc temps amb tota certesa, i haurà de fer-los en tota ocasió i per a qualsevol desplaçament, va pensar, si no disposaven prompte de l'ajuda que ella encara no volia acceptar, d'una dona romanesa ucraïnesa o sud-americana vivint amb ells a casa: quan es mudaran al pis nou n'hauran de buscar necessàriament una, una tercera persona que compartirà amb ells la casa, segurament una dona jove, una jove entre ells dos que farà de companyia i d'auxili d'un matrimoni ja vell. Li va arribar el soroll de la cisterna del vàter que es buidava, uns moviments, què pensarà Irene quan aquesta jove l'acompanye també en els moviments més íntims, després va sentir l'aigua de l'aixeta, i la porta del bany es va obrir i Irene va aparéixer amb una bata negra de seda llarga oberta, ja no un cos sencer nu innocent i gastat sinó un estret rectangle vertical de nuesa definit per la bata, l'espai entre els pits, el ventre, el triangle fosc del pubis, l'interior de les cuixes una mica separades, llargues, enganyosament fermes.

«Anem?», va dir ella.

«Cap a on?»

«Cap allà», i li va oferir el braç com si anaren a entrar en un saló elegant o a acostar-se a una pista de ball vestits de festa, ella una dama impúdica i altiva, ell el seu vell galant una mica ridícul acompanyant atent amb uniforme de gala invisible, un petit rei nu. Havia estat la seua Ariadna abandonada en una illa de roca i amb un fill seu al braç, la seua princesa Medea maga oriental però bruixa benigna, la seua Fedra apassionada i boja, l'amor que fa molts anys va estar a punt de perdre per no saber meréixer-lo: caminant al seu costat pel corredor es va sentir l'acompanyant indigne o el cònjuge humil d'una deessa o d'una reina salvatge i solemne que avança amb passos lents de majestat, i quan eren ja a la porta de la saleta, en un punt on el corrent d'aire que venia del balcó era més viu, va constatar un inici d'erecció i llavors ella el mirà de reüll, somrigué, i el va fer girar lentament fins que els cossos es juntaren de cara pell contra pell, pits, ventre i cuixes. Després, agafà amb les dos mans els extrems del cinturó solt de la bata, els va passar per darrere de la cintura d'ell i van quedar lligats amb un llaç fluix.

Aquell llaç fluix, va pensar de nit assegut sol davant del balcó obert quan ella ja era al llit, era l'únic llaç fort que li quedava, l'únic llaç de matèria i d'amor que el lligava amb el món i amb ell mateix, el llaç d'una bata de seda, la pell d'un cos, els ulls i l'ànima d'Irene, si sabera fer versos en faria, ella desperta llegia els seus poetes grecs, ell escoltava música de Monteverdi amb el volum molt baix, Il Combattimento di Tancredi e Clorinda, el fragor del combat i després el lament de l'heroïna enamorada ferida de mort per un error tràgic i estúpid: a ell, doncs, li quedava aquell llaç i també, més incerta i subtil però insistent, la idea d'un llibre possible i futur. Feia calor encara, ell prenia la fresca amb pijama, i no sabia si seria capaç de donar l'ànima o el cos, o què era allò que donaria, per arribar a aquella impossible teoria unificada com la que busquen i no troben els físics, la fórmula o la clau que explicaria l'únic enigma real de la història o almenys de la que en solem dir contemporània, saber si hi ha algun Esperit d'aquesta Terra o d'aquest Temps o d'aquests Segles, un Weltgeist com fabulava Hegel mirant Napoleó, ànima del món, passar revista a les tropes franceses, un Zeitgeist com han cregut i creuen tants filòsofs, historiadors i poetes, ja que si alguna cosa era clara és que la història no té final, ni en va tindre després de la victòria de Napoleó en la batalla de Jena i molt menys n'ha tingut aquests anys tal com és moda creure i repetir seguint la tesi sense substància d'aquell nord-americà japonés que ho afirma, com si el tal Fukuyama o com li diguen haguera descobert el secret que ell porta tants anys perseguint, perquè ell, Manuel Salom, potser havia fet el pacte des del principi, un pacte no expressat però d'aplicació efectiva, pel qual consumiria o perdria la vida, potser perdria la dona, perdria el fill, a canvi de trobar el secret amagat, i ara que havia retrobat una mica de vida, però ja massa tard per gaudir-ne, almenys hauria d'acceptar que el dimoni no li revelarà mai la fórmula, el Senyor de les Mosques no serà més que això, només un amo que enganya qui pretén fer-hi tractes, i finalment haurà tingut raó sempre Irene, que no importa comprendre sinó intuir, sentir, moure's, commoure's, i que si en el principi era el logos al final haurà de ser l'acció, encara que siga una acció lenta i encalmada, una acció suaument amorosa o una acció que, paradoxalment, haurà de ser sobretot contemplativa.

* * *

Havent dinat, i després d'una sesta curta, havia baixat a fer-se un café extraordinari, un café de jubilat novell, si no legal, real, perquè aquell matí del trenta de juliol havia deixat a la consergeria les claus del seu despatx, les havia recollit la mateixa empleada que el va atendre el dia feliç o fatal de la caiguda, i la dona l'havia mirat amb suspicàcia sense dir-li res, ni quina pena que se'n va, professor, ni que esperem que torne algun dia a visitar-nos, un últim dia sense adéus ni comiat després d'una mirada al despatx buit, no un final de carrera, pensà, sinó una simple desaparició silenciosa; i a més del café extraordinari també havia demanat un conyac per primera vegada, però que fóra per favor conyac de bona marca, un conyac suau, si podia ser una marca francesa, Napoléon per exemple, no en recordava cap altra, beuria conyac doncs amb el nom del gran liquidador d'una història i potser inventor d'una altra. El cambrer li preguntà si era que celebrava alguna cosa especial mentre li omplia amb generositat la copa, i ell li va dir que no celebrava res, una petita mentida perquè en realitat sí que celebrava d'aquella manera el primer dia que ja no ocupava o tenia allò que físicament se'n podia dir un lloc de treball, un despatx propi amb clau i amb el seu nom a la porta, no era un dia solemne, no era un dia ni alegre ni trist, era només l'últim dia, o el primer, de manera que simplement passava aquella hora de mitja vesprada en una tauleta redona de marbre al costat de la porta del bar del Trinquet mirant com acabava de ploure i a poc a poc el paviment del carrer s'eixugava, després d'una mitja hora de pluja intermitent ara tornava a fer sol, havia sigut una tempesta breu d'estiu, amb llamps i trons, i un xàfec curt i violent, almenys això netejaria l'aire, i la pols dels carrers. Era l'hora de la partida del dissabte i entraven els aficionats habituals, que abans d'ocupar un seient a les grades o escales al llarg de la pista o d'instal·lar-se a les llotges altes dels extrems s'aturaven al bar uns minuts comentant les virtuts dels jugadors, demanant rebentats de conyac o de rom i fumant cigarrets negres, fàries, purets andorrans, caliquenyos, discutint en veu alta partits anteriors, cridant, rient i saturant de fum dens blanc i gris i d'olors de tabac aspre antic tot l'espai de paret a paret i de la porta del carrer a la porta d'accés al trinquet, si ací no es poguera fumar, tal com ara sembla que volen imposar les lleis, aquest bar del Trinquet, va pensar, perdria gran part de la seua substància, si estiguera també prohibit beure alcohol o parlar en veu alta, si fóra un bar higiènic sense fum, de converses suaus i sucs de fruita, aquests homes no hi podrien ni tan sols respirar, s'ofegarien; i ell des del seu racó sol assegut protegit d'empentes per la tauleta mateixa sentint-se petit invisible insignificant davant d'una copa de conyac excessiva, un no ningú intrús i sobrer en aquell mateix bar on els matins era client habitual de café amb llet i croissant i diari llegit al taulell, hauria volgut canviar el seu lloc pel d'algun d'aquells homes. Almenys avui almenys una vegada: no haver llegit tants llibres i no haver-ne escrit cap, no haver ensenyat mai història, ser fuster o forner o mecànic, ser llaurador, botiguer d'algun barri o d'un poble, i haver arribat a l'edat que tenia, si fa no fa la mateixa de molts d'aquells aficionats a la pilota, també ells la major part jubilats, calbs o de cabells blancs, secs o panxuts, vells cridaners parladors fumadors alegres riallers bevedors de mistela i de conyac barat discutint amb passió sobre el seu jugador preferit, sobre colps i jugades i punts i partides perdudes o apostes guanyades, haver arribat doncs a ser com ells en edat i en soroll, en el fum i el conyac, en conviccions fermes i en passions declarades, no haver d'estar-se allí en aquell racó fora del joc, contemplador passiu, precisament aquella tarda quan ja no tenia materialment professió activa i no era res, lliure de tot atribut, definició i propietat. Dos dies abans, al despatx del notari per a firmar l'escriptura de compra del pis, havia dictat Catedràtic d'Història quan l'escrivent omplia les dades personals del comprador, i avui mateix a mitjan matí quan, una hora després de deixar ja per sempre les claus del despatx, d'abandonar el seu habitatge acadèmic de tants anys, firmava els papers de recepció d'unes claus noves i d'una casa nova, si l'empleat de l'agència li ho hagués preguntat hauria dit No res o Sense ofici o, si vol posar alguna cosa, pose simplement Jubilat, encara que falten dos mesos, agost i setembre, per a ser-ho del tot legalment. L'empleat l'esperava a les onze al portal de la finca, i ell hi havia arribat caminant sota el sol de juliol, cobert amb un barret d'ala ampla i molla, un barret protector i barat Made in China, caminant solitari des de la parada d'autobús prop del pont de l'Àngel Custodi amb les bèsties de bronze infernals, i el trànsit per aquella prolongació nova de l'antiga Albereda era escàs perquè no era ben bé un bulevar o gran via ni molt menys una continuació natural d'aquell passeig d'àlbers, cavalls i carruatges elegants d'un altre temps sinó mitja avinguda interrompuda i excessivament ampla edificada únicament en un costat, feta de blocs discontinus, torres altes de pisos, d'arbres molt joves i jardinets anèmics, de gespa pàl·lida, i a l'altre costat no hi havia edificis o cases sinó el vell llit del riu allí ja més ample escampat ja fora de la ciutat verdadera i per tant sense els marges i murs de pedra antiga que la protegien, allí ja sense forma ni memòria de riu, ja només un espai ocupat per aquelles construccions de ciment blanques disperses de volums tan estranys i per a ell incomprensibles, però algun sentit devien tindre i ja en parlaria amb Irene quan les contemplaren amb calma, no una vesprada de diumenge de Pasqua per a menjar-se la mona o el berenar i evocar altres dies de Pasqua infantils, sinó com a veïns amb llotja o balcó d'espectadors permanents d'aquella disneylàndia o gran fira per a adults blanca i grisa amb el nom presumptuós i fal·laç de Ciutat, aquella fira amb barraques de ciment i de vidre que de manera repugnant abusava, pensà, de les paraules Arts i Ciències ja tan desinflades i tan rebregades i que així, aplicades a aquell parc d'atraccions, acabarien definitivament de perdre el poc crèdit que els quedava; i si aquella Albereda novíssima acabada d'obrir, no l'antiga per on des del segle XVII s'exhibien cavallers a cavall i on fins entrat el XX passejaven fent roda carrosses o cabriolets amb dames alegres o famílies senceres com en un modestíssim carrusel parisenc els diumenges al Bois de Boulogne, si aquella prolongació no tenia el trànsit que s'hi podria esperar per l'amplària i per l'aspecte important, devia ser perquè estava poc poblada, i també perquè encara era un camí sense eixida, una avinguda atzucac tallada bruscament contra un mur i una tanca allà on passaven les vies del tren, i en aquella hora de sol de juliol massa intens hi havia ben pocs vianants que acudiren a l'antic riu ara parc a passejar gossos, a córrer pels camins, a dur nens a jugar amb el Gulliver gegant, o a visitar els edificis exòtics, museus, planetaris, aquaris, i altres atraccions i espectacles. Havia caminat quasi tot sol, per tant, fins a la plaça dita d'Europa que tampoc no era una plaça sinó una extensa rotonda al voltant de la qual sí que els cotxes rodaven venint del pont o per entrar al pont, i al centre del gran cercle de gespa, allí molt verda i lluent sota els aspersors oscil·lants que l'arruixaven, s'elevava un artefacte metàl·lic potser de vint metres d'alçada, com una barra vertical o una biga plantada de ferro, un pal industrial inexpressiu simple producte de la siderúrgia, tot pintat de color lila clar o blau pàl·lid de lliri, i al capdamunt de la biga una mena de braç o de braços en angle com de grua o de forca trencada, i suposà que allò devia ser una escultura important, obra inefable d'art contemporani, i tanmateix devia també significar o voler expressar alguna cosa però ell no sabia quina o què, devia tindre un gran valor estètic però ell no sabia quin: algun dia, quan ja visqueren en aquella avinguda, s'hauria d'aturar a contemplar-la amb calma, la cosa, obra d'art o escultura, qui sap si contemplant li trobaria el mèrit amagat. I passada la plaça d'Europa que no era una plaça sencera sinó únicament mitja plaça de la mateixa manera que l'avinguda era mitja avinguda, havia desplaçat una mica el barret cap arrere i havia alçat els ulls per a mirar l'edifici on hauria de viure, en aquell bloc o torre blanca i negra amb la forma d'una fitxa de dòmino plantada vertical, i si ells havien triat aquella finca i no una altra no era per mèrits singulars de l'arquitectura, ja que unes altres torres o blocs potser en tenien més, com ara aquell altre amb pretensions de gratacel on havia comptat, resseguint-los amb la punta del dit davant dels ulls, trenta-cinc pisos que haurien pogut compondre, construïts amb més gràcia, un Empire State Building reduït però tenien més aviat la forma que imaginem del far d'Alexandria o la d'un minaret descomunal de pedra blanca amb rengles i rengles de finestres petites quadrades, o també com aquella altra torre que li havia recordat la forma que deu tindre un submarí fora de l'aigua i dret, tota brillant negra i grisa de marbres i vidres i amb un perfil de carena esmolada; si havien triat, doncs, aquella finca i no una altra, l'edifici amb la forma de caixa de sabates o de fitxa de dòmino, havia sigut només perquè era allí on trobaren un pis no molt gran ni molt car, amb terrassa, amb vistes a llevant i a migdia, i amb una distribució còmoda per a una persona malalta que en un temps ja segurament pròxim s'hi hauria de moure amb ajuda i amb limitacions, potser amb cadira de rodes.

L'aire del bar es feia més i més dens de fum, de nuvolets blancs espessos i d'olor de tabac, ell a penes tastava el conyac a glopets ara que se n'havia begut més de mitja copa, mirava els homes en grups més compactes a cada moment, més cridaners i agitats a mesura que s'acostava l'hora de la primera partida, i l'empleat de l'agència a les onze en punt l'havia saludat amb una encaixada enèrgica de mà i una inclinació ràpida i lleu del cos, era un jove de cabells curts brillants punxosos com si se'ls haguera pentinat no amb un raspall o amb una pinta sinó a pessics, de vestit gris impecable amb camisa de ratlles amples blaves verticals i corbata de color rosa fosc, i ell li havia trobat un posat i uns gestos massa abruptes, vagament militars, de militar mal disfressat de civil, devia ser allò que els anuncis en diuen un venedor agressiu, portava un maletí negre prim de pell, li havia cedit rígidament el pas a l'ascensor, un ascensor d'acer amb les tecles dels números grosses quadrades i havien pujat silenciosos fins al quinze: en aquella caixa de color gris polit i de llum blanca tènue hauria de pujar i baixar cada dia tots els anys a venir, probablement en aquell vehicle vertical farien Irene i ell un dia, no sabia qui abans i qui després, l'últim viatge a un hospital o el primer i únic a la casa dels morts sense casa, al crematori. El pis feia encara olor de pintura recent i d'obra nova i van recórrer una altra vegada, com havia recorregut ja amb Irene poques setmanes abans, la cambra de bany principal, la petita, la cuina, l'habitació gran que seria dormitori, la que faria d'estudi o despatx amb espai per a pocs llibres, una altra habitació on dormiria la dona que aviat haurien de buscar, serà rossa o morena quants anys deu tindre serà alta o baixeta i on viu ara i què fa, ha arribat ja a València o no ha eixit encara del seu país que no sabem quin és, això és el conyac, va pensar, que estimula el cervell, i finalment la sala que s'obria a la terrassa amb un gran finestral i una porta ampla de vidre, tot estava correcte, tot en ordre, tot preparat per a viure de cara al cel i al sol amb una vida que ell encara no era capaç d'imaginar, entre parets de colors nets i clars quasi blancs, despullades, amb mobles escassos i simples, potser sense fer res i només contemplant tot el dia el paisatge de grues grogues o blaves enormes del port i les piles infinites de grans caixes metàl·liques pintades dites containers, contenidors, que s'escampen i van ocupant i cobrint implacables la terra llaurada, contemplant els vaixells amarrats i la mar grisa o blava on naveguen, o el panorama immediat de les arquitectures estranyes de formes ondulants vegetals de ciment blanc, d'esferes i semiesferes de metall i de vidre, de monstres blindats, ogives i arcbotants de catedral gòtica invertida o esventrada, i més enllà els grans centres comercials, aparcaments, més torres altes de pisos, més blocs en construcció, més grues, i encara més enllà, cap a migjorn, tota l'extensió antiga de l'horta ja quasi coberta de magatzems i de naus industrials i entremig, joguets d'un altre temps abandonats, les alqueries incomptables a manera de casetes de poble escampades pels camps ja creuats per autopistes, carreteres, asfalt i camions, fins on comença la verdor uniforme i el reflex platejat dels aiguamolls de la marjal, els arrossars i el llac o estany de l'Albufera, i al fons de tot pel sud i per ponent un perfil esfumat de muntanyes; i des de la terrassa podria igualment, gairebé sota els seus ulls i als seus peus, contemplar com passaven els trens a poques desenes de metres allà on les vies tallaven l'avinguda inacabada, al carrer de Pelayo els sentia xiular contínuament eixint i entrant a l'estació tan pròxima, la remor sorda i potent de les locomotores elèctriques, com sentia quan era menut l'esbufec poderós dels grans monstres negres de vapor, i allí podria mirar-los també després de tota la vida d'haver-los només escoltat de tan prop sense veure'ls, no era un mal canvi, ara podria ser ell també un home que mira passar els trens, ell que tantes vegades somniava en trens que es desvien i no porten enlloc o s'aturen en estacions buides i sense nom, o en trens perduts en el darrer minut que s'allunyen indiferents a la seua angoixa quan ell entra corrent a l'andana, ací no li tornarà a passar, mirant els trens des de l'altura, i alçant només un poc els ulls des d'aquella terrassa o gran balcó podria seguir també el pas dels avions que entren a cada moment des de la mar en la ruta obligada cap a l'aeroport, la humanitat viatgera, navegant, voladora, trens i vaixells transportant contenidors innombrables, i així estaria a l'abast dels seus ulls tota la trama i l'ordit del moviment del món, seria un lloc perfecte per a escoltar l'oferta i la temptació de Llucifer: jo et faré entendre el sentit de tot això si t'agenolles i m'adores, escriuràs el teu llibre, va somriure imaginant l'escena amb un dimoni de teatre vestit de roig amb banyes i cua i trident i ell vestit de cavaller medieval o barroc amb capa de seda i espasa i una gorra o barret amb una ploma blava, qui sap si el món s'entén millor des d'una altura en el límit provisional d'una ciutat mirant passar els trens, els vaixells i els avions. Begué un altre glopet de conyac, va sentir com finalment l'alcohol l'escalfava per dins, li accelerava i confonia el cervell, i pensà que seria una idea molt bona convidar els presents a una copa a manera de comiat general o de celebració compartida, però celebració de què, i l'empleat impecable i marcial de l'agència havia parlat tres o quatre vegades pel telèfon mòbil, havia tret un ordinador del maletí, havia teclejat uns minuts fent cara d'home enèrgic expert i important, i finalment li havia demanat que firmara uns papers, damunt del banc de la cuina ja que encara no hi havia en la casa ni taula ni cap altre moble, com a que en efecte ho trobava tot conforme i correcte i rebia de mans de l'agència els tres jocs de claus del portal i del pis, i enhorabona i que ho disfrute, ha fet una compra excel·lent, ja sap el lema de la nostra empresa: el teu futur és el nostre present. Per cert, li havia dit el jove pulcre, no hem visitat la plaça de garatge. No cal, havia dit ell, de moment no tinc cotxe. De moment? Vull dir que no n'he tingut mai, però em sembla que en tindré més endavant, em farà falta.

La substància negra, aquest era el secret i el misteri, pensà agafant la copa entre les mans i contemplant els reflexos de la mica de líquid daurat fosc que hi quedava, si ara mateix en poguérem observar l'interior del cervell per una finestreta, tots els presents la tindrien intacta, la misteriosa substància, i ella no: si havia entés bé l'explicació del metge, en els seus ganglis basals les neurones pigmentades d'un color fosc degeneraven i es morien una darrere de l'altra, i així aquella substància negra dins del cervell d'Irene deixava a poc a poc de ser negra, deixava de funcionar correctament la transmissió dopaminèrgica, i si ell no arribava a comprendre en què consisteix o de quina manera funciona aquesta transmissió ni quina és la matèria o l'energia que es transmet, sí que havia comprés que sense això aquesta part profunda i primitiva del cervell, aquest nucli de ganglis, perd la capacitat de controlar els moviments i equilibris més bàsics del cos, aquells ressorts pels quals les sargantanes corren veloçment, els ocells mouen les ales i els gossets la cua i nosaltres, que també som animalets com ells, podem caminar drets sobre els dos peus, bracejar i parpellejar tot alhora sense pensar-hi i sense cap esforç, i els colps durs de pilota que escoltava, secs com un esclafit, significaven que havia començat ja la partida i els jugadors vestits de blanc i amb faixa roja o blava botaven i corrien moguts per ressorts ben potents i engreixats però Irene no solament ja no saltarà mai ni correrà sinó que haurà de caminar, mentre camine encara, arrossegant els peus com si portara sabates de sola de plom i no solament no podrà colpejar amb la mà una pilota sinó que les seues mans de dits llargs i fins, la dreta sobretot, li tremolaran més del que ara li tremolen, ara té una tremolor lleu i intermitent i els dits sovint li queden cap avall amb la mà en forma de campana i amb l'índex i el polze com si estigueren comptant monedes, i de vegades l'agitació incontrolada li afecta no únicament les mans sinó els músculs dels llavis i pareix que de tota la cara, i ella que sempre ha portat el cos dret com les dones antigues quan tornaven de la font amb un cànter al cap o com una cariàtide que sosté un capitell ara ha de fer esforços per no inclinar avant el coll i els muscles i no caminar encorbada. En la visita que havien fet el dia abans al neuròleg, ella no havia mostrat interés a seguir les explicacions tècniques i prolixes del metge que ell sí que escoltava atentament, ella només havia preguntat quin era el pronòstic de l'evolució del mal, quant de temps tardaria a patir dificultats serioses per a parlar clarament i sense embarbussar-se, quant de temps li faltava per a passar de l'estadi de la hipocinèsia a la bradicinèsia, havia afegit somrient que els termes grecs ja els entenia sense traducció, que pensava que estava arribant a la hipofonia, i el metge l'havia mirat amb suspicàcia com si la pacient haguera volgut envair el seu terreny professional o profanar el seu vocabulari màgic, però en qualsevol cas havia d'augmentar la dosi diària de levodopa que arriba al cervell i allí es transforma en dopamina i així ajuda a reduir els efectes de la falta de neurones dopaminèrgiques de la substància negra, No cal que m'ho torne a explicar, havia dit ella, que ja ho vaig entendre la primera vegada, quantes neurones d'aquestes se m'han mort ja?, Calculem que un seixanta per cent, havia dit el metge, I després?, El ritme del procés sempre és imprevisible, depén de cada pacient, Depén de què?, Això no ho sabem, i amb aquesta certesa del no saber s'havia acabat la visita.

Sabem tan poc, va pensar ell mentre amb la copa de conyac als llavis alçava el cap per acabar-se les últimes gotes mirant el sostre del bar amb la pintura enfosquida i tacada i mirant l'aire amb un tel encara de fum de tabac, sabem tan poc de tot, que de vegades és com si no sabérem absolutament res, quina és la química de la tristesa, quines molècules s'havien mogut o alterat allà dins del seu crani per a fer que en aquell moment li tremolara una mica la mà amb què aguantava la copa, per què la incertesa i l'angoixa del seu esperit produïen la secreció glandular d'alguna hormona o líquid, o algun corrent, que li feia sentir aquell pes o contracció entre el pit i l'estómac com si entre l'ànima i la carn la sintonia fóra tan intensa i tan íntima que l'una i l'altra semblen la mateixa cosa i una sola substància, quanta dopamina feliç o com se n'haja de dir feia que aquells homes parlaren i rigueren tan animadament i que al voltant de la pista de joc s'elevaren crits unànimes de joia o de sorpresa: perquè fins ara les ciències que tracten d'entendre els moviments humans mai no han pogut respondre cap pregunta sense obrir pas a molts interrogants més, cada problema es resol plantejant nous problemes, i pareix que han de continuar avançant així per sempre cap a un horitzó que com més s'hi aproximen més s'eixampla i recula qui sap si fins a l'infinit, i només faltaria que fóra certa la hipòtesi tan atrevida del seu amic professor físic bon coneixedor de la mecànica quàntica segons la qual els infinitesimals punts d'energia, partícules ínfimes, que van d'ací cap allà alterant els àtoms i per tant les molècules però que no podem saber en quin sentit els alteren perquè el sentit i l'efecte del seu moviment són per definició indeterminats, només faltaria que aquests punts impalpables però reals foren els que defineixen l'essència de la nostra llibertat ja que si tot moviment, això li pareixia recordar que afirmava l'amic físic, fóra determinable, tot seria també teòricament previsible si algun dia, potser no tan remot, en l'equació hi féiem entrar el conjunt sencer de les variables del cas, i per tant un ordinador prou potent i prou alimentat amb la informació necessària podria saber per endavant no solament qui guanyaria una partida com aquella sinó la trajectòria de cada mà i de cada colp de pilota i el volum i agudesa dels crits d'alegria o de ràbia de cada espectador i quins d'ells i amb quins gestos s'alçarien saltant dels seients, però aquesta coneixença absoluta i perfecta de tot només podia posseir-la Déu, de tots els grans de sorra de tots els deserts, del moviment de totes les fulles dels boscos i dels pensaments i accions i omissions de tots els humans, devia ser per aquesta omnisciència que Luter i Calví van creure en la predestinació, i si era així tota la història seria una immensa maquinària implacable i potser Hegel i Marx eren en el fons calvinistes, tant se valia que el procés dialèctic previsible i mecànic del món el moguera l'Esperit absolut o la Matèria igualment absoluta, l'ànima divina del cosmos o el poder misteriós de la terra: i alguna cosa devia ser, però no sabria mai quina substància o quina força, la que el movia a ell, un homenet petit un homunculus invisible en aquell cantó d'un bar fumat de tabac negre, a enllaçar pensaments inconsistents com si de la barreja de foscors en poguera resultar alguna claríci: devia ser que dins del seu esperit alguna substància negra o matèria fosca com la que diuen que forma la major part de la massa de l'univers també tinguera ja més pes i ocupara ja més espai que la llum natural que ell havia cregut tota la vida que posseïa per dret propi el seu cervell. Ara només li quedava, va concloure, contractar una empresa de mudances i fer el canvi de domicili en aquesta ciutat i en la terra.

El bar s'havia quedat quasi en silenci, tranquil, i ell s'alçà per anar a pagar i tornar-se'n a casa, però al primer intent va sentir que estava a punt de perdre l'equilibri, que les cames li fallaven, sense força, amb un rodament de cap i amb la vista enterbolida. Es deixà caure a poc a poc en la cadira, posà els colzes damunt de la taula i va esperar uns minuts amb el cap cot i els ulls tancats: ell no bevia mai cap licor fort, només un gotet de vi negre amb el dinar, i per tant hauria d'haver previst que un conyac doble, a pesar que l'havia begut a glopets i al llarg de prop d'una hora, seria prou per a produir-li aquell mareig, i que el cambrer acudiria amb el gest preocupat a preguntar-li si no es trobava bé.

«No del tot, no del tot», respongué. «Porta'm una botelleta d'aigua fresca.» En va beure un got sencer, mullà el mocador i se'l passà per la cara i pel coll, mirà per la finestra i comprovà que en efecte havia deixat de ploure feia estona, i es posà dret i caminà insegur, entre els pocs homes que quedaven al bar, fins a la porta que comunicava amb el trinquet. Hi entrà i mirà el marcador, trenta a quinze a favor dels blaus, i va pensar que molt probablement aquell era l'últim partit de pilota a què assistia, uns pocs minuts només, la pilota era l'únic esport o joc pel qual havia sentit una mica d'interés, no per cap joc de baló de procedència més o menys britànica o nord-americana, ni el foot-ball ni el hand-ball, ni el basket-ball ni el volley-ball, només aquesta pilota petita de cuiro que es juga amb les mans embenades de tan dura com és, li agradava potser, sobretot, perquè sabia que era un joc noble antic que els valencians han conservat amb més vigor que cap altre país o poble d'Europa i que si ara pareix popular i rural en altre temps va ser joc d'aristòcrates i de cavallers i a Versalles també hi havia un trinquet reial, el Jeu de Paume, joc de palma de mà, amb graderies al llarg de la pista com aquestes del trinquet de Pelayo, que era on els diputats de l'assemblea es van reunir el 1789 i van jurar que no es dissoldrien abans de donar una constitució a França, el famós jurament del trinquet, le Serment du Jeu de Paume, amb el qual segons els manuals va començar la història que en diem contemporània; i en aquell punt i trinquet reial començava ell invariablement cada any a explicar la revolució francesa, qui sap si era igualment per això que tenia aquell afecte, més que afició, al joc de pilota i alguns dissabtes venia a seguir la partida més atractiva de la setmana, i també perquè, en definitiva, el trinquet més important d'Europa el tenia justament davant de casa, i el seu avi Ramon n'havia estat un gran entés i aficionat i li n'havia explicat els secrets, l'única cosa que ell no havia fet mai era jugar-s'hi els diners amb apostes ni seure enmig de la pista davall mateix de la corda tal com és pràctica o costum que facen dos grapats d'homes com aquells que ara giraven el cap tot el temps per seguir la pilota, igual com fan els espectadors d'un partit de tennis però no des de les graderies sinó ocupant ells mateixos el lloc de la xarxa, i s'exposen a rebre en la cara un colp violent de la bola petita i duríssima, devia ser l'únic esport en què els espectadors que s'hi arrisquen poden seure al centre de la pista de joc, i l'únic en què la pilota jugada és igualment bona si cau a les escales o grades i corre i salta entre els aficionats que hi seuen, aquest és un joc més complex que no sembla, pensà, i molt difícil d'explicar als qui no l'han vist mai ni el coneixen. Pensant això s'acomiadà mentalment del trinquet, va seguir amb la vista un vol molt alt i llarg de la pilota, la va veure botar en un angle i rodolar per terra, un jugador va caure de cara tan llarg com era quan intentava inútilment jugar-la, i ell va tornar a entrar al bar. Amb passos curts i encara vacil·lants va arribar a la barra, s'hi recolzà, i li va demanar al cambrer una pissarra petita on hi havia escrit el menú del dia, ho esborrà tot amb la mà i l'avantbraç, demanà la barreta de guix, i va escriure, amb lletres majúscules grosses: «Estan tots convidats. Manuel Salom.» Posà la pissarreta vertical recolzada contra l'aixeta o font de metall groc de la cervesa, dreta de cara a les taules, i li va dir al cambrer que baixara dels prestatges i posara damunt de la barra prou botelles de conyac, rom, ginebra i de qualsevol altre licor, i prou copes i gots per a servir-ne a tothom que en volguera, quan s'acabara el partit, o al descans. Que ho anotara tot, i ell passaria a pagar l'endemà de matí. Travessar el carrer i pujar les escales de casa mig borratxo ja era de moment prou esforç, hauria d'agafar-se a la barana.

7

Quatre homes experts amb bates blaves curtes havien estat tot el matí, des d'abans de les nou, embolicant mobles amb teles i mantes, desmuntant els que calia desmuntar, embalant amb delicadesa la vaixella bona, la cristalleria, i una selecció molt limitada que els dies anteriors havien fet Irene i ell entre aquella quantitat incomptable d'objectes, de records, figuretes, marcs de plata, ceràmiques, les petites andròmines que omplien tots els espais, calaixos i racons d'una casa habitada per tres generacions al llarg d'un segle. Tota la resta, tots aquells mobles que abandonarien, tots aquells llibres que no s'enduria, la resta de cosetes i coses que ara havien quedat reduïdes a la condició humil de trastets, les cortines i part de la roba de llit, els estris de cuina massa vells o ja inútils, el contingut de calaixos d'armaris i còmodes que potser no havia obert ni una sola vegada en molts anys, i fins i tot el contingut sencer de l'habitació del seu fill que no havien tocat des d'aquell dia funest, un santuari del dolor silenciós, de la lenta memòria i de l'oblit, una capella sense culte amb una porta permanentment tancada, i on només entrava una vegada al mes la dona de la neteja a fi d'impedir que s'hi acumulara la brutícia i la pols, tot havia quedat ja apilat i ordenat amb la mateixa eficàcia amb què la part que s'endurien al pis nou era embalada curosament en caixes i en cistells i baixava després amb molt de compte al carrer pel balcó, no amb corrioles i cordes sinó dins d'una gàbia o plataforma al capdamunt d'un braç de grua vertical o mecanisme elevador elèctric que dipositava la càrrega suaument per estibar-la al camió de les mudances, i ell es va sorprendre comprovant que no sentia cap amor especial per les coses que havien triat per a endur-se, les que l'havien acompanyat tants anys i que l'haurien d'acompanyar encara en una vida nova, ni cap pena o recança per les que abandonava després d'haver-hi conviscut des de sempre, no havia comprat mobles nous quan els pares deixaren el pis i el van ocupar ell i Irene molt poc després de nàixer el seu fill, només hi havia afegit amb els anys llibreries i llibres, havia viscut en l'escenari intacte d'un temps heretat, el temps dels avis, dels pares i de la infantesa, ara en quin temps viuria. I el senyor Li havia acceptat d'encarregar-se, amablement i barat a no res, de regalar als seus empleats xinesos o als compatriotes més necessitats la roba aprofitable, els mobles que pogueren fer servir i potser alguna part de la pila d'objectes abandonats a un destí imprevisible, imaginà cambrers de restaurant xinés vestits amb pantalons i jaquetes que abans havia dut ell, cuineres xineses amb vestits d'Irene que havien passat anys i anys als armaris, però si importen del seu país tota mena de roba tan barata segur que llançarien amb menyspreu la roba usada; imaginà també famílies amb vells i criatures, que ja omplien els pisos de lloguer baix del barri, seient en cadires on va seure cinquanta anys abans el seu pare i cent anys abans el seu avi Ramon, en aquelles dos butaquetes on Irene i ell havien passat tantes hores de vesprades d'hivern i d'estiu i on ell havia escoltat tanta música, tot era ja possible perquè la terra és efectivament redona per primera vegada en la història i gira amb una velocitat tan accelerada que tot canvia inesperadament d'ocupant i de lloc, els carrers i les cases, les persones, i fins i tot la roba que porten i els mobles on seuen. I allò que el senyor Li no volguera repartir o que fóra inservible, segurament la major part de tots aquells paquets i caixes i embalums, ja s'ho emportaria algun drapaire o comerciant de trastos vells, però els seus cinc mil llibres mal comptats, que ara contemplava molt ben amuntegats però sense cap ordre contra una paret del menjador, no en caixes com a la facultat sinó formant una gran pila que li arribava a l'alçada del ventre, no els repartiria el senyor Li als seus compatriotes, per a què haurien volgut ells els llibres de la nostra història si ja tenen la seua, si ací la gent no coneix el passat del gran imperi de la Xina per què han de tindre ells cap interés a conéixer el d'un grapat de petits regnes d'Europa; els seus llibres per tant baixarien per l'escala els tres pisos pocs dies més tard i entrarien sense cap cerimònia ni honor a formar part d'aquell laberint de prestatgeries, corredors, munts i dipòsits de la Gran Llibreria París-Londres-València on tantes hores al llarg de tants anys havia passat ell furgant i escodrinyant i de la qual procedia una part dels volums que aviat tornarien al seu punt de partida, a barrejarse també amb els que prop de dos mesos abans s'havien endut del seu despatx de la universitat i finalment a confondre's sense signe ni constància d'origen en aquell magatzem infinit de la Gran Llibreria: no els havia regalat per a enriquir, com sol dirse, el fons bibliogràfic de la facultat d'Història, preferia que es dispersaren barrejats en prestatges anònims; i per fortuna, pensà, ell no havia tingut mai el costum de posar el seu nom en la primera pàgina, i mai no els havia segellat o marcat amb cap ex-libris, i així els futurs clients tafaners i curiosos o els eventuals compradors no es preguntarien per què se n'havia desfet l'anterior propietari, i si algú coneixia el seu nom no es preguntaria tampoc per quin motiu aquell professor Manuel Salom se'ls havia venut de manera tan ignominiosa, per què un historiador respectat i de nom conegut s'havia desfet de tants llibres d'història, ni dirien potser s'ha mort i li han buidat el pis inclosa la seua biblioteca privada, potser a la viuda o als fills no els interessen els llibres, pobre senyor després de tota la vida reunint una bona col·lecció de volums i on ha anat a parar; i on anirien a parar, pensà igualment, aquelles lleixes i prestatgeries que s'havien anat ampliant i estenent i omplint tota la casa carregades de volums prims o grossos, quins llibres acollirien si acabaven a casa d'algú, quins best-sellers efímers, novel·letes barates, premis famosos, enciclopèdies, quins ninotets orientals o ceràmiques imitant porcellana de les que ven el senyor Li al basar Pekín les omplirien si acabaven formant part del mobiliari d'un dels seus compatriotes, cosa en tot cas poc probable ja que la fusta era vella i una mica corcada, molt més probablement acabarien convertides en llenya i en foc. Havien dubtat i discutit molts dies quins mobles vells s'emportarien al pis nou, i Irene repetia amb desgana que li era ben bé igual, com menys millor, que en realitat aquella no havia estat mai la seua casa ni aquells mobles amb què havia conviscut mitja vida eren seus ni els tenia cap afecte o amor, més aviat els havia patit cada dia com un decorat excessiu o un escenari on s'havia trobat sempre estranya, sempre de pas, només sentia no haver pogut buidar i abandonar molt abans aquell pis massa ple i massa carregat d'una història que no era la seua, perquè ella havia vingut de Mallorca a València per a estudiar filologia i si després s'hi havia quedat, només per ell, ho havia fet sense transportar una història pròpia, ell ho sabia, sense dur equipatge ni càrrega i finalment sense recança per la casa modesta dels pares en un poble de l'illa ara ja quasi buit dels seus habitants naturals, i la casa dels pares ja feia temps que era, com tantes altres cases del seu petit país dins de la mar, propietat d'alemanys rics jubilats; per tant, havia dit, si aquell pis de València l'havia comprat un empresari xinés també podia quedar-se ell mateix aquells mobles i heretar-ne la història i la vida o vendre'ls tots i en el seu lloc posar mobles barats importats de la Xina, armaris i paravents amb dracs alats pintats amb laca falsa, i penjar-hi també fanals de paper verd i roig o làmpades de plàstic de colors plenes de flocs i de penjolls com les que posen als seus restaurants, o mobles de nou ric, moderns o clàssics, dels que la indústria fabrica prop de València i exporta al món sencer, a ella li era del tot igual, i a més a més també ella seria en poc temps com un moble vell, quieta i silenciosa en un racó, immòbil, contemplant, si no es moria molt abans segons que era previsible i segur, com transcorre al seu costat l'última part de la vida d'un home que no sap què fer-ne, d'aquesta última part; però aquell, afegia, era només el punt de vista d'ella, i ell no hauria de veure-ho de la mateixa manera, ell sí que hauria de salvar en aquella mudança almenys algunes peces, almenys els mobles del menjador, almenys aquests si no volia, tal com havia fet ella de grat o per força, liquidar i anul·lar tot un segle d'història, modesta però història. Ell hi va estar d'acord, se n'endurien els que tenien història, aquell conjunt del menjador, cadires, taula i credença, que l'avi Ramon havia comprat quan es casà el 1909, el mateix any de la Gran Exposició de València, quan l'empenta optimista i feliç de la burgesia del nou segle es va voler exhibir i complaure mostrant l'esplendor i el progrés de la indústria, el comerç i l'agricultura, tal com feien llavors tantes altres ciutats, era la fe del seu temps, sense escletxes, un optimisme una mica provincià però alhora europeu i modern: ella també sabia interpretar la història, li havia dit Irene, gràcies per l'explicació; i la credença, la taula i les cadires eren de formes severes i rectes de fusta que se'n sol dir noble, probablement fusta africana, de la Guinea Equatorial, lacada amb petites incrustacions geomètriques de nacre, podien ser mobles d'una casa de funcionari imperial o de petit comerciant de Viena o de Praga els primers anys del segle xx, quan a València la discreta cultura burgesa encara no havia patit els estralls que més tard l'han precipitada en l'horror general del temps present, abans del triomf de la nova barbàrie de l'últim mig segle, abans de l'extensa devastació d'allò que amb molt d'encert s'anomenava bon gust, abans del triomf de la lletjor que en aquesta ciutat s'ha escampat destruint la bellesa ordenada de carrers i de places, com ha pogut passar de la gràcia a l'horror només amb el pas d'una generació o dos?, i aquesta era també una raó convincent: salva almenys els millors dels teus mobles, li havia dit ella, no talles del tot aquest fil que t'uneix a un temps passat recent encara i potser no tan insuportable com el nostre, no tan ple d'exhibicions de nou ric i de lletjor espessa, salva aquesta petita bellesa domèstica que t'ha acompanyat tota la vida, a mi també m'ha acompanyat però no era la meua herència, la bellesa que jo hauria volgut habitar és tan antiga que es va acabar fa molts segles, i a més ja saps que els grecs, havia afegit somrient, inclosos els ciutadans rics d'Atenes, vivien en cases modestes i pràcticament sense mobles, només amb alguna caixa i algun llit, si en tenien, allà els rics pretenien fer veure que vivien com els pobres, ací els pobres es fan la il·lusió de poder viure com els rics.

Quan tot allò que havia d'eixir pel balcó i baixar al camió de les mudances ja havia eixit i baixat, quan tot allò que no havien d'endur-se va quedar desmuntat, arraconat i amuntegat, ell es va alçar de la butaqueta on al costat d'Irene havia fet d'espectador silenciós del transport i del tràfec, i va recórrer per darrera vegada la casa sencera aturant-se uns minuts ací i allà, al rebedor, al dormitori, al menjador, al seu petit despatx o estudi, contemplant la visió de ruïna que no havia esperat ni pensat que pogués ser tan trista, una buidor absoluta de vida a pesar que la casa era encara mig plena però d'objectes morts inanimats, contemplant les parets on els quadres i espills despenjats havien deixat superfícies o taques més clares amb la forma dels marcs dibuixada per les ratlles de pols de grisor incrustada i de brutícia: no havia esperat, va pensar, que es trobaria enmig d'una desolació tan completa, d'un buit tan desolat, ni que aquell pis que tota la vida li havia semblat càlid i confortable, almenys així l'havia sentit des de la infantesa, ara el veuria tan pobre, tan lleig i tan vell, i si un home està fet també en bona mesura dels objectes entre els quals i amb els quals ha viscut, de les parets i dels mobles d'una casa habitada molts anys, dels llibres que ha llegit i de les taules on cada dia ha menjat o treballat, del llit on ha dormit milers de nits en companyia i que en el seu cas era també el llit on va nàixer, si els fantasmes de l'avi, de la mare, del pare i del fill l'havien acompanyat silenciosament en els mateixos espais on van viure, si un canvi de casa és un canvi de pell, quina serà la companyia que li han de fer uns altres mobles i unes altres parets que no han absorbit encara cap presència humana, quina serà la seua nova pell de parets sense història, sense estrenar. Salvar els mobles, pensà, és allò que sol dir-se quan en una catàstrofe hom no pot salvar res més, almenys salvar els mobles, i si no tots salvar-ne els més valuosos, una credença, una taula i sis cadires.

«Qui ho havia de dir», va observar ella una setmana més tard, «que jo t'hau...ria de veure algun dia com et veig ara, ag...genollat en terra i treballant amb martell, tor...navís i alicates, tu que mai no has fet res amb les mans sinó es...criure i passar fulles de llibres... Ves alerta que en...cara et faràs mal.»

El mirava amb tendresa mentre ell, maldestrament, intentava muntar quatre prestatgeries de fusta clara de pi d'un metre d'amplària i dos metres d'alçada, n'hi hauria prou i de sobres per als pocs llibres que s'havien endut al pis nou, els clàssics grecs d'Irene, alguns autors llatins, cap llibre seu d'història, i una curta selecció de literatura que ella considerà irrenunciable, en total pocs centenars de volums, en tot cas bastants més dels que tenia, a principis del Renaixement, abans de l'expansió de la impremta, una bona biblioteca privada, la d'un bisbe o un canonge humanista, pensà, eren prou llibres, doncs, i així quan ell tinguera ganes de llegir llegiria poemes o novel·les, i de tant en tant Heròdot o Montaigne: si per fi es decidia a escriure el seu llibre final, el seu llibre de la revelació, el seu text d'apocalipsi personal, l'escriuria sense referències ni citacions ni notes, només seguint la inspiració que hauria de rebre d'algú o d'algun lloc, seguint el curs de les pròpies visions o la contemplació de l'Esperit que mou el temps present, si és que aquest Esperit existeix encara i no s'ha mort d'inanició, l'escriurà igual com un astrònom o astròleg antic hauria pogut compondre una interpretació de l'univers només observant de dia el curs del sol i de nit contemplant les estrelles i la volta sencera del cel, sense arxius ni bibliografia, sense cap telescopi ni instruments de mesura. Les llibreries les havia comprades desmuntades i embalades en caixes a la secció de bricolatge del centre comercial més proper on també havia adquirit una caixa o estoig de ferramentes, un Kit Real-Pro, realment professional, ell que mai no havia anat més enllà de canviar una bombeta elèctrica, que mai no havia tallat ni cosit ni clavat com el seu pare i l'avi i el besavi i així totes les generacions fins als primers homes que van tindre en les mans una agulla rudimentària d'os o de banya o d'espina de peix, o un mànec de fusta de destral o d'aixada; considerant el seu llinatge en línia directa ell era doncs el primer descendent que tenia les ungles sempre netes i la pell de les palmes i dels dits sense asprors ni durícies, el primer, i ara que finalment no treballava, pensà, treballava amb les mans per primera vegada, ara que oficialment era passiu començava alguna activitat material, també podria fer-se un hortet diminut com els que uns altres jubilats es feien en aquella llenca estreta de terra de ningú, terra nullius, que hi havia al costat de les vies del tren i practicar així una modesta agricultura mínima d'hortalisses regades amb poal o amb arruixadora, com la que ell havia vist que practiquen molts professors d'universitats nord-americanes amb jaqueta de pana o de tweed i amb colzeres de cuiro en jardinets i hortets del campus, que únicament per aquesta raó mereixeria el nom neobàrbar o neollatí que amb el sentit deformat hem reimportat a Europa, i així la nostra universitat ja no és urbana sinó que es reparteix en camps, Campus de Tarongers Campus de Burjassot Campus de Blasco Ibáñez, quin llatí americà tan estúpid, però en aquest campus o campi de València mai no s'ha vist una escena semblant, com aquella dels professors amb aixada cavant la seua petita parcel·la del campus de Princeton, mai no l'ha imaginada ningú en una universitat espanyola, italiana o francesa, un catedràtic d'història collint raves o naps, un filòsof o un físic cavant, quina idea impossible; també podria entrar d'ajudant sense sou en una fusteria, només pel plaer de manejar el martell i la serra i pel perfum de la fusta tallada i de la serradura, construir ell mateix unes lleixes o una taula petita, o aprendre per gust qualsevol altre ofici dels que sempre s'han dit manuals, com ara la forja del ferro, que deu tindre una olor grisa i pesant i una calor antiga de forn i de brases enceses, però el plaer del ferro i de la fusta deu ser ja ben poc, suposà, si ara la faena d'un fuster o un ferrer és sobretot controlar maquinària automàtica, moure palanques o pitjar botons. S'equivocava intentant encaixar unes peces aparentment tan simples, tornava a començar amb mans ineptes, i quan per fi, tal com Irene havia advertit, es va fer mal en la punta d'un dit de la mà esquerra pressionant sense traça un tornavís per a enroscar un caragol, s'incorporà xuplant-se la sang que eixia del tall petit però profund i sense traure's el dit de la boca li preguntà si amb el canvi de casa havien portat aigua oxigenada o alcohol, i ella llavors li va dir «Jo sóc el teu alcohol», li agafà el dit, se'l va posar dins de la boca, i el va xuplar i llepar llargament, mirant-lo i somrient amb els ulls molt oberts i amb tota la cara. Fins que la galta esquerra li començà a tremolar una mica, i també el llavi inferior, el somriure es transformà en una ganyota, i mudà el gest, apartà amb una mà tremolosa la mà del marit, es posà molt seriosa i digué:

«Manuel, crec que ens estem tor...nant una miqueta bojos. Però tu més que jo.»

«Jo més que tu», va dir ell, «o més ben dit, tu no però jo sí.»

Caminant recolzada en una crossa o bastó on encaixava l'avantbraç fins al colze, ella el va precedir a la cambra de bany lluminosa de parets recobertes de marbre de color clar cremós, tot un pany de paret l'ocupava un espill i era un bany com ell n'havia vist només en algun viatge les escasses vegades que amb ocasió d'un congrés o d'una conferència el convidaven a un hotel que es pogués dir elegant o de luxe, molt rarament de cinc estrelles, i Irene li va dir que buscara la botella d'alcohol en les bosses petites que encara eren a terra sense obrir. Trobà l'alcohol, en va omplir el tap de la botella que era com un didal gros, i ficà el dit dins del líquid: aquell era el mètode que usaven en casos semblants a la sabateria quan algú es feia una ferida pareguda a la seua amb l'agulla o l'alena, i en comptes de la coïssor que se sent quan s'aplica l'alcohol amb un cotó en pèl o una gasa va sentir un dolor penetrant que li pujava pel braç fins al cervell, es va queixar fent un crit rogallós, tragué ràpidament el dit i la sang, que degotava encara, li va esguitar de vermell la camisa.

«Els homes ag...guanteu molt poc», va dir ella, «tota la vida us queix...xeu per no res, com una criatura», i va fer mitja volta a poc a poc i el deixà sol al bany.

Hauria d'aprofitar aquesta sang, fantasiejà mentre deixava que caigués gota a gota en la pica i el blanc s'omplia de taques i de regalims, hauria de dir-li a Irene que vinguera i punxar-li un dit, barrejar unes gotes d'ell i d'ella i fer un pacte d'amor etern sagrat com dos joves romàntics, o almenys un pacte contra el malefici d'ella i contra la por d'ell als anys que els quedaven encara, quan començaven aquella última etapa que no sabien si ha de ser curta o llarga, quins enemics invisibles esperaven, quins fantasmes vindran, o podria firmar només ell amb tinta roja, amb una gota petita de sang, un tracte ocult amb el dimoni, Llucifer fes que jo arribe a viure prou temps i amb prou força els anys que Irene em necessite, i jo amb aquesta firma et jure que escriuré en honor teu el meu llibre, i llavors ell, en honor del senyor visitant del més enllà, i amb la seua inspiració de màgic de capa de seda i vareta, amb el seu auxili d'esperit que penetra els secrets, mostraria que l'única teoria unificada de la història és que no hi ha cap teoria possible ja que tampoc no hi ha hagut mai una alfa i no hi haurà una omega, que si hi ha algun camí universal amagat porta més a l'infern que al paradís, sobretot si hem d'atendre al que hem estat capaços d'imaginar i de construir en aquest segle que acabem de deixar, hem produït diversos inferns en la terra, molts camps de mort extensos i espantosos, però cap paradís terrenal; mostraria que els poders d'aquest món els mou més el príncep de la tenebra que el senyor de la llum, si és que no són l'un i l'altre el mateix, perquè en dos segles escassos hem passat de la raó amb perruca i de les llums amb casaca de seda a aquesta ciència de bata blanca i de laboratori que ens dóna el poder de produir embrions d'homenet en el brou d'una fiola i al mateix temps el de reduir en pocs minuts la humanitat a cendra i cobrir de tenebres la terra sencera, coses de les quals el diable, Satanàs en persona, no seria capaç encara que volguera, o més ben dit de la primera sí però no de la segona, la maldat dels dimonis no és tan gran com la dels homes, i en tot cas mai no serem com Déu a pesar de la promesa de la serp enroscada en el tronc i en la branca de l'arbre del coneixement però sí que podem ser pitjors que Satanàs, i aquesta seria l'única conclusió visible o constatable de la història, ja que si no és aquesta no en tindrà cap fins el dia insegur i remot del judici, i més val que no en tinga, va concloure, més val que no tanquem el llibre de comptes de la humanitat perquè el saldo seria la ruïna, però ja no podria firmar res amb la tinta sagrada vermella perquè el degoteig s'havia estroncat, la sang del dit s'assecava, i a més la sang que val no és la d'unaferideta accidental sinó la d'un tall amb punyal esmolat en una vena blava del canell, i no era probable, de totes maneres, que a Llucifer li poguera interessar el seu llibre: si alguna cosa es pot saber en aquesta matèria, ell ja la sap.

Es va tornar a posar el dit en la boca, va seure en la tapa del vàter, i tingué la certesa que Irene estava sencera i compacta per dins, mentre que ell començava a dissoldre's, estava segur que quan ella havia dit Ens estem tornant una miqueta bojos havia emprat un plural condescendent, perquè no ho deia per ella, ho deia per ell. Un professor d'història, pensà, respectat i metòdic i amb quatre dècades de carrera acadèmica, pot decidir deixar de ser el que era i transformar-se en alguna altra cosa, certament, però en què?, no en un simple jubilat com els altres perquè això no és ser res sinó una condició administrativa, com la d'Irene que ja feia més d'un any que tenia assignat l'estat legal d'incapacitada permanent, incapacitada per a anar a l'institut a fer classes de grec però no incapaç de continuar sent ella mateixa, mentre que ell era com si hagués decidit no ser ell, ella continua vivint dels seus clàssics i ell havia malvenut i llançat tots els llibres d'història, i ara el que hauria de fer és eixir al carrer despullat, com que era el mes d'agost no tindria fred, passejar nu per aquella avinguda o nova Alberereda on els vianants són tan escassos, o millor pels camins i placetes del parc nou del riu un diumenge a migdia que és quan està més ple, i portar a l'esquena un sac o una motxilla amb tots els llibres i papers que ha escrit, i quan algú entre la gent espantada li pregunte Qui és vosté?, dir-los Jo sóc l'home del sac, vull dir que sóc només el sac que porte al muscle, el sac sóc jo, la resta és un home invisible, una forma de fum, un fantasma, i als guàrdies que el detindrien i el farien entrar al furgó policial els diria Vostés no han sentit parlar mai de l'home sense atributs?, és una novel·la famosa però amb títol mal traduït, n'hauríem de dir l'home sense propietats, vostés saben alemany?, saben què significa Eigenschaften?, doncs bé les meues propietats, les que feien que jo fóra el que era, les porte dins d'aquest sac però ara ni són ja propietats ni són meues, ja veuen que no m'han servit ni tan sols per a cobrir-me com una persona, vaig nu com un animal, o com el nostre primer pare al paradís, un home nu caminant pels carrers o pels parcs que indigna i espanta les dones i fa por als xiquets, sobretot si és un vell calb i amb barba, en tot cas ara senyors policies, àngels custodis de l'ordre públic, allò que pense fer és anar a una perruqueria moderna i que m'afaiten la barba i que em col·loquen una perruca discreta per tal de cobrir-me la calba, i després entraré als grans magatzems que tinc a la vora de casa i em compraré roba nova i alegre, camises amb flors de colors i pantalons bermudes, o aquesta roba de color caqui clar amb butxaques per fora que es diu de safari o del coronel Tapioca, perquè jo també hauré de fer algunes exploracions arriscades per terres noves que no conec, però no em facen cas perquè pareix que estic tornant-me una miqueta boig, només una miqueta i voluntàriament, tinc un pacte privat amb el dimoni que no els el puc explicar perquè no l'entendrien, vostés dispensen, i en acabant també hauré de buscar un gos negre per a mi i una cadira de rodes per a Irene.

* * *

Canvi de Look, Canvi de Vida, proposava l'escrit sota un cartell amb un retrat doble d'un home de mitjana edat, abans amb un aspecte trist i resignat, amb pocs cabells i la cara gastada, després amb cabells abundants, la cara fresca i un somriure optimista, abans del canvi, després del canvi, òbviament les dos fotos pretenien representar o mostrar que una transformació com aquella estava a l'abast dels clients, que era possible i fàcil, i que el resultat podia fins i tot tindre un aspecte natural, durador, no una metamorfosi efímera i patètica com aquella, que de sobte recordà vivament, en què el protagonista de La Mort a Venècia en el film de Visconti, enamorat d'un adolescent bellíssim, es posa en les mans d'un barber i se sotmet a una sessió angoixosa de rejoveniment impossible, els cabells tenyits d'una pintura negra que la pluja ha de dissoldre més tard i farà regalims per la cara, les celles depilades i després dibuixades amb llapis de carbó, els llavis pintats de roig viu, i un maquillatge de pólvores blanques que han de desfer i empastifar les llàgrimes. Però aquell cartell a l'aparador de la perruqueria NewHair Unisex suggeria una forma molt simple de metamorfosi, una restauració elemental, no un artifici de cremes i colors, i al voltant de la cara canviada i retornada a un estat anterior, cabells nous home nou, hi havia uns altres retrats més petits en blanc i negre i en color que mostraven sobretot cabells curts i punxosos si les cares eren de xicots joveníssims, cabells que l'anunci anomenava crew-cut, devia ser pel tall rigorós militar, i cabells lànguids que semblaven eixits de la dutxa pentinats a grapats o amb els dits si eren xiques de llavis oberts sensuals, o exhibien cabells femenins que semblaven tallats amb destral o amb ganivet de cuina; en tot cas tant se valia aquell lloc com un altre, era el primer que havia trobat en aquell barri nou que encara no era un barri, i havia eixit de casa no amb el pensament de portar a la pràctica la fantasia de canviar de cara i d'això que en diuen look sinó amb intenció de tallar-se només els cabells massa llargs que per les temples ja arribaven a cobrir les orelles i pel clatell el coll de la camisa. Es va veure reflectit en el vidre al costat dels cartells i les fotos i pensà que, de moment, ja li estava bé ser un home madur calb i amb barba, però qui sap si algun dia el seu retrat d'abans i de després no el posarien també a l'aparador com a reclam, abans un professor vell, després un jubilat jove.

Només entrar i rebre el bany de llum intensa blanca del local de parets lila clar i groc pàl·lid, va sentir com si haguera traspassat el llindar d'un petit món desconegut, un espai no imaginat abans d'entrar-hi, i on la seua presència devia ser igualment tan insòlita i nova que empleats i clients es van quedar quiets un instant, com si de sobte s'haguera congelat una escena animada, mirant immòbils l'entrada d'un visitant inesperat i exòtic, un habitant d'un altre planeta, i ell va pensar que s'havia equivocat d'establiment, que allò no era una perruqueria normal com la seua de sempre del carrer de Pelayo, que allí amb els cabells i amb les cares devien emprar mètodes màgics i estranys, i per tant més valia dir Perdonen i anar-se'n, pensant també que ell no seria del tot benvingut en un lloc com aquell que semblava destinat sobretot o únicament a clients molt més joves, no a jubilats com ell amb barba grisa i calbs, però llavors se li acostà una empleada baixeta i vivaç amb els cabells curtíssims i de pell molt morena, gesticulant amb els llavis com si tinguera un xiclet en la boca, i sí que en tenia un, va inflar una bufa rosada i la va fer esclatar, i indicant un racó de la sala amb tauleta de vidre i butaques com la sala d'espera d'un metge li va dir:

«Per favor pose's còmode, en pocs minuts l'atendrem.»

Darrere de la perruquereta venia trotant un gosset, si no era un fox-terrier era d'alguna raça molt semblant, i mentre ell seia en una cadira de braços metàl·lica i l'empleada ordenava un grapat de revistes damunt de la tauleta, el gos se li acostà, li va ensumar les cames i va seure i es va quedar mirant-lo.

«Quin gosset tan simpàtic, com li diuen?», va dir mirant l'animal. No era el gos del dia de Pasqua al parc, no era el gos de la parada d'autobús, no era de cap manera el mateix gos, però era el tercer gos que el mirava d'aquella manera.

«Encara no té nom definitiu, és molt jove i fa poc que ens l'han regalat. De moment li diem Mefis: li agrada?»

«I a qui se li ha acudit el nom, si no és curiositat?»

«No ho sé. En realitat pareix un nom de gat: Mefis, Mefis...», va dir l'empleada mirant de través, però el gosset no li va fer cas i es va quedar mirant-lo a ell i movent rítmicament la cua.

El local es proclamava unisex però la clientela semblava, fins on era possible saber-ho, únicament femenina, i també el personal que vestia no bates blanques amb solapes com el seu barber sinó bruses molt curtes de color violeta amb coll tancat redó, excepte el perruquer principal, un jove alt i prim de cabells arrissats i lluents que portava la brusa negra amb voretes morades com si fóra una mitja sotana de bisbe: devia ser l'artista, va pensar mentre fullejava una publicació professional amb notícies de premis, congressos, nous estils, exhibicions i tècniques, devia ser el creador, ja que tallar i pentinar cabells ha esdevingut també un art contemporani, com la moda i la cuina, i tan artista resulta i es proclama qui dissenya un vestit o guisa un plat com qui fa un pentinat, per fi han aconseguit l'ascens a la mateixa condició dels músics, per exemple, que també van passar de ser membres una mica especials del servei dels monarques, els bisbes o els nobles, a ser considerats encarnacions o intèrprets de les formes més sublims de l'esperit, també doncs un vestit femení ha esdevingut una obra d'art firmada, i un tall de cabells una mostra de màgia, almenys això indicava un article, Màgia i Estil, igual com la cuina és una obra d'alquímia i un producte d'alambins i fioles al servei de diverses teories del gust. Va repassar mentalment més de mitja dotzena de noms de modistes, perruquers i cuiners i constatà que eren noms tan famosos i tan respectats com si foren pianistes, escriptors o pintors, o més respectats i famosos encara, certament més que els poetes i que els historiadors, però ja que hem de menjar, anar vestits i tallar-nos els cabells està bé que de les necessitats elementals nasquen per fi les noves arts i els grans artistes, va pensar, i en aquest cas més encara, perquè els humans som els únics animals que no poden deixar créixer el pèl sense límits, si no el tallàrem amb algun instrument esmolat, amb els anys els cabells, i en els mascles les barbes, serien tan llargs que s'arrossegarien per terra o haurien d'anar plens de nucs o formar una trena enrotllada com els d'aquelles pobres dones d'alguns pobles asiàtics o els dels gurus o sadhus de l'Índia que els grecs en deien gimnosofistes, els savis nus, però a ell tindre el crani sense cabells i portar barba tampoc no li havia servit per a ser més savi, i en qualsevol cas aquest art contemporani dels perruquers és tota una altra cosa, no és l'ofici popular dels barbers que tallaven cabells i afaitaven, sinó que ve de l'art de fer perruques, un art modern, una invenció de finals del XVII amb aquelles fontanes i cascades capil·lars monumentals com la de Lluís XIV, i que continua tot el segle XVIII amb arquitectures compactes com torres sobre el cap de les dames de grans escots i muscles nus i amb perruques masculines elegants i discretes de cabells blancs lligats amb un llaç negre de vellut, Voltaire i Mozart i els diputats del Jeu de Paume, tots portaven perruca, Goethe jove en portava, Goethe vell i Beethoven ja no, Beethoven amb cabells mal tallats i escambuixats era un heroi rebel romàntic i un geni de la música, Bach amb modesta perruca burgesa arrissada va quedar oblidat més d'un segle, quines coses, pensà, arribava a combinar el seu cervell, quines imatges, salts i connexions, i comprovà, fullejant la publicació del gremi, que els perruquers reben també el nom d'estilistes, la penosa degradació dels mots i per tant dels conceptes, quan l'estil ja no compta ni en la pintura ni en la literatura es redueix a la forma d'un tall de cabells, quan l'estètica ha perdut tot el crèdit consisteix ja només a aplicar líquids i cremes a la cara dels clients. Va sentir que el gosset als seus peus remugava i grunyia, estava inquiet, com que tenen l'olfacte tan sensible, suposà, es devia trobar desficiós entre tantes olors combinades de química i de tints, de potingues, perfums i cosmètics que saturaven l'aire del local, alguns devien ser els mateixos productes que veia als anuncis d'una revista Marie Claire amb promeses infal·liblement falses d'una vida lluminosa i robusta als cabells, epidermis eternament jove, pell de vint anys als quaranta, qui sap si també de quaranta als seixanta, ventre llis sense greix, culets suaus sense pell de taronja, pits perfectes i ferms, no importa l'edat si acudiu a la nostra Societat Dermoestètica, no importa el pas del temps si us apliqueu al cutis els sucs màgics que hem fet bollir a les olles secretes dels nostres laboratoris, però llavors el gos negre es posà dret d'un bot, i la causa no eren les olors o perfums sinó un gat blanc que s'acostava indolent, fent un camí indirecte i sinuós, alçant la cua i rebregant-se en les cames de les clientes i de les empleades que les atenien.

I darrere del gat, seguint-li els passos i vigilant cap on anava, aparegué una perruquera que ell no havia vist abans, una dona no tan jove com les altres, i més alta i més prima, i quan el gat era ja prop del gos, poc més d'un metre, i semblava que havia vingut a propòsit per provocar-lo plantant-se davant d'ell amb el llom arquejat i mostrant les dentetes, la dona es va ajupir, agafà suament l'animal blanc passant-li una mà sota el ventre pelut, se'l posà contra el pit acariciant-li el pèl estarrufat del llom i va seure davant del client que esperava, sota la bata fins a mitja cuixa portava calces molt fines de color blau fosc, devien ser, va imaginar ell, d'aquelles que en diuen leotards. Llavors el gos es va instal·lar entre les cames del visitant com si foren les cames del seu amo, i tots quatre, animals i persones, es van quedar un instant mirant-se als ulls.

«Vosté espera només per a tallar-se els cabells?», va dir la dona. Tenia la boca molt gran i els llavis prims pintats de color grana i dibuixats amb una línia violeta, els ulls petits molt maquillats amb ratlles negres i parpelles blavoses i la pell de la cara i del coll, coberta de cremes i pólvores, no semblava una pell natural sinó un cuiro moll adobat i flexible: era lletja, pensà, amb el nas massa llarg, però d'una lletjor treballada per a ser atractiva, amb aquells cabells tenyits de coure fosc rogenc amb metxes de color blau i taronja, una mostra d'art abstracte capil·lar, i que a ell li semblaven tallats amb un serrutx; podia ser una màscara de teatre japonés, un esperit tornat de l'altre món, o la caricatura moderna d'una bruixa, amb el gat màgic al braç i mirant-me, pensà, com si estiguera a punt d'oferir-me un beuratge i transformar-me.

«Sí senyora, només tallar una miqueta el poc que em queda.»

«Podríem fer alguna cosa més», va dir la dona després d'haver-lo mirat o inspeccionat intensament, després d'avaluar-lo.

«Ah sí, retallar la barba.»

«Retallar-la no, llevar-li-la del tot, afaitar-la.» El gat va fer un miol de plaer, sentint la carícia insistent de les puntes dels dits al bescoll, la dona portava les ungles molt llargues pintades de blau. «Vosté no té una cara per dur barba.»

«Què vol dir?» El gos incorporà mig cos, es va quedar assegut, i posà el cap damunt del seu genoll esquerre, com demanant ell també una carícia.

«És una qüestió d'estructura. Té les barres molt amples, i la barba exagera el volum de les galtes. Un error.»

«Però si l'he portat tota la vida...»

«Tota la vida ha estat equivocat», digué la dona que acariciava el gat. «El seu jo autèntic és un jo sense barba, l'original.» Això mateix havia imaginat ell més d'una vegada, però era una imatge insubstancial, sense cap conseqüència, ningú no té un jo fals i un altre autèntic, té el que té per inèrcia o per costum. Encara que haja estat equivocat tota la vida.

«I vosté com ho sap, quin és l'autèntic?», li preguntà, i pensà que era una pregunta estúpida.

«Psicoestètica. És una ciència. Cara, cabells i caràcter, tot ha de formar un tot. L'ànima s'ha de manifestar. Això, aquelles xiques jovenetes no ho comprenen, ni les meues ajudants ni les clientes, però vosté sí que ho podrà entendre, que es veu ben clar que té molta experiència humana. Per exemple, de què pensa vostè que tinc ànima?»

«No sabria què dir...» Quina podia ser l'ànima d'una perruquera tan pintada i amb els cabells i els vestits de tants colors, i que li parlava d'aquella manera, quina ciència era aquella. El gos va fer un petit gest de coratge, es posà dret, estirà el coll, va fer dos lladrucs infantils en direcció a la dona, i després va tornar a arraulir-se entre els peus del client desconegut.

«No s'atreveix a dir-ho, però jo sé que ho ha pensat: tinc ànima de bruixa, i cada volta que m'hi acoste el gos ho sent com si fóra la primera. Ell és un dimoniet, però no té experiència, és encara un cadell, és massa jove.»

«El gosset s'ha alarmat pel seu gat, com tots els gossos.» I ell també estava una mica alarmat davant d'una dona que afirma que té ànima de bruixa.

«El meu gat i jo és com si fórem la mateixa cosa.» El gat va fer un mèeeu suau i llepà els dits de l'ama, i ella va traure de la butxaca un terrosset de sucre i li'l donà. «Tot era parlar per parlar», va afegir, «matar el temps d'espera, no em faça molt de cas. Però lleve's la barba i serà un home nou.»

«Té raó la meua companya», digué el perruquer de brusa episcopal quan ell ja seia en la cadira davant de l'espill i cobert amb una tela negra lluent protectora ben ajustada al coll. «Qualsevol assessor d'imatge li dirà que a la seua estructura facial no li correspon portar barba. Però disculpe la pregunta indiscreta, vostè des de quan en porta?»

«Des de sempre, no sé, des de fa més de trenta anys, potser prop de quaranta.» Des del temps dels peluts, va pensar, quan vam passar en pocs anys de no dur barba ningú a dur-ne tothom, dels cabells curts ben pentinats als cabells llargs en desordre perquè els temps canviaven d'un any a un altre i de la nit al matí, i quan ja havien canviat ningú sabia quins eren els temps nous, això ha passat poques vegades en la història tan veloçment i tan visiblement, i la il·lusió sempre ha estat la mateixa, canviar algunes coses per fora imaginant que canviaran també per dins, però els Beatles mateixos, que potser havien fet la música més important i més universal del segle xx, ja agitaven milions d'adolescents quan anaven encara ben afaitats, amb cabells curts amb la clenxa ben feta i vestits amb jaqueta i corbata, com va ser, doncs, que immediatament vingueren, no se sap d'on vingueren, de la nit al matí, d'un dia per l'altre, els cabells fins als muscles i les barbes amb floretes?, això també hauria de figurar en el seu llibre, i com s'explicava igualment que ara gran part dels cantants i dels adolescents que els escolten porten el cap tan pelat que pareixen soldats en un camp d'instrucció, pioners comunistes o membres de les joventuts hitlerianes, un temps de hippies amb cabellera florida un temps de cabells curts militars, crew-cut deia l'anunci, també el seu avi portava el cabells blancs escambuixats i son pare tenyits i aplanats cap arrere amb gomina, però ell, llavors, per què es va deixar barba?

«Ja veig d'on ve», li tallà els pensaments el perruquer: «Vol dir que porta barba per inèrcia. Però ara pot prendre una decisió, recuperar la seua pròpia imatge, la que ha mantingut tant de temps amagada. Pense-ho mentre anem tallant.»

Llavors, mentre sentia el clic clic clic rítmic de la tisora per darrere i per damunt de les orelles tallant pèl moll de color castany clar amb poques canes, quasi el mateix color que la pell de la calba, es va dir que qui sap si aquell home tenia raó, qui sap si aquella barba de pèls aspres ja barrejats de blanc no era en realitat un pes superflu a la cara, no una part d'ell mateix sinó una cosa en efecte sobrera i que havia arrossegat per inèrcia, i fet i fet ja ni tan sols recordava la seua imatge jove sense barba, quina devia ser ara mateix la seua pròpia cara no coberta de pèls, blanca i neta, com era la cara sencera amb la barbeta i les barres visibles?, i quina seria la sensació de passar-se una mà pel mentó i per les galtes o de sentir sobre la pell suau ben afaitada els dits i els llavis tremolosos d'Irene? I en aquell punt s'adonà que des del fons de l'espill el mirava una dona bellíssima, reflectida d'un cartell que penjava en la paret contrària, darrere del seu cap, una dona molt jove de cara seriosa sense el somriure habitual fals i forçat que fan les models als anuncis, era una cara d'ulls grans profunds de mirada innocent o potser somniadora, com els ulls de l'actriu Audrey Hepburn quan feia de monja, o com la Joana d'Arc d'aquell film de Carl Dreyer de finals dels anys vint, una bellesa inefable i eterna, un àngel dona o Beatriu o la grega Helena, i era com si el mirara expressament a ell des del fons d'aquell món que hi ha a l'altre costat dels espills, portava els cabells clars tallats molt curts, en una altra cara haurien semblat gairebé masculins però en la seua accentuaven encara més la imatge fràgil, el gest delicat del coll llarg una mica inclinat i els llavis entreoberts expectants, era difícil saber si de dolor o de beatitud. Quan el perruquer hagué acabat amb les tisores va cridar la companya i tots dos, un a cada costat, el miraven atents a l'espill on hi havia la seua pròpia cara inexpressiva i per damunt l'aparició de bellesa irreal i distant, de bellesa absoluta.

«Ja poden començar a afaitar-me», va dir llavors, imaginant que aquella imatge era de carn, d'un àngel encarnat, i eixia de l'espill i era ella qui li ho demanava i li deia, amb els llavis quasi fregant-li l'orella: M'agradaries molt més sense barba. Mirà el gos que estava gitat als seus peus, el gos tragué la llengua, va moure el cap amunt i avall, i li semblà que amb aquell moviment l'animal volia expressar que hi estava d'acord. El perruquer va somriure i va fer una lleu reverència, agafà una tisora de fulla més curta i robusta, i ell tancà els ulls i es deixà fer, sentint per les galtes, pel mentó, pel bigot, no un clic clic àgil i agut com abans sinó un soroll més aspre i lent, un crec crec, quan la tisora tallava el pèl dur, però hauria d'haver-li-ho dit abans a Irene, hauria d'haver demanat un telèfon i dir-li que qui tornarà a casa serà un home diferent, sense barba, no amb les galtes hirsutes, cobertes de pèl, sinó amb galtes suaus esperant una carícia amorosa, qui sap si ella li hauria contestat amb un crit de sorpresa preguntant-li d'on havia tret ara la idea de canviar-se la cara o si li hauria dit que ja eren hores, que ella també li ho havia demanat més d'una vegada, i per què ara i no abans, però abans ell no s'havia trobat una bruixa amb un gat ni se li havia aparegut cap imatge a l'espill. Quan s'acabà la faena laboriosa de tisora es va passar una mà per la cara i va notar el pelets curts i durs com un raspall, però no va voler mirar-se encara, en aquell moment devia semblar que portava una d'aquelles barbes tan curtes que no són ben bé barbes sinó cares molt acuradament sense afaitar, rostoll d'una setmana, aquesta pareix que és la moda present, tan ambigua com tantes, ni amb barba ni sense, igual com en tants altres camps i matèries, ni sí ni no, ni barbut ni afaitat, era així com anava també, recordà, el seu deixeble o col·lega Ferrer que aprofitant les vacances d'agost potser ja s'havia canviat de despatx, ja ocupava el que ell va deixar buit, ja hi havia instal·lat els seus papers i els seus llibres, i damunt de la taula el retrat de la nova companya; segurament la psicoestètica també forma part de la història, va concloure, tant si ho pensem com si no, i el barber de Venècia n'era una prova indubtable i els creadors de perruques dels segles disset i divuit que no eren estilistes artistes, eren només artesans i criats. Després el perruquer ara en funcions de barber l'ensabonà amb una brotxa com la que ell recordà clarament que havia gastat el primer any que s'afaitava, una brotxa ja usada amb pèls grisos molt suaus i el mànec de banya de bou que li havia regalat el seu pare, l'escuma perfumada esdevenia a poc a poc crema espessa, i va sentir el pas de la navalla per les galtes, es va alegrar que no l'afaitaren amb una maquineta elèctrica sinó amb brotxa i sabó i amb una navalla de debò de barber, i en acabant el jove amb sotana de bisbe li passà per la cara una tovallola calenta i humida, li va dir: «Ja està fet, ja pot obrir els ulls», i ell els va obrir.

«No creu que és com si fóra un home nou?», li somrigué la perruquera bruixa.

«No sé què dir-li: en realitat ja estava bé com era...» Era ell mateix o ja no era ell mateix, o més ben dit era aquella la seua cara verdadera, la que no havia pogut veure en tant de temps, la seua cara oblidada de jove ara ja cara quasi de vell?

«Doncs, no senyor, no estava bé, i vosté ho sap encara que no ho reconega. Però encara ho podríem millorar. Torne a tancar els ulls, que tindrà una sorpresa.»

No va preguntar quina, l'esperava, ell no ho hauria demanat però no s'hi negava. Va sentir que parlaven entre ells en veu baixa, que li fregaven el crani amb alguna loció, li l'eixugaven, li'l palpaven com volent prendre'n la mesura, el deixaven sol tres o quatre minuts, tornaven, i després de tornar-lo a palpar li encaixaven una mena de boina ajustada o casquet, de pell molla o de no sabia què. I quan va obrir els ulls era com si entre el front i la coroneta li hagueren tornat a créixer els cabells, miraculosament semblants als pocs que conservava, no era un artifici incongruent, era un miracle, era ell mateix quaranta anys endarrere, més vell però el mateix d'abans, com un retrat en què només haguera madurat la cara, no era una perruca absurda de disfressa, era un fet màgic, i no va ser capaç de dir que no, que ell no volia cobrir-se el crani amb un postís ni havia demanat semblar més jove, no va respondre quan la bruixa i el seu company de la mitja sotana se'l van quedar mirant a l'espill i van dir:

«L'hem encertada a la primera: és increïble.»

«Era per a un client que, després que li'l van fer aposta, no el va trobar prou encertat i el va deixar», digué la dona. «I jo he tingut una intuïció. És simplement perfecte, és un prodigi.»

I pocs minuts més tard entrava a casa fresc i polit, tranquil, amb el postís dins d'una bossa petita de paper amb la marca d'un perfum, imaginant que quan volguera eixir al carrer sent un altre ell mateix, o ell mateix però un altre, aniria amb el crani vestit, i també es posaria unes ulleres de sol, llavors no es tornaria a sentir com un home d'esperit vagarós i de cara i de cos tan vulgars, no un Don Quixot amb el cos i la cara de Sancho. Pel camí havia trobat, enganxat en el pal d'un semàfor, un full fotocopiat que oferia els serveis d'una dona, dona jove responsable seriosa, per ocupar-se de les faenes de casa o per acompanyar i cuidar persones malaltes o ancianes, i havia agafat una de les tiretes de paper amb el nom i el telèfon i se l'havia posat a la butxaca, el nom era Margot, però segur que no devia ser francesa, devia ser de l'Europa oriental o sud-americana.

8

L'avi Ramon criava canaris, en tenia vuit o deu gàbies en la galeria, canaris grocs, canaris blancs i de color rosa pàl·lid, els observava llargament, els escoltava cantar com un expert en música d'ocells, i ell alguna vegada l'havia acompanyat a la Plaça Redona, a visitar la tenda Pardaleria i Animals de Salvador Boronat, que era amic seu i també havia sigut anarquista pacífic, s'asseien en un racó, lluny de la porta, i parlaven en veu baixa de les seues coses, intentaven fer una mica de conversa en esperanto, i mentrestant ell contemplava la varietat sempre nova d'aquell petit zoològic, els gatets, els gossets, les tortugues, els ocells exòtics, i tornaven a casa amb mitja lliura de llavors de cànem, Cannabis sativa, que segons Boronat feia cantar més contents els canaris; la Plaça de la Mare de Déu és el cor de València i la Plaça Redona és el melic, li deia invariablement l'avi, ell dubtava que les ciutats pogueren tindre cor però el melic de València sí que podia ser aquella plaça, un anell o petit amfiteatre ben redonet i polit: la seua curiositat per la història urbana no era gran però sabia que aquell espai mateix, abans de ser una corona tancada de cases talment un circ però només amb façana interior, era el lloc on fins a mitjan segle XIX degollaven, escorxaven i esquarteraven els animals que la ciutat consumia, si un arqueòleg analitzava algun dia el subsòl hi trobaria mostres de sang de molts segles, estrats de terra xopa de sang i de merda, perquè això eren també els centres de les ciutats antigues, això era l'àgora d'Atenes i el pati del temple de Jerusalem, fems i pols, terra xopa de sang d'animals, i de vegades també de persones, com a València on molt prop del degollador o escorxador hi havia el patíbul, enmig del pla del mercat, i allà els morts penjaven en la forca dies i dies entre botigues i parades de queviures, carn humana que s'assecava al sol entre la carn penjada de corders i de porcs acabats de matar, les mateixes mosques passejant sobre la carn mig podrida i sobre la carn tendra, i en tot cas, tant si aquella placeta era el melic de la ciutat com si era només un capritx amagat, la de Boronat era l'única tenda d'animalets de companyia que recordava i era per tant on va anar a buscar un gos negre. Trobà l'establiment a pesar que ara es deia Pet Shop, entre dos botigues de quincalla i de souvenirs per a turistes, ceràmica kitschartística i postals, allí encara no havien arribat els xinesos però no tardarien, i davant de la vitrina exterior va contemplar un moment els conillets tremolosos blanquíssims d'orelles rosades translúcides que el miraven a ell des de l'altra part del vidre amb ulls aquosos, conills més grans apilotats en una gàbia amb el terra cobert de borumballes de paper de diari, i al costat i damunt més gàbies metàl·liques omplint els aparadors i l'interior de la pardaleria, aquella era l'arca dels animalets de Déu que el comerç cria i conserva i ací el client els compra vius, no morts i escorxats com abans en aquest mateix lloc, va pensar; hi havia rates blanques, hàmsters i gatets d'angora, perdius, lloros i gallines de guinea, canaris, caderneres i periquitos blaus, tortugues, peixos exòtics i cadells de gos, això era el que buscava, i un mico trist de llarga cua, un tití mínim, encimbellat damunt de la gàbia més alta, es xuplava els ditets llargs d'un peu considerant amb ulls enormes els avantatges de la seua posició, però qui voldria endur-se a casa un tití trist. Entrant el va acollir un baf calent ben saturat de les emanacions de molts petits cossos amb ploma o amb pèl, de les exhalacions combinades de molts excrements secs o tendres i de la respiració de molts petits pulmons, i el va acollir també l'amo o encarregat, Salvador Boronat Jr. segons duia brodat en el pit de la bata verda de cirurgià o de perruquer, devia ser el nét de Boronat senior, que li mostrà amablement el sector de gossets domèstics, va assegurar que en podia certificar personalment el pedigrí perquè ell no comprava els cadells sinó que els produïa en una granja de criança canina i felina i d'altres animals de capritx o de companyia, però quina companyia, pensà Manuel Salom, poden fer una rateta blanca, un peix o una tortuga, que ni canten i alegren la vida com els canaris de l'avi, ni els pots mirar als ulls com als gossos, ni els pots tindre al braç i acariciar-los com fa amb el seu gat la bruixa de la perruqueria.

«Amb permís», li digué a Boronat junior, «deixe primer que mire si trobe el que busque.»

Mirà gàbies amb cadells de moltes races que no coneixia, observant que l'espècie humana deixada al seu curs natural en aquest temps modern de tan grans intercanvis i viatges tendeix a creuar i anul·lar diferències i races, potser en un futur no tan remot tot el planeta serà un sol gran país, com ara és el Brasil, poblat per una nova gran raça humana uniformement mestissa i barrejada, no hi haurà blancs ni negres ni grocs i serem tots alts i esvelts i d'un bell color canyella, mentre que l'espècie canina, que els humans fa milers d'anys que controlem, contínuament produeix per obra nostra, no per selecció natural sinó per capritx artificial, més i més varietats, races, colors, dimensions i aspectes, què tenen ja en comú un pekinés i un gran danés, un chihuauha i un gran sant bernat, quina és la història contemporània dels gossos que fabriquem a plaer nostre i exhibim en competicions estúpides, quin fonament té el nostre dret a reduir totes les bèsties a condició de víctimes o d'esclaus tal com hem fet amb tot allò que sotmetem a la nostra voluntat pervertida. Per fi va veure en una gàbia, sol, un gos negre pelut com els que havia trobat al parc del riu, a la parada de l'autobús i a la perruqueria, i ja no era un cadell menudet; l'animal alçà el cap encuriosit pel visitant, i primer l'observà amb displicència amb uns ullets lluents d'avellana molt clara, i a continuació es posà dret, acostà el morro a la tela metàl·lica i es va quedar mirant-lo fixament, els ullets eren quasi de vidre daurat, d'ambre brillant, i llavors ell abaixà la cara fins al nivell de la cara del gos i també el mirà als ulls a menys d'un pam de distància, era aquell l'elegit, sense dubte, o més ben dit aquell era el qui l'havia elegit a ell, qui l'havia esperat pacientment dins la gàbia sabent que vindria, i ara el mirava dient-li Per què has tardat tant.

«De manera», va concloure l'home de la Boronat Pet Shop després d'una llarga introducció, «que aquest fox-terrier negre que pareix que li agrada al senyor és de tota confiança, amb carnet de reglament, les vacunes al dia i pedigrí enregistrat. I si el vol ja mig criat, té quatre mesos i menja pinso normal, està quasi educat en el tema de caca i pipí: si està atent a l'horari i el trau regularment al carrer, no s'ho farà dins de casa. És un gosset molt intel·ligent, ja veu amb quins ulls el mira: crec que vosté li ha agradat, ha endevinat qui ha de ser el seu amo.»

Però ell no volia ser el seu amo, va pensar quan tornava cap a casa, assegut a l'autobús amb el gosset al braç amb corretja i boç i amb la documentació a la butxaca, ara les bèsties tenen també identitat enregistrada, com les ovelles, les vaques i els vedells que porten una etiqueta numerada a l'orella, al món hi ha mil quatre-cents milions de bovins, obra nostra, que tots junts pesen sobre la terra més que els sis mil milions d'humans, i tots tenim una xifra assignada, ells i nosaltres, ell en tot cas volia només ser el millor amic del gos, tal com el gos ha estat el millor amic de l'home ja des d'abans del neolític, totes les formes de relació dels humans entre ells mateixos han canviat amb el pas dels segles i dels mil·lenaris però no les de l'home amb els gossos, sempre una relació de companyia, i la proximitat ha esdevingut tan gran i tan intensa que fins i tot hi ha perruqueries canines on els tallen el pèl els arrissen els posen xampús i cosmètics i és possible que els hi apliquen també els principis de la psicoestètica, i imaginà que ell i el company serien amics més perfectes encara si dins d'aquell gos negre llanut i d'orelles caigudes que el mirava amb uns ulls tan brillants que semblava que tingueren llum pròpia residira un dimoniet benigne i obedient, i d'aquesta manera ell mateix, professor desertor i retirat, seria com un modest Doktor Faustus d'estar per casa i el fox-terrier el seu diable domèstic, dàimon socràtic o dimoni cristià de la guarda, els seus ullets i la seua companyia una manifestació de l'esperit de la terra, el gos potser no parlarà mai amb ell però ell amb el gos sí, aquesta relació serà per tant, pensà, un dels seus pocs atributs nous, ell serà l'home que en el seu interior, secretament tal com ordena l'evangeli que hem de fer oració, en el seu interior parla amb un gos.

Acompanyat pel gos encara sense nom, observava l'aparador de l'establiment BodyConfort, no gaire lluny de casa seua, a l'Albereda, quasibé enfront del Palau de la Música on Irene i ell solien assistir de tant en tant als concerts però no sap si hi tornaran ara que a ella li costa tant d'esforç eixir de casa, al costat d'un hotel de cinc estrelles a l'entrada del qual un porter alt i negre, amb barret de copalta i capa amb esclavina com un uniforme de cotxer de carrossa del segle XIX, descarregava d'un Mercedes blau les maletes d'una dama d'edat avançada i de cabells blancs amb reflexos blavosos que caminava coixejant insegura mantenint l'equilibri amb una crossa o bastó fins al colze, així és com camina ara Irene, i potser que també, de tant en tant, uns altres viatgers rics i ancians com aquella senyora, amb cadires de rodes o amb crosses, contemplarien aquell mateix aparador tan prop del seu hotel considerant si era o no un bon moment per a adquirir algun aparell nou i entrarien també al BodyConfort com per fi va entrar ell, no tan desorientats com ell, pensà, no amb tanta sensació de no saber ben bé on entrava. I mentre l'encarregada alta i rossa amb bata blanca i d'aspecte possiblement nòrdic o alemany atenia un client, mentre el gos ensumava i mirava curiós, ell constatà la inesperada varietat d'enginys de metall o de plàstic inventats per la indústria a fi d'afavorir el moviment i el confort corporal dels malalts de tot tipus, o no malalts però amb alguna limitació en l'ús dels seus membres: bastons lleugers i bastons amb tres peus, crosses extensibles, caminadors amb rodetes o sense, elevadors elèctrics per a pujar escales, enginys desconeguts sota els epígrafs pròtesi i ortesi, arnesos simples o molt complicats, grues de llit i lliteres plegables, collarets rígids, faixes, cossets i altres peces d'armadura, cadires dites multifuncionals i finalment la secció de cadires de rodes. Es trobava dins d'un petit món sencer abundant i prolix l'existència del qual no havia sospitat, però el món devia estar ple d'aquells mons desconeguts que ell mai no havia tingut ni ocasió ni desig d'explorar, com aquell món a part de la sabateria especial i ortopèdica dins del qual o amb el qual havia crescut, com el de la perruqueria NewHair, només caldria caminar amb més atenció pel carrer i obrir portes que mai no havia tingut curiositat d'obrir, i els mons per descobrir serien inacabables, i a més a més probablement serien mons ocupats i poblats d'objectes útils fabricats en benefici de persones que se'n poden servir, com ara aquell departament de bricolatge dels grans magatzems on havia comprat ferramentes i fusta, Do it yourself, nets, lluminosos i útils, no mons plens de pols habitats pel paper groc i trencadís dels diaris vells de les hemeroteques o pel paper ressec o humit dels arxius tantes hores tants dies al llarg de tants anys, finalment sense cap claredat ni profit, pols i paper, la història. Observà atentament la cadira ultralleugera Panthera S2, quin nom per seure-hi una persona impedida, quin sarcasme cruel per part del fabricant, i llavors arribà la senyora alta i rossa, que en efecte parlava amb un accent germànic, i l'informà que l'avançada tecnologia del vehicle, aplicada tant al disseny com a la fabricació, el fa del tot ideal per a qui busque una bona conducció, posició confortable i funcional i pes reduït, era un llenguatge sintètic, precís i sense frases inútils, el xassís és de crom-molibdé i el reposapeus de titani, les rodes grans són de 600 mm., d'angle adaptable, i el respatler i el seient són també regulables, etcètera, fabricació alemanya, última generació, però si el senyor client no es decidia per un producte d'aquestes característiques i especificacions li podia mostrar més tipus i variants, i especialment els models autopropulsats, com ara aquella cadira Global F3 motoritzada que, tal com podia comprovar, respon perfectament a les exigències del mercat internacional, robusta, senzilla, lleugera, transportable, segura, suau, versàtil i de confiança, les bateries són potents i de seguretat, i a més el vehicle incorpora un programador que comprén paràmetres tals com la velocitat, acceleració i frenat, en cas que l'usuari no estiga en condicions de.

«Deixe-ho estar, senyora, i si pot ser done'm uns fullets o un catàleg, que ho he de consultar amb la persona interessada.» Una cadira de rodes amb motor és Global, sense motor és Panthera, quan li diga això a Irene quina cara farà.

«La persona afectada interessada, si el senyor em permet la pregunta, necessita cadira auxiliar per període, com es diu?, transitori, o per període indefinit continuat, si és això la paraula?»

«Indefinit i continuat, sí senyora, la paraula és bona.» Un període indefinit continuat, tota la vida.

Pocs dies més tard ell mateix seia en la cadira Panthera al saló del pis nou, d'esquena a Irene i mirant cap a la terrassa amb les portes de vidre obertes a l'aire tebi dels primers dies de tardor, al cel hi havia una claror pàl·lida estancada amb els colors ja grisos del capvespre, i finalment s'havien decidit per aquella cadira plegable ultralleugera, no per cap dels models amb motor elèctric, un dels quals, més pesat i robust, li havia recordat la veïna del carrer de Pelayo amb els membres atrofiats per aquella desgràcia o catàstrofe de la talidomida que quaranta anys abans havia provocat que allà on les dones embarassades prenien la medecina fatal, des d'Austràlia a València, nasqueren infants amb peuets i manetes sorgint quasi directament del tronc, gairebé sense braços ni cames, ella vivia en una finca més moderna cantonera amb el carrer de Xàtiva, una finca amb ascensor i amb una rampa petita al portal per on ell de vegades la veia eixir o entrar maniobrant dirigint la cadira amb una palanqueta i dos botons i governant-la amb ditets infantils rudimentaris però sempre somreia sempre semblava contenta de poder córrer lliurement pel carrer amb aquell vehicle elèctric, i una faldeta curta cobria damunt del seient els peuets gairebé sense cames, son pare encara li havia fet sabatetes a mida, especials, i ella cada vegada que es veien el saludava Bon dia, Manuel, com va tot?, sempre perfectament pentinada, maquillada, amb els llavis pintats, tenia uns bracets com els d'una criatura de dos o tres anys, les cames amagades devien ser només uns monyons sense forma, i semblava una dona feliç, com si el seu infortuni no fóra prou gran per matar l'alegria, mentre que ell ara, recordant-la assegut en la cadira Panthera ultralleugera, es va sentir afortunat i trist, simplement trist sense motiu com sol passar de tant en tant, això era tot. O potser no era tot, mirava el cel ja pàl·lid del capvespre de finals de setembre, un cel amb una llum difusa, blanquinosa, una llum de tardor septentrional, i allò que sentia en la cadira de rodes, com si ell fóra l'impedit o malalt, contemplant el no res exterior a través de la porta de la terrassa, devia tindre alguna causa més vaga que la tristesa en què hom cau per algun mal d'amor, per un dol o un dolor, per una angoixa persistent, per un fracàs, per una llarga malaltia penosa, però cap d'aquests casos no era el seu cas, pensà; llavors si ell no patia per cap d'aquells motius volia dir que la tristor de l'ànima venia d'algun lloc que no era discernible com a causa, d'algun cel apagat interior tan esfumat i tan indefinible com la llum sense núvols i sense color d'aquell cel exterior, i d'això, recordà, se'n diu malenconia, la bilis negra segons els metges grecs, o una petita Noche oscura del alma segons el poeta místic castellà, que no és només un sentiment o sensació sinó un estat, o una presència que arriba: Buon giorno tristezza, amica della mia malinconia, eren els primers versos d'una cançó dels anys seixanta, va recordar, de manera que la tristesa i la malenconia no eren la mateixa cosa però eren bones amigues, la cançó pertanyia probablement a una pel·lícula, potser una pel·lícula sobre una novel·la famosa aquells anys, Bonjour tristesse, bona vesprada, amiga que em visites, bon dia o bona nit; la seua tristesa, però, va pensar, no era literària ni lírica, no era poètica, emanava d'aquella cadira.

«Manuel, alça't d'eixa cadira i vine un mom...ment, mira això», digué Irene que seia al costat de Margot en el sofà gran de la sala, un sofà nou, confortable, com al pis vell no n'havien tingut, i ell va dir «Ara vinc», però no es va girar ni es va moure, es va quedar davant del cel sense color, que s'apagava. Al pis del carrer de Pelayo mirant l'última llum del dia pel balcó només hauria tingut davant altres balcons iguals que el seu, les mateixes baranes de ferro, les mateixes persianes de llistons verds o grisos de fusta, ací tenia tot el cel sencer, i justament pocs dies abans, la setmana anterior, havia fet set mesos d'aquella classe primera i darrera, i ara que començava la tardor començava també un altre curs, però sense ell, ja no hi hauria estudiants nous observant-lo distants el primer dia i escoltant-lo després explicar una història que, amb el nom de contemporània, per a ells era tan remota com la medieval i sovint tan distant com la dels perses o els assiris, i si un home és la seua professió, la cara pròpia exhibint la seua història pròpia acumulada, i si és les coses que ha fet, les seues possessions, la casa on ha viscut, els seus actes i objectes i pensaments passats acumulats també, i els seus amics, col·legues i ciutat, llavors podia ser que ell haguera gastat ja més de mig any a no ser res, a despullar-se de tot i a canviar de parets, de carrers i de cara, i ara només era un punt entre Irene i el cel, entre el llum de peu que acabava d'encendre's al fons de la sala al costat del sofà i la llum exterior que s'extingia; feia tres mesos, d'ençà que havia buidat el despatx, que no posava els peus a la universitat, ni per veure els companys que ja no eren companys, ni tan sols per recollir el correu que amb tota certesa s'amuntegava a la secretaria del departament i a la casella amb el seu nom a la consergeria, si és que el seu nom no l'havien llevat ja, una simple etiqueta arrancada, i en algun lloc creixia el munt de cartes que no respondria de col·legues distants que ja no eren col·legues, dels prospectes de llibres i publicacions que ja no llegiria, invitacions a parlar en col·loquis i congressos on no acudiria: el professor Salom, sempre tan puntual i atent amb la correspondència, ara no contestava ara ja no escrivia perquè els cossos de vapor o de fum no tenen poder per a escriure. Però no estava trist per haver abandonat el seu lloc en el món dels qui ocupen un lloc propi, no havia lamentat un sol moment haver tallat tots aquells ponts i llaços, haver deixat de ser allò que era, haver-se evaporat com en aquells prodigis del cinema on un cos fet de carn i ossos desapareix de sobte de l'escena i deixa el lloc exactament com era abans però sense ell, segur que allà no l'enyorava ja ningú, perquè hi ha buits que no s'arriben a omplir mai, com el buit del seu fill, i uns altres que s'esvaeixen en poc temps; només alguns col·legues devien comentar encara, molt de tant en tant, a l'hora del café, que el professor Manuel Salom s'havia trastornat qui sap per què, pobre home, ja no el veurien més al seu despatx ni caminant pels corredors anant a classe amb la cartera de pell rebregada, i quan havia arribat, tal com sol dir-se, al cim més alt del seu prestigi, inexplicablement s'havia esvanit tot d'una, no és possible, dirien, que la causa fóra només aquell petit accident, la caiguda a la porta d'entrada: qui sap si encara algun dia en sentirem a parlar, imaginà que podien dir benèvolament els col·legues propers o distants, qui sap si s'ha tancat a escriure i ens sorprendrà amb un llibre nou. Però ell no veia quina forma tindria el llibre nou, no el veia encara i potser no el veuria mai, havia intentat ja més d'una vegada fer-ne un esquema, començar a ordenar les idees que estava segur que tenien un ordre amagat, en algun punt havia de trobar l'extrem del fil que permetrà descabdellar la troca, però en quin, i mentrestant la història que hauria d'explicar no era encara explicable, es mostrava davant d'ell no amb la forma d'una narració intel·ligible, d'una pel·lícula amb guió i personatges, amb trama, amb principi, amb final desgraciat o feliç, sinó com una acumulació d'imatges inconnexes, fragments d'escenes i paisatges i cares a la manera del que se'n diu trailer d'un film, del qual no es pot deduir l'argument, només el ritme i la calma o violència, només molt vagament el tema, si és una història d'amor o de guerra, una comèdia un drama una tragèdia, potser la que ell ha d'escriure serà tot això alhora, i unes altres vegades era com la pantalla blanca i muda abans de començar la sessió quan entres a un cinema, no hi ha quasi ningú, i tens ganes que passen aquells minuts eterns i buits, però ell, pensà, no portava minuts esperant davant de la pantalla sense llum, portava mesos o portava anys, no compliria doncs la seua part del pacte, però quina era la part de l'altra part? Mirà el gosset gitat entre els seus peus, el gos es va girar i el va mirar, i ell s'ajupí, li acaricià el coll i l'esquena, s'alçà de la cadira de rodes i va anar cap al sofà perquè Irene l'havia tornat a cridar, que vinguera a mirar unes fotos.

«Era el meu nòvio», va dir Margot quan ell va seure al seu costat. «Era, però no és.» El jove de la fotografia era robust, baixet i de cara redona, amb barba negra i cabells negres abundants. Portava una dalmàtica ampla i llarga de diaca, que podia ser de brocat d'or sobre seda vermella o simplement de dibuixos daurats estampats, no es veia clar per la mala qualitat de la foto, i somreia amb posat satisfet entre un pope seriós de barba ampla i grisa cofat amb el capell cilíndric del clergat oriental i una dona vestida de negre amb mocador al cap i cara humil.

«Pare i mare de nòvio», digué la xica indicant les figures amb un dit, i ell inclinant-se una mica per a mirar-les millor va sentir la calidesa del cos jove i dur contra l'anca i la cuixa, i ja feia prop d'un mes que vivia amb aquella presència quotidiana, d'ençà d'aquells dies de finals d'agost quan Irene es va trobar més dèbil i més insegura de cames, més incerta en el control de les mans per a vestir-se o menjar o passar fulles d'un llibre, més encara per a anar al bany sola, i acceptà que a pesar de la seua resistència a deixar-se assistir per una tercera persona ja havia arribat el moment en què era del tot necessari tindre un auxili permanent a casa, i ell recordà que en alguna butxaca havia guardat el paperet amb el nom i el telèfon quan eixia de la perruqueria, va trucar, i una veu femenina, expressant-se amb la dificultat de qui coneix poc l'idioma, respongué que en efecte buscava ocupar-se en una casa, o també cuidant malalts o una persona gran, que encara no tenia faena, estava lliure, i podia començar el primer de setembre: quan li va obrir la porta trobà una jove d'ulls foscos i cabells castanys curts, la cara pàl·lida amb un aire una mica espantat, amb falda llarga de roba lleugera, botes altes incongruents quan encara era estiu, i una brusa o camisa de màniga curta, com una pagesa del temps que les fadrines que llogava sa mare venien de poblets pobres i remots de la muntanya valenciana o d'Aragó o de Castella i arribaven a la ciutat vestides amb roba ampla i barata, com una dona molt jove que ha fet sola i temorosa un viatge molt llarg des d'un país llunyà, està molt cansada, i no acaba de creure's que ha trobat un aixopluc segur, i ell va saber tot d'una, veient-la amb una gran bossa en la mà i amb uns ulls innocents, gairebé suplicants, que era aquella la persona adequada, la dona justa per a entrar a casa seua, per a començar o continuar no sabia quina vida en aquell pis nou, no sabia quina etapa final o quin parèntesi, així l'inici almenys d'aquell camí o viatge no el farien Irene i ell sols, el farien amb companyia nova, amb la presència quotidiana d'aquell cos jove i d'aquells ulls que des de la primera mirada abans i tot de travessar la porta va saber que eren una alteració de la calma, no eren els ulls de dimoni benèvol del gos, eren uns ulls de dona. «Ell estudia sacerdot», va dir la xica, i mostrà una altra foto amb més gent al voltant d'una taula parada on el nòvio o exnòvio, vestit amb sotana, alçava una copa com qui vol fer un brindis.

«Ací tota la família, ací jo», assenyalà Margot. Allí asseguda entre Irene i ell, vestida amb texans i amb un suèter lleuger, semblava molt més jove que en les fotos familiars o amb el promés seminarista, més jove i més alegre i no amb aquells posats massa rígids i amb cara seriosa que feia al seu poble, amb els seus. Llavors va somriure, sacsejà el cap, i va explicar, amb un vocabulari escàs i frases curtes, que els capellans de l'església ortodoxa podien casar-se però havien de fer-ho abans de ser ordenats sacerdots. «Estudiants volen dona.»

«Sí sí», digué Irene rient, «ja ho sabíem, que es casen, sant Pau ja deia que el ma...trimoni és remedium concu...piscentiae, i l'església romana va fer molt mal fet pro...hibint un costum tan saludable.» S'aturà un instant, li costava parlar amb frases llargues. «Però els vostres cap...pellans si tenen dona ja no podran ser bisbes, per això la major part dels bisbes or...todoxos són monjos, segons tinc entés, monjos d'aquells mon...nestirs com els de Meteora, te'n recordes, Manuel, del monjo sant que et va beneir?»

Se'n recordava, a moltíssims metres per damunt dels caps dels visitants dos monjos barbuts navegaven en una caixa o barqueta penjada de cables horitzontals, una mena de funicular rudimentari que unia la terra plana amb el cim de la roca on s'eleva el més gran, Gran Meteora, d'aquells petits monestirs construïts al capdamunt d'enormes roques verticals, que formen un dels paisatges geològics i místics més impressionants del planeta, el món ha estat sempre ple de bojos, pensà, divins o humans, com aquells monjos medievals que allà van construir convents i esglésies amb murs i parets impossibles a plom d'altíssims precipicis de roca: un petit monestir a manera de corona sobre cada penyal; així, els viatgers o pelegrins pujaven un a un per escaletes tallades en la pedra, mentre els monjos continuaven impertorbables la seua navegació funicular, després, els visitants turistes o devots tafanejaven per la casa, per la cuina, el celler, la fusteria, i sobretot per l'església, una esglesieta grega bizantina, tan diferents de les esglésies llatines, un espai molt petit, tot cobert de pintures de colors violents però enfosquides pel fum de les llànties i dels ciris, d'escenes amb tota la varietat imaginable de martiris, amb sants esquarterats, rostits, decapitats, arrossegats, penjats, crucificats, i després, sota la cúpula del creuer, els sants daurats rígids extàtics triomfants al cel, ben guanyat amb tant de patiment, i un rostre enorme de Crist d'ulls d'ametla o d'egipci que ho contemplava tot des de l'altura; ni un pam de mur, en aquelles esglesietes, no estava lliure de color viu o apagat de pintura, i hi havia una olor densa i profunda d'encens i de cera, com ha de ser en una església ocupada i activa de molts segles ençà, on les llànties i els ciris no s'han apagat mai; en un racó del temple, un monjo molt vellet i menut, d'ampla barba blanquíssima, a penes pell translúcida cobrint els ossos fràgils, beneïa els fidels que s'hi agenollen davant i feien el senyal de la creu amb tres dits, tocant primer el muscle dret, i ell també es va agenollar i es va senyar de la mateixa manera, el monjo sant el va beneir posant-li les mans sobre el cap i amb paraules que ell no comprenia, hauria d'haver confiat que els efectes d'aquella benedicció serien reals, pau celestial, quietud, harmonia amb les esferes de la divinitat, i quin lloc podrien ocupar aquells monestirs i aquells monjos barbuts en el seu llibre, en quin apartat o capítol, quina Europa contemporània era aquella. I per això els pares, continuava contant-los la jove amb paraules escasses, i especialment si eren capellans com el d'aquell xicot, que era rector de l'església del poble, concertaven una nòvia segura per al fill en reunions familiars com aquella, els pares d'ella hi havien consentit molt contents pensant que un rector tindrà sempre una bona casa i una vida tranquil·la, i a més el respecta la gent, i aquell dia s'havien presentat formalment els promesos i entre tots havien aparaulat el nuviatge, però pocs mesos més tard, quan el nòvio barbut amb sotana, després d'escasses converses a soles, va intentar abraçar-la i besar-la a la força, ella va decidir escapar-se, o més ben dit accelerar el viatge que ja tenia pensat per a vindre a València on vivia feia ja més d'un any una cosina, o almenys aquesta era la història que ell va reconstruir sumàriament interpretant les frases retallades i el vocabulari curt i confús de la protagonista, i també va comprendre que ara difícilment podria tornar al seu poble i a casa perquè la família es trobava humiliada o potser fins i tot deshonorada per la fugida de la filla promesa amb el seminarista fill del pope, el pare l'amenaçava per telèfon i el germà assegurava que vindria a emportar-se-la i tornar-la al seu poble de grat o per força; què podrien fer ni ell ni Irene si venia el germà, va pensar, com la podrien protegir.

«Pare beu molt d'alcohol, germà també», va concloure amb els ulls plens de llàgrimes, i en això havien acabat cinquanta anys de catecisme marxista a l'escola i d'ateisme oficial, va pensar, a Romania casant gairebé per la força les filles amb fills de capellans, a Polònia els sindicalistes resant rosaris agenollats i amb escapularis de la Mare de Déu i el país sencer plorant la mort del seu papa, a Sèrbia els bisbes amb capa magna i tiara daurada bombada arruixant amb aigua beneïda els escamots militars d'assassins, cada projecte de formar homes nous, quina idea insensata, com han de ser nous els homes si són ja tan vells, cada intent de capgirar-ho tot, destruir-ho i refer-ho des de la ruïna, invariablement acaba en un desastre o en el retorn a les formes més bàrbares del punt de partida, això també ho hauria d'incloure en el llibre, això també era part del nostre temps, ara els líders dels països que van ser ateus es fan beneir per patriarques barbuts amb corones daurades i encenen candeles i se senyen contínuament tres vegades seguides, al Kremlin el patriarca de Moscou ja ocupa el lloc que ocupava amb el tsar. Però quines imatges rodolaven pel cap gairebé adolescent de la núvia fugitiva, pensà, quins records l'acompanyaven del seu poble perdut entre els Càrpats boscosos i l'ample Danubi, quines imatges d'herba verda, de camps i de pluja, com ens mira a nosaltres i què pensa i què sent quan ens mira; se'n recordà d'una fadrina robusta i baixeta que van tindre pocs mesos a casa quan encara vivia la mare, havia vingut directament a la ciutat d'un poblet de muntanya i les primeres setmanes tenia por dels tramvies i fins i tot de travessar el carrer, i cada dia de matí i de vesprada es preparava entrepans posant-hi només una llesca de mantega d'un dit de grossa que tallava amb afany de la barra o pastilla com si fóra formatge, per a ella era un luxe i una novetat, i llavors recordant la mantega i el pa li saltà a la memòria la imatge d'aquella professora amb perfil i volums de matrioixka, directora d'un centre d'història social de Novosibirsk, que conegué en un congrés a Innsbruck o a Salzburg i que en el desdejuni de l'hotel s'untava la mantega damunt del panet, sense obrir-lo, damunt de la crosta: perquè la fadrineta Angelina no havia vist mai una barreta de mantega i la historiadora professora Saslàvskaia no havia vist mai un panet de restaurant d'Europa occidental, al poblet aspre i sec muntanyenc d'Angelina no hi havia hagut mai prats ni vaques i al de Margot en tenien almenys una a cada casa, i dos porcs i una dotzena de gallines i un hortet amb patates, llegums i verdures, segons que els havia contat, moltes cols per guisar i per guardar en conserva, l'Europa de l'est és un immens camp de cols, i Alemanya també, sauerkraut, al poble i país de Margot l'hortet i els animals devien ser l'única o principal font de recursos domèstics, l'única garantia de poder menjar tot l'any, patates i col agra i cansalada, després de mig segle de socialisme oficialment científic i d'haver construït en honor del suprem Nicolae Ceaucescu el palau presidencial més gran del món, palau del poble: i ella d'on devia haver tret aquell nom de Margot, potser es deia només Nicoleta i els estava enganyant, quan li van preguntar per documents o permisos o papers digué que estaven demanats i en tràmit, potser no tenia vint anys tal com afirmava sinó que encara no havia fet els divuit, potser també els enganyava amb l'edat, o no els enganyava ni en els anys ni en el nom i li deien realment Margareta però li agradava més un nom estranger i francés que podia haver vist en alguna pel·lícula o haver llegit en alguna novel·leta sentimental, a Romania els escriptors han estat sempre una mica afrancesats, però d'això ella no en sabia probablement res i no l'hauria entés si ell li haguera dit Bonjour tristesse.

* * *

No tenia cotxe ni n'havia tingut mai, només tingué una motocicleta amb pedals Mobylette quan era estudiant, Mobylette o Velosolex, no recordava segur quin dels dos noms, més que una moto era una bicicleta robusta amb un motor molt petit damunt de la roda de davant, no amb cadena sinó amb un cilindre o corró que feia rodar per contacte el pneumàtic, el motoret s'abaixava i s'alçava amb una palanca passant la mà per damunt del manillar, i la meitat del temps no funcionava i havia d'anar amb pedals, no calia cap permís per conduir-la, i li semblà recordar que pels mateixos anys, feia prop de mig segle, Jacques Tati, Monsieur Hulot amb barret moll pipa i gavardina, en portava una com aquella en la pel·lícula Mon Oncle, però ell l'havia tinguda a penes uns pocs mesos, fins que un dia de pluja va relliscar sobre l'asfalt mullat a pocs metres d'un tramvia, va caure quasi davant de les rodes sentint la frenada violenta, el motor de joguina quedà desencaixat, i ell mai més no tornà a conduir cap vehicle, i ara, passats més de quaranta anys, seia darrere d'una tauleta o pupitre d'alumne en una escola de conductors, Champion Driver, observant els cartells a les parets de l'aula amb tots aquells senyals de trànsit només alguns dels quals li podien resultar familiars de veure'ls per carrers i carreteres però la major part ni els coneixia ni en sabia el sentit, què assenyalen o indiquen o què prohibeixen. Feia pocs dies que assistia a les classes i encara no havia estudiat el manual de l'examen que en deien teòric, i escoltant l'instructor i mirant els cartells pensà que mai abans havia considerat que vivim en un món tan ple de signes arbitraris, de símbols gràfics, de senyals amb dibuixos esquemàtics, de perfils de vehicles o d'homenets i donetes, ninotets, fletxes, composicions abstractes que governen el trànsit, de lletres que cal saber de què són inicials, d'indicacions universals que expressen per on podem o no podem anar, què hi ha darrere d'una porta, si és un lavabo, un ascensor o un espai sense fum, o si una calavera amb dos ossos creuats, que deu ser un avís tan directe i antic, indica risc de mort o només un recinte perillós, els símbols de les infinites prohibicions possibles, l'existència d'un hospital o d'un monument religiós, sense comptar els incomptables senyals per dirigir el camí dels vehicles, sense comptar els botons i controls dels aparells elèctrics i domèstics, vivim rodejats de tants advertiments que fa un segle no hauria entés ningú, va concloure, que és un miracle que ara tothom els entenga, com si hagueren format sempre part del paisatge, és un prodigi que puguem sobreviure en aquesta selva espessa de símbols, navegar en aquesta mar de signes, guiarnos en un bosc de senyals on no es poden fer tres passos sense saber què prohibeix o què indica cada un dels infinits avisos i cartells grans o petits; potser més valia deixar-ho, l'esforç podia ser massa gran, podia ser inútil fins i tot acudir a una escola de conducció després de tants anys d'ignorar tot aquell univers de senyals i de normes: un vianant distret com ell, pensà, en tenia prou de saber interpretar un semàfor, verd significa passeu, groc afanyeu-vos o espereu un instant, roig no passeu, si el roig és un senyal natural deu ser pel color de la sang o pel foc. Semblava tot molt complicat, i tanmateix conduir un vehicle, un automòbil, devia ser una cosa molt simple i a l'abast de tothom, vist que tothom ho feia com si haguera nascut ja darrere d'un volant, per a ell, però, que ni tan sols n'havia tingut mai la intenció, que fins als seixanta-cinc anys s'havia exclòs del nombre infinit dels conductors de cotxes, podia resultar molt més dur, infinitament més, que per a qualsevol criatura d'aquelles que seien a l'aula, la vintena de companys i companyes de classe en aquella escola devien tindre l'edat dels seus alumnes més joves, i vestien igual, tenien el mateix aire displicent: quaranta anys explicant història davant dels estudiants, creixent la distància en edat, eixamplant-se i creixent fins que més que una distància era un abisme, i ara era ell qui havia de seure en una aula escolar amb pissarra i tauletes com un alumne entre tants, però un alumne que pels anys podia ser de sobres el pare tots els altres i fins i tot el pare del professor, òbviament a ell no el veien com un alumne més sinó com un intrús inesperat, el veien com un vell; a pesar del postís que cobria la calba, se'l devien mirar com a un cos estrany i potser una imatge risible, assegut en companyia d'aquells jovenets que semblava, potser només semblava, que comprenien tan fàcilment i de manera gairebé intuïtiva el sentit de les normes i dels símbols i fins i tot unes lliçons prèvies de mecànica que a ell li costaven tant d'interpretar; la diferència entre els joves i ell era també, probablement, que aquelles criatures de divuit o vint anys mal fets en realitat no pretenien comprendre, només assimilar els rudiments i els mots indispensables, mentre que ell preguntava al professor quin era el significat exacte d'embragar, i en quin lloc i de quina manera es produïa exactament el fenomen, o quines eren les peces concretes del motor que giraven a tants milers de revolucions per minut i com funcionava la bomba de l'oli o la refrigeració; per a ell mateix era una sorpresa aquesta nova curiositat, l'interés per entendre com funcionen els budells d'un automòbil o quina és la coherència del codi de circulació: qui sap si això volia dir que conservava intacte l'esperit de mètode, l'hàbit professional de preguntar-se per què les coses són com són, de voler explicar-se per què passen com passen, ja que alguna continuïtat comprensible havia d'haver-hi des del codi civil de Napoleó fins a aquest codi prolix que regula amb detall què ha de fer i no fer un conductor, alguna seqüència lògica ha portat de la màquina de vapor de James Watt, que duia casaca i perruca, a aquests motors amb ressorts i controls electrònics que el professor de l'escola no era capaç d'explicar com actuen, dels carrers empedrats o de terra fins a ciutats on els vianants passen dies i dies sense trepitjar res que no siga asfalt negre o voreres de paviment artificial, o dels camins de carro a les xarxes d'autopistes, però si això tenia una lògica pròpia volia dir que una vegada encetat el primer codi, el primer motor, el primer paviment d'asfalt, tota la resta, amb el temps, havia de ser ja una continuació necessària; o no, perquè llavors també podríem, seguint el mateix discurs metòdic, saber o preveure fins on arribaran en els anys futurs tots els codis i els senyals i els motors i l'asfalt, i més valdria que atenguera com un bon alumne.

«Senyor Salom, en què pensa?, s'ha adormit? Li preguntava a vosté i no m'ha sentit: quan entra en una rotonda, qui té la preferència, vosté o el vehicle que ve per l'esquerra?» Segur que no devia ser ell, que en la vida no havia pensat que tinguera cap preferència de pas sobre els altres vianants, que tan sovint no el veien, potser sí que en tindrà quan camine empenyent una cadira de rodes, i quant de temps que ningú li parlava com es parla a un alumne, guardant la distància, senyor Salom, però als seus companys d'aula no els deia senyor, només a ell.

«Supose que l'altre vehicle», contestà.

«Només ho suposa? Ací no s'ha de suposar res, i no s'ha de dubtar, s'ha de saber segur», afirmà el professor. Malament, doncs, va pensar ell, si també em prohibeixen el dubte.

«Quan arribe a la rotonda recorde que ha de cedir el pas», li va dir un parell de setmanes més tard la professora o monitora de l'escola de conductors que l'acompanyava en les pràctiques, era una dona morena de cabells curts, d'edat indefinida però segurament no tan jove com volia aparéixer, vestida amb pantalons texans i amb caçadora de la mateixa roba i un fulard roig al coll, anava molt maquillada, amb les parpelles verdes i els llavis de roig clar perfilats amb roig fosc, i per la morenor uniforme i compacta de la pell devia passar moltes hores a la platja o sota alguna llum solar artificial en un saló de bellesa, qui sap quin estil era el seu, o quina estètica. «De moment, veig que ho està fent molt bé, serà un dels nostres champion drivers.»

«Senyoreta...»

«Senyora.»

«Jo no vull ser campió de res.»

«Vull dir que aprovarà a la primera. Per l'edat que té, pareix que aprén molt ràpid.»

Per l'edat que tenia, pensà, aprenia més ràpidament del que havia esperat ell mateix, ell que sempre havia vist des de fora i distant aquest fenomen nou i prodigiós en la història, centenars de milions d'homes i dones en tota la superfície del planeta circulant cada dia dins d'un habitacle que roda tot sol i els transporta, joves i vells controlant sense esforç ni problema uns ressorts i un poder tan sorprenents que ni un savi grec ni un alquimista ni Galileo ni Newton ho haurien pogut imaginar ni un sol instant, ni Leonardo en el dibuix o l'invent més fantàstic hauria somniat que es podia tancar en un enginy metàl·lic el poder de molts cavalls, tants CV o cavalls de vapor, tants HP o horsepower, i col·locar després l'enginy en un vehicle capaç de córrer a cent milles per hora, Aristòtil i sant Tomàs d'Aquino no haurien acceptat mai que era racionalment possible que un home moguera suaument els peus i els braços i que només amb aquest moviment un carro sense cavalls de carn i ossos o només amb cavalls imaginaris, com aquell on la instructora i ell seien tan còmodes, avançara i girara sense esforç perceptible, es posara tot sol a caminar i s'aturara només per voluntat humana, pitjant un pedal. Suposava que això, conduir un automòbil, no devia significar res de nou ni admirable per a qui ho sent des de jove en el seu cos, tan natural com respirar o com beure aigua, i tanmateix per a ell que no tenia aquesta història hi havia moments que era una sensació quasi mística, la màquina, el cos i l'esperit units en una sola voluntat, un moviment comú i un sol flux d'energia, i aquella dona que el mirava amb uns ulls que ell no sabia si eren de sorpresa o de curiositat es quedaria més intrigada encara, imaginà, si li diguera que aquestes sensacions i contactes són ara per a ell una experiència quasi espiritual, com si el cotxe mateix fóra un ésser vivent i el motor el seu cor i ell la seua ànima, com si la màquina i ell es pogueren comunicar sentiments, quina imatge banal i rudimentària, això ho devien haver pensat ja molts milions de persones, començant per aquells que fa cent anys feien versos als cotxes i a les locomotores, com es deien, ah sí, els futuristes, els futuristes que, tal com passa tan sovint, com sempre, es van equivocar de futur, Marinetti, poemes il·lustrats amb dibuixets innocents d'avionets com ocellets mecànics, i tant que es van equivocar de futur, el futur que arribà veloçment va ser la primera gran guerra amb motors, el primer ús dels avions fou llançar bombes. S'estava fent de nit, encengué els llums quan li ho va indicar la seua acompanyant o instructora o guia en aquell camí nou de la vida, i es va adonar que feia estona que conduïa sense saber per on, que ascendia per ponts o passos elevats, descendia per túnels o passos inferiors i circulava per llocs i carrers que desconeixia: havia seguit les ordres de la monitora, ara a la dreta ara a l'esquerra ara tot recte, atent només als altres cotxes i a coordinar el seu cos amb la màquina, i es trobava, aturat esperant el canvi de llums d'un semàfor, en una avinguda de trànsit veloç amb quatre files de vehicles en cada sentit però el seu no sabia quin era, si anava cap al nord o cap al sud, si allò que més que avinguda o carrer semblava una autopista era encara València o era una circumval·lació suburbana, si això era encara la seua ciutat o era màgicament la perifèria de qualsevol altra, de qualsevol ciutat gran d'Europa que igual com les d'Amèrica del nord, potser imitant-les, imaginant que així és com ha de ser o que això és ja el futur desitjat, s'escampen entre avingudes i autovies com aquestes que quan arriba la nit s'il·luminen amb milers de fanals, amb els fars dels vehicles, amb anuncis de llums de colors a les vores i damunt dels edificis, i un conductor inexpert i novell com ell mateix, pensà, podia trobar-se a mercé d'un accés de pànic dins d'un laberint no format per carrerons i atzucacs ni per passadissos estrets de parets nues que es creuen i fan impossible l'orientació i el camí per eixir-ne, sinó per corrents incessants de vehicles que no se sap ni cap on van ni d'on vénen i enmig dels quals hauria de continuar també rodant sense saber on anava ni com o per on es podria escapar, perquè a un costat i a l'altre de l'avinguda autopista només hi havia blocs esparsos, edificis que a ell li semblaven iguals o intercanviables, solars buits plens de brossa, tanques publicitàries i grues per a construir més edificis que mai no formaran un carrer, mai no seran carrers dels que entre tots formen una ciutat.

«Senyoreta, perdó, senyora, vosté pot dir-me on som?»

«Açò és la Ronda Sud, mire a l'esquerra: ara passem davant del cementeri. Que vosté no és de València?»

Sí que sóc de València, pensà, però potser València ja no és meua, i al cementeri, llavors enmig dels camps treballats pulcrament, arribava pel carrer de Jesús, amb un tramvia groc de fusta, quan visitava per Tots Sants amb l'avi la ciutat dels difunts tan ordenada i tan neta, amb un autobús roig quan visitava les tombes de l'avi i dels pares i després quan venia cada any amb Irene a passar uns minuts en silenci davant de la tomba del fill i a posar roses blanques i fresques davant del marbre blanc, Jesús Salom i Bonnín 1972-1990, fins que va decidir que estava en pau amb tots els morts, que la visita següent, si n'hi havia, seria en la vida futura, no en aquesta, però quan passen alguns anys molts o pocs i haja de fer per força una última o penúltima vegada aquest camí, ell mateix dins el furgó negre fúnebre, o acompanyant el cotxe funerari que portarà al crematori el cos d'Irene, hi arribarà veloçment per aquestes avingudes, autopistes o rondes, no caldrà perdre temps en el viatge: durant prop de dos segles, d'ençà que la ciutat va construir aquest cementeri neoclàssic i perfecte ben lluny de les muralles, el viatge dels morts era llarg, era realment un viatge, ara els vius ja els rodegen amb carrers i cases, prompte podran enderrocar els murs i el cementeri serà un gran parc urbà, un parc urbà rodejat d'autopistes de nit inundades de llum, tanta llum com si fóra de dia, però els morts no necessiten enllumenat nocturn, i els vius en tenen massa, deu ser que en aquesta ciutat, va pensar, l'abundància de fanals i de focus és tan gran i la il·luminació nocturna tan intensa per tal de compensar l'espessor de les ombres que van enfosquint ací els cors i els cervells, la claror blanca o groga omple en excés els carrers i les places justament ara que la dels esperits s'afebleix o s'apaga, les ments són massa fosques i els carrers massa clars. La dona madura vestida de cow-boy o cow-girl el va fer girar en la rotonda següent, el va anar dirigint amb eficàcia professional entre el trànsit nocturn, nocturn però amb claror de llum diürna i, sense saber per on havien passat o com hi havia arribat, es va trobar travessant el pont entre les construccions vagament semiesfèriques de la música i de la cosmologia blanques de ciment blanc dins d'una intensa blancor lunar, i es va sorprendre obeint l'ordre d'aturar el vehicle no a la porta de l'escola Champion Driver, d'on havien eixit, sinó a la porta de l'edifici on vivia.

«No pense que ho faig amb tots els alumnes, això de portar-los a casa: ho he fet només amb vosté, que és especial.»

«I com ha endevinat que visc ací?»

«Jo no he endevinat res, ho he llegit en la fitxa. I disculpe la pregunta: si no és curiositat, com és que vosté no tenia carnet, o més ben dit, per què vol traure'l ara, als seixanta-cinc anys?»

«És per la meua dona, que ha d'anar amb cadira de rodes...»

«No ho entenc.»

«Ja li ho explicaré un altre dia, ara estic molt cansat. I és vosté molt amable, senyora, a més de ser una guia perfecta.»

«Per cert, quan tinga cotxe...»

«Serà una furgoneta.»

«Bé, tant se val, a penes tinga un vehicle, procure practicar també de nit, només per guanyar seguretat. I no tinga por de perdre's per camins o carrers que no coneix: si continua endavant sempre es troba una eixida.»

O no, va pensar ell.

«Una altra cosa», va afegir la dona, «i torne a disculpar la indiscreció: en la foto que vosté va donar per a posar-la en la fitxa, apareix calb i amb barba, deu ser antiga. Per al carnet s'haurà de decidir: o una cosa o l'altra. Si vol el meu consell, així està molt millor: no me l'imagine amb la cara que té en aquella foto...»

Al saló de la bruixa i el bisbe li havien assegurat que amb un tall de cabells desestructurat, tant dels escassos seus com dels més abundants de la pròtesi o postís, aconseguiria allargar els parietals, donar volum a la part superior de la cara i en general un look més juvenil i un efecte de major esveltesa, potser no era tot xarrameca aquell llenguatge, potser aquella instructora de cotxe també el veia així, i si ella el veia així, com el devia veure Margareta?

9

Per jardins esquemàtics que no eren encara jardins, per aquell parc que no era parc en els límits d'una ciutat que allà tampoc no era ciutat, passejava gairebé cada dia amb Irene, però ja no acompanyant-la en els seus passos insegurs i curts sinó empenyent la cadira de rodes o caminant al seu costat mentre ella mateixa la impulsava movent amb les mans, quan podia, els dos cèrcols lluents de metall, i ella rarament perdia el somriure i la mirada d'ulls inquiets irònics ni es queixava d'haver d'eixir de casa només amb el vehicle ortopèdic, Ja només puc anar pel carrer damunt d'una pantera, ha ha, la cadira Panthera. Dins de casa era capaç de traslladar-se encara de la cuina al saló, al dormitori o al bany caminant amb l'ajut d'un bastó o d'una crossa, i sobretot amb l'auxili ja del tot necessari de Margot quan havia d'anar al lavabo, canviar-se de roba o dutxar-se; ell també l'ajudava quan calia però era la jove danubiana qui ho feia ja habitualment i amb molta més destresa, i en poques setmanes havia esdevingut una presència imprescindible i càlida, unes mans d'àngel que cuidaven amb delicadesa d'Irene, uns ulls ja no resignats i temorosos com els primers dies sinó cada vegada més dolços, o a ell li ho semblava, quan els mirava a ella o a ell, també a ell amb una tendresa que el feia intuir un perill, remot però no del tot incert, en els seus ulls de dona i en el seu cos a penes més que adolescent, un cos verd i vibrant ple de saba, Irene també devia sentir aquella força nova, aquella irradiació que tenien tan a prop, però imaginava que a ella devia arribar-li d'una altra manera, no amb la mateixa tremolor de la carn, no amb la mateixa imatge de temptació i de risc; de vegades, quan seien tots tres a taula dinant o sopant i la jove abaixava els ulls al plat, o quan s'alçava i es girava per anar a la cuina, Irene la mirava amb un somriure lleu i després el mirava a ell amb malícia com volent dir-li és molt bonica, ja comprenc que t'agrade, que la mires quan creus que jo no et veig, comprenc que et desperte el desig o la fantasia, i ell sentia un inici de rubor a les galtes. Obrí el diari, va fer un petit esforç per apartar aquells pensaments perillosos del cap, sota la brusa, inflant els sostenidors blancs, els seus pits joves devien ser tan bells, tan durs i tan suaus al tacte, sacsejà el cap i considerà, observant les voltes de ciment altes com de catedral gòtica i els visitants que circulaven indolents o desorientats entre botigues i escales mecàniques, que una tauleta en la cafeteria del Museu de la Ciència batejat en honor de Felip de Borbó, Príncipe Felipe, no era potser el lloc millor per a celebrar amb el segon conyac de l'any la seua entrada en l'estat legal de jubilat, justament aquell dia primer d'octubre que durant més de trenta-cinc anys va ser el Dia del Caudillo, dia de festa en commemoració de la data en què Francisco Franco hàbilment i enganyant els altres generals sublevats es va proclamar ell mateix Cap de l'Estat i Generalíssim de tots els exèrcits, i així, just en l'aniversari d'aquella ocupació del poder amb astúcia de guineu i amb les armes Manuel Salom perdia oficialment l'espai modest que havia ocupat també més de trenta-cinc anys en la llista dels qui ocupen algun lloc: en altre temps no tan remot un funcionari hauria cancel·lat el seu nom fent-hi una ratlla damunt amb tinta i ploma en la pàgina d'un llibre registre o afegint-hi una simple nota al marge, baixa per jubilació el dia tal i tal, ara un programa d'ordinador l'esborrava sense intervenció de mà humana en algun misteriós ventre electrònic, a les zero hores d'avui mateix l'havia fet desaparéixer automàticament, i partir d'aquella hora, per tant, era ja retirat, pensionista, membre o part de les classes passives, legalment inactiu quan ja feia mesos que ho era de fet.

Aquell museu de voltes quasi gòtiques, al qual per pura llagoteria i amb submissió repulsiva i vassallatge innoble i gratuït la ciutat batejà amb el nom d'un príncep de qui no hi havia constància que mai haguera mostrat cap interés per les ciències, aquell espai de naus de catedral de ciment gris sense altars ni pintures ni vitralls, podia ser un lloc tan bo i adequat com un altre per a celebrar el seu canvi d'estat o condició, si és que tal cosa es podia celebrar; i en tot cas si, en acabar-se la copa i beure un got d'aigua per tal de rebaixar la cremor a l'estómac, va traure l'entrada i va pujar una llarga escala mecànica fins al primer pis o plataforma, no ho feia mogut per cap curiositat especial sinó per un simple moviment d'inèrcia: ja que de manera del tot excepcional hi havia entrat a fer-se un café i a llegir el diari, ja que hi havia afegit un conyac absurdament festiu o celebratori, també podia fer-hi una breu visita o passejada com qualsevol jubilat sense faena, atés que pareixia que aquell era el públic habitual i més nombrós, jubilats sols o en grup, també ramats d'escolars amb els mestres pastors, i algun turista mogut per l'abundant propaganda de la institució: Un nou concepte de museu on es pot participar i experimentar amb la ciència i la tecnologia actual i del futur, això afirmava el fullet que li havien donat. La doble hèlix cèlebre i misteriosa que conté tota la informació d'allò que som, del color dels cabells a la forma de les ungles dels peus, pujava fins al sostre remot de les voltes, quinze metres potser, una doble espiral vertical de boles de colors figurant cromosomes que s'estiren i enrotllen, plens de gens infinits, plens d'ADN que sembla que és el secret amagat escrit amb quatre lletres, ATCG, que van trobar Watson and Crick el 1962, i això va ser, per tant, pensà, pocs anys després que Elvis Presley inventà el rock-and-roll, pel mateix temps que quatre xicots amb corbata s'inventaven els Beatles en una ciutat industrial d'Anglaterra i que una joveneta de cames molt primes inventava la minifalda en una botiga de Londres, i llavors començava, pensà, la història verdaderament contemporània, o la segona part d'aquesta història que encara no és història i no té nom. Història de la Vida, deia el rètol del monument altíssim dedicat al secret o misteri amb forma de boles de plàstic, i al costat la gran pregunta imprescindible, Què és la vida?, i la resposta immediata: Un bosc de cromosomes. De manera que ja estava resolt l'enigma més antic, un bosc de cromosomes, i si els visitants jubilats o turistes no ho entenien almenys podien mirar-s'ho com una metàfora, talment una imatge poètica, com una escultura decorativa o abstracta, un monument de colors vius, i tornar-se'n a casa qui sap si reconfortats, o desolats, o simplement indiferents i exactament tan ignorants com abans de la visita, perquè amb la ciència no es juga, va pensar, i no hi haurà cap infant ni adolescent ni família que passe el matí de diumenge al museu, ni turista d'estiu amb calçó curt ni japonés d'ulls atents, que siga capaç de traslladar aquest garbuix immens de boles de colors a la seua dimensió menys que microscòpica i al seu lloc dins el nucli de cada cèl·lula viva, ell tampoc no podria i per això mateix seria més assenyat acurtar la visita, o no aturar-se tant davant d'allò que és inintel·ligible, la vida, doncs, és un bosc de cromosomes, cromosomes, si no falla l'etimologia elemental vol dir cossos de colors, però aquests cossos són infinitament petits i els colors deuen ser imaginaris. Va passar, doncs, sense aturar-s'hi més d'un minut o dos, per davant de vitrines on un bosc de neurones, això sí que era un bosc amb troncs i branques i branquillons, rames rametes i ramificacions, formaven una petita selva espessa, però en la seua dimensió i forma natural no deuen ser, suposà, tan boniques ni tan innocents com aquests dibuixos i fotografies on semblen arbustos, falgueres i boscos vius de corall, sinó que totes juntes formen una massa i pasta informe i fins i tot repulsiva, la pasta grisa del cervell, els cervellets de corder que comprava sa mare eren blancs i rosats i a son pare li agradaven torrats embolicats amb paper d'estrassa, quan obrien el farcell de paper la matèria ja cuita no era grisa era blanquinosa groguenca repugnant i son pare en menjava gairebé cada dia aquells mesos que no tenia dents mentre esperava una dentadura postissa, de quin color real devia ser aquella part que en diuen substància negra, amb grànuls de melanina escampats pel protoplasma de les grans neurones, de quin color devia ser en el cervell d'Irene aquest racó on cèl·lules tan fosques com aquelles d'altres fotos en blanc i negre a les vitrines es morien o desapareixien a poc a poc i amb elles el pigment que l'ennegria, de quin color. Som mortals, anunciava el cartell d'una caseta com una cabina de foto al minut, com la cabina on s'havia fet les fotografies per al carnet de conduir, amb el postís posat, Som mortals, criatures, ancians, grups d'escolars, turistes, Margareta Margot, què li diria si ara estiguera ací amb ell, tan jove i tan plena de pors, Som mortals, endueu-vos aquesta conclusió de la visita, Quantes cèl·lules han de morir diàriament?, preguntava un altre rètol estimulant, quantes en moren a fi d'assegurar que la resta sobreviuen, passa amb el cos com amb la humanitat sencera que necessita la mort quotidiana de desenes o centenars de milers d'individus, això tan elemental que hem sabut sempre i que ara és material de museu, o almenys de museus com aquest que no són ja temple o residència de les muses com era el primer que va tindre aquest nom, a Alexandria, mousaion, mouseion, en tornar a casa li preguntarà a Irene el nom exacte, no com aquell que eren sales de marbre, columnates i patis, porxes amb estàtues, biblioteques de rotllos de llibres, savis geògrafs astrònoms conversant passejant historiadors músics poetes matemàtics literats o filòlegs, no jubilats avorrits i escolars d'excursió.

No era cap atracció turística instal·lada pel govern alexandrí, visiteu el Museu de les Ciències del Príncep Filippos, el Palau de les Arts de la Reina Cleopatra, imaginà assegut en un racó que figurava la terrassa d'un bar tot de bronze, o això pareixia, la tauleta de bronze, la cadira on ell seia de bronze, i de bronze també les cadires i els cossos de dos neandertals, home i dona, vestits talment com persones modernes, contemporanis nostres prenent un café o una copa, com Fernando Pessoa de bronze assegut, recordà, eternament a la terrassa del Café Havaneza de Lisboa, però aquests no amb barret com l'escriptor portugués sinó amb cranis robustos les celles voluminoses sobre el torus supraorbitalis, recordà el nom en algun manual del seu temps d'estudiant, torus supraorbitalis, i el nas molt gran, els llavis grossos i la barra inferior sense mentó, una parella circumspecta de visita al museu cinquanta mil o cent mil anys més tard, potser veïns de la nostra ciutat, inofensius, pacífics, es preguntà si el seu nom era encara Homo Sapiens Neandertalensis o si amb tants canvis i tantes excavacions i troballes també l'havien canviat, en qualsevol cas eren homes, no del tot com nosaltres però ja homines sapientes, no tan sapientes com els qui havien construït aquell museu ni com els qui havien fabricat aquell avió militar, un reactor de caça d'un model segurament recent però ja fora de servei, que penjava quasi damunt del seu cap i dels caps dels neandertals, suspés en l'aire per fils semiinvisibles d'acer en posició que semblava de combat o de vol acrobàtic, tot això hem avançat els homes savis, tot el camí de la destral de pedra fins al mortífer aparell volador, fins a aquell avió que els futuristes dels avionets infantils de fa prop de cent anys no haurien pogut imaginar. Si aquella dona i aquell home no foren de metall fos sinó de carn i ossos, i si en comptes de falda pantalons i corbata portaren vestits d'herba o de pells sense adobar, quina conversa podrien encetar, com podria explicar-los què era aquell incomprensible objecte alat penjat sobre els seus caps, què significa ciència tècnica i civilització i quins progressos hem fet els seus cosins rivals d'ençà que ells van desaparéixer de la terra, Senyor, senyora, si són tan amables i s'alcen de la cadira de bronze i m'acompanyen miraré d'exposar-los quin és el contingut d'aquesta cova immensa que en diuen museu on ara vostés descansen tan rígids i tan inexpressius, miraré d'aclarir-los què sabem que vostés no sabien però també, per favor, intenten explicar-me vostés quines coses sabien que no sabem nosaltres, amb quina experiència o amb quins coneixements van desaparéixer de la terra, bon dia de tota manera, ja veig que no responen, potser és millor així, no ens entendríem. O potser convindria, suposà, començar informant els seus companys de bronze que, segons que ha llegit al diari, pareix que ens han trobat una nova variant o espècie d'avantpassats comuns a Europa, i que aquests avantpassats eren caníbals, I no sé, amics, si, tal com ha anat l'evolució dels humans fins els nostres dies, la notícia és tan espectacular com sembla: d'una banda, és natural que, amb una mica de sort i amb molt d'esforç i estudi, vagen omplint-se els llocs buits que encara queden entre els ossos tan dispersos dels nostres múltiples besavis remotíssims; i d'una altra, no és del tot sorprenent que aquells besavis es menjaren regularment els uns als altres, vist que el gust per devorar el veí s'ha conservat de manera tan extensa: no vull dir només el gust per tallar i rostir o coure carn humana, que qui sap si el tenien també vostés i que alguns habitants de Papuàsia encara enyoren, no prou convençuts que la llei que ara ho prohibeix represente cap avantatge notable per a la vida moderna, vull dir l'altra pràctica, universal i permanent, de xuplar els cervells, devorar les ànimes i rosegar les entranyes i els ossos de les víctimes. Potser no l'entendrien, els companys de café, però en tot cas, per constatar l'extensió de l'antropofàgia, només calia mirar una estona la televisió cada dia, preferentment els noticiaris, o llegir una mica de premsa, com aquell diari que ell portava plegat sota el braç o fins i tot els fulls de diari de bronze que ells tenien damunt de la tauleta de bronze, tant si les informacions són d'atemptats i de guerres com si són de política, d'empreses o de xafardeig sobre personatges famosos, el canibalisme és d'una ferocitat quotidiana, no hem avançat tant, i no sabia si això és un consol o una pena, i de tota manera, per continuar la conversa, els diria Amics meus, els ossos que han trobat en una cova que es diu Atapuerca, prop de Burgos, els primers castellans ara com ara, els primers hispànics, els primers europeus, amb tanta satisfacció que dóna buscar-se precursors com més llunyans millor, siguen homines sapientes, neandertals com vostés o simplement erectes, ja que no procedim d'un Adam i una Eva ni de cap paradís terrenal ens fa goig tindre almenys precursors remotíssims, aquests ossos humans i tan nostres, tenen senyals inequívocs de rascades igualment humanes: és a dir, segons criteri comú dels entesos, que van ser aprofitats a consciència per uns altres humans: els van pelar la carn amb raspadors de pedra, i fins els van fer foradets per a menjar-se'n el moll i substància de l'os, van ser escurats com ara escuraríem una ració de porc o de vedella, i més encara, raspats i rascats fins a l'última fibra i fins a l'última engruna; segurament, afirmen els experts, no per cosa d'esperits o de rituals, no per tal d'apropiar-se'n la força del cor, l'ànima o el cervell, sinó per simple alimentació, per la necessitat o el gust de menjar carn, que devia estar ben bona ja que els van repelar tan a fons, carn crua, per cert, perquè si no vaig errat encara no s'havia inventat l'olla, o la graella o el rostit elemental sobre el foc; de manera que així és com estan les coses, benvolguts cosins de neandertal: una de les poques certeses que tenim de l'europeu més antic, el nou Homo Antecessor descobert, és que era caníbal a consciència, o bé carn de caníbals; això sí, fa l'efecte, vista l'edat que tenien els cossos dels ossos rascats, que li agradaven els infants i adolescents, la carn tendra, també en això en som dignes successors, ni reculem ni avancem; no queda del tot clar, però, si devoradors i devorats eren exactament de la mateixa espècie i varietat humana: com que els ossos estudiats són de restes de menjar, podem saber com eren els devorats, però no qui eren els devoradors: no hi van deixar ossos seus, aquests; és clar que la pràctica del canibalisme no es produeix mai entre membres del mateix clan o família: es mengen enemics, adversaris, i millor si són membres d'una tribu que no siga la nostra, i en qualsevol cas coneixem bé les restes de les víctimes, però no és fàcil estudiar les dels botxins, tal com passa tan sovint ara mateix, tot i que els investigadors policials arqueòlegs suggereixen que els devoradors podien ser membres d'una espècie diferent d'Homo, d'alguna variant d'Homo Erectus, per exemple, contemporània dels morts devorats; perquè aquesta és la gran novetat, que em pense que de tota manera vostés ja sabien: que a Europa probablement convivien pel mateix temps espècies diferents del gènere Homo, i que, per tant, l'evolució més recent no ha significat que necessàriament cada variant d'humanitat venia després de l'anterior, sinó que en alguns casos eren contemporànies, convivien, es devoraven els uns als altres, així és com podria haver estat, si és que es demostra del tot; i així és sobretot com han passat les coses en la història fins els nostres dies: que semblem tots de la mateixa espècie, raça i varietat, però no ho som; pareixem iguals, tenim els mateixos gens, els mateixos ossos, el mateix crani, la mateixa fisiologia i el mateix quilo mal pesat de cervell, però en el fons, com vostés i nosaltres, som de races i espècies diferents: els alts i els baixets, els forts i els febles, els rics i els pobres, els bons i els roïns, els devorats i els devoradors; si d'ací a molts milers d'anys, els ossos de la nostra ànima pogueren ser estudiats pels antropòlegs futurs, no sé quins senyals mostrarien i quines rascades, i no em diran que, a l'hora de distingir entre espècies humanes, els ossos de l'ànima no són més importants que els de l'esquelet. Suposant que vostés hagueren descobert ja l'ànima.

Saludà la parella de neandertals de bronze, passà per davant del gran pèndol amb un cable de cinc o sis metres d'on penjava una esfera d'acer amb punxó que oscil·lava immutable, aliena al temps o definint el temps, amb un ritme silenciós lentíssim, ací una llei tan simple de la física podria ser matèria de meditació molt profunda, si ell es quedara assegut amb les cames creuades i amb les mans reposant sobre les cuixes amb l'índex i el polze formant una o, matèria d'una serena contemplació interior, i si deixava com se sol dir la ment en blanc, si es concentrava en el buit i en el no-res, potser rebria com en una il·luminació sense nombres ni fórmules el sentit transcendent de l'espai i del temps, que en el pèndol són la mateixa cosa. Però no s'hi aturà a contemplar o a esperar sinó que voltà el cercle definit per l'oscil·lació de la bola, esquivà un grup de visitants d'edat almenys tan avançada com la seua, tercera edat, en alguns ja devia ser quarta, que avançaven amb disciplina passiva cap al pèndol seguint una jove que agitava un mocador vermell damunt del cap, què els explicarà la guia quan hi arriben, quins comentaris faran entre ells quan tornen amb l'autobús cap al seu poble o cap a l'hotel de la platja, i entrà en un passadís circular a l'inici del qual un cartell anunciava la Història de l'Espai-Temps, Del Big Bang a la Terra. Sempre l'havien fascinat les coses que no entén, sobretot les que no entén perquè no es poden entendre, sempre i cada vegada més amb el pas dels anys: l'estupor diguem-ne metafísic deu ser una de les sensacions més profundament humanes, pensà quan entrava en el túnel, com una angoixa racional quan es mira l'abisme de cara i una persona normal es fa les preguntes normals, les menys originals, les de sempre, les més aparentment banals, per exemple si ens preguntem per què hi ha món, com l'enigma originari de l'existència de tot, això que els filòsofs tècnicament expressen, o retòricament, dient Per què l'ésser i no el no-res?, la bibliografia és infinita, i també com comença el món i com s'acaba; el plaer fosc de l'estupor només arriba si hom resisteix la pregunta els minuts suficients per a sentir-ne el vertigen, el buit sense paraules: si fóra capaç de pensar-hi una hora sencera, o més hores, intensament, concentradament, com un místic o un monjo budista, però no sobre el buit i el no-res sinó sobre el tot i el ple, ja estaria provisionalment perdut; potser d'aquest plaer de l'estupor venia el seu gust, creixent els darrers mesos, per cavil·lar molt sobre allò que entenia poc o gens, llegir articles sobre biologia molecular i sobre què vol dir vida, o sobre física quàntica i sobre la incertesa de la percepció del món, articles que es troben als diaris i que no devia llegir quasi ningú, i fins i tot l'últim llibre del seu amic astrofísic, que havia llegit el mes d'agost, mirant des de la terrassa del pis nou la mar invisible nocturna i les estrelles visibles, no un llibre exactament de física per a físics sinó per als amants, com ell, de conéixer el que no es pot entendre i els físics creuen que sí, en tot cas ell havia llegit tot el llibre i n'havia entés una part molt petita, l'havia acabat a pesar de les burles d'Irene, Per què t'hi esforces tant si no n'has de traure l'aigua clara?, Perquè almenys vull saber què és allò que no sé, És una idea infantil perdràs el temps i el poc de seny que et queda, No era això el que pretenia Sòcrates?, Sòcrates feia trampa, sempre m'ha resultat antipàtic, i a més no llegia llibres. Per alguna raó que no sabia explicar-se, potser pel pas dels anys, que per als humans són la forma més dura del temps, més que els dies, setmanes o mesos, potser pel seu distanciament de la vida activa i els progressos que anava fent en la contemplativa, potser per una fascinació adolescent per la metafísica, que és la forma més antiga de la física, la cosmologia formava una part creixent de la seua ocupació mental, que havia esdevingut una incerta curiositat universal; quan era molt més jove, adolescent, el fascinava pensar que Déu veu i coneix i entén totes les coses, totes rigorosament totes, una altra causa d'estupor, coneix els moviments que fan i que han fet totes les fulles de tots els arbres de tots els temps, tots els granets d'arena dels deserts, cada neurona de cada cervell, i les equacions que expressen l'itinerari de totes les partícules, àtoms i molècules de totes les galàxies; ara pensava que sabent-ho tot, i tot alhora, sense patir l'angoixa dels humans, segurament Déu s'avorreix: Déu s'avorreix en un present etern, i potser per això ha creat els homes, que són imprevisibles. Els panells i les vitrines il·luminades d'aquell túnel fosc de l'espai-temps explicaven allò que és ja de coneixement universal, o més que de coneixement és matèria d'informació general, que al principi de tot no hi havia res, com aquell que diu, a penes un punt més petit que un protó, tot el futur tancat en una infinita i poètica petitesa, i en un no-res de temps, a penes una fracció mínima de milmilionèsima de segon, el punt es va fer gros i va esclatar, i d'allà venim tots, i totes les coses que hi ha a l'univers, la pols que formà les estrelles, els planetes, els déus, l'arena del desert, el foc del sol, la roba de les banderes i els orgues per tocar l'Art de la Fuga; i els gnòstics, segons que li havia comentat Irene, d'aquest nucli primer que rebenta o esclata, en deien l'Ou Diví, d'un ou eixia tot i a l'ou, afirmaven, havia de tornar tot algun dia, en un procés d'infinit retorn cíclic: els gnòstics, com altra gent grega i antiga, tenien una visió del món més coherent i clara que no sembla. Aquest era, per tant, l'origen acceptat de l'univers; quant al final, els astrofísics sembla que han decidit que l'univers no s'acabarà amb una implosió o contracció, un retorn a aquell ou primordial, sinó que, expressant el misteri amb paraules vulgars, s'anirà expandint i enrarint a poc a poc i, per emprar un llenguatge més aviat poètic, finalment, tot allò que quedarà en el cosmos seran només forats negres i cendra cremada d'estrelles, l'univers doncs, o el seu cadàver, serà tot negre i fred: un panorama lúgubre i remot, va pensar, però així és com pareix que hem de creure que serà i això explicava la lletra menuda dels cartells, la que segurament cap visitant del museu no llegia, i al final del final els forats negres es desfaran en partícules errants que al seu torn es desintegraran per a deixar només un buit infinit sense forma sense llum sense res. Amén. Aquesta és, doncs, la perspectiva de l'eternitat, es digué amb els ulls tancats i sense angoixa. O de la dimensió temporal que s'hi aproxima, ja que el final previsible tindrà lloc d'ací a tants milers de milions d'anys que, si són calculables en zeros, no són de cap manera imaginables: molt de temps, francament, per arribar al judici final, que tindrà lloc després de l'últim incendi còsmic, o més ben dit després de l'apagada absoluta: ell no pensava que tardaria tant el judici promés, la fi del món i el principi de la feliç eternitat del paradís, i valia la pena, per tant, imaginar què podem fer, mentre dura aquest univers nostre i personal, per anar passant la vida de manera agradable i profitosa: llegir i rellegir literatura, per exemple, els llibres clàssics que ha seleccionat Irene, escoltar Bach, mirar la mar, que són algunes de les poques ocupacions que fan més tolerable el pas del temps, i també, mentre dure, la presència tan pròxima del cos de Margot, dels seus ulls i de la calidesa que transmeten, si el futur és tan negre i tan fred, si és el no-res, pensà, mirem d'escalfar i d'omplir una mica el present: no hauria de ser tan difícil.

Abans d'eixir del passadís fosc de l'espai i del temps es va aturar un instant davant d'un rètol que, en la llarga seqüència dels segles dels segles de vida en la terra, indicava: 1.500 Milions d'Anys: El Gran Invent del Sexe, el gran invent, i aquell sí que era l'inici verdader de la història, que és tant com dir de la discòrdia i la lluita que la mou, tal com sabia ja Hesíode; l'inici o gran invent es va produir, si ho entenia bé, quan per primera vegada una cèl·lula tingué la gran idea de dividir-se en dos no exactament idèntiques sinó oposades i complementàries, una que nosaltres en diem mascle i una que en diem femella, que després s'han de buscar i atraure, alguna cosa així va intuir també Plató quan parlava de l'origen de l'eros, i així fins al temps present, fins aquest dia primer d'octubre, fins a la irradiació de Margot Margareta, fins a l'amor seu i d'Irene. I després, quan va eixir del museu i tornava pel parc de ciment cap a casa, fins al gosset que ensumava per darrere la gossa, i fins a la parella de joves que es besava en un banc, va recordar la cançó de Georges Brassens d'un disc que tants anys abans havia sabut tot sencer de memòria, Les amoureux qui s'becottent sur les bancs publics, bancs publics, bancs publics, ont de petites mines bien sympatiques: quina petite mine, quina cara, tindria ell si en un banc públic picossejava els llavis de Margot.

* * *

«I quin grupet tan especial formem ara tots tres», li digué a Irene en veu baixa, i va afegir que la definició del grup seria un senyor d'una certa edat, d'aspecte seriós i agradable si era cert el que deia la monitora del cotxe, o vist d'una altra manera un jubilat rejovenit per una pròtesi capil·lar, però això del postís no ho sabria ningú que el veiera, amb una senyora en cadira de rodes, ja gran però guapa, i una xica molt jove i esvelta que els acompanya un matí ja fresquet de tardor i els ajuda a baixar una rampa d'aquest parc de ciment i de làmines d'aigua, massa jove per ser la filla dels dos vells, encara que no siguen tan vells, massa gran per ser la seua néta.

«I doncs», va dir Irene, «a mi no em sem...bla que tinguem res d'ess...pecial. Excepte que tu no pares de m...mirar-li el cul a la xica molt jove i esvelta. Cosa que tam...bé és natural. Vés alerta a no caure.»

La jove esvelta que anava davant devia ser l'única dels tres que no sentia com un destorb o una molèstia el vent humit sinó com un plaer que potser li recordava les tardors del seu país, va pensar ell, ací aquest aire fresc i els núvols que es congrien venint de llevant anuncien potser una simple tempesta habitual de finals d'octubre, o potser una tempesta grossa i pluges de diluvi i aleshores, si era un diluvi bíblic dels que aquesta ciutat coneix cada segle o mig segle, vindria una nova riuada com la de fa poc menys de cinquanta anys, quan el riu va tornar al seu llit més antic, al del temps dels romans i dels àrabs, quan les aigües baixaven violentes i pels carrers del centre de València arribaven a l'alçada dels balcons, i quan baixaran en la nova envestida cap obra d'enginyers ni embassament ni desviació en forma de canal o riu nou fora de la ciutat serà prou per contindre-les, saltaran sobre els ponts antics i nous i sobre els murs de pedra, i després correran a la mar ací ja tan propera buscant eixida pel seu curs natural tal com han fet durant segles i segles i llavors aquest parc d'atraccions no de fira de Nadal desmuntable sinó de ciment amb pretensió d'eternitat serà cobert per l'allau d'aigua bruta, ell contemplarà la visió d'aigua extensa fangosa des de la terrassa del seu quinzé pis, passaran flotant arbres sencers arrancats i cossos inflats d'animals, l'aigua bruta funesta entrarà en els espais de la ciència, cobrirà l'escenari del Palau de les Arts sota la closca o casc, i ell potser prendrà notes en la seua llibreta o només mentalment, potser aquella visió de la futura catàstrofe o kataklysmós que en grec volen dir capgirament complet i inundació desastrosa formarà part d'un capítol del llibre; però si arribaven les aigües que alteren el curs de la història què passaria amb les instal·lacions subterrànies de l'Oceanogràfic que era el lloc on s'encaminaven, quina barreja fatal es farà sota terra entre l'aigua salada dels peixos i l'aigua terrosa i furiosa del riu. I mentrestant el gosset negre corria davant i s'aturava a esperar-los, per tant el grup no era de tres sinó de quatre, l'animal els esperava i els mirava content i quan hi arribaven tornava a córrer com qui sap cap on van i coneix el camí que han de fer: segurament és cert, pensà, ell ho coneix ja tot, o ho endevina, si s'acostara una catàstrofe final, ell ens avisaria.

Van passar pel costat de grans basses o estanys quadrangulars d'a penes un pam de fondària plenes d'aigua químicament transparent i verdosa, aquella no devia ser aigua natural de cap riu o cap font, devia ser aigua industrial, per caminals i esplanades de ciment entre clapes de gespa del mateix color químic verdós de les basses, entre edificis excessius que exhibien sense pudor els ossos i nervis de la seua estructura de closques de crustacis gegants de costellams o esquelets d'altres planetes ajaguts, d'una grandària descomunal no amb el propòsit d'elevar-nos al pensament del cel com les grans catedrals, va pensar, sinó amb la voluntat de fer sentir als visitants la pròpia estatura insignificant de lil·liputencs reduïts i aclaparats per aquella grandesa, però ell no recordava haver sentit aquesta forma d'ofensa o d'agressió ni als peus de la torre Eiffel, ni a Mannhatan entre els gratacels, ni davant de la piràmide de Keops, només, potser, a Sant Pere de Roma, aquell disbarat immens però de proporcions perfectes, d'una desmesurada però exacta mesura, i per tant ací no es devia tractar d'un efecte de la pura grandària o magnitud sinó de la intenció mateixa d'aclaparar l'espectador, temples monumentals sense esperit, bàrbara Babilònia d'enginyers, o era també un resultat d'aquella exòtica insultant insuportable exhibició de buidor que alguns en diuen modernitat extrema, l'espai en blanc després de la modernitat antiga i que ningú no sap encara com omplir, perquè tot allò que calia fer nou ja es va fer el primer terç del segle vint, en música en pintura en arquitectura i en literatura, i és inútil tornar-hi, ja està fet, o d'aquesta idea insubstancial de pretendre recomençar des del no-res i sense història, aquesta ideologia de la banalitat presumptuosa repetida de ciutat en ciutat, quan sembla que ja l'única cosa que importa és convertir-ho tot en espectacle o en escenari caríssim on no es representa cap obra: no és una malaltia puntual, va pensar, no és un episodi accidental, no és una catàstrofe que afecte únicament ciutats suïcides com València, ciutats refetes des de la ruïna després d'una guerra com moltes d'Alemanya, o permanentment en obres d'autodestrucció i reinvenció com són ara les ciutats de la Xina, és una desgràcia universal, una epidèmia, un desastre continu que ens porta a no se sap quina vida urbana, a quina estètica monòtona i plana, a quina arquitectura o a quin sentit de la ciutat mateixa: les ciutats han caigut, sembla que per designis implacables, en la xarxa maligna de la moda, on quasi tot és passatger, fungible, retocable, i destinat a la desfilada efímera, als fullets per a turistes i a satisfer la vanitat estúpida dels seus propis veïns, ja no ciutadans, ja només habitants, ja ells mateixos turistes en la seua pròpia casa. Ell, va pensar, no havia deixat mai de ser modern, i per això se sentia tan antic, i per això, també, se sentia tan fred i tan fora de lloc enmig d'arquitectures d'enginyeria industrial, però segur que aquell grup de japonesos matiners devien estar ben encantats amb la visita, ahir la Sagrada Família de Gaudí a Barcelona demà el Museu del Prado de Madrid, mirant amunt i avall filmant en totes direccions i fent fotografies en cadena, què pensaran que han vist quan tornen al seu país remot on la bellesa se suposa que és un atribut del rigor i d'espais continguts i modestos de línies clares i sense ornaments, i també aquells homes amb jaqueta i corbata que eren allí probablement fent un descans o interrupció d'algun congrés professional o convenció d'empresa mentre admiraven uniformats de gris fosc els prodigis de l'enginyeria guiats per una hostessa igualment uniformada de blau clar, si el seu gosset dimoniet no fóra un fox-terrier sinó un gos d'atura, amb un xiulit l'enviaria a dispersar per l'herba verda els dos ramats o a reunir-los en rogle compacte i conduir-los a l'autocar que els ha portat.

Pujaren la rampa de l'altra riba del riu vell privat del seu corrent, ocupat per estanys blancs làmines d'aigua química, Margot davant empenyent sense esforç la cadira, ell darrere admirant el rotund moviment d'anques i cuixes, qui sap si ella sentia per l'esquena i pel cul la calor de la seua mirada, si li molestava sentir-la o si li agradava. Passaren pel costat d'autocars aparcats en filera d'on baixaven o havien baixat expedicions matinals d'escolars, de turistes o de jubilats, el fullet d'informació que havia recollit el dia del canvi d'estat oficial amb conyac assegurava que Aquest és el complex lúdic cultural més gran d'Europa que combina interessants continguts científics i de divulgació amb elements de diversió per a tota classe de públic, Fun items for all kinds of people, Des éléments de divertissement pour tous les publics, això deia el paper, la fira amb el tren de la bruixa combinant continguts científics, divulgació, cavallets, cotxets de xoc, la doble hèlix tan divertida pour tous les publics, neandertals per als nens, bosquets de neurones for all kinds of people. I pocs minuts més tard, ja sense la companyia del gos, que havien hagut de deixar-lo lligat a una reixa exterior demanant per favor a un dels guàrdies de seguretat que el vigilara una mica, després d'haver baixat a una profunditat imprecisa amb un gran ascensor silenciós, penetraven tots tres en un túnel de vidre, un passatge tubular sota l'aigua o dins l'aigua, tan ample que hi podria circular còmodament el cotxe o furgoneta Citroën que s'havia comprat, i sobraria espai a banda i banda. Suposà que primer hi degueren excavar una enorme piscina profunda, després hi van instal·lar aquell camí protegit i cobert amb la volta de vidre o de plàstic, van construir i cobrir les cisternes que esdevindrien oceans artificials sota terra, les van omplir d'aigua marina o d'aigua amb sal, hi van posar peixos vinguts amb vaixell o amb avió de totes les mars del planeta, i ja estava feta la proesa inútil, va pensar, l'obra que, sense saber-ho ni haverho buscat els qui la projectaren, satisfeia amb aquella forma asèptica industrial, dins d'un túnel de llum freda blavosa, l'antic somni mític d'un món de déus o semidéus sota la mar, el regne de Neptú o Posidó, el país de les nimfes marines donzelles de palaus subaquàtics, de monstres mig drac i mig serp, i de coves on viuen els vents i el seu rei, però aquell túnel de vidre satisfeia el vell somni destruint-lo, i anul·lava l'espectre dels límits misteriosos de l'Okéanos que envolta les terres dels homes i ningú sap on arriba o a quina fondària.

«Hic vas...to rex Aeolus antro...», pronuncià Irene amb els ulls tancats quan ja havien avançat alguns metres per l'extens antre oceànic fictici, li havia endevinat el pensament, com tantes altres voltes, o havien pensat tots dos en paral·lel. «Ess...pera, que no sé si rec...orde com segueix, luc...tantes ventos tempes...tatesque sonoras/ im...perio premit ac vin...clis et carcere frenat: no pensava que me'n re...cordaria, després de tants anys, són dels pocs versos lla...tins que he sabut mai de memòria.» No volgué demanar-li una traducció, en tenia prou d'endevinar el rei Eol en una vasta cova, vents i tempestes que lluitaven tancats i frenats en la seua presó, però on les tempestes i els vents lluitaven desfermats era a fora, pensà, sobre la superfície de la terra, en la cridòria dels homes i les màquines, aquell antre irreal sota l'aigua era un món de silenci perfecte: per fortuna ells en aquell moment eren els únics visitants de les profunditats de l'oceà d'artifici, uns minuts de soledat i de calma entre dos grups d'escolars o de turistes d'autobús, entre dos colles d'infants d'adolescents o de jubilats tots igualment sorollosos tots fent exclamacions tempestuoses sonores que haurien ofegat i esclafat els versos de Virgili.

«Hic vas...to rex... Aeolus an...tro», tornà a començar Irene arrossegant cada síl·laba, va repetir els versos, s'aturà: «Ara ja no re...cor...de més: primer cant de l'Ene...i...da.» Era ella qui havia mostrat el desig o curiositat de visitar aquell petit món submarí, la part externa del qual tenien tan prop de casa, enfront mateix, des de la terrassa la veien a tota hora sencera, amb basses i ponts, camins, jardinets de palmeres, cúpules, edificis de formes vegetals, ondulades o de papiroflèxia, i una esfera de vidre o de plàstic presó d'aus tropicals, artificis extrems que inútilment pretenien suggerir o imitar la natura, però ara mirava sense cap interés ni emoció tots aquells peixos de totes les mars del planeta que els rodejaven nadant desganats, inclosos els taurons que s'acostaven al gran tub transparent i es quedaven immòbils uns segons amb el nas i la boca i els ulls inexpressius a l'altura dels ulls dels visitants, tindre un tauró avorrit a l'altra part d'un vidre, va pensar ell, nas contra nas, deu ser l'última mostra de l'estúpida prepotència dels humans, ni els taurons no se'n salven, pobres senyors temibles de la mar reduïts a l'estat de curiositat inofensiva gràcies al poder dels diners, a l'arrogant vanitat dels polítics, i als prodigis de l'enginyeria. Havien avançat fins al centre del túnel, s'havien aturat uns minuts a contemplar el fingit fons oceànic, la població excessiva de peixos captius movent-se lents en la mitja tenebra, inclosa una pobra balena petita penosa, balena beluga, i en aquell punt Margot, que havia anat tot el temps girant el cap amunt i avall i mirant amb la cara una mica espantada en totes direccions de la mar que els cobria, va dir:

«Vull eixir ja, per favor, vull eixir.»

«Ja t'has cansat?», digué Irene: «Tan...tes ganes que tenies de vin...dre...»

«Falta aire. Tinc por.»

«Por de què, Mar...gareta?»

«Que em caiga tot damunt, que se'm mengen els peixos.» Estaven sols encara en el silenci del túnel, la cara de Margot blanca i blavosa en la llum subaquàtica, i contra un pànic sobtat com aquest, va pensar ell, no hi havia remei amb paraules, únicament eixir de l'antre submarí del rei Eol. «Com dona de meu poble», continuà espantada la jove, «que es tira al riu amb pedra al coll. La troben dos dies després. I quan la trauen d'aigua el cos estava ple de mossos, tot desfet. La menjaven els peixos, la menjaven.»

Els peixos lliures del gran riu es menjaven el cos de la dona suïcida, els peixos captius dins d'aquests aparadors submarins menjarien amb gran plaer la carn dels nostres cossos, imaginà, estovats, inflats, no hi ha pànic que no siga irracional, no n'hi ha, tampoc, que no tinga com a causa o motor una imatge terrible; Margareta o Margot tremolava, i un altre dia, potser, visitarien la resta d'aquell parc zoològic sota l'aigua, un altre dia, no avui. Més de quaranta-cinc mil exemplars de cinc-centes espècies, deia el fullet que li havien donat a l'entrada, la vana supèrbia infinita dels humans dominant el planeta i posant-lo al servei del seu capritx, ací una mar sobre els seus caps, sota terra, ací un viatge submarí sense vehicle i també sense aventura, només un passeig a peu sec sota l'aigua, quin esforç per a muntar i mantindre l'espectacle; avui en tot cas no acabaria la visita i probablement cap altre dia, ni a les mars tropicals pel túnel transparent més gran d'Europa, Sabies que el cranc aranya arriba a fer gairebé quatre metres?, preguntava el fullet, Sabies que les cries del solraig de sorra, el tauró blanc, es devoren entre si dins de l'úter matern?, ni anirà mai a visitar les mars àrtiques o antàrtiques, amb dos tancs o piscines d'aigua refrigerada dins d'un iglú gegant, i de passada, Sabies que les vibrisses de la morsa li serveixen per a trobar aliment al fons del mar?, cinquanta anys llegint llibres i no sabia res.

Quan ells eixien cap al carrer, després d'emergir de la vasta caverna, ja no caminant per passadissos submarins sinó a través d'una illeta de roques absurda enmig d'una bassa que figurava ser mar, però què il·lustraven allí aquelles pedres enormes?, què pretenien ensenyar als viatgers dels oceans?, van haver d'arrambar-se a una vora de l'illa, entre l'aigua i la roca, van haver d'apartar a un costat la cadira d'Irene per deixar pas a un grup de visitants que avançaven també transportats amb cadires iguals, cada cadira governada i moguda per una auxiliar, tres eren altes i rosses, les altres baixetes i de pell molt morena, i els ocupants de la mitja dotzena de cadires de rodes eren homes i dones molt vells, tots amb les cames cobertes amb mantes de quadros, a pesar que l'oratge d'aquell dia d'octubre, si era rúfol i gris, no era fred, les cares blanques dels homes mig amagades entre la bufanda i la gorra, les cares de les dones amb els llavis pintats, i amb els cabells tenyits de groc o blancs amb reflexos blavosos, tots els caps i les cares oscil·lant insegurs a cada moviment de la cadira: podien ser companys d'invalidesa en una residència d'ancians, podien ser membres d'alguna associació d'assistència o benèfica, d'un casal de jubilats, d'un club de la tercera edat o més aviat quarta i última, alguns amb la mateixa malaltia d'Irene però més avançada, que feien tots junts la visita oceànica; però vingueren d'on vingueren els vells la visita hauria estat impossible sense les joves que empenyien els vehicles ortopèdics, unes certament arribades de l'Europa oriental, unes altres d'Amèrica del sud: què farien els ancians desvalguts del país, va pensar, sense aquestes dones de terres remotes que els atenen i empenyen?, que faríem ara mateix nosaltres, Irene i jo, sense una romanesa, ucraïnesa, peruana, equatoriana, sense alguna de tantes dones joves o no tan joves que arriben a aquesta Europa occidental des dels Càrpats o els Andes?, Margot mateixa, en comptes de ser descendent d'algun soldat de les legions romanes que Trajà va instal·lar a la Dàcia, podria ser de la raça dels inques, guaraní de Bolívia, besnéta de negres esclaus de Cuba o de Santo Domingo, i potser es queixaria igualment que la seua família no l'estima, que sa mare quan hi parla per telèfon només li demana que envie diners o que torne i es case amb el nòvio que li havien buscat i que a ella li fa tant de fàstic, o estaria tan trista com la cosina que ha hagut de deixar al seu país remot un marit borratxo i una filla menuda que fa més de dos anys que no veu, quina deu ser la petita tragèdia o dolor de cadascuna d'aquestes joves, o la tragèdia gran. Quan van eixir del recinte, el gos no era al lloc de la reixa on l'havien lligat, el guàrdia no en sabia res, i tant podia haver-se escapat tot sol, que s'haguera deslligat la corretja, com se'l podia haver endut algú, també hi ha lladres de gossos.

«Un mal senyal», digué la jove romanesa, «jo tinc por també.» Abans tenia por que s'esfondrara el túnel submarí, i d'ofegar-se i ser aliment dels peixos, ara tenia por només perquè havia desaparegut un gos, quins espectres antics la perseguien, quins fantasmes o quina amenaça?

«No et preocupes», va dir ell, sentint una certesa estranya, «el gos s'ha cansat d'esperar i se n'ha anat cap a casa.»

«Tinc por del meu germà», va dir Margot: «Ha vingut a València fa pocs dies, m'amenaça. Jo crec que ens ha seguit i s'ha endut el gosset per avisar-me, com demostrar-me que pot fer qualsevol cosa.»

Tornaren cap a casa pel mateix camí, ell sentint-se de sobte distant de la xica, com si a pesar de la proximitat domèstica, a pesar de l'afecte visible, constatara que pertany a un altre món, potser també a un altre temps, i a un altre espai de pors i d'amenaces; i en definitiva aquells homes i dones que venien de poblats africans, de valls amagades andines, del fons rural del sud-est europeu, fins a quin punt i en quin sentit eren contemporanis seus?, sí que ho eren i no ho eren, cavil·là tot caminant, perquè l'«home contemporani», entre cometes, és una pura ficció verbal sense substància, una flatus vocis, l'home contemporani no existeix, per molt que en parlen els llibres i els columnistes de diari, i tampoc ha existit l'home del segle XIX, ni l'home del Renaixement, ni l'home del segle XVIII des de Swift i Defoe fins a Robespierre, ni el medieval ni el grec ni cap «home» de cap època o segle, ni ha existit l'«esperit de» tal temps o de tal altre, inclòs el nostre, quin hauria de ser l'esperit del temps d'aquestes xiques que empenyen cadires d'ancians a València si haguera de ser el mateix que el dels seus assistits o clients, quin és ara mateix l'esperit dels xinesos: fins que a Europa no vam inventar el temps modern amb el nom de modern o de contemporani no pensava ningú en termes d'època o d'edat, no hi havia home de ni esperit de, i en tot cas si n'hi havia se n'assabentava tan sols una petita elit pensant de cada temps, el deu per cent o el cinc per cent o menys encara, la resta mai no han participat de res d'això, han viscut al camp o en barris pobres sense saber quina era la seua edat o època, sense pensar que eren antics, medievals o moderns, sense saber que el seu segle era el XVI o el XVIII, sovint sense saber que el seu continent era Europa i que ells eren europeus o què significava aquest nom, quin era el pensament del seu temps i quina la cultura, i això sense eixir del que anomenem occident, perquè fora d'ací ni els segles eren segles ni els continents continents i arreu arreu el temps no era tampoc el temps, no avançava, era immòbil: potser fins ara mateix, fins que a la major part de la terra habitada han arribat els cables de l'electricitat, i poc o molt ja hi arriben la medicina eficaç, l'escola universal, els cotxes, avions, ràdios, televisió: aquesta és per fi i per primera vegada una època compartida per tot el planeta, o compartida per qui?, però siga això com siga, la vida de l'home comú, és a dir pobre, malvestit, malmenjat, el verdader home comú de tots els temps, l'home grec l'home del renaixement l'home del segle dit de les llums, ha estat sempre una existència bruta, brutal i breu, fins fa ben poc, i encara ho és en gran part de la terra, i ha estat una vida religiosa, amerada de sobrenatural, de dissort i de màgia, de misèria invariable, de pànic, i per tant de déus i d'esperits, i de sants i de marededéus allà on n'hi ha en abundància, com en aquest país que n'hi ha hagut tants, pensà, però en aquells barris nous de la ciutat nova no hi havia ja esglésies, d'això ja no se'n feia, no era matèria d'urbanisme ni d'arquitectura, no calia, només l'antiga esglesieta rural de Montolivet, allà davant, blanquíssima, un residu, una curiositat d'un altre temps, una cúpula blava, si algun dia fan una església nova semblarà més una nau industrial que una parròquia, o un magatzem, un afegit fora de lloc, incongruent, pensà, i no es va alegrar gens de pensar-ho.

El gos, tal com ell sospitava, els estava esperant a la porta de casa, ajagut, amb el collar i la corretja, i alçà el cap i el va mirar amb uns ulls que podien ser d'advertiment o de retret, com dient-los Per què m'havíeu abandonat? Llavors començà a ploure, i més tard, assegut en la cadira de rodes amb un plàstic cobrint-li les cames, arrecerat en un racó interior de la terrassa, creuant de tant en tant mirades amb el gos, dedicà més de mitja vesprada a mirar com plovia, i a tornar a pensar bonjour tristesse.

10

Cada dia, amb el cap descobert, sense pròtesi o postís, baixava amb el gosset al parc del riu, caminaven, i en algun punt entre les Arts i les Ciències seia en un banc i amollava l'animal perquè poguera buscar un racó discret entre pedres o plantes per a deixar-hi la seua deposició habitual, un matí prop de la música i l'òpera, un altre al costat del museu de la ciència del príncep Felip, un altre a la vora del gran hemisferi de l'astronomia, i considerant la varietat i abundància de residus canins escampats pel ciment i per la gespa no era petit el nombre de visites de gossos als quals els amos i ames incivils deixaven llibertat d'emmerdar aquells espais d'aparença tan pulcra, qui caminara distret contemplant l'esplendor de tanta arquitectura inútil corria el risc certíssim de trepitjar les cagades canines; però el seu era un gos educat i correcte que amagava la caca entre plantes o pedres de manera que ningú no se'n podria empastifar les sabates ni seria cap destorb per a la vista o l'olfacte dels visitants del lloc, només una petita contribució quotidiana a la futura vivacitat vegetal del parc, pensà Manuel Salom mentre fullejava un periòdic del dia anterior que algú havia oblidat damunt del banc, tant se valien les notícies d'avui com les d'ahir, i la informació política, que sembla que es renova cada dia, era ja la mateixa fa cent anys en els diaris que ell ha passat tantes hores llegint a les hemeroteques. No llegia la premsa cada dia, perquè d'ençà que vivien al pis nou no tenia ni un quiosc habitual on comprar-ne ni un bar de tota la vida on demanar un café amb llet i un croissant i llegir el periòdic, i si seguia la informació dels telediaris ho feia distretament i en companyia d'Irene i molts dies també de Margot, tots tres al sofà gran, sovint sentint contra la seua cuixa la pressió tèbia d'una cuixa jove, i res del que hi veia distret en aquells noticiaris encaixava en cap imatge harmoniosa del món, en cap etapa final racional i serena de la història, en cap conclusió esperada i feliç d'una narració identificable, talment com entre els pobles o races dels viatges de Gulliver, la imatge del qual ara veia gairebé cada dia, gegant gitat se suposava que al país de Lil·liput, què entendria aquell viatger amb perruca i casaca si el seu cos de ciment es tornava de carn i s'alçava. Quan tornà el gos al seu costat el lligà amb la corretja, llançà el diari ja vell d'un dia en una paperera, aquest hauria de ser el final o destí necessari de tants escrits efímers, va pensar, durar un dia com alguns insectes, ben poc durarien també els seus propis escrits que havia d'haver llançat per la finestra quan buidà el despatx, millor que acabaren la vida volant que no en cap cementeri de llibres, i va caminar uns minuts fins al pont de les feres diabòliques, els dimonis custodis, passà sota els arcs molt amples baixos i foscos del pont on dormien quatre o cinc homes, entre llençols de paper de diari i flassades de cartó, els caps de faccions africanes molt negres damunt de bolics de roba i les sabates al costat dels caps, un altre ja despert el mirava i li va dedicar un somriure. Va eixir de l'ombra del pont i es va quedar al costat exterior de la tanca de tela metàl·lica de l'àrea de jocs infantils contemplant el personatge de Swift amb casaca que el municipi ja fa anys que va instal·lar incomprensiblement com a objecte o matèria de diversió innocent per a criatures, què en sabien els polítics locals, gent d'una ignorància inexhaurible, sobre qui era l'autor i què representava el personatge: pocs anys abans, a Dublín, ciutat de Jonathan Swift, ell havia entrat a la catedral de Sant Patrici, que era com la catedral nacional d'Irlanda però no era catòlica sinó anglicana i estava plena de monuments funeraris de governadors anglesos, oficials de sa majestat, jutges i altres càrrecs de la monarquia, bustos de marbre amb grans perruques arrissades, en una part del creuer penjaven banderes de regiments irlandesos de l'exèrcit britànic, allí exaltats en tant que combatents heroics al servei de l'imperi mateix que els oprimia, això també era història contemporània, i en el mur d'una nau lateral hi havia més marbres inscrits en memòria de militars que van perdre la vida lluitant contra rebels de l'illa, al costat de les làpides funeràries molt més recents de dos o tres presidents de la República d'Irlanda, tants enemics ancestrals reposant en el mateix espai sagrat, perquè la pau entre els homes i els pobles, recordà haver pensat, sempre és provisional i precària però almenys entre els morts hauria de ser definitiva, això a Espanya no passa, i en una vitrina hi havia una còpia del crani de Jonathan Swift, que va ser molts anys degà d'aquella catedral; Swift afirmava, en el pamflet Una Modesta Proposició, que el problema de la misèria dels pobres a Irlanda es resoldria venent cada any, com a menjar exquisit per als rics, una part dels infants irlandesos nascuts l'any anterior: en produïen tants!, llavors certament no hi havia com ara la televisió que tan sovint ens mostra els cossos esquelètics i les caretes llastimoses dels nens africans que es moren de gana amb els ulls plens de lleganyes espesses i de mosques, mengen només quan poden unes farinetes o pasta groguenca amb els dits, i a pesar de tants morts infantils, va pensar, la població africana no para de créixer i de passar fam, però d'això quina conclusió hauria tret el culte degà Swift, quina recepta hauria proposat, potser la mateixa que proposà per a Irlanda tres segles abans, així els infants sobrevivents menjarien una mica més bé i de passada s'evitaria que en fer-se grans arribaren a les ciutats d'Europa a dormir sota els ponts quasi a la vista dels nostres nens de pell blanca i massa ben alimentats: com hauria mirat aquells homes l'autor cruel dels Viatges de Gulliver?; i en eixir de la catedral, en una taverna amb tot l'aire de ser típicament irlandesa, com sol dir-se, mentre ell menjava un sandvitx boníssim de scrambled eggs i cansalada, un individu també típicament irlandés i de corpulència notable estava instal·lat davant d'una pinta de Guinness, seia tot sol a una tauleta just al seu costat, i en prop d'una hora havia obert els ulls només una vegada, una altra forma de malenconia, no mirar l'aire buit i els núvols tal com ell feia sovint sinó mirar només l'escuma d'una gerra de cervesa, qui sap quin paisatge interior hi contemplava, quins records, quin abisme o quins núvols.

Era dissabte i criatures de pocs anys, aquell matí sense escola, jugaven per damunt i al voltant del cos jacent pintat acompanyats per mares joves o per cuidadores més joves encara la major part de cares fosques i amb cabells molt negres, han baixat de les muntanyes dels Andes, han travessat l'oceà, i ací tenen cura dels nostres vells, dels malalts i de les criatures. Igual com els havia vist que feien el dia de Pasqua els infants usaven el Gulliver gegant a manera d'una gran joguina, una petita muntanya amb forma humana per a escalar-ne el pit o el cap, un tobogan per a deixar-s'hi caure fent grans xiscles i rialles agudes, però el degà de St. Patrick s'hauria horroritzat si hagués sabut que el seu heroi viatger havia d'acabar sota els culs i els peus, els culets i els peuets, d'aquests nens de quatre o cinc anys, convertit en personatge innocu de literatura infantil i reduït en aquell parc municipal a la simple curiositat d'una aventura fictícia innocent fent de gegant adormit o passiu entre homenets petits com ninotets, exactament lil·liputencs, tal com ell mateix feia de lil·liputenc en un món de gegants en l'altre conte o viatge que tothom ha llegit i coneix: quina seria, pensà, la decepció o la fúria de l'autor contemplant l'espectacle, perquè la història que ell va escriure no era una fantasia innocent, era el primer gran llibre del relativisme modern, Swift va ser amb certesa un precursor molt més radical que Voltaire i que els enciclopedistes, no volia divertir ni entretindre el lector sinó que els europeus del seu temps es miraren a l'espill d'aquells viatges i es reconegueren potser en els habitants del país de Lil·liput poblat de gent vanitosa i petita, sorollosa, ridícula, guerrera i disputadora, o bé en el regne dels gegants de Brobdingnag que eren grossers i pràctics i no entenien d'idees abstractes: va recordar la seua lectura infantil dels viatges de Gulliver, no solament les aventures entre els lil·lipu-tencs o entre els gegants que ara, meditant al costat de l'ombra humida d'aquell pont, veia diàfanament que els uns i els altres sumats acumulen els vicis risibles dels seus veïns i compatriotes, disputadors, grossers i vanitosos, uns i altres sumats produeixen la fatuïtat infinita dels qui han construït o manat construir aquests edificis d'una falsa ciutat de gegants destinada a homenets de cervell infantil, però ell no solament havia llegit aquests dos viatges sinó també les visites als altres països del llibre complet, els viatges que no solen figurar en les versions per a infants edulcorades però sí en el volum que li deixà el seu avi, com ara a l'illa volant de Laputa poblada per especialistes pedants especulatius erudits però ignorants de tot allò que no fóra la seua petita parcel·la, talment els seus col·legues de professió i d'universitat, com havia pogut suportar quaranta anys la companyia dels tants laputians, com havia pogut ser ell mateix habitant permanent d'aquella illa suspesa en l'aire com la grotesca ciutat o regne dels ocells d'Aristòfanes, i també la visita terrible a aquella altra terra on els homes eren immortals i per tant desgraciats, miserables i desesperats, o bé l'últim viatge, a un país de cavalls intel·ligents i virtuosos servits per criatures bestials brutes i degenerades d'aspecte humà i de nom Yahoo, que era justament, recordà en aquell punt, el nom de marca d'una empresa de comunicacions electròniques o això que ara en diuen no sap molt bé si un portal o un motor de cerca, com si cada usuari o client, va pensar, quan parla pel telèfon de butxaca o quan seu davant de l'ordinador per a enviar i rebre missatges, fóra també un petit yahoo sense saber-ho, esclau o subhome al servei de no se sap quins superiors quadrúpedes, o deu ser que dins del seu cervell, quan la imaginació se li desborda a partir d'algun punt o alguna imatge, com ara la d'aquell gegant de ciment de colors, les paraules i els records es connecten, ixen com les cireres d'un cistell, d'ací a Dublín i d'allí als Yahoo, se l'emporten per dreceres i viaranys imprevisibles, i poden més que la connexió interna dels conceptes, quan en tenen, de connexió real o possible, encara que sovint ell només la intueix i no és capaç de fixar-la amb mots coherents, també pot ser que la lògica no tinga res a veure amb la història, també pot ser això. I què en devia pensar el gos, que el mirava amb aquells ulls plens de suspicàcia?, què pensaria, pensà, si li poguera llegir el pensament que ara saltava de Jonathan Swift al seu company d'època i també de gran perruca Daniel Defoe, allò no eren discretes pròtesis capil·lars com la seua, eren cascades de cabells eren brolladors de rínxols, i per a ell havien sigut també companys d'un mateix temps de lectures, a l'armari on guardava els seus llibres tenia els viatges de Gulliver al costat de les aventures de Robinson Crusoe, un altre llibre infantil mai no escrit per a infants, un altre heroi contemporani inventat a principis del segle XVIII, però Crusoe no va ser enviat entre pobles remots o impossibles com va fer Swift a fi de retratar la pròpia civilització tot mostrant-la deformada de tantes maneres, pensà, sinó abandonat solitari absolut i mig nu en una illa deserta a fi de poder demostrar que cada home d'Europa, cada individu, porta ja dins d'ell mateix instal·lada i activa la civilització sencera i és capaç de restaurar-la només amb les mans i amb el cervell, amb cada idea al seu lloc i sobretot no oblidant mai la urbanitat i les bones maneres, això que costa tant de formar i que tan ràpidament es desintegra i s'esborra, com un diari vell sota la pluja: Robinson a l'illa va refer des de zero la vida d'un europeu ja educat en l'orgull i en el mètode, talment com si després del cataclisme atòmic, de l'arrasament nuclear en què tant hem pensat i que amb tant de detall hem imaginat, un home sol ací s'hagués salvat, per exemple un vigilant dels canals subterranis o subaquàtics d'aquella instal·lació oceanogràfica, salvat ell sol sota terra entre els peixos, i haguera d'emprendre la tasca de refer del no res una vida tal com l'ha coneguda i viscuda, una empresa més dura que la de Robinson ja que ell hauria de recomençar-ho tot no des d'una illa plena de verdor i de vida, sinó des del ciment cremat, des de la cendra negra: suposà que sobre aquella matèria dels supervivents de l'incendi final i de l'última bomba de l'última guerra es devia haver produït ja molta literatura moralista i fantàstica, moltes novel·les que per força han de ser molt dolentes, amb herois previsibles per camins i carrers desolats i cendrosos, devien ser llibres tan roïns com si els haguera escrit ell, que mai no escriurà una obra de les que ara se'n diuen de ficció, i qui sap si tampoc de no ficció, per emprar aquest bàrbar i estúpid repartiment de les llistes dels llibres més venuts que publiquen els diaris: si ell finalment escriguera el seu, qui el compraria?, i si algun escriptor, d'altra banda, imaginà, es volguera inspirar en la seua vida per a compondre'n un, en la vida del professor Manuel Salom, ara ja jubilat, més valdria que no ho intentara perquè és una vida avorrida i sense gens d'interés per a ningú, una vida que no val la pena contar o explicar ni molt menys convertir-la en novel·la: ell mateix, el protagonista improbable, badallaria llegint-la, ell mateix no seria capaç d'arribar al final.

Una mica més tard, encara tornava a mirar, o més ben dit tornaven, el gos i ell, però no l'espectacle dels nens jugant amb Gulliver, no els edificis blancs ni el blau del cel que era on mirava més sovint, sinó un gran clot o excavació en la terra. Durant la passejada habitual, abans de tornar cap a casa, el gos després d'haver fet pipí per segona vegada havia continuat caminant com si buscara un espai nou i encara no explorat, estirant de la corretja i ensumant la terra com si seguira un rastre o sapiguera clarament on anava, en direcció a la mar, seguint el curs d'aquell riu sense riu entre ciment i gespa. Van passar per davant del museu catedral de la ciència, van continuar com si anaren cap a la part dels oceans subterranis i de l'esfera de vidre amb aus captives, fins que van eixir ja dels camins i del parc construït i arribaren a una tanca de tela metàl·lica coberta d'una altra tela de plàstic verd que rodejava un extens espai d'obres futures. El gos va resseguir la tanca, trobà una escletxa o pas estret entre dos pals de la tela mal ajustats, i al costat del forat hi havia un gran cartell amb la imatge de tres torrres altíssimes, tres torres primes de forma helicoïdal, com si els tres edificis hagueren estat sotmesos a una torsió violenta i a un estirament per una mà amb força sobrehumana que els hauria deixat allargats i enrotllats i el resultat eren columnes salomòniques d'un temple futur de gegants, columnes soles alçades com una ruïna impossible de temple fantàstic de cíclops, però sense que hi haguera hagut mai cap temple, i en aquelles columnes de cent pisos torçades haurien de viure persones, si és que les construïen realment, si el cartell no era només propaganda, perquè a l'altre costat de la tanca no hi havia grues ni mostres de cap construcció en curs, només un gran buit excavat, i molt prop del cartell de les torres n'hi havia un altre que anunciava una Àgora o gran plaça amb volums possibles de formes que ell no identificava, potser aquell gran forat en la terra seria en poc temps un enorme aparcament subterrani sobre el qual una plaça de ciment desolada tindria el nom immerescut d'àgora pública, potser també el fonament d'aquelles torres futures, potser només les latomies de Siracusa on els cinquanta mil soldats vençuts d'Atenes van morir lentament picant pedra, o un projecte de mina a cel obert, o una excavació arqueològica sense objectiu concret, sense ni final ni fons, buscant fora de lloc restes de murs i de fonaments d'una ciutat encara no construïda, o el forat que a Mannhatan deixaren les torres bessones que ací no serien bessones sinó torres trigèmines, i quan vinguera la riuada següent, la més gran de la història, the Big One com en diuen a Califòrnia del gran terratrèmol futur i segur, també aquell clot s'ompliria d'aigua i en els seus dos o tres pisos o més sota terra centenars de vehicles serien ferralla cobrint-se de llot, de rovell i de plantes subaquàtiques. El gos va fer una estrebada, es va escapar, i va córrer arrossegant la corretja per terra cap a una rampa que baixava fins al fons de l'excavació seguint un dels costats del gran clot, alguna cosa hi devia buscar, o volia guiar-lo a algun punt, va pensar, on remouria la terra amb les potes per deixar al descobert ossos d'un enterrament molt antic, d'abans que els romans fundaren a dos milles d'allí riu amunt la petita ciutat de Valentia, qui sap si tombes de mercaders grecs o fenicis que arribaren a aquest litoral despoblat amb peces de roba oriental de colors, amb figuretes i vasos d'un comerç miserable, i els seus ossos van acabar oblidats enterrats sota capes d'al·luvions i de fang de riuades, qui sap si eren els ossos de l'últim home de Neandertal que es va aturar a la vora d'aquest riu sense nom, tan prop dels aiguamolls de l'Albufera plens d'aus molt fàcils de caçar, i va trobar la mort al mateix temps que els seus companys d'espècie s'extingien definitivament, acorralats i empaitats per una espècie nova que milers d'anys més tard pretendria aixecar construccions insensates destinades a una duració efímera, a una extinció provocada per la pròpia inanitat i buidor, i en aquell punt el gos li tallà els pensaments aturant-se i lladrant al costat d'una màquina enorme, com si ja hagués trobat el que buscava, però el gos no podia tindre un olfacte tan penetrant que poguera travessar mil·lenaris, tan sobrenatural que arribara a percebre l'olor de ruïnes futures, i ell acabà de baixar la rampa i s'acostà on l'esperava l'animal. El gos el va precedir rodejant una màquina groga Caterpillar de rodes més grans que la seua alçada d'home, ni estirant el braç n'hauria tocat la part més alta de la roda, era un vehicle de país de gegants, amb un motor tan gros com el cos d'un camió petit, i amb aquell monstre i uns altres de semblants, amb pales cavadores mogudes per cossos i rodes de tanc, amb enginys que devien servir per a foradar o mossegar poderosament la terra, amb braços articulats acabats amb barrines o amb dents, havien arribat a aquella fondària tan ampla i extensa, probablement en molt poques setmanes i amb les mans de pocs homes, quants anys i quants milers de mans degueren costar el sepulcres dels reis d'Egipte i el d'aquell emperador Qing de la Xina que ara són atracció per al turisme, però què devia voler mostrar-li el gos, quin misteri enterrat encara al fons del clot de la tomba futura. Era dissabte, l'obra estava aturada, les màquines quietes com grans bèsties dormides, i no hi havia ningú, ni obrers ni tècnics ni conductors de camions, només un silenci tancat entre quatre parets aspres i fosques de terra, i llavors va sentir un gemec molt dèbil, un plany a penes audible de bèstia ferida, d'animal moribund, i el seu gos negre amb les orelles baixes s'havia aturat al costat d'una roda gegant de la màquina monstre sota la qual s'havien quedat atrapades, enfonsades en la terra remoguda fangosa, les potes de darrere d'un gosset del mateix color fosc de la terra. Això era, doncs, pensà, el que havia sabut des de lluny el seu gos, que un germà seu ferit de mort s'extingia esclafat al fons del clot, devia ser un gosset perdut sense amo ni company humà, qui sap si el mateix que els havia seguit el dia de Pasqua, tan prop d'allí, potser havia caigut dins del forat, o havia baixat per la rampa curiós i distret la vesprada anterior quan l'estrèpit de les màquines ofegava qualsevol veu humana o animal, i allà l'havia atrapat la roda gegantina fent l'última maniobra reculant per a quedar-se ja quieta fins al dilluns següent, el conductor no l'havia vist ni sentit, o sí que l'havia vist quan se n'anava però havia pensat que ja no hi podia fer res, que el gosset ja era mort esclafat, però no s'havia mort encara, els mirava amb una lluïssor tènue als ulls, demanant un auxili que sabia impossible. El seu gos va mirar llargament el germà moribund, li va llepar amb tendresa el morro brut, i després alçà el cap i el va mirar a ell, demanant-li que féra el que havia de fer, suplicant, i ell va buscar una pedra grossa, la va aixecar a l'altura del seu cap, va fer uns passos fins que la pedra quedà exactament sobre el cap del gosset atrapat, tancà els ulls, la deixà caure, i va sentir un soroll tou i sord, un crec d'ossos de crani trencats, ell que no hauria ni tan sols pegat un colp de peu a una bèstia petita indefensa va saber que aquell acte de mort era un acte de misericòrdia.

Quan tornaven cap a casa, una mica abatuts ell i el gos, va pensar que, si havia fet aquell acte inesperat i falsament cruel, un instant de pietat brutal, si havia tingut el coratge de fer-ho, també podria fer altres coses que no havia fet mai, coses que no havia imaginat o que no hauria gosat, qui fa un acte d'aparença cruel també en pot fer d'altres d'aparença gratuïta, com ara fer viatges a manera de Gulliver, no a països remots ni a illes perdudes sinó caminant pels carrers de la seua ciutat atraient les mirades com qui camina entre gent desconeguda i estranya, però no a la manera de visitant curiós de novetats o de qui explora mons imaginaris, sinó modestament per llocs que ja coneix de sempre tot i que els seus habitants ara han esdevingut incomprensibles, tan distants que no hi podria conversar ni raonar amb ells per tal de fer-los raonar, l'Àgora que volien construir allí mateix no seria una àgora grega amb ciutadans que escolten els filòsofs parlar sobre el cel i la terra o que debaten amb passió sobre el bé públic, seria una simple esplanada deserta de ciment o una altra gran construcció exhibició de la mateixa arquitectura gratuïta damunt d'una caverna immensa de cotxes sota el centre més profund de la qual hi hauria el cos enterrat esclafat d'un gosset a qui ell piadosament havia acurtat l'agonia; caminaria, doncs, fent d'home anunci amb dos rectangles de cartó lligats amb cintes sobre els muscles, un al pit i un a l'esquena, aquells homes anunci que es veien als films antics en blanc i negre, un sandwich-man no fent publicitat d'una empresa una marca o un establiment sinó amb un text que diria Esteu tots bojos, o Atureu el deliri, o Recobreu el seny, o alguna altra frase que no fóra tan vaga, passejant sense pressa pel parc de ciment per davant de palaus de les arts de ciment per l'entrada de museus de ciment de les ciències i dels oceans i de l'hemisfèric de l'univers sencer, després passant el pont dels dimonis-pantera custodis i entrant pels bulevards o grans vies que van construir fa cent anys a València tal com es feia a París però ací no únicament amb plàtans sinó amb palmeres i magnoliers, passejaria el seu anunci o clam seguint el perímetre de les muralles medievals enderrocades fa un segle i mig, de porta gòtica majestuosa de Quart a porta gòtica majestuosa dels Serrans, per la plaça de la Mare de Déu i al peu del Micalet on cauen els joves suïcides, caminaria per carrers i places com l'home-sandvitx de l'Ulysses de Joyce, recordà, que Leopold Bloom imaginava amb el nom de l'empresa de ferreteria Keyes o Keys, Claus, les claus perdudes de la ciutat, o bé com els membres amb uniforme i gorra de l'Exèrcit de Salvació que recullen les ànimes caigudes, com els predicadors espontanis de Times Square de Nova York amb cartells que proclamen allò mateix que ells mateixos amenacen a crits, Penediu-vos, Renuncieu al pecat, El dimoni és ja l'amo del món, s'acosta no el Bloomsday sinó el Doomsday, el dia de la ira i del judici, Timete Deum deia sant Vicent Ferrer, el gran sant de València, predicant per les places de les ciutats d'Europa davant de masses de fidels aterrits fascinats, Timete Deum perquè s'acosta l'hora del judici, ell almenys, fa sis segles, sí que sabia quin era el sentit de la història i quin n'era el final, que seria també el final de tot, el diluvi i l'incendi; o més modestament, imaginà, faria com els sindicalistes en vaga que caminen incessantment en cercle amb els cartells On Strike a l'esquena i al pit davant de la fàbrica, lentament i fent roda a la manera dels obrers de Detroit, fent rogle tal com feien també els pioners de l'oest quan atacaven els indis, però ell quins companys trobaria per afegir-se a la roda de protesta o defensa?, quins fidels espantats per la imminència del judici final formarien el rogle?, i amb quina simpatia improbable el contemplarien els seus conciutadans a més de dir-se entre ells Pobre home, deu ser un boig pacífic, Quina cosa curiosa, un boig així no l'havíem vist mai pel carrer. En tot cas així ja s'haurà demostrat que ho pot fer, que ha estat capaç de baixar al carrer amb la gent, entremig de la gent, i d'enfrontar-s'hi amb un missatge que no esperen ni entenen, d'actuar o exhibir-se, capaç d'aquell desafiament gratuït i pacífic, i després ja podria tornar a la vida que és per a ell l'única possible, a l'existència d'un ciutadà sense ciutat; serà una vida invisible, pensà, i si de cas, més endavant, per tal de completar amb algun gest inútil i al·legòric aquesta petita missió personal, quan arriben les pròximes eleccions generals o locals acudirà a votar assegut en la cadira de rodes, conduït o portat per Margot Margareta, sense Irene, perquè Irene no vota, ella és anarquista passiva a la seua manera, com l'avi Ramon però fora de temps, i assegura que només votaria si es tornara a la pràctica de l'ostracisme d'Atenes, si amb una petxina o trosset de terrissa poguera enviar a un exili de deu anys els polítics prepotents o funestos, o els rics massa rics que s'han fet perillosos: Irene, per tant, no acudirà a votar, i ell ho farà en qualitat de demòcrata invàlid.

* * *

El primer grup de putes seminues va aparéixer a l'eixida d'un revolt, eren tres dones rosses dretes al costat dels pilars de ciment d'un pont en construcció, i en aquell punt va estar segur que s'havia perdut, no sabia on era ni on anava, ni d'on havia sorgit l'aparició a la vora d'aquella carretera. Li convé practicar de nit, li havia aconsellat la monitora de l'escola Champion Driver, no tinga por de perdre's, i ell li havia fet cas i aplicava el consell: la primera vegada havia conduït la furgoneta Citroën Berlingo de color blau fosc per carrers i avingudes al voltant o no lluny de sa casa, i en efecte l'hora nocturna i el trànsit escàs per l'avinguda de França i per la nova Albereda li produïen una sensació de control reposat del vehicle, i l'enllumenat públic, que en les primeres pràctiques d'escolar aprenent li havia semblat tan potent i excessiu, llavors li encomanava una seguretat tranquil·la, i encara s'havia sentit més segur en la segona eixida solitària, en la segona nit il·luminada, quan seguia el mateix itinerari que repetidament havia fet amb la monitora, conduint per aquella Ronda Sud que passava tan prop del cementeri, i l'existència de la qual ignorava fins poques setmanes abans, potser hi havia més rondes o autopistes urbanes que ell tampoc coneixia, però ja aniria descobrint més endavant altres parts d'aquella nova València ignorada i extensa que envoltava l'antiga, ja faria més pràctiques a mitjanit per aquelles avingudes i places ben lluny del centre de la ciutat i amb tanta llum que semblava migdia però ja gairebé sense trànsit. I aquesta nit era la tercera vegada, havia passat a l'altra banda del riu pel costat del Palau de les Arts, aquell casc de guerrer grec o enorme closca de coleòpter, blanc en la nit com un tros o hemisferi d'una lluna impossible de ciment, però uns minuts més tard ja havia perdut l'orientació circulant per rotondes i places que no havia vist mai, per avingudes amples que no sabia a quins llocs exteriors o remots el portaven; llavors volgué buscar un itinerari de tornada i en algun moment s'havia trobat del tot desorientat, girà a dreta i a esquerra per carrers desconeguts i tot d'una s'havia trobat fora dels espais de la llum, sense edificis als costats, i circulant per una carretera que degué ser un vell camí de l'horta ara asfaltat i eixamplat però fent encara els mateixos revolts del temps que no hi passaven cotxes sinó cavalls i carros. Havia hagut de continuar conduint entre marges on creixien herbes altes i canyes, entre alqueries o ruïnes d'alqueria, entre parets i tanques, i després entre camps amb la terra llaurada negra sota la claror escassa de la lluna o que reflectien el verd tendre de les hortalisses a la llum blanca dels seus fars o d'escassos fanals de llum groga a les vores de camins invisibles: tan veloçment, sense avisar i sense saber com, s'acabava la ciutat d'avingudes il·luminades amb clarors diürnes i començava un territori d'ombres d'incertesa nocturna on tenia por de continuar penetrant però del qual no sabia per on podria escapar o de quina manera, Si continua endavant sempre es troba una eixida, li havia dit la professora dels conductors campions, i en tot cas allí no era possible fer ja cap altra cosa, només continuar endavant i esperar una llum al final de la fosca. La carretera era massa estreta per a poder maniobrar i tornar endarrere i a més ell no sabria com fer-ho sense risc, s'hauria quedat bloquejat de través o amb dos rodes del vehicle estacades fora del paviment, una situació com aquella no l'havien prevista a l'escola ni es practicava quan preparaven l'examen per traure el carnet, i quan els fars del seu cotxe il·luminaren els pilars grisos del pont a mig fer i les tres dones rosses de cuixes llarguíssimes, tocà el pedal del fre per reduir la marxa i s'hi acostava esperant que aquella visió noctura fóra irreal, que l'aparició es dissolguera en aquell camí desolat i rural, pensant també que no sabia quin camí era aquell, i que del no-res no podien haver sorgit aquelles tres figures a penes mig vestides que movien els cossos amb gestos impúdics i li feien senyals. S'hi aproximava molt a poc a poc, més per prudència o por que per a poder mirar-les, i la primera de les tres dones esveltes portava botes blanques amb soles molt grosses com de sabata ortopèdica de coix, pantalonets arrapats tan petits que deixaven a la vista una part de les galtes del cul, i una caçadora molt curta peluda, la segona portava sandàlies de taló prim altíssim amb corretges trenades fins a prop del genoll, un suèter blanc curt i estret que deixava part del ventre a la vista i una faldeta negra tan breu que baixava a penes un pam des del melic descobert i sobre el pubis, la tercera es cobria amb un anorac roig fins a mitja cuixa però el tenia tot obert amb les mans per mostrar que a sota portava únicament unes braguetes negres mínimes, res més. I ell què havia de fer davant d'aquells tres cossos alts i joves que sorgien així davall d'un pont inacabat sobre un talús de terra a banda i banda, un pont a mig fer que els devia servir d'aixopluc o recer en la nit, acostant-se a tres cossos que exhibien els seus atributs contundents i que eren ja a tan pocs metres que podia percebre l'alta perfecció d'unes cuixes més dignes de ser admirades als millors escenaris de París o de Nova York que no en aquella carretera perduda i tristíssima només a la llum d'un fanal groc o dels cotxes que passen amb homes que tornen a casa després de la faena o qui sap si algun d'ells buscant justament aquests membres i ventres i pits d'unes dones tan joves, cossos tan bells i tanmateix amb tota certesa d'un ús o lloguer tan barat: què havia de fer, aturar-se i parlar una mica amb les dones, saludar-les i dir-los Bona nit senyoretes espere que tot vaja bé, que no tinguen fred i que no prenguen mal amb aquesta humitat de novembre, i si guanyen diners suficients amb tanta alegria fingida però amb tant de dolor, que puguen tornar prompte a casa, amb la família, o bé passar de llarg fent com que no les havia vistes o que no li interessava ni tan sols contemplar un instant aquelles cames perfectes ni aquelles cares blanques fantasmals i poderosament carnals que s'inclinaven ja dins de la llum dels seus fars emmarcades per cabelleres rosses abundants ondulants, aquells ulls maquillats que ara el miraven de front de molt prop tot simulant una excitació espontània i festiva que era segur que no podien sentir i aquells llavis pintats que somreien o que formaven ganyotes grotesques mentre treien la llengua i amb les mans i amb el cos feien gestos obscens. Les tres joves de pell clara i de cuixes tan llargues s'agitaven ja no a la vora de la carretera sinó sobre l'asfalt com si hagueren esperat molt de temps l'arribada d'algú que les ha de salvar, el màgic benigne que pot rescatar d'aquest desert nocturn les tres bruixes luxurioses amb cos de princesa, endur-se-les d'aquest refugi desolat i precari on han buscat recer, alliberar-les de l'encanteri que les ha transformades, i ell s'hauria deixat portar màgicament per aquesta fantasia fugaç de salvador de donzelles perdudes però en aquell instant mateix ja estava a punt d'atropellar un dels tres cossos que havia avançat cap al mig de l'asfalt, i hagué de girar el volant a l'esquerra a fi d'evitar la dona de l'anorac obert que gairebé s'havia llançat damunt del cotxe, i llavors un altre cotxe que arribava de cara l'enlluernà un instant i ell tot just va poder recuperar el control del vehicle i evitar la col·lisió que semblava imminent: li bategà amb violència el cor alarmat, el gos que anava al seient de darrere va fer dos lladrucs secs i aguts, com un avís o només per recordar-li la seua presència, i la petita màgia havia durat a penes pocs segons, s'havia tancat, i deixava oberta la por i la incertesa.

El segon grup de fantasmes de carn femenina exhibint-se amb moviments com de dansa lasciva oriental va aparéixer a penes dos o tres minuts després, quan encara rodava a una marxa poc més que de pas de persona, ben arrambat a la dreta i sense alçar la vista dels pocs metres de carretera negra que anaven obrint-se a la llum dels seus fars, encara una mica atordit, gairebé tremolant: s'havia escapat pels pèls de tindre un accident amb xoc frontal on ell hauria estat l'únic culpable, n'hauria resultat malferit amb el pit enfonsat contra el volant i la cara projectada contra el vidre trencat, tot per mirar on no devia com el matí de la seua última classe, i en l'atestat de la policia quedaria clarament exposat que el responsable era el conductor del vehicle Citroën que s'havia quasi aturat a l'esquerra, sense dubte amb intenció d'acceptar l'oferiment d'una prostituta ambulant i nocturna, la senyoreta Tal i Tal, Tània Ivànovna, de nacionalitat ucraïnesa o russa o búlgara, que segons testimoni de les seues companyes presents, de la mateixa nacionalitat, s'havia acostat a la furgoneta amb la certesa d'haver d'atendre un client, i així havia de constar igualment en la sentència del judici públic entre els assistents al qual hi havia Irene en la cadira de rodes i Margot al costat que escoltaven la lectura de l'acta, i ell encara portava la cara embenada i un braç enguixat, què podia respondre-li al jutge, Senyoria jo estava perdut. No tingué temps de completar l'escena perquè en un altre revolt del camí havia sorgit la segona aparició de cossos només mig vestits, però ara no tres dones rosses sota un pont sinó mitja dotzena de colors diferents que ocupaven l'entrador o replaça davant d'una alqueria abandonada; era un refugi millor que un pont en obres, va pensar, potser havien espanyat una porta i a les habitacions sense llum hi havia màrfegues per terra o matalafs vells i bruts on practicaven aquella forma pobra i sòrdida del sexe trist d'ofici, també hi devien haver trobat les cadires de cul baix de boga on tres de les dones seien xarrant com qui seu a la fresca a la porta de casa, tal com no molts anys abans devien seure encara les dones de l'alqueria mig enrunada, almenys no totes haurien d'esperar sempre dretes, pensà, uns cossos tan esplèndids, tan joves, fent guàrdia nocturna davant d'una ruïna a la vora d'un camí enmig dels camps, i just quan ell hi arribava un cotxe que venia de cara va girar bruscament i entrà en la replaça, es va aturar, i a l'instant la meitat de les dones del grup, les que seien, s'hi acostaren corrent insegures sobre talons alts finíssims per la terra i la grava. Les altres no es van moure del lloc a la vora de la carretera, dretes sota la llum groga d'un fanal solitari, i ell va passar per davant tal com venia, conduint molt a poc a poc, mirant només de reüll els tres cossos que igual com els d'uns minuts abans s'exhibien amb gestos igualment obscens llepant-se els llavis amb les boques obertes sacsejantse amb les mans les mamelles i fent moviments violents amb les anques i el ventre, dos eren de pell negra africana i portaven els cabells amb trenetes molt fines algunes tenyides de groc i amb boletes de vidre als extrems, les dos amb shorts elàstics blancs marcant tots els relleus del pubis, la tercera morena canyella molt bella amb cabells clars abundants arrissats portava una culotte adherida a la pell com solen portar els ciclistes i refregava una mà entre les cuixes; va ser una visió de pocs segons, i mentre les tres dones s'agitaven amb la dansa incitant i deien paraules que ell dins del cotxe amb els vidres tancats no entenia, el seu gos, que anava a la part de darrere, i que fins aquell moment quasibé no s'havia mogut i ell uns minuts abans ja pensava que anava adormit, tornà a fer uns lladrucs, però ara llargs com un gemec, saltà al seient de davant, al seu costat, i continuà udolant suaument de cara al vidre de la finestra dreta. Hauria de trobar algun lloc on poder aturar-se uns minuts, va pensar, tancar els ulls i intentar aclarir si aquelles visions eren reals o irreals, si aquell itinerari que recorria formava part encara dels límits de la seua ciutat o travessava un món exterior embruixat en el qual havia penetrat sense imaginar ni tan sols que existia, a quins espais desconeguts pertanyia aquell camí ple de cossos de dones dansant convidant-lo a plaers ignorats en la fosca, i si aquelles aparicions eren reals i carnals a quins actes o pràctiques es podien lliurar o sotmetre amb els homes que aturaven el cotxe, potser entraven amb ells i els conduïen a racons amagats per camins sense llum entre els camps i allà dins mateix del vehicle es feia tot a les fosques en postures forçades incòmodes i sempre tement l'arribada d'algú que els sorprenguera, assaltant o voyeur, potser els duien a cases abandonades sense mobles buides com aquella alqueria ja mig en ruïna, potser s'abraçaven per terra entre herbes altes i canyes o bé ho feien tot amagats dins de séquies sense aigua, la seua fantasia en aquest camp era molt limitada, a pesar dels anuncis explícits als diaris en les pàgines on els serveis dits personals o eròtics s'ofereixen i expressen amb imatges més directes i obscenes encara que les d'aquelles putes modestes de carretera, anuncis de paradisos del plaer amb suites que anomenen temàtiques, grega, romana, versallesca, oriental, això recordava haver vist i llegit a les pàgines de publicitat, balnearis urbans amb cossos nus que esperen per a complaure el client dins de banys d'aigua tèbia, textos breus que descriuen amb detall minuciós quines pràctiques s'ofereixen i a quins preus, grec profund dúplex lèsbic vibradors francés a dos boques massatge amb final feliç, per què en aquest país, es preguntà, fins els diaris que es consideren seriosos inclouen de manera tan normal pàgines senceres d'aquesta variant gràfica explícita de la pornografia, per què ací sí i no en diaris com Die Welt, The Times, The Washington Post, Le Monde o La Repubblica que ell solia fullejar o llegir quan viatjava, i en qualsevol cas si ell coneixia l'oferta infinita de la prostitució anunciada en la premsa local cada dia, si podia imaginar habitacions d'hotel, pisos, instal·lacions de luxe que són successores dels bordells o prostíbuls que mai no han faltat en la història moderna o antiga, enlloc no havia vist ni llegit cap anunci sobre aquestes dones que esperen a la vora d'un camí o carretera entre séquies i canyes, perquè en cas de voler anunciar-se què haurien hagut d'explicar, amb quines paraules atraure els clients?, tres russes rosses us esperen de nit a la vora del pont passat el tercer revolt del Camí Desolat de les Cases Perdudes, quatre mulates del Carib us complauran dins d'una ruïna rural, cinc negretes selectes us donaran plaers salvatges damunt de la terra llaurada: quants cossos joves com els que ell acabava de veure, d'eslaves d'africanes asiàtiques o sudamericanes, potser també cossos nascuts al país, dones autòctones, hi havia ara mateix drets o asseguts caminant o dansant o fent senyes als cotxes de possibles clients, en quantes carreteres com aquella sota els ponts o davant de cases de magatzems de fàbriques de tanques de parets o pels marges i al peu dels fanals, i quants n'hauria de trobar si seguia, per força, aquell camí que no sabia on el portava, quin fred deuen passar amb tanta pell blanca o negra de cuixes i de ventres a l'aire humit d'una nit de novembre ja quasi d'hivern. Continuava conduint lentament i arrambat a la dreta, deixant espai als escassos vehicles que l'avançaven o que venien de cara, mirant si els llums que veia en la distància li servien almenys per a comprendre en quina direcció anava el camí, probablement cap a llevant, però quants revolts havia de fer encara, quants cossos mig despullats haurien d'il·luminar els fanals dispersos de la carretera o els fars de la seua furgoneta, justament la primera vegada que havia eixit dels carrers coneguts: No tinga por de perdre's, li havia dit la professora, no havia tingut por i s'havia perdut. Trobà més dones d'una en una, de dos en dos o en grups, sempre amb una indumentària semblant, sempre joves i esveltes, tan diferents de les úniques putes que ell recordava haver vist, les poques i pobres d'un matí de diumenge de l'hivern anterior i sobretot les putes antigues del barri de Velluters cada vesprada quan ell tornava del col·legi pel carrer del Torn de l'Hospital i tots els bars eren il·luminats i oberts i les dones fumaven dretes a la porta o seien també en cadires de cul baix, però aquelles eren dones robustes massisses gastades, dones dels pobles i les terres d'Espanya, no quasi adolescents d'aspecte tan fresc com aquestes dels quatre continents i de les quatre races que s'agitaven en danses nocturnes, un espectacle que devia ser tan habitual per als qui ja el coneixen, va suposar, tan banal per a tanta gent que sap que això és com és i que això forma part de la vida, tan natural, però que a ell li provocava els efectes d'un malson i que en aquell moment hauria preferit que fóra únicament un somni, en efecte, un somni horrible o eròtic com tants, un somni com els que tenia tan sovint on es trobava perdut o en espais sense eixida possible, un somni estrany i absurd com ho són tots, però aquell era un viatge real, no somniat, conduïa realment un vehicle amb les mans una mica suades, les aparicions no eren obra de màgia sinó dones reals i de carn, ell no sabia on era però estava despert, i es va adonar que, quasi inconscientment, havia aturat el cotxe fora de la carretera asfaltada, en l'entrador d'un camí estret de terra, dins del cercle de llum d'un fanal, només una bombeta amb pantalla.

Apagà els fars, abaixà el vidre de la finestreta per tal de sentir l'aire fresc, i de fora no arribava cap veu ni soroll, tot era negre al voltant del petit redolí de llum groga, i tornà a tindre una mica de por, segurament hi havia més dones esperant-lo pocs metres més avant, i homes ocults que les vigilaven i algun d'ells podria sorgir de l'ombra, algú potser com el germà de Margot que ella estava segura que tractava amb delinqüents, no sabia si dedicats a introduir immigrants il·legals, al tràfic de dones o a enviar al seu país cotxes robats, pobra Margot tan dolça fugitiva innocent, angoixada, Tinc por, afirmava, ell no és bona persona però és el meu germà, vol obligar-me a fer coses que jo no vull fer, podia sorgir un d'aquests homes que amb tota certesa controlen i exploten les dones i assaltar-lo amb pistola o navalla o fins i tot endur-se el cotxe nou, tan pocs dies que feia que el tenia, i després la policia o Irene mateixa irritada i perplexa li dirien potser que la culpa era d'ell per haver-se ficat en un camí desconegut i fosc, ell que mai no havia buscat aventures, que ni tan sols havia anat mai al llit amb una prostituta, ni abans de conéixer Irene, ni per curiositat, ni com tants companys seus d'estudis, com tants col·legues lluny de casa als hotels dels congressos, ni havia entrat mai a una sex-shop ni havia vist cap espectacle eròtic com sembla que és tan habitual, ni un strip-tease, tan sols una vegada una visita al Crazy Horse de París en companyia d'Irene, com qui va a un lloc obligat per a turistes amb xampany igualment obligat i caríssim asseguts a una tauleta envoltats de japonesos extàtics, i una vegada a Nova York les chorus girls del Radio City Music Hall, això era tot i per tant no era res, cames perfectes com les que ha vist aquesta nit, però cames dansant compassades en un escenari de luxe, i tampoc havia entrat mai a un cine porno, i una nit a Amsterdam que amb un col·lega espanyol i curiós passejava pel barri famós de llum roja una dona morena que s'exhibia dins de l'aparador il·luminat li va fer senyes i s'apartà una mica les braguetes negres per a mostrar-li el pubis afaitat com a penyora d'allò que podia oferir-li si trucava a la porta i entrava. I llavors va recordar que era dissabte, dissabte i al voltant de mitjanit, l'hora que les bruixes volen nues per l'aire sense llum i es reuneixen per a fer jocs impúdics i danses obscenes, allí però, a les vores d'un camí desolat, en aquella perifèria oblidada, ignorada, que semblava tan lluny de la ciutat, tan remota com una muntanya encantada o com un bosc de fades i de llops, no hi havia bruixes velles malèvoles oferint-se al dimoni cabró sinó innocents prostitutes joveníssimes oferint a clients insensibles grossers els seus cossos esplèndids de totes les races, com les dos dones que van sorgir de sobte de la frontera negra de la nit, que van brotar de terra o que saltaren fora de la fosca al rodal de llum groga, i aparegueren una a cada costat del vehicle aturat sota el fanal, una blanca pèl-roja acostant ja la cara pintada i els pits descoberts a la seua finestra amb el vidre abaixat, una negra inclinada fent toc toc amb els nusos dels dits sobre el vidre tancat de la dreta, i abans que ell fóra capaç de saber si es tractava d'una invitació o d'un assalt, abans de poder engegar el motor i fugir, es van obrir les dos portes del cotxe.

Què hauria fet ell sense el gos, va imaginar després quan circulava ja per un lloc identificable, prop de les vies del tren, al costat de l'estació de mercaderies il·luminada amb fanals abundants, què hauria fet quan aquelles dos dones mig nues volien fer-lo eixir de la furgoneta o potser entrar-hi elles una per cada costat suposant sense dubte que si estava aturat en aquell lloc i hora era perquè buscava els seus serveis, com hauria pogut defensar-se'n sense cap violència ni escàndol ni crits, dir-los que ell no buscava res sinó que simplement s'havia perdut per aquella carretera ignorada en la fosca, que no sabia com havia arribat fins allí ni trobar el camí cap a casa, i que únicament pretenia fer una mica de pràctica de conducció sense risc i nocturna, ell era un conductor novell sense experiència, un aprenent, no havien vist la lletra L de Learner al vidre de darrere?, se n'haurien rigut, i com l'havien de creure fins i tot si ell els haguera dit educadament Senyoretes jo no sóc un com el que vostés pensen, no sóc el que pareix, ni aquests cabells que porte són cabells meus, són un postís, no s'enganyen i miren, sóc només un vell calb: com els hauria pogut explicar que ell era un professor d'història retirat de la docència voluntàriament, que feia temps que només pretenia comprendre una mica del que ha passat pel món si és que això es pot comprendre, i mentrestant cuidar la seua dona estimada i malalta, per la qual en realitat, no per ell mateix, havia comprat aquella furgoneta nova, com havia de fer-los entendre que no buscava plaers pagats passant a mitjanit per aquella carretera on ell no sabia que tants cossos de dona esperaven per oferir-se als molts mascles capaços d'aquella abjecció, amb quines paraules hauria pogut expressar que malgrat tot elles li mereixien un respecte profund, que en altres condicions fins a un home com ell d'hàbits tan moderats i de vida tan contemplativa li haurien pogut despertar el desig però que allí només li provocaven un sentiment de compassió barrejat amb les ganes de fugir i desfer-se'n, quines explicacions els hauria pogut donar si des de l'instant mateix que van obrir les portes i van introduir els caps i els pits era evident que no entenien més enllà de les poques paraules que elles mateixes pronunciaven amb doble accent estrany, tants euros fer això tants euros allò, tants euros una sola tants euros la parella. Ara, en tot cas, havia eixit per fi de la foscor, sabia ja on es trobava, ja havia passat tot, havia arribat al costat d'una gran esplanada plena de cotxes aparcats, i sota la llum de rengles de fanals, prop de l'entrada de l'aparcament, hi havia dos grupets més de dones però ja no representaven cap perill, suposà que aquelles naus il·luminades entre les quals circulaven camions i furgonetes en aquelles hores, passada ja la mitjanit, devien ser el gran mercat nocturn a l'engròs, dit Mercavalència, i que els vehicles que hi arribaven venien a descarregar fruita i verdures i carn dels escorxadors i peix del port, l'aliment quotidià de la ciutat que poques hores després uns altres vehicles s'endurien als mercats urbans, a les peixateries fruiteries i carnisseries, des del balcó del seu pis alguna nit havia observat els llums i els fars en la distància i per tant aquell era ja un lloc des d'on podia orientar-se. Girà a l'esquerra, trobà un camí amb el rètol Camí dels Anouers, un rètol verd en un pal, passà sobre les vies del ferrocarril, després el camí canviava de nom i es deia Camí Caminot, i havent passat sota el pont d'una autopista trobà per fi el Camí de les Moreres, on ell de menut, en primavera, havia collit fulles per als cucs de seda, va seguir per la vora del tros que queda del riu antic, un canal mort i breu que allà davant s'acaba ja en la mar, antic però amb grues d'obres noves, passà l'entrada de l'oceanogràfic, i entre l'hemisfèric i el palau de les arts enfilà el pont cap a casa: si el gos no haguera lladrat de manera inexplicablement lúgubre i feroç quan les dos putes introduïen mig cos dins del cotxe i ja li agafaven els braços una per cada costat, si no els haguera fet front amb udols més de llop solitari en la nit que de petit fox-terrier domèstic, si el seu amic d'ulls fosforescents no s'haguera imposat a les bruixes, què hauria pogut fer ell atrapat dins del cotxe, com hauria pogut escapar del parany?

Ara ja sóc contemporani meu, que abans no ho era, pensà mentre esperava l'ascensor al segon soterrani del pàrquing, si no del tot almenys una meitat, una meitat de mi és ja un home com els altres, sap conduir, té cotxe nou, ha vist les putes noves, viu en un pis modern, i té a casa una dona immigrada. L'altra meitat acompanya Irene, i no sap què més pot fer.

11

L'horitzó, mirant cap a migjorn, no era un horitzó llunyà de mar, de terra plana o de muntanya, era una gran muralla feta de blocs de pisos, d'edificis tan iguals, tan compactes, que formaven una sola barrera estirant-se a la vista de llevant a ponent; era una paret de perfil dur i retallat en l'ombra contra la llum ja dèbil daurada del sol de les cinc de la tarda, i ell estava dret entre els camps bellament treballats i aspirava una olor penetrant i profunda de cebes tendres blanques i verdes acabades de collir barrejada amb olors més antigues i fondes encara de terra fresca remoguda estovada, de terra humida llaurada de poc, de sediments d'aigua de séquia, potser remotament d'herba tallada, olors de camp que despertaven algun racó oblidat de la infantesa, i la llum d'hivern, ja quasi horitzontal, feia més transparent l'aire encalmat, dibuixava cada bri d'herba i cada tija, formava ombres menudes allargades i fines, i omplia el paisatge immediat de conreus i alqueries d'una claror blanca i groga irreal i de quietud; se sentien a penes, somortes, les remors distants del trànsit per l'autopista i pels camins de l'horta, i en la llum quieta, en els perfums barrejats de la terra, era com si el temps fóra immòbil i aquell món petit que contemplava s'haguera detingut en un instant de màgia i de transfiguració. Es va ajupir, va agafar un terròs sec i compacte amb les dos mans, un bloc de terra de la grandària del cap d'un infant, se'l va acostar a la cara fins que quasi el tocava amb el nas i amb la boca, tancà els ulls, inspirà per sentir-ne l'olor, i després es va alçar, va eixir del camp llaurat, i presentà la gleva davant del cos d'Irene asseguda en la cadira de rodes, el mantingué a l'altura dels pits de la dona com qui presenta una ofrena a una deessa o a una marededéu al seu tron.

«Imagina que és un present d'aniversari», li va dir.

Aquell dia de primers de desembre feia quaranta anys que s'havien abraçat i besat per primera vegada, i l'havien celebrat sempre com si fóra l'aniversari del seu casament, mai no havien celebrat com a pròpia la data d'aquella cerimònia formal i modesta tres anys més tard a la capella de la Universitat, la data que comptava era el dia que van saber, com en una revelació que assegura els fonaments d'una fe, que haurien de viure necessàriament junts tota la vida, i ara que ella rebia en el front i en les galtes el sol encara tebi d'un final de tardor que era com una primavera d'hivern entre els camps coberts de llum suau i claríssima, la mateixa llum que li transfigurava la pell en pell il·luminada i li encenia els ulls amb els reflexos d'or del sol, ara que ella aspirava també l'olor de terra de la seua ofrena, ell va sentir una por retrospectiva, una íntima fonda petita tremolor de l'ànima, recordant fugaçment les vegades que aquella fe s'havia pogut trencar, que aquell destí es podia haver frustrat per culpa seua, perquè havia rebut un gran do, més gran que cap coneixement i cap ciència, i durant molts anys no n'havia estat digne, i si l'haguera perdut ell s'hauria quedat sol al món, mort vivent en un sepulcre de llibres, un cos sense esperit, professor de cor sec, i això mateix, autòmat o fantasma, podrà arribar a ser quan el cos d'ella no puga ja aturar la malaltia, no puga resistir, desaparega, però no era el moment de deixar-se envair por aquest pànic, no era just fer malbé aquell instant.

«Com que no sé si ar...ribarem a celebrar els nostres cin...quanta anys», va dir aleshores Irene, somrient, «com que supose que m'hauré mort abans, avui que celebrem els quaranta seran les nos...stres bodes d'or.»

«Estiguérem a punt de no fer les de plata...»

«Per culpa teua, im...bècil: què hauries fet en la vida, sen...se mi? I ara ajuda'm, que vull seure en ter...ra.»

«Vegetar, o florir-me, o pansir-me», va dir ell, «això és el que hauria fet.»

I mentre amb la mà esquerra sostenia el gassó, tebi encara pel sol del dia sencer, amb la dreta agafà un braç d'Irene per baix de l'aixella i estirà a poc a poc fins que la dona s'incorporà del tot davant de la cadira; després, sostenint-la amb la mateixa mà, la deixà caure lentament en terra, damunt d'un rodal d'herba tendra. Llavors va seure ell també, al seu costat, i li tornà a presentar el pa de terra amb les dos mans obertes: era una terra molt fosca, molt fina, sense arrels incrustades ni pedretes ni brosses ni restes de brutícia, una terra afinada per segles de ser remoguda i llaurada, entaulada, cavada, aplanada i tornada a cavar i a llaurar, i així centenars i milers de vegades, pensà, així més de mil anys, o de dos mil, des dels primers veterans de les legions romanes que la van treballar amb l'arada, una terra tan gastada i tan fina que ara, si n'agafava un pessic i el refregava suaument, la gleva es desfeia entre els dits i es convertia en una pols arenosa amb el tacte gairebé de farina, quantes generacions d'homes i dones han extret l'aliment d'aquest gassó de terra, va pensar, un grapat de cereal, una col o una ceba, quants peus de llaurador l'han trepitjat i quantes ferradures de cavalleria, quants milers de vegades l'ha regat l'aigua del Túria. Havien arribat a aquell lloc per una carretera serpentejant estreta, sense dubte un antic camí de carro com el de la nit de les bruixes, però conduint de dia i dins de la llum clara i viva de la vesprada pareixia un camí conegut, familiar, abans havien travessat el poble d'Alboraia, i pel camí s'havien creuat amb cotxes, camionets i tractors que circulaven per un paisatge d'alqueries i pobles i camps llaurats de poc o plantats d'hortalisses, fins que ell va trobar un petit entrador on va deixar la furgoneta, baixà la cadira de rodes, ajudà Irene a baixar del cotxe i a seure en la cadira, i la va empentar per un camí de terra fins que s'acabava en la replaça d'una alqueria petita abandonada, una construcció molt pobra, amb la porta i les finestres tancades, les parets despintades de color de fang brut o de terra, i un porxe amb pilars de rajola on s'enroscava una parra ja seca, sense fulles, només tronc i sarments: en temps encara pròxims degué ser la casa d'un jornaler sense terra, sense corral i sense estable per al cavall que tampoc no tenia, va imaginar, era poc més que una cabana quadrada, a dins a penes hi devia haver lloc per una cuina de paviment de terra i una cambra sola on dormia la família sencera, a recer sota el porxe devien tindre una gàbia amb conills, mitja dotzena de gallines, un gall, i una cabra lligada; quantes hores passaven l'home i la dona mirant-se tristament a la porta de casa i les criatures en aquell porxe mínim esperant el sopar i jugant sense cap alegria; si obria la porta d'un colp de peu, no seria difícil perquè la fusta semblava molt prima, a dins trobaria potser una tauleta baixa i cadires de boga amb el cul rebentat, cassoles trencades, setrills de llanda renegrida, fragments de plats, una màrfega en terra, un somier rovellat, un calendari de quaranta anys abans en la paret, i tot cobert de pols del temps, tot cobert de tristesa. Irene li va demanar el gassó, s'estirà tota llarga damunt l'herba, tancà els ulls, i va anar desfent a poc a poc el pa de terra fina sobre el seu pit, el ventre, els muscles i les cuixes, fins on arribava la falda: l'últim trosset, a penes un pessic entre l'índex i el polze, se'l va dipositar damunt del front, talment la cendra del Dimecres de Cendra quan el capellà diu Memento quia pulvis es et in pulverem reverteris, i en acabant es va quedar un moment llarg immòbil, amb un somriure levíssim als llavis, un somriure d'enigma o de pau.

«Per què t'has cobert tota de terra?», va dir ell quan la dona obrí els ulls i el mirà. No hauria d'haver dit res, pensà en el mateix moment que ho deia: ho preguntava sabent ja foscament quin seria el sentit de la resposta.

«Com Antígona», va dir ella. «He fet com An...tígona amb el germà.»

«No sé què representa..., no recorde l'escena», va mentir ell perquè volia sentir com ho explicava.

«No m'enganyes, Manuel, que ets molt ig...norant però encara con...serves una miqueta de cultura general, i estic segura que sí que ho re...cordes.»

Avui tenia un bon dia, pensà ell, parlava sense embarbussar-se, només tallant algunes paraules i arrossegant de tant en tant alguna síl·laba. I parlant lentament li recordà la història del rei de Tebes que va prohibir que enterraren el cos de Polinices germà d'Antígona, però Antígona hi va anar d'amagat i el va cobrir amb un grapat de pols, i així el seu germà mort ja quedava ritualment sota terra i podia entrar en pau a l'altre món: ja pertanyia a l'Hades, al regne subterrani de les ombres, i no hauria de vagar com un fantasma entre els vius.

«Com jo mateixa, que ara estic sota la ter...ra i ja no sóc d'aquest món, sinó de l'al...tre. El temps que em quede ací dalt serà un regal af...fegit, i jo seré només una pre...sència al teu costat, una aparença...» Tancà els ulls i amb dos dits es va escampar pel front el pessiguet de pols, i la llum horitzontal enduria el volum del seu cos; ell la mirà imaginant que era una estàtua jacent que acabava de sorgir de la terra, i ella va obrir els ulls, li preguntà:

«Què t'ha sem...blat la idea?»

«No és una idea, és una fantasia fúnebre; i si vol ser una broma, no m'agrada tampoc. No tornes a pensar que ets una ombra: tens un cos que està viu, i hem de celebrar molts aniversaris encara. Estàs més viva que jo, i no digues més bestieses, per favor. Deixa'm que t'espolse eixa terra.»

«Has perdut el senn...tit de l'humor. I no em toques encara», va dir ella amb veu fosca, sense alterar la cara, gairebé sense moure els llavis, amb els ulls tancats. «Si no fóra per no deixar-te sol, ja me n'hauria anat fa tem...mps a l'altre món, i això no és cap fan...tasia, no és cap metàfora. M'hauria tallat les venes en una ban...nyera plena d'aigua calenta, com un noble romà con...demnat a morir, una banyera amb aigua perf...fumada, en aquesta cambra de bany nostra tan bonica i moderna. En uns minuts m'hauria buidat de vida, dol...çament, pen...sant en tu i en el nostre fill: en algun lloc ens espera, i allí t'hauríem ess...perat a tu. Allà baix, o allà dalt, no m'hauràs de portar en cadira de rodes.»

«Prou, per favor. Ara ja no són fantasies, ara desvarieges.»

«Sempre he tingut més imm...aginació que tu, però no desvariege. Simplement és que no m'agrada, Manuel, no m'ag...grada aquest temps afegit que vivim. I menys encara mirar-me'l des la ter...rassa d'un quinzé pis, o des d'una cadira d'invàlida quan em traus de pas...seig. Però no et preocupes, amor, que t'acom...mpanyaré encara una miqueta més. No sé a quin lloc, però t'acom...mpanyaré. Quant de temps fa que no et deia am...mor?»

Quant de temps feia que no li ho deia ell? Allà on ella l'acompanyara, en un quinzé pis d'una finca moderna, passejant per carrers sense gent, davant d'una alqueria petita entre els camps tocant la terra sense ascensor ni escales, en els pocs o molts anys que tots dos es farien encara companyia, la presència del fill també els hauria d'acompanyar en silenci, ja que ell va ser tan covard que cremà aquella carta de comiat sense llegir-la, sense tindre el valor d'afrontar una culpa que hauria hagut d'acceptar i expiar, només li quedava, pensà, la imatge del seu vol final d'àngel sense ales, del vol d'Ícar amb ales quan volia escapar d'un laberint sense eixida i es va allunyar del pare atret pel sol, la fugida fatal d'Euforió engendrat per Helena i Aquil·les ja morts, nascut amb ales de dos esperits que vivien a l'illa dels Benaventurats, recordà els mites grecs que una vegada, només una vegada, li havia explicat Irene en memòria del fill, i que ell creia que havia oblidat però ara tornaven ben vius, per què Zeus senyor omnipotent s'enamorà d'aquell jove i en sentir-se rebutjat el va fulminar amb el llamp, per què el Déu de la Bíblia demanà el sacrifici d'Isaac, i Abraham acceptà immolar ell mateix el seu fill, per què adolescents xinesos amb un llibre roig en la mà torturaven els seus professors, els mataven a colps de bastó, i d'això en deien revolució cultural, ara era ell qui desvariejava? La va ajudar a alçar-se i quan ja estigué dreta, recolzada contra un pilar del porxe on s'enroscava el tronc prim i sec de la parra, li va espolsar la terra de la roba. Després l'ajudà a seure en la cadira, i es van quedar tots dos mirant la llum del sol ponent i els camps. Amb la brisa lleugera de mar s'escampava una olor de terra fresca acabada de llaurar, barrejada amb l'olor persistent de cebes tendres al sol de la tarda, i davant dels ulls tenien fileres paral·leles perfectes de cebes grosses blanques, camps de cols que cobrien la terra amb fulles amples de verd fosc obertes o de color blau gris, camps de lletugues d'un verd molt tendre, camps de cards esplendorosos de color verd blavós amb les penques obertes com palmes o com fulles d'acant de capitells, cavallons rectilinis perfectes de cebeta acabada de plantar, tiges fràgils i pàl·lides, més enllà un home amb botes de goma regava un camp vigilant l'aigua que entrava per la boquera i s'escampava inundant mansament la terra, l'home es va llevar el barret de palla, es va inclinar, recolzat en el mànec de l'aixada, i podia ser, va pensar ell, la pau de l'hora vespertina de l'àngelus, però quin llaurador resa ja l'àngelus. Hi havia camps de terra mullada molt fosca, de terra eixuta més clara, pentinada, de terra molt fina entaulada aplanada com una superfície de fusta polida i lluent, hi havia vores herboses i rectes separant les parcel·les de límits exactes quadrades o rectangulars, hi havia focs extensos de flama curta que cremaven l'herba ja seca i molla de la planta de xufa com si fora una palla de rostolls, i davant d'una alqueria emblanquinada, entre testos de flors, va distingir una dona i un home que semblaven molt vells, asseguts en cadires baixetes de cara al sol ponent, i els va assenyalar amb el dit.

«Això m'ag...gradaria», digué Irene parlant amb la veu fatigada. «Reposar com aquells dos vellets, pa...reixen més vellets que nos...saltres. Acabar la vida com ells, en una casa de veritat i antiga, no en un pis mo...dern en una finca nova: en terra i en...nmig de la terra, no allà dalt d'una tor...re.»

«Potser ens vam equivocar amb el canvi. Però sempre som a temps de desfer l'error: o no, Irene? Encara podríem vindre a viure en una alqueria...» I ell podria cultivar un hortet, plantar verdures. Podria...

«Em sem...bla que ja no, Manuel. S'acaba el temps. Alm...menys el temps apro...fitable. Saps qui eren Filemó i Baucis?»

«No ho recorde, no sé, supose que algun mite...» Aquesta vegada era cert, no coneixia aquells noms.

«Eren una parella de llauradors pobrets en temm...ps que Zeus vagava per la ter...ra, un vellet i una velleta vivint en una caseta... Ja t'ho con...taré un altre dia.»

«Conta-m'ho ara, per favor, no hi haurà una ocasió millor que aquesta.»

«Bé, això eren Zeus i Her...mes», va començar amb el to de qui li explica un conte a una criatura, i va contar la història dels dos déus que viatjaven per les terres de Frígia disfressats de mortals, i cap dels rics de la regió no els va voler acollir, només Baucis i Filemó els van fer lloc en la seua barraqueta, i la manera com llavors Zeus castigà els frigis amb una inundació general, on van morir tots els habitants del país, excepte els dos vellets bondadosos, i després el déu va convertir la cabana en un temple; i com que la parella li havia demanat un desig, que els deixara morir els dos alhora, Zeus els va convertir en dos arbres que, fins els nostres dies, fan ombra al costat del temple. «Què t'ha sem...blat, el conte?»

«I tu, quin desig demanaries?»

«No això que estàs pen...sant. Això demana-ho tu, si vols.»

Mirant atentament van veure tres o quatre gallines que picossejaven per terra al voltant de la parella d'ancians que seien immòbils, i llavors va aparéixer un gall, brillaren les plomes al sol amb reflexos d'esmalt roig i verd, i el gall va fer un vol curt, es va instal·lar en la rama més baixa d'una figuera amb les fulles d'un verd ja groguenc, i el seu cant llarg i estrident va omplir l'aire claríssim i els camps.

«Te'n recordes d'aquell gall de Zimbàbue?», va dir ell.

«Me'n recorde. Allà tam...bé m'hi hauria quedat a viure.»

Havien enfilat a mitjan matí la pista de terra que s'anava perdent i desfent a poc a poc segons pujaven seguint la vora del riu i entraven en terreny més aspre ja lluny de la carretera asfaltada; el missioner que havien anat a visitar, antic company de curs a la universitat que abandonà la història i es va fer capellà, amb camisa blanca de màniga curta i amb un barret de palla de llaurador valencià conduïa el vehicle tot terreny, i els passatgers, Irene i ell, s'ho miraven tot com una gran novetat: la pista de terra molt roja, el riu sec com un barranc mediterrani, l'herba que era ja només palla groga, els arbres verds i grisos i els arbres pelats i sense fulla, les acàcies punxoses, els baobabs solitaris solemnes, una vegetació desconeguda i eixuta: allà el mes d'agost és el final de l'hivern i, com cada any, els digué el missioner, feia sis mesos que no queia ni una gota de pluja, de novembre a febrer plourà tot el temps, i llavors el paisatge serà una selva espessa, els rius aniran plens d'aigua terrosa, els animals domèstics o salvatges menjaran herba fresca i la gent podrà plantar la dacsa i el mill que els alimenta tot l'any. Trobaven vaques disperses, de color canyella i de banyes molt llargues, algunes cabres rosegant els arbusts, gallines desorientades, i de tant en tant un babuí o alguna altra espècie de mona que els mirava passar impassible; trobaven cabanes redones fetes de fang i palla, que si no foren redones sinó rectangulars serien gairebé com les barraques ja perdudes de l'horta al voltant de València, tanques fetes de pals i rama seca, molts xiquets que corrien darrere cridant quan veien passar el vehicle, els saludaven i reien amb dents molt blanques en les caretes negres, trobaven homes amb aire de no tindre cap ocupació a la vista, i dones de moltes edats, totes atrafegades, les més joves amb una criatura a l'esquena embolicada amb una roba de colors: ell va pensar no sé si existeix una Àfrica més profunda que aquesta, o almenys aquesta és tan fonda i remota com qualsevol altra, i a pocs minuts d'allí hi havia un gran parc intacte on vivien quaranta mil elefants que aquells dies també devien passar molta gana, el mascle sol, recordà, el mascle solitari sempre irritat i trist que li havia fet tanta angúnia a la vora de l'estany ja mig sec, i Irene i ell amb el ranger o guia, els tres sols, caminant tot el dia per aquell parc sense jeeps ni camions de turistes, només arbres i herba, ramats de búfals que alçaven els caps, zebres, antílops, girafes calmoses, aquell era el món on sobraven els homes, el món abans dels homes, però d'allí vam eixir, recordà, els homines sapientes, i potser més valdria que no haguérem eixit de cap lloc, no hauríem destruït tanta bellesa, no hauríem arraconat aquest esplendor de la vida en un parc condemnat a la mort, la mort és ja la història contemporània de les bèsties esplèndides, la història és l'extinció. A migdia els esperaven a dinar en un poblat una mica distant, en diem poblat per no dir poble, comentà el missioner, perquè allà, com en tantes regions africanes, no hi ha hagut mai res que es parega a un poble com els nostres amb construccions de rajola o de pedra formant places i carrers, allà cada recinte, apartat dels altres i camuflat entre la vegetació, era un petit món en ell mateix, era una casa, una família, amb una cabana per als pares, o per al pare i l'esposa principal, amb una altra cabana per a l'altra esposa, si n'hi ha, una per als fills mascles, una per a les filles, una per a la cuina i el pobre rebost, una per a les gallines, una per a guardar el gra, i tot el conjunt rodejat d'una tanca irregular. La casa on els convidaven a dinar era d'un xicot jove, casat feia poc més d'un any, i per tant les cabanes del recinte eren poques i recents: també era poca i pobra la terra roja que treballava, molt escasses les gallines, no posseïa encara ni una vaca, i només tenia tres o quatre cabretes com a tot capital, devia ser tan pobre, pensà recordant, com el jornaler que viva en aquesta caseta tan pobra de l'horta; però els havia convidat a dinar perquè venien a conéixer el seu primer fill, que treia el caparró entre bolquers i llanes de color blau cel, i el pare n'estava visiblement orgullós: era un mascle; la mare era molt jove i molt bonica, somreia sense parar, i ella i el marit van dipositar suaument la criatura en terra, sobre el llindar de la cabana, i els van demanar que li feren una foto i que els l'enviaren després a la missió del Father missioner, abans havien saludat els parents i veïns que hi havien acudit per assistir a la visita, els nambya són molt saludadors, i en mitja hora van estrényer més mans que en tres o quatre setmanes a Europa. A la cabana principal, on van entrar a dinar, hi havia només una taula petita i quatre cadires que algun veí els havia deixat a fi que els visitants no hagueren de menjar asseguts a terra; perquè els amos no posseïen encara cap moble, absolutament cap: sense el préstec dels veïns, l'interior de la cabana, acabada de construir, hauria estat rigorosament nu: la parella amb el nen posseïa només dos o tres escudelles, una cassola i una estora per dormir, i això era tot; van menjar la pasta espessa de farina de mill, fent boles amb la mà i sucant-les en la salsa de la gallina que havien guisat en honor seu, es van rentar sumàriament els dits en una palangana de plàstic, i s'havia acabat el dinar; després conversaren una estona llarga amb familiars i coneguts, és a dir, hi conversà el missioner, que parlava amb tanta fluïdesa la llengua nambya com el valencià, no debades feia més de trenta anys que residia per aquelles parts, van visitar encara altres parents que vivien a prop, i era ja hora d'anar-se'n. Llavors, el pare jove, el xicot infinitament pobre que els havia convidat, s'acostà amb un gall entre els braços, davant del pit, agafat per les potes i va fer gestos de voler-li'l regalar: devia ser l'únic pollastre que tenia, ell no n'havia vist cap altre entre les poques gallines, era amb tota certesa una part important de tot el que posseïa en aquest món, i li l'oferia davant de la gent que els acomiadava: un gest del missioner evità el seu refús del regal i l'ofensa greu que l'hauria acompanyat, i ell va juntar les mans per agrair l'obsequi, les va estendre després i va rebre el gall de plomes lluents, verdes i roges, com el gall que acabava de cantar a l'alqueria dels vellets immòbils. Era com si ell, va pensar, després de convidar a dinar un foraster desconegut, li regalara el seu cotxe acabat d'estrenar, era una generositat que torbava l'esperit i commovia les entranyes: no ens entendríem mai, els nambya i nosaltres, i quina poqueta cosa els nostres regalets, que poca cosa som, miserables i avars fins i tot quan ens creiem generosos, al costat d'aquella gent, pensà, al costat del regal d'aquell gall.

«Irene, què vam fer després amb el pollastre que ens donà aquell xicot?»

«Ens el van ser...vir per a sopar, a la missió. No era un regal sim...bòlic, era un regal per a men...jar. Com les ofrenes que els grecs feien als déus, que després se'n men...javen la carn a la brasa. Com Jesucrist, que deien els dei...xebles que els va oferir el seu cos per a sopar, però no era ben bé la ma...teixa cosa. En tot cas, aquest tem...mps que tu en dius con...temporani ha oblidat ja aquelles formes d'ofrena, ja no les pot en...tendre. Crec que hauríem de tornar cap a casa, tinc una miqueta de f...fred.»

Portà Irene amb la cadira de rodes fins al costat dret de la furgoneta, va obrir la porta i l'ajudà a entrar alçant-la gairebé a pes de braços, plegà la cadira i la guardà per la part de darrere del vehicle. Abans d'entrar-hi ell també li va dir a la dona que esperara un moment, que havia d'anar a fer un pipí, però no el va voler fer allà mateix, en aquell lloc que ella havia consagrat amb el seu ritual, ni enmig dels camps on quedava a la vista dels dos vellets, de l'home que regava o de qualsevol que passara pel camí, i va seguir la carretera estreta per on havien arribat, va caminar dos o tres minuts sense trobar un racó adequat per a ocultar-se, fins que la carretera s'elevava formant una rampa d'accés a un pont per damunt de l'autopista, i ell vorejà la rampa, arribà sota els primers pilars del pont, i l'espai que hi quedava cobert i aïllat era un recinte de brutícia i de desolació, ja amb escassa llum grisa entre el gris enfosquit del ciment, un espai ple d'herbes lletges o mortes, de pedruscall, de grava i de restes de materials d'obra, i hi havia pertot papers vells rebregats, trossos de plàstic, bosses de supermercat, llandes de cocacola, i una multitud de mocadorets de paper, kleenex blancs arrugats i gastats escampats per terra, tants papers blancs com si foren flors blanques marcides que al principi no va entendre com era possible, fins que caminant amb molta cura entre la runa i la brossa i els kleenex, aturant-se darrere d'una columna amb la base ja ben bruta i tacada, va començar a pixar i mirant amb més atenció cap a terra va distingir gometes blanquinoses, preservatius usats i abandonats, i la presència de tants mocadors de paper en aquell lloc tan trist, va pensar, volia dir amb certesa que era un punt de trobada d'amors amagats en la fosca, o més probablement d'encontres sense amor, de parelles que hi arribaven amb cotxe i allà mateix, sota la rampa del pont, entre els pilars, entre tanta brutícia i lletjor, practicaven un sexe precari i urgent, es netejaven, i llançaven a terra mocadorets empastifats i condons plens, o qui sap si entre aquells camps de l'horta, per les vores d'aquella carretera, també eixien de nit putes joves i portaven els clients sota el pont.

Quan tornaven a casa, refent el camí, el sol ja havia baixat del tot i la massa d'edificis urbans era només una muralla ombrívola crescuda com una fosca amenaça damunt de la terra, gran muralla compacta i contínua no per a defensar la ciutat d'enemics exteriors sinó per a avançar sobre els camps i engolir-se'ls, cobrir-los, arrasar i esclafar al seu pas, va pensar, mil anys o dos mil d'una història de cultius delicats, tants segles de refinada orfebreria amb la terra mateixa, no la fusta el metall o la pedra, com a matèria primera, tants segles d'art de la terra, de cultura perfecta ara condemnada a una mort implacable i cruel innecessària, ara ha arribat el triomf brutal de la barbàrie, i a ell també se li va fer la cara fosca mirant com s'acostava la foscor d'aquell mur que ocupava tot l'horitzó contra la llum pàl·lida i lletosa del capvespre, però en un edifici com aquells, ja dins de la muralla agressiva expansiva, hi havia també el seu pis, la seua casa, potser s'havia equivocat amb el canvi, va tornar a pensar, potser s'havia equivocat de lloc.

* * *

L'endemà tornava a eixir de la ciutat conduint la furgoneta, però no per anar a contemplar els camps de l'horta amb Irene, ni a la platja de la Malva-rosa o a quedar-se davant d'una posta de sol sobre l'estany de l'Albufera, ara que tenia un vehicle i tot el temps, sinó per acompanyar Margot, si és que realment li deien Margot o Margareta, ja que no els havia mostrat mai cap document amb el nom, ni passaport ni cap altre paper, ella deia que ja farien els papers més endavant, quan estiguera segura de no haver de tornar al seu país, tenia por encara, i aquell matí li havia demanat, per favor per favor, que l'acompanyara a visitar el seu germà a la presó de Picassent. La nit anterior, ja molt tard, quan pensaven que la jove romanesa dormia, havia fet l'amor amb Irene molt llargament, delicadament, mirant-se als ulls i acariciant-se amb suavitat els cossos, com un regal que s'oferien pels quaranta anys passats, celebrant la festa íntima de les noces d'or avançades deu anys, Per tu he tornat provisionalment de l'Hades amb cos i tot, li havia dit ella, no com Eurídice que es quedà a mig camí perquè mirà cap arrere, i després li xiuxiuejava obscenitats a l'orella barrejades amb les frases d'amor més antigues i més elementals, van sentir els primers trons llunyans anunciant una tempesta remota, es van acariciar encara tendrament, van parlar abraçats preguntant-se quines coses haurien pogut canviar en la vida, si haurien d'haver dedicat més temps a divertir-se tal com se suposa que ha de fer la gent, allò que se'n sol dir passar-ho bé, tindre un good time, T'he donat quaranta anys d'avorriment, li havia dit ell, Si ho haguera sabut segur que no m'hauria casat amb tu, li havia dit ella fent broma; potser haurien d'haver assistit a balls i a festes boges, li havia dit ell, o haver acudit a sopars sorollosos amb amics, però d'amics d'aquests mai no n'havien tingut, haurien haver navegat en creuers pel Carib on sembla que tothom pot viure almenys uns dies en la felicitat del paradís, haver fet més viatges dels que en diuen de plaer i no tants d'acadèmics, massa nombrosos, tantes vegades al llarg de tants anys viatjant ell a soles dormint sol en habitacions tristes d'hotel, qui sap si podien, estúpidament, haver begut més alcohol haver tastat alguna droga estimulant o adormidora, o simplement haver tingut tal com pareix que té tothom un apartament o una caseta a la platja i haver passat estius al sol i bevent aperitius i cervesa a les terrasses dels bars mirant la mar en comptes de gastar-los quasi sencers en arxius plens de pols mentre ella l'esperava potser avorrida potser impacient, tantes fantasies modestes i ja inútils: Què més podíem haver fet i no hem fet?, havia dit ell pensant que no se li acudia res més, que la seua imaginació era ben pobra i que aquella llista de plaers perduts era ben curta i banal, Moltes coses, havia dit ella, que ara no vull pensar; però no havia estat una conversa seriosa, com qui vol passar comptes o fer un balanç, ni una avaluació o inventari de desitjos frustrats, havia estat només una llarga digressió retrospectiva nocturna, fins que ella es va quedar mirant al sostre i taral·lejà sense paraules els primers versos de Non rien de rien, je ne regrette rien, com volent dir si Edith Piaf no lamentava res jo tampoc no ho lamente, i llavors ell havia reiniciat les carícies però passats pocs minuts ella li havia dit que no podia continuar fins al final, que sentia que el cos no era capaç de respondre, que una cosa eren les abraçades tendres amoroses i una altra la consumació del desig i del sexe, que el perdonara per haver-lo excitat amb les mans i amb paraules, que era millor que ho deixaren allí, en aquell punt tan dolç, i que tenia por, tenia molta por, que ja mai més no podrien compartir el desig, la seua ment i el seu cor eren encara vius, la seua pell sentia les carícies, però el seu sexe estava eixut, no responia, era un sexe apagat, insensible, era ja un sexe mort, inapel·lablement mort, no únicament cobert d'un tel ritual de pols sinó de sis pams de terra, també en això la malaltia era cruel i implacable, ja l'afectava com a qui ha patit un accident o una lesió fatal i li ha quedat el cos inútil des de la cintura, impedit el mig cos inferior, cames i sexe, Si això t'haguera passat a tu series un vell impotent, li havia dit ella, però és a mi a qui em passa i no sé com definir-me; i llavors va arribar la remor de trons més grossos i per la finestra va entrar l'esclat de llum blava d'un llamp i il·luminà els dos cossos destapats fins al ventre que en aquell punt van sentir una mica de fred, es cobriren els braços, i van estirar fins al coll el llençol i la manta. Després ella dormia amb la cara tranquil·la gairebé somrient, però ell havia dormit molt poc, i de matinada la tempesta era ja de trons sords continus i de pluja incessant, una tempesta insòlita d'hivern, ací que al desembre és tan escassa la pluja, i havia eixit amb batí a la terrassa i el paisatge eren només núvols grisos i aigua, ja hi havia claror a llevant però no es veia la mar, els llums potents del port s'endevinaven a penes, i els edificis de les arts i les ciències eren fantasmes tristos.

Amb Margot al costat, enfilant cap al sud l'autopista sota una pluja ja no tan espessa, va pensar que potser no hauria hagut d'oferir-se a acompanyar la jove a la presó, avui estranyament pareixia més atractiva que mai, portava un suèter ajustat i una falda estreta que, asseguda, li pujava fins a més de mitja cuixa i ella de tant en tant se l'estirava una mica amb les mans, a penes uns centímetres, com qui no vol atraure la mirada o vol transmetre un missatge protector de modèstia, ella mirava tot el temps al front, els esguits d'aigua dels altres vehicles, els camions que ell no gosava avançar i que els enviaven una arruixada contínua sobre el parabrises, i ell de tant en tant comprovava, mirant un segon de reüll, que la carn de les cames de la xica era ben real i que el perfil del cos dibuixava un coll esvelt i uns pits alts i perfectes. Als dos costats de l'autopista no hi havia arbres ni camps, tot eren centres comercials, magatzems, edificis d'empreses que ell no identificava, va passar per davant d'un hotel de molts pisos i al costat de l'hotel una construcció clara i severa duia el nom Tanatori València en lletres grans, recordà que hi havia anat feia pocs anys per la mort d'una cosina i recordà les saletes de vetla amb sofàs baixos de colors suaus, els rams de flors artificials, l'olor d'un perfum químic dolç i a les parets gravats de vaixells antics i de cavalls anglesos, per què cavalls anglesos?, qui sap si Irene parlava seriosament o en broma quan li deia a l'orella, abraçats, que per què no intentava seduir Margareta, Em sembla que li agrades, li havia dit, em sembla que et mira amb ulls tendres, i més tendre encara deu ser el seu cos, no com el meu que és vell i ja del tot inservible, si vols t'ajude a seduir-la, si vols t'ajude a emportar-te-la al llit, no ho sabies, que encara ets un home atractiu?, No digues bestieses i no et burles de mi, li havia dit ell, ets una bruixa, bruixeta, i tu ets un dimoniet li havia dit ella, bruixeta tu, tu dimoniet, ara tornava a estar segur que s'havia burlat d'ell dolçament, que havia sigut com fer-li pessigolles, però, i si no es burlava?, imaginà, si no es burlava, què?

Ell només havia entrat una vegada a la presó, però no en aquella presó nova de Picassent que era un conjunt d'edificis blancs d'aparença banal i moderna enmig de camps de tarongers, grans blocs horitzontals de tres o quatre plantes amb finestres petites quadrades, podria ser com una instal·lació industrial, o bé blocs d'oficines o de pisos barats, si no fóra pel mur blanc que els rodejava rematat amb filferros de punxes i amb garites de guaita als cantons, si no fóra pels barrons verticals de les finestres; ell no havia entrat mai en una presó com aquella, només en la presó antiga de València, dita la Model, que eren tres braços lúgubres de rajola fosca units per un espai central sota una cúpula o llanterna, i això havia sigut molts anys abans, els anys vuitanta, en temps de govern socialista, va recordar, quan la universitat va establir un conveni amb la institució penitenciària per donar-hi uns cursets o conferències sota el nom de formació cultural, amb l'objectiu, tan lloable, que els delinqüents, dits interns per no dir-ne presidiaris o presos, a més d'il·lustrar-se pogueren rebaixar també un dia de condemna per cada sessió a què assistiren, i els professors voluntaris farien una obra piadosa de redempció dels captius, com els antics frares de la Mercé a les ciutats del nord d'Àfrica; quan hi arribà hi havia un cua de dones esperant a la porta exterior amb paquets per als seus parents presos o interns i ell va llegir el seu propi nom amb majúscules grosses en un cartell que es repetia des del portal de ferro pels murs de pedra dels patis i per les parets dels corredors, Manuel Salom amb majúscules, Catedràtic d'Història Conferència sobre La Segona Guerra Mundial: Causes i Efectes, havien pensat que aquella guerra, present en tants films i en tants documentals, seria un tema atractiu per als presos, ell de menut també havia llegit tebeos d'Hazañas Bélicas, on els alemanys sempre eren nazis cruels i els japonesos eren dimonis grocs, i damunt del seu nom escrit amb lletres grosses hi havia una cara defectuosament impresa, un retrat seu en blanc i negre, només faltava que a sota hi hagueren escrit en diagonal Wanted, o Es Busca, i després de tres o quatre portes i reixes de barrons negres de ferro, per corredors amples mal il·luminats, el director el va fer passar a una gran sala pintada de marró i gris verdós, amb llum escassa de finestres enreixades, i un centenar d'homes asseguts en cadires plegables esperaven el conferenciant convidat, alguns el van seguir amb l'atenció mínima que també solien prestar-li els alumnes a la universitat, uns altres mirant el sostre amb ulls absents o mirant les parets d'aquells colors oliosos brillants, uns altres badallant i fent cara de fàstic sense dissimular. Segurament, pensà quan ja eixia de l'autopista seguint el cartell que indicava Establiment Penitenciari, havien servit de ben poc les conferències i els cursos, segurament la història d'aquells homes, com la història petita dels seus estudiants, no tenia res a veure amb la història universal: la història universal, per a ells, era només un espectacle distant, una pel·lícula. I per a aquest germà violent de Margot, què podia significar la història? Si el delicte era tan lleuger com ella els havia contat mig plorant, si era només un cotxe robat o una baralla nocturna o que el xicot no era cap delinqüent i pagava per les males companyies, si era només un incident puntual imprecís i confús tal com pensava o volia fer creure la germana, molt prompte eixiria al carrer i molt prompte la tornaria a assetjar per telèfon demanant-li diners o l'esperaria davant del portal per amenaçar-la, o qui sap si també la podria pressionar amb violència perquè seduïra ella l'amo de casa, aquest vell professor que pretén ser més jove amb un postís ridícul, i així després li podrien fer xantatge, és probable que fins i tot amb fotografies de tots dos nus al llit, la joveneta i el vell, el germà de Margot les faria amagat en un armari o al balconet mínim de l'habitació i després l'amenaça seria que si no paga enviaran les fotos a la premsa o en repartiran còpies per la universitat, i en tot cas, tant si ell paga com si no, després el germà l'enviarà a ella de tornada al seu poble a casar-se per força amb el futur repugnant pope amb sotana barbut, ella ja no s'hi podrà resistir per culpa de les fotos, qualsevol cosa es pot imaginar, però és només una fantasia seua, un desvarieig conduint sota la pluja, perquè aquesta Margareta innocent seria incapaç d'una cosa així, monstruosa, si ella el mira amb ulls tendres deu ser només perquè el troba un bon home, perquè és una jove afectuosa, això ha de ser i no pot ser per cap altra raó.

La va deixar al portal mateix d'entrada i després va aparcar no molt lluny en una esplanada al costat del senyal on posava P Visitants, però de visitants n'hi devia haver pocs en aquella hora d'un matí hivernal i que no era dissabte ni diumenge. Esperà dins del cotxe, sentint música i sentint també caure la pluja incessant i suau sobre el vehicle, mirant la cortina d'aigua regalimant pels vidres i aïllant-lo del món exterior: esperar sol dins d'un cotxe enmig d'una pluja lleugera era una sensació agradable i nova, allà mil cinc-cents presos amb els seus guàrdies i alguns en aquella hora, molt pocs, amb els seus familiars visitants, al seu voltant cap al sud i a ponent kilòmetres de camps de tarongers, els arrossars a llevant inundats i lluents rodejant l'Albufera i formant com una sola superfície d'aigua, un sol estany, al nord l'extensa fàbrica Ford d'automòbils amb cinc o sis mil obrers produint mil vehicles diaris, això era el món que hauria tingut a l'abast de la vista mirant des d'una de les torres de guàrdia sobre el mur, va pensar, però que era invisible per a ell més enllà de la pluja i dels vidres del cotxe. Mil cinc-cents homes tancats en aquell Establiment Penitenciari, fent penitència per qui sap quins delictes, assassinats, robatoris, estafes, tràfic de drogues, violacions, qui sap com els classifiquen, i a molt poca distància sis mil obrers fabricant cotxes en cadena, si treballen vuit hores, va fer un càlcul ràpid, serà un cotxe cada trenta segons. Això també és història del tot contemporània, el codi penal i els motors, quan arribe el nou crack del 2029, un segle després del primer, sobraran fàbriques i faltaran presons, va pensar mentre veia pel vidre mig entelat de la finestreta com s'acostava una moto molt grossa, sense dubte una Harley per la forma i pel soroll de brum brum lent i baix del motor que li arribava somort, fins que la moto s'aturà molt prop d'ell i en baixaren dos figures robustes cobertes amb casc i vestides de negre amb una mena d'uniforme de plàstic tot lluent per la pluja: pels volums dels dos cossos i per la manera de caminar eren una dona i un home, i van desaparéixer per la porta exterior de la presó, probablement venien a visitar un familiar que esperava judici o complia condemna, i la moto era en efecte una Harley Davidson clàssica, de manillar alt i sella baixa, la moto que ell de tant en tant pensava que li hauria agradat cavalcar, poderosa i antiga, Irene i ell devorant sense pressa carreteres, sentir per tot el cos la tremolor profunda, no un somni de velocitat sinó de calma, una fantasia de lector sedentari, però en tot cas aquella moto era hereva directa de les màquines sobre les quals tants poetes i pintors futuristes de fa cent anys s'imaginaven corrent amb casc de cuiro, i si es mira així, pensà, la història contemporània no comença amb la Revolució Francesa sinó amb l'invent de les grans fàbriques mogudes pel vapor, fàbriques del volum d'aquesta fàbrica de cotxes, comença amb els trens, i comença sobretot amb l'invent dels motors, amb els enginys que es mouen sols i sobre els quals es poden moure els homes, i potser especialment amb les motos, que van ser anteriors als automòbils, recordà aquella moto primera de la història al museu Guggenheim de Nova York quan ell el visità pocs anys abans i el museu ja portava molts dies ocupat per una manifestació peculiar de l'art modern en forma de motorbikes, moto-bicis com es diu aproximadament en anglés, de manera que a la gran espiral bellíssima i famosa no hi havia escultures ni pintures penjades, hi havia únicament l'exposició de la història del petardeig sobre rodes, Marinetti i els futuristes haurien pensat que, només per això, ja no calia destruir els museus, i al centre de l'espiral, destacats i sols enmig del gran vestíbul, hi havia els dos exemplars emblemàtics, l'Alfa i l'Omega de la història universal dels motors amb dos rodes, un velocípede de fusta dels anys 1860, amb un motor que no era d'explosió sinó com el d'una petita locomotora o maquineta de vapor damunt de la roda petita, una delícia de l'enginy humà, i al seu costat, llampant, lluent d'acer i de colors metàl·lics, poderosa, una moto de la marca Agusta o Augusta, li semblà recordar que la mateixa empresa que fabricava helicòpters militars i que pagava sucoses comissions als ministres que els compren, o això havia llegit al diari pel temps d'aquella visita, i aquell era el model últim i suprem, el final d'aquest camp de la història, i ell mirava la moto brillant de color roig i plata entre una discreta multitud de membres de la tribu Harley, jubilats per l'edat ben visible però no jubilats de les motos i de la indumentària, n'hi havia de barbuts de grans barbes blanques, de calbs i amb mostatxos enormes, hi havia peluts amb cabelleres fins als muscles, vestits gairebé tots de cuiro negre, amb cadenes penjant i ferralla, i dones de les mateixes edats igualment cobertes de metalls i de cuiro, què devien sentir, va pensar, veient que un dels museus més famosos, una seu o catedral d'aquest art que en diem contemporani i amb una mostra permanent i escollida de l'art de tot el temps modern, acollia la història de la moto com a exhibició justament d'un fenomen estètic del mateix ordre que la pintura o l'escultura, quin plaer oposat o simètric al que ell sentia imaginant que en comptes de ser només contemplador d'amos de Harley-Davidson o de les Harley aparcades a la vora de Central Park, ell mateix hauria pogut tindre'n una i cavalcar per Nova York o per València al llom d'una obra d'art poderosa i vibrant, i llavors observà el cartellet al peu de la moto augusta, Per Cortesia de Sa Majestat el Rei Joan Carles I d'Espanya, això deia el text o més o menys això, va recordar, i si la moto resplendent de H. M. King Juan Carlos I of Spain era la clau que tancava aquella exposició, volia dir que l'Omega de la història era la moto d'un rei: de coses com aquesta els seus col·legues acadèmics en dirien detalls irrellevants, anècdotes marginals de crònica de premsa, i al mateix temps de la matèria fosca no sabrien què dir-ne, tot és igualment cert i res no encaixa.

Abaixà el vidre de la porta del cotxe, tragué la mà per tal de sentir-la mullada de pluja, i el va tornar a tancar. Ara en tot cas, pensà, jubilat de la història acadèmica, també ell podria comprar-se una moto, ara que ja tenia carnet i una plaça de garatge on guardar-la al costat de la furgoneta, però no compraria una Harley potent com les d'aquella tribu vestida de cuiro negre aparcades davant del museu Guggenheim, no una màquina enorme vibrant que de tota manera no seria capaç de cavalcar, sinó una moto discreta de passeig, una scooter pacífica, i podria recórrer amb ella els carrers i avingudes de la seua ciutat que encara no coneixia, les circumval·lacions, les autopistes urbanes per on no ha passat mai, i aprofitant algun d'aquests dies de final de tardor o principi d'hivern a València, quan a primeres hores de la vesprada el solet de desembre proporciona encara un benestar d'aire de primavera, passejar-hi amb Margot al darrere sentint contra l'esquena el ventre i els pits durs de la jove abraçada a la seua cintura, i fins i tot fer de turista amb una tendra companyia feliç, tornar a entrar en la ciutat antiga on feia mesos que no posava els peus, com si ja fóra una ciutat distant i aliena, fer de guia local de Margareta i mostrar-li belleses oblidades, carrerons i placetes, esglésies gòtiques, la Seu i el campanar, els palaus medievals, el Mercat més gloriós i solemne d'Europa catedral dels queviures, les columnes helicoidals altíssimes del saló de la Llonja que és la sala més bella del món, recórrer València rient a cavall d'una Vespa com aquella parella de la pel·lícula Vacances a Roma de feia tants anys, però també en una escena com aquesta han canviat els temps, ja que ara seria obligat portar casc, un casc sobre el seu cap amb els cabells postissos, un casc cobrint també el cap de la jove, no podrien parlar mentre corrien, no podrien riure amb el vent a la cara, en comptes de sentir el contacte de galtes suaus o de besos al coll sentiria només, si de cas, el cloc cloc dels dos cascos metàl·lics. Ell que fins feia pocs mesos, va pensar, més ben dit fins a poques setmanes abans, no havia conduït mai un vehicle, excepte aquella Mobylette amb pedals feia més de quaranta anys, ara mentre esperava que Margot Margareta apareguera per la porta de la presó, la visita al germà durava més temps del que ell suposava, de què devien parlar, ara s'imaginava cavalcant motos potents per carretera o motos lleugeres alegrement per la ciutat, precisament allí, davant d'una presó i tan prop d'una gran fàbrica de cotxes, en un aparcament, dins d'una pluja mansa i persistent que el mantenia ja prop d'una hora aïllat en aquell habitacle de metall i de vidres ja del tot entelats. Va passar una mà pel tel de vapor que cobria per dins el parabrises, un foradet de visió en la petita caverna, i la visió, tremolosa i borrosa entre l'aigua que cobria també tot el vidre per fora, era només un mur blanc de presó, un portal fosc, i la forma insegura d'algunes finestres, això era tot el món al seu abast, això i una jove d'origen remot que en pocs minuts arribaria corrent sota la pluja, obriria la porta del vehicle i tornaria a seure al seu costat, i llavors, en aquell habitacle on a penes entrava una llum trista i grisa, entre vidres banyats i entelats, ell li eixugaria tendrament les llàgrimes i la cara mullada i ella agraïda li acariciaria les galtes i li donaria potser un bes molt dolç als llavis. I després d'aquella carícia i d'aquell bes, es dissiparien les fileres de núvols i el vel de la boira, arribaria un ventijol des dels canyars de la marjal, pels tarongers, entre les fulles verdes i lluents, i en un instant s'esvairia tot.

12

Vestit només amb el pijama i amb un abric per damunt contemplava, des de la terrassa del pis, el final d'una nit de gener, no molt freda, i l'inici de l'alba. S'havia alçat del llit perquè feia més d'una hora que s'havia despertat i no podia tornar a entrar en el son, devia ser la calefacció excessiva, a la qual no es podia acostumar després de tants anys de dormir en un pis on l'única font de calor a l'hivern, quan calia, era una estufa de butà que de tota manera apagaven abans de gitar-se, i havia passat tota aquella hora llarga desficiós i despert en la fosca mentre al seu costat Irene respirava tranquil·la i Margot, a l'habitació contigua, devia reposar mig despullada sota el llençol i una flassada fina o potser amb tot el cos nu, imaginà, i amb els braços i els muscles descoberts si sentia també un excés de calor, segur que allà al seu poble danubià dormia en una cambra molt freda, i ell hauria pogut obrir suaument la seua porta, sense fer cap soroll, sense despertar-la, i mirar-la un instant visible a penes en la primera llum grisa, o també entrar i agenollar-se a la vora del llit i esperar que l'augment de claror il·luminara la pell blanca i jove. Hauria pogut fer-ho però no, i en l'aire fresc i vivificador de l'alba, a la terrassa, contemplant la primera llum grisejant, blanquejant, damunt de l'horitzó llunyà damunt la mar, era com si s'hagués despertat d'un son llarguíssim de setmanes o mesos, com si haguera tornat a la superfície des d'alguna profunditat anterior i remota dins de la qual un passat no tan remot s'havia esvaït, i ara en la pau i el silenci de la matinada es trobara llest i fresc per a alguna cosa nova, potser per a baixar al carrer des d'aquell quinzé pis i barrejar-se i parlar amb la gent, fer de savi distret o de Sòcrates, preguntar i respondre, fer discursos a l'àgora, però en aquella ciutat nova que no era ciutat, en aquell carrer que no era realment un carrer, places que no eren places, de vianants n'hi havia ben pocs a qualsevol hora del dia, i no sabia amb qui podria encetar la conversa o qui seria el seu públic possible; què podria fer ell si és que volia fer alguna cosa, quina acció hauria d'emprendre si volia passar de la contemplació a l'acció, o almenys deixar constància del seu rebuig o adéu a tot plegat, del seu Good bye to all that que altrament no tindria cap sentit, quin paper pot representar un professor d'història que diu que es retira de tot només perquè es trencà una cella entrant a la seua facultat, que s'ha fet afaitar la barba de tota la vida i es posa una perruca per cobrir-se la calba; ara per tant el que hauria de fer seria posar-se una barba postissa, lluir el cap calb, i caminar pels carrers i les places amb una samarreta blanca que portara davant i darrere pintat un gran signe d'interrogació volent significar No sé què cal pensar de tot i vostés tampoc no ho saben però almenys jo m'ho pregunte i vostés no, almenys jo sé que m'he quedat suspés en l'aire entre un temps que s'acaba i un altre que no ha començat o que si ha començat no m'interessa, almenys sé això i vostés no saben res. I si haguera de fer una última i brevíssima lliçó, absolutament l'última, davant d'un rogle de vianants curiosos a la porta barroca de la catedral, dret sobre el punt on quedà rebentat el seu fill, o bé davant d'un grup de visitants a l'entrada del museu de les ciències amb Irene al costat escoltant-lo asseguda en la cadira de rodes, ell una altra vegada professor calb i amb barba encara que fóra per darrera vegada, els diria exactament això mateix: Vostés no saben quin és el temps que viuen, corren massa, no saben res, no s'aturen a pensar quines coses s'acaben i quines comencen, a pesar que només cal llegir els diaris, mirar la tele o viatjar una miqueta, per comprovar que el nostre temps és el que més coses ha fet i ha desfet en tots els temps humans, el que més n'ha inventat i més n'ha destruït, si saberen una miqueta d'història recordarien que inventar la paraula i la producció del foc va costar centenars de milers d'anys, inventar l'agricultura uns pocs mil·lennis, la filosofia i el dret civil ja van ser cosa de pocs segles només, més endavant inventar la màquina de vapor i la democràcia liberal va costar menys d'un centenar d'anys, i a continuació, en poc de temps, vam inventar la llum elèctrica, el telèfon, l'automòbil, l'avió, les guerres mundials i la bomba atòmica; i amb això pareixia que ja estava tot fet, però no: en el temps d'una generació humana, o més ben dit en el temps d'una vida com la meua, hem inventat la televisió en cada casa, el turisme de masses, la informàtica, la innovació permanent, el moviment continu, la banalitat universal, la vida virtual, els jocs d'ordinador, això que és ara la cultura, arrasant, de passada, tot allò que ocupava algun antic espai físic o mental, paisatges urbans, platges, camps cultivats, vida rural, lectura dels clàssics o simple exercici de la memòria, Don't imitate, innovate, tal com diu amb pronúncia horrible un anunci a la televisió, crec que d'algun cosmètic o d'algun perfum: exactament el contrari dels homes del renaixement, que volien imitar els antics amb la més alta perfecció, i que, imitant, van innovar i renovar el pensament com no s'havia fet en quinze segles; molt bé, doncs, innovem sense parar, compatriotes i ciutadans del món, i que tot siga tan nou cada dia que del dia d'ahir ja no en quede res; ni la memòria: cada tres mesos moda nova, cada any música nova, cada pocs anys pintura nova, literatura nova, teatre nou, el que faça falta; perfecte: i la política d'una ciutat i de tot un país, com el nostre, ja ho veuen vostés mateixos, concentrada en les obres d'un novíssim parc d'atraccions; per concloure, senyores i senyors, em sembla que va ser Albert Camus qui deia que cada generació es creu cridada a refer el món, però que hi ha una missió més gran, que és evitar que el món es desfaça: i doncs, com que sembla que això no ho voleu evitar, doneu suport de paraula i d'obra als destructors, seguiu-los i voteu-los, i així accelerareu el final: llavors, ja no caldrà sinó esperar, innovant i distrets, l'arribada del dia del judici: que serà, amb tota certesa, un judici implacable.

La llum nova de l'horitzó ascendia, la negror de la volta del cel esdevenia a poc a poc grisor blavosa, i des de la ratlla del mar ja ben clara un color malva i verdiblanc s'escampava per baix i pujava, potser el color de l'univers, tal com havia llegit feia poc en articles de ciència al diari, aquests articles, els escassos dies que comprava la premsa, i alguns llibres de física i de cosmologia per a lectors no científics eren la seua font de cavil·lacions ja feia mesos, i aquells dies del primer mes de l'any, mentre Irene llegia versos grecs, la Teogonia, l'origen dels déus, ell mirava d'entendre la cosmogonia i la substància primera de què està fet l'univers ja que la substància de la història no la podia entendre, i havia conclòs que, quan els astrònoms i els físics naveguen entre l'estètica i la teologia, és quan la seua ciència li resultava més fascinant, conclusió, suposava, que hauria provocat la pietat o l'escàndol del seu amic i admirat professor Larroca, un astrofísic humanista però refractari a qualsevol especulació que no es poguera expressar amb un fórmula escrita en una pissarra o en un full de paper, ell sempre havia pensat que la metafísica era una branca poètica o abstracta de la literatura i el seu amic pensava que no era res si no era matemàtica. Però feia poc temps, segons informaven els divulgadors de la ciència, feia poc temps els astrònoms, no els poetes, havien descobert per fi el color de tot plegat, el color resultant dels colors d'infinites galàxies, que al seu torn és el que resulta del color d'infinites estrelles i d'innombrables nebuloses de gasos i pols, perquè una estrella de massa elevada, amb temperatura de desenes de milers de graus, emet un saníssim color blau de mar, una estrella mediocre, nel mezzo del camin, a la meitat del camí de milers de milions d'anys de vida, emet una llum blanca, com és el cas del nostre sol, el Sol, i una estrella en final de camí, una estrella anciana, inflada fins a la condició de geganta roja, emet, efectivament, una llum roja, i així l'efecte final, que ja es pot calcular amb ordinadors poderosos, de la mateixa manera que els pintors barrocs el calculaven i el reproduïen combinant pigments i oli per tal de compondre el fons eteri dels paisatges celestials, l'efecte final és que la barreja d'aquestes llums donaria un amable i suau color turquesa, un color entre verd poma i blau celeste: aquell era doncs el color del cosmos segons que assegura la ciència, imaginà, un color familiar, oriental, relaxant i enganyós, un color de primavera avançada, de fulla tendra, de finíssimes robes transparents de seda, i un color com el que en aquell instant dominava fugaçment esfumat damunt la mar, anunciant que l'únic sol que és nostre estava a punt de nàixer. La pena és que no durarà, va pensar, tot anirà cap al roig, cap al roig de la mort de les brases, i d'ací cap a la cendra final. Però segons una altra teoria poètica el final de l'univers no serà la infinita expansió de la cendra, sinó la transformació en una quasi infinita intel·ligència de dimensions inefables que no cabran en cap fórmula possible, un tot definitiu sense matèria, només pura energia o només pur color pur esperit, i llavors Déu seria el final de la història del cosmos, no el principi, però no un Déu blanc i blau, suposà, probablement un Déu de color roig i, si era així, el seu pacte unilateral amb el dimoni deixava de tindre sentit perquè si Déu serà roig, Llucifer serà negre o serà sense color, no serà portador de la llum. Qui sap, doncs, quin serà el color de l'eternitat, en tot cas no el color de sang bruta i de terra de la història dels homes, però en realitat tot això eren només divagacions sense forma ni pes, pensà també en aquell punt, eren imatges que floten a la vora del somni o de la dissolució de la raó, i els fanals abundants del carrer encara eren encesos cobrint d'un tel de llum blanca l'asfalt grisejant, blanquejaven també en la llum de l'alba les construccions bàrbares deformes de la ciència i de l'art, va passar el primer autobús que imaginà quasi buit, només dos o tres viatgers amb el cos ple de son que han d'entrar a treballar molt de matí, passaren també els primers cotxes travessant el pont, devien escoltar per la ràdio les primeres notícies del dia, violentes o buides, passà un taxi amb el pilot verd encés buscant clients pel carrer sense vianants, qui podria esperar un taxi en aquesta avinguda deserta si no era algú que tornava a casa després d'una nit d'amor amb final trist, adéu que he d'anar-me'n abans que es faça de dia, i en tot cas el color real de l'univers, començant pel que tenia més a prop, que era el de l'aigua d'aquella mar i el de l'aire d'aquella ciutat, el color dels carrers i el dels cervells, dels edificis o bonys estrafolaris que apareixien ja a la seua vista amb perfils monstruosos de crustacis, el color dels ciutadans i els governs de València i d'Espanya i d'Europa, el color dels diners infinits que circulen i volen per l'aire, i sobretot el del gust pervertit i el de la moral corrompuda que s'escampen com un aire pudent, tendeix irresistiblement al couleur caca d'oie, caca d'oca, o gos com fuig, que cantà Jacques Brel fa molts anys en una cançó memorable, un dels pocs discos, amb Brassens i Edith Piaf, que ell havia comprat a París el juny del 68, però sobre aquest color indefinible i lleig no hi ha cap teoria, pensà. Feia a penes poc més de sis mesos que havia buidat i abandonat el seu despatx de professor d'història i aquell despatx li semblava un lloc remot, un habitacle d'una època llunyana, i habitava quatre o cinc mesos a penes en un carrer no carrer d'una ciutat no ciutat davant d'arquitectures insensates que mai no seran part de cap ciutat, ciutat inexistent, ni de les ciències ni de les arts i menys encara ciutat dels ciutadans, i el carrer i la casa de tota la vida eren espais llunyans d'un altre temps, potser d'una ciutat que es dissolia, o qui estava esvaint-se era ell. Irene fràgil encara dormia, Margot fresca i nua també, probablement nua només en la seua imaginació, què hauria fet ell si contemplant-la en la mitja penombra de l'alba ella haguera obert els ulls i l'haguera mirat, què hauria fet si ella l'haguera convidat al seu llit. Entre, senyor, quede's amb mi un moment i el calfaré, que a fora deu fer molt de fred, i un so com de criatura que demana atenció, no un gemec ni un lladruc sinó un vagit agut, va fer que abaixara els ulls per trobar els del gos que el miraven brillants als seus peus, i es va ajupir, li acaricià el llom i el bescoll, l'alçà un moment i li besà el front de pèl suau, i després va seure en terra al seu costat. L'animal, si és que era només un animal, es va instal·lar damunt de les cuixes de l'home, i ell, amb el gos abraçat contra el pit, contemplà llargament com s'esvaïen les últimes estrelles matutines, la darrera de totes sobre la mar ja lluent, ja pressentint la primera llum resplendent groga i roja del sol: però mentre les estrelles s'apaguen, va tornar a pensar, mentre esperem el final fosc o lluminós de tot, mentre encara no som cendra còsmica, alguna cosa hem de fer en aquest món, no únicament mirar. Passà un instants en blanc, sense pensar, i s'alçà per anar a la cuina a buscar un got d'aigua. El gos el va seguir pel saló mig a fosques encara, pel corredor, i a la cuina, mirant de no fer cap soroll, sense encendre cap llum, ell es va servir aigua de l'aixeta i li posà al gos una mica de llet en un plat. Va beure molt a poc a poc, a glopets curts, mirant com l'ombra de l'animal llepava la llet sense pressa, i després, abans de tornar a la terrassa, mirà uns segons per la porta entreoberta Irene dormint ben tapada i mirà l'altra part del llit, la seua, ara buida i desfeta, es va aturar també a la porta de Margareta tancada, i posà l'orella sobre la fusta esperant sentir com respirava però no va sentir res.

Tornà a seure en terra amb el gos, i tornà a cavil·lar que alguna cosa hauríem de fer, però quina, a més a més de contemplar el cel i la terra i de buscar la manera d'entendre'ls, la passió de saber, comuna al pare Adam i al Doktor Faust, aquesta mania funesta que és la benedicció pròpia dels humans, la maledicció més antiga, la glòria i el pecat originals, perquè no és cert, pensà, que el món apareix cada matinada clar i diàfan com acabat de fer, tal com afirmen tants versos i tants contes i faules, no és cert sobretot que l'aurora i la llum del nou dia il·luminen també el pensament: si almenys poguera penetrar i llegir, mirant la ratlla que separa la mar del cel, les fórmules dels cosmòlegs i dels físics, si almenys poguera entendre això, qui sap si es quedaria més tranquil, si la vida mortal estaria més prop de l'eterna, però com més buscava claricia més confusa se li feia aquella història, començant per les primeres milionèsimes de segon del principi de tot i acabant per la matèria fosca, tan fosca com la matèria de què està feta la història dels homes: ell n'havia sentit a parlar, com havia sentit a parlar de la fusió nuclear que és com reproduir un sol petit, dels forats negres devoradors de tot cap al no res, del big bang que també es pot escriure amb majúscules perquè és com qui diu la Creació del Món, del món que vol dir cosmos o univers, no del nostre petit món dels humans perquè llavors seria possiblement el petit bang de L'origine du monde que era el quadre de Courbet que havia contemplat amb Irene al museu nou d'Orsay en l'últim viatge que havien fet junts, agafats de la mà i sense dir-se res, què degué pensar ella davant d'aquelles cuixes robustes i joves obertes i de la clivella del sexe vermella sota un petit bosc de matèria fosca, i com deuen ser les cuixes de Margareta obertes en la mateixa postura damunt dels llençols arrugats; no d'aquest món petit per tant sinó del gran, d'aquell món dels misteris de la física i de la metafísica que els llecs no podem penetrar i els savis a penes si en trauen l'aigua clara. Els enigmes de la cosmologia, la física de partícules o la biologia molecular, li despertaven una perplexitat inacabable: deu ser, justament, va suposar mirant la mar ja d'argent viu i de rosa, l'atracció dels misteris més bàsics, d'allò que està en els fonaments de l'univers, de la matèria i finalment de la vida, d'allò que Dante va veure només un instant, quan arribà al cercle més alt del paradís: la llum final i encegadora, l'explicació de tot sense paraules possibles, sabem que no hi arribarem mai, ni amb el nostre cervell mal equipat ni amb el nostre esperit mentre estiga lligat a la carn, però no deixarem mai d'aspirar a aquesta plenitud de la visió, i els físics, en aquest camí sense final, fan com feien els teòlegs medievals o com abans havia fet sant Agustí i havien fet també els filòsofs grecs: cavil·len moltes hores cada dia, calculen, mediten, buscant com escrutar l'inescrutable, i amb esforç i fortuna aconsegueixen que una porció petita de l'inexplicable tinga molt a poc a poc una miqueta més d'explicació, no és poca cosa però mai no és prou. Perquè dins o darrere de cada nova parcel·la explicada n'apareixen més i més per explicar, com ara aquesta matèria fosca omnipresent, pensà, això que no se sap què és però se sap o es creu que és quasi tot, la foscor absoluta impenetrable on per diferents cavil·lacions i camins han arribat els cosmòlegs, quina bellíssima paraula, cosmòleg!, tan suggeridora com filòsof, metafísic, poeta místic, alquimista, astròleg, no tan banal ni ordinària com historiador, que això ho pot ser qualsevol: els cosmòlegs, doncs, va recordar una lectura de pocs dies abans, han conclòs fa alguns anys que la major part de la matèria de què està fet l'univers és una cosa incomprensible, desconeguda, estranya i amagada, una realitat invisible, impalpable, imperceptible ni amb els més refinats instruments, intractable amb les més complicades matemàtiques, i és sobretot una cosa inefable, no hem trobat les paraules per parlar-ne, tal com és inefable l'essència de Déu, i pareix que a aquests buscadors del secret més profund de la forma amagada de l'ésser, a aquests nous metafísics, o successors d'Heràclit i Parmènides, els agrada fer càlculs sobre la quantitat de matèria del cosmos en termes d'un paràmetre que anomenen Omega, l'última lletra, el final, a l'altre extrem de l'Alfa, enmig de les vint-i-sis lletres hi ha també la I d'Irene i la M de Manuel i de Margot Margareta, una miqueta abans la G de gos, les dones dormien encara, una certament vestida amb pijama de color blau de seda l'altra imaginadament nua, però el gos el mirava amb ulls intel·ligents, segurament dubtant si els cosmòlegs tenen o no tenen raó quan afirmen que Omega es defineix de manera que un univers tancat, un univers tan massiu que eventualment s'esfondraria, tindria un Omega superior a 1, a un univers obert, que tendeix a expandir-se eternament, li correspon un Omega per sota d'aquest 1, i finalment si l'univers fóra quiet i tranquil, equilibrat, el seu Omega seria igual a 1, a la unitat, i ara vejam, recordà la lectura recent, no era un compte difícil: pareix que la quantitat de matèria visible és en total l'equivalent d'Omega 0,05, zero coma zero cinc, i això sembla que vol dir que, si els càlculs són aproximadament correctes, ens falta un noranta-cinc per cent, si fa no fa, per arribar als voltants de l'Omega Un, i per tant, amb correccions, revisions a la baixa o altres hipòtesis, el resultat seria que al voltant d'un noranta per cent de la matèria que compon l'univers és perfectament fosca a la vista, als aparells i a qualsevol explicació sobre la seua consistència. Hi és, però no sabem què és, hi és però no es veu ni es percep, tal com li passa sovint a ell mateix a la vista dels altres: és matèria ordinària, com ara planetes desconeguts, estrelles nanes, estrelles blanques, o altres éssers celestials?; pareix que no: pot ser matèria exòtica, l'anomenen així, poèticament, exòtica, partícules indetectables però tan infinitament nombroses que entre totes pesen deu vegades més que tot allò que es detecta?: no se sap, i com que no se sap, fa una mica d'angúnia també fosca i difusa cavil·lar, a casa escoltant música de Bach, o una nit estrellada, o en un balcó d'un quinzé pis mirant el trànsit de l'alba al matí, cavil·lar i concloure que ara que sabem tant sabem tan poc: que allà i ací, dins de la nostra pell i pertot, a les estrelles infinites i entre les estrelles, fins als límits inexistents o incerts de l'univers, el noranta per cent del que hi ha és encara un pur misteri impenetrable, un món que no és el nostre món: qui sap si és Déu Nostre Senyor i les seues innombrables legions celestials, àngels i arcàngels querubins serafins i la resta, sense comptar les legions d'àngels caiguts, també afegits al pes total del cel etern i dels seus habitants, que entre tots poden fer una infinita massa espiritual: una perfecta contradicció innocent, pensà, perquè si l'esperit fóra matèria no seria esperit, però com que la matèria fosca deu ser tan subtil, qui sap si no és ella mateixa allò de què està fet el món desconegut dels esperits, posats a fer poesia, tant se val. I qui sap, d'altra banda, va pensar, si el nostre món de cada dia, la nostra ànima o cervell, la genètica i l'economia, la política i la literatura, i tot allò que hi vulguem afegir, no està compost també d'un pobre deu per cent de realitat visible i coneguda i d'un noranta de realitat invisible i fosca, qui sap si això explicaria per què no entenem tantes coses, per què ell no entén ni tan sols la història dels darrers dos-cents anys a pesar d'haver-s'hi dedicat tota la vida, per què ignora fins i tot si la història ha arribat al final, si està ja quieta, si estiguera ja quieta, aturada, seria com un univers que ha trobat finalment l'equilibri entre forces contràries, història estàtica per sempre més sense història, ja no caldria que ell escriguera cap llibre, o si és una història expansiva, expansiva fins a la volatilització, o una història que s'ha de contraure per tornar lentament cap al punt de l'origen: també aquesta alternativa l'havien imaginada fa molts segles els filòsofs grecs. Margareta Margot potser ja havia obert els ulls sentint l'entrada de la primera llum i el seu cos es bellugava entre els llençols, potser veuria la terrassa oberta i vindria al seu costat, a contemplar com està eixint el sol. Perquè almenys una cosa era certa, que el sol ix cada dia per orient, aquella bola gloriosa de foc que ell mirava com sorgia damunt de la mar i com creixia lentament i pujava, i en aquella meravella quotidiana i miracle no hi pensava ningú, quan haurien d'omplir-se els terrats i les platges d'espectadors extàtics: en tot València era segur que només ell i el gos contemplaven el prodigi. Si vinguera Margot en serien tres, si eixira també Irene a la terrassa ja en serien quatre, però com havia d'alçar-se del llit ella sola?

* * *

Quant al llibre, va pensar unes hores més tard passejant amb el gos, potser ja estava tot sencer en el seu cap, i únicament caldria escriure els seus pensaments i els seus fets dels últims dotze mesos. No seria, per tant, tan difícil complir la seua part del pacte.

ÍNDEX